O PRÍNCIPE *dos* CANALHAS

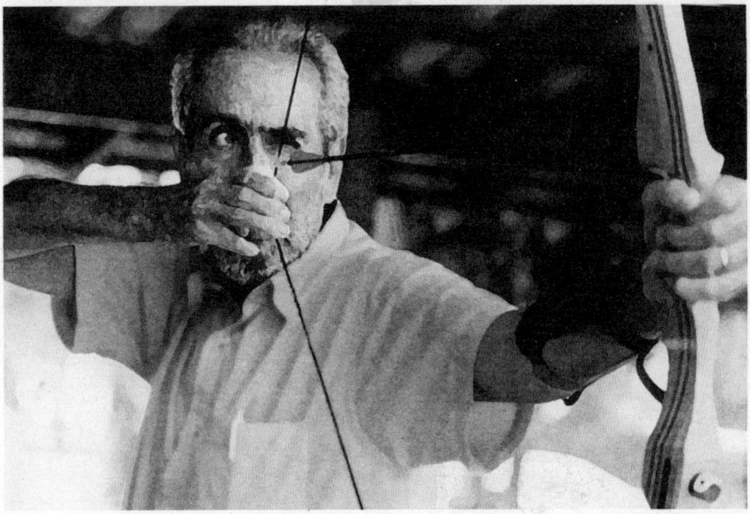

O Arqueiro

Geraldo Jordão Pereira (1938-2008) começou sua carreira aos 17 anos, quando foi trabalhar com seu pai, o célebre editor José Olympio, publicando obras marcantes como *O menino do dedo verde*, de Maurice Druon, e *Minha vida*, de Charles Chaplin.

Em 1976, fundou a Editora Salamandra com o propósito de formar uma nova geração de leitores e acabou criando um dos catálogos infantis mais premiados do Brasil. Em 1992, fugindo de sua linha editorial, lançou *Muitas vidas, muitos mestres*, de Brian Weiss, livro que deu origem à Editora Sextante.

Fã de histórias de suspense, Geraldo descobriu *O Código Da Vinci* antes mesmo de ele ser lançado nos Estados Unidos. A aposta em ficção, que não era o foco da Sextante, foi certeira: o título se transformou em um dos maiores fenômenos editoriais de todos os tempos.

Mas não foi só aos livros que se dedicou. Com seu desejo de ajudar o próximo, Geraldo desenvolveu diversos projetos sociais que se tornaram sua grande paixão.

Com a missão de publicar histórias empolgantes, tornar os livros cada vez mais acessíveis e despertar o amor pela leitura, a Editora Arqueiro é uma homenagem a esta figura extraordinária, capaz de enxergar mais além, mirar nas coisas verdadeiramente importantes e não perder o idealismo e a esperança diante dos desafios e contratempos da vida.

LORETTA CHASE
O PRÍNCIPE
dos
CANALHAS
ARQUEIRO

Título original: *Lord of Scoundrels*

tradução: Ivar Panazzolo Junior

preparo de originais: Flávia Midori

revisão: Ana Grillo, Carolina Rodrigues e Tereza da Rocha

projeto gráfico e diagramação: Ana Paula Daudt Brandão

capa: Miriam Lerner | Equatorium Design

imagem de capa: Lee Avison / Trevillion Images

impressão e acabamento: Lis Gráfica e Editora Ltda.

CIP-BRASIL. CATALOGAÇÃO NA PUBLICAÇÃO
SINDICATO NACIONAL DOS EDITORES DE LIVROS, RJ

C436p Chase, Loretta
O príncipe dos canalhas/ Loretta Chase; tradução de Ivar Panazzolo Junior. São Paulo: Arqueiro, 2020.
384 p.; 12,8 x 19,8cm.

Tradução de: Lord of scoundrels
ISBN 978-85-306-0172-0

Ficção americana. I. Parnazzolo Junior, Ivar. II. Título.

20-63341 CDD: 813
CDU: 82-3(73)

Editora Arqueiro Ltda.
Rua Funchal, 538 – conjuntos 52 e 54 – Vila Olímpia
04551-060 – São Paulo – SP
Tel.: (11) 3868-4492 – Fax: (11) 3862-5818
E-mail: atendimento@editoraarqueiro.com.br
www.editoraarqueiro.com.br

PRÓLOGO

Na primavera de 1792, Dominick Edward Guy de Ath Ballister, terceiro marquês de Dain, conde de Blackmoor, visconde de Launcells, barão de Ballister e Launcells, perdeu esposa e quatro filhos para o tifo.

Embora houvesse se casado em obediência às ordens do pai, lorde Dain aprendeu a respeitar a esposa que lhe deu três belos garotos e uma linda menininha. Ele os amava o máximo que podia. Mesmo assim, não era muito, de acordo com os padrões da época. Não fazia parte da natureza de lorde Dain amar alguém. Dedicava seus sentimentos às suas terras, principalmente Athcourt, o lugar que pertencia à família desde tempos ancestrais em Devon. Sua propriedade era sua amante.

Tratava-se de uma amante cara, e ele não era o mais rico dos homens. Portanto, na idade avançada de 42 anos, lorde Dain viu-se obrigado a casar-se novamente, para satisfazer às exigências da amante – e desposar alguns barris de dinheiro.

No final de 1793 ele conheceu, cortejou e casou-se com Lucia Usignuolo, a filha de 17 anos de um nobre florentino.

A sociedade ficou chocada. A linhagem dos Ballisters remontava à época dos saxões. Sete séculos antes, um deles havia se casado com uma dama normanda e recebera o título de barão de William I como recompensa. Desde então, nunca mais um Ballister se casou com uma estrangeira. A sociedade concluiu que a mente do marquês de Dain estava transtornada pelo luto.

Poucos meses depois, ele mesmo começou a desconfiar de que realmente havia perdido a razão por algum motivo. Tinha se casado, imaginava, com uma bela garota de cabelos negros que o adorava e concordava com cada palavra que ele proferia. Entretanto, descobriu que se tratava de um vulcão adormecido. A tinta do contrato de casamento mal havia secado quando ela entrou em erupção.

Lucia era uma garota mimada, orgulhosa, impetuosa e temperamental. Extravagante e imprudente, falava muito e alto demais e ainda zombava das suas ordens. E o pior era que seu comportamento desinibido na cama o deixava horrorizado.

A única coisa que o fazia voltar àquela cama era o medo de que a linhagem dos Ballisters se extinguisse. Ele segurava a raiva e cumpria com suas obrigações. Quando a esposa engravidou, ele parou de fazer sexo com ela e começou a rezar fervorosamente por um filho varão a fim de que não tivesse que experimentar aquilo outra vez.

Em maio de 1795 a Providência Divina atendeu às suas preces.

Quando olhou a criança pela primeira vez, entretanto, lorde Dain começou a suspeitar de que seu pedido tivesse sido atendido pelo próprio Satanás.

Seu herdeiro era uma coisa verde e enrugada com grandes olhos negros, braços e pernas desproporcionais e um nariz grosseiro e exagerado. E chorava a plenos pulmões, sem parar.

Se pudesse negar que aquela coisa era seu filho, ele o faria. Mas não podia, pois na nádega esquerda da criança se encontrava a mesma mancha escura de nascença, cujo formato de balestra adornava a própria anatomia de lorde Dain. Todas as gerações de Ballisters exibiam a mesma marca.

Incapaz de negar que o monstrinho era seu, o marquês concluiu que aquilo só podia ser a consequência inevitável de atos conjugais lascivos e antinaturais. Em seus momentos mais sombrios, ele acreditava que sua jovem esposa era a dama de companhia de Satanás, e o garoto, a cria do Diabo.

Lorde Dain nunca mais voltou à cama dela.

O garoto foi batizado como Sebastian Leslie Guy de Ath Ballister e, de acordo com a tradição, recebeu o segundo maior título do pai: conde de Blackmoor. O título era bastante adequado, diziam alguns à boca pequena, pois a criança herdara as feições morenas, os olhos de obsidiana e os cabelos negros da mãe. Também ostentava o nariz dos Usignuolos, uma nobre tromba florentina criticada por uma infinidade de ancestrais maternos. O nariz ficava melhor no rosto dos homens adultos da família, cuja compleição era de escala monumental. Em um bebê desajeitadamente desproporcional, aquela característica se transformava num monstruoso bico.

Infelizmente ele também herdara a sensibilidade aguçada dos Usignuolos. Aos 7 anos, já tinha a noção exata de que havia algo de errado com ele.

Sua mãe lhe comprara diversos livros ilustrados, todos muito bonitos. Nenhuma das pessoas retratadas se parecia com ele – exceto por um diabinho corcunda de nariz encurvado que se empoleirava no ombro do Pequeno Tommy e o convencia a fazer maldades.

Embora nunca tivesse percebido um diabinho sobre seu ombro nem ouvido qualquer sussurro, Sebastian sabia que devia ser amaldiçoado, já que sempre estava sendo repreendido ou açoitado. Ele preferia as surras que o tutor lhe aplicava; as reprimendas do pai faziam-no sentir calor e frio ao mesmo tempo, e parecia que seu estômago se enchia de pássaros, todos batendo as asas e tentando fugir, então suas pernas começavam a tremer. Mas ele não ousava chorar, porque não era mais um bebê, e a atitude apenas deixava o pai mais furioso. Uma expressão tomava-lhe o rosto, o que era ainda pior do que as palavras de repreensão.

Nos livros ilustrados, os pais sorriam para os filhos e os abraçavam e os beijavam. Às vezes sua mãe fazia isso, quando estava de bom humor, mas o pai não lhe reservava a mesma atenção. Ele nunca conversava ou brincava com Sebastian. Nunca colocava o garoto sobre os ombros e o levava para passear, ou mesmo o colocava em seu colo quando saía para cavalgar. O garoto montava o próprio pônei, e foi Phelps, um dos cavalariços, quem o ensinou a montar.

Sebastian sabia que não podia perguntar à mãe o que havia de errado com ele e como remediar a situação. Aprendera a não falar muito – exceto quando dizia que a amava e que ela era a mãe mais bonita do mundo –, pois quase todo o resto a deixava irritada.

Certo dia, quando estava indo a Dartmouth, a mãe perguntou o que Sebastian queria que ela lhe trouxesse. Ele pediu um irmãozinho com quem pudesse brincar. Ela começou a chorar e ficou cada vez mais furiosa, gritando palavrões em italiano. Embora o garoto não soubesse o que significavam, sabia que eram palavras feias, porque, quando seu pai as ouvia, ele ralhava com a esposa.

Então eles começavam a brigar. E isso era pior até mesmo do que o choro da mãe e o olhar mais furioso do pai.

Sebastian não queria causar nenhum problema. Não queria que a mãe dissesse aqueles palavrões, porque Deus poderia ficar irritado, e ela acabaria morrendo e indo para o inferno. E, se isso acontecesse, ninguém mais o abraçaria nem beijaria.

Assim, não havia a quem Sebastian pudesse perguntar o que estava errado e o que fazer, exceto o Pai Divino. Mas Ele nunca respondia.

Então, um dia, quando o garoto tinha 8 anos, sua mãe saiu com a dama de companhia e não retornou.

Seu pai tinha ido a Londres e os empregados disseram a Sebastian que ela decidira ir até lá também.

Mas o pai não demorou a voltar, e a mãe não chegou com ele.

Sebastian foi chamado ao escritório. Seu pai, com uma expressão muito sombria, estava sentado atrás de uma imensa mesa, com a Bíblia aberta diante de si. Ordenou que ele se sentasse. Tremendo, o garoto obedeceu. Era tudo o que conseguia fazer. Não era capaz de falar. Os pássaros batiam as asas com tanta força em seu estômago que ele teve que se esforçar muito para não vomitar.

– Você deve parar de perturbar os criados com perguntas sobre sua mãe – disse-lhe o pai. – Não fale dela novamente. Ela é uma criatura maligna e demoníaca. Seu nome é Jezebel, e "os cães devorarão Jezebel no campo de Jezreel".

Alguém gritava dentro da cabeça de Sebastian, tão alto que ele mal conseguia ouvir o pai. Mas ele parecia não escutar os gritos; estava olhando para a Bíblia.

– "Pois os lábios da mulher imoral destilam mel; sua voz é mais suave que o azeite" – recitou ele. – "Mas no fim é amarga como fel, afiada como uma espada de dois gumes. Seus pés descem para a morte; seus passos conduzem diretamente para a sepultura." – Ele ergueu os olhos. – Eu renuncio a ela, e meu coração se alegra ao perceber que a corrupção saiu da casa dos meus pais. Não tocaremos mais nesse assunto.

Ele se levantou e tocou a sineta, e um dos lacaios levou o garoto dali. Mesmo com a porta do escritório fechada, mesmo enquanto descia rapidamente as escadas, os gritos na cabeça de Sebastian não paravam. Ele tentou tapar os ouvidos, mas a gritaria continuou, e tudo o que conseguiu fazer foi abrir a boca e soltar um berro longo e terrível.

Quando o lacaio tentou silenciá-lo, o menino o chutou e mordeu, desvencilhando-se do homem. E todas aquelas palavras lhe saíram pela boca. Não foi capaz de contê-las. Havia um monstro dentro de si, e o garoto não conseguiu impedi-lo de sair. Ele pegou um vaso e jogou-o contra um espelho. Agarrou uma estátua de gesso e derrubou-a no chão. Saiu correndo pelo salão nobre, gritando e quebrando tudo o que suas mãos conseguiam alcançar.

Os criados mais graduados correram quando ouviram o barulho, mas não conseguiram tocar a criança; todos tinham plena convicção de que o garoto estava possuído por demônios. Ficaram paralisados, congelados pelo horror, testemunhando o herdeiro de lorde Dain reduzir o salão nobre a um monte de escombros. Nenhuma palavra de censura, nenhum som, veio do andar superior. A porta do escritório do marquês permaneceu fechada, como se ele quisesse se proteger do demônio furioso.

Finalmente, a enorme cozinheira entrou no salão, pegou o garoto transtornado nos braços e, ignorando os socos e os chutes que ele tentava desferir, abraçou-o.

– Já chega, criança – murmurou ela.

Sem temer qualquer demônio ou mesmo lorde Dain, ela levou Sebastian até a cozinha e expulsou todos os auxiliares. Sentou-se em sua enorme cadeira diante do fogo e embalou o garoto que soluçava até que estivesse cansado demais para continuar chorando.

Como o restante dos criados, a cozinheira sabia que Lady Dain havia fugido com o filho de um rico comerciante. Não fora a Londres, mas a Dartmouth, onde embarcou num dos navios do amante e partiu com ele rumo às Índias Ocidentais.

O choro histérico de Sebastian, que falava sobre cães que comeriam sua mãe, fizeram com que a cozinheira sentisse um forte desejo de enfiar um cutelo no senhor da casa. O jovem conde de Blackmoor era o garotinho mais feio já visto por toda Devon – e talvez em toda Cornualha e Dorset também. Era dado a variações de humor, irritava-se facilmente e, de modo geral, não se tratava de uma criança muito agradável. Por outro lado, era apenas um garotinho, que merecia receber algo melhor, pensava ela, do que aquilo que o Destino tinha lhe dado.

Ela contou a Sebastian que seus pais não se davam muito bem e, por isso, sua mãe sentia-se tão infeliz que decidira fugir. Infelizmente, fugir era pior para uma dama do que seria para um menininho, explicou a cozinheira. Era um erro tão grave que jamais poderia ser remediado, e Lady Dain nunca mais poderia voltar.

– Ela vai para o inferno? – perguntou Sebastian. – Meu pai d-disse que... – A voz dele vacilou.

– Deus vai perdoá-la – disse a cozinheira, firmemente. – Se Ele for justo e misericordioso, Ele a perdoará.

Em seguida, ela o levou para o andar de cima, expulsou a babá dos aposentos e o colocou na cama.

Depois que ela saiu, Sebastian sentou-se na cama e pegou a pequena imagem da Virgem Maria e do Menino Jesus que sua mãe lhe dera de presente. Abraçado ao retrato, ele rezou.

Havia aprendido todas as orações tradicionais da fé do pai, mas esta noite ele proferiu uma das preces que ouvira sua mãe entoar, segurando o longo terço nas mãos. Tinha ouvido aquela prece tantas vezes que já a sabia de cor, embora não houvesse aprendido muita coisa em latim para compreender todas as palavras.

– *Ave Maria, gratia plena, Dominus tecum, benedicta tu in mulieribus* – começou ele.

Ele não sabia que seu pai estava do lado de fora do quarto, escutando.

Não sabia que a prece papal, para lorde Dain, seria a gota d'água.

Duas semanas depois, Sebastian foi colocado numa carruagem e levado a Eton.

Após uma breve entrevista com o diretor, ele foi abandonado no imenso dormitório e deixado à mercê dos alunos da escola.

Lorde Wardell, o mais velho e o mais alto, olhou para Sebastian por um longo tempo e explodiu em risos. Os outros logo seguiram o exemplo. Sebastian ficou paralisado, escutando o que pareciam ser mil hienas ensandecidas.

– Não é de admirar que sua mãe tenha fugido – disse Wardell ao grupo quando conseguiu recuperar o fôlego. – Ela gritou quando você nasceu, imbecil? – perguntou ele ao garoto.

– Eu não sou imbecil – disse Sebastian, fechando os punhos.

– É o que eu disser que é, seu idiota – informou Wardell. – E eu digo que sua mãe deu no pé porque não suportou olhar para você nem por mais um minuto. Porque você parece uma lacraia suja. – Com as mãos às costas, ele lentamente contornou o atarantado Sebastian. – O que me diz disso, imbecil?

O garoto olhou para os rostos zombeteiros que o fitavam. Phelps, o cavalariço, disse que ele faria amigos na escola. Sebastian, que nunca tivera ninguém com quem pudesse brincar, agarrou-se àquela esperança durante a viagem longa e solitária.

Não estava vendo nenhum amigo ali, apenas rapazes que o humilhavam – e todos bem maiores que ele.

– Eu fiz uma pergunta, seu verme – insistiu Wardell. – Quando seus superiores fazem uma pergunta, é melhor você responder.

Sebastian olhou firmemente nos olhos azuis do seu algoz.

– *Stronzo* – disse ele.

Wardell lhe deu um cascudo leve na cabeça.

– Nada dessa palhaçada macarrônica, imbecil.

– *Stronzo* – repetiu Sebastian, de forma audaciosa. – Você é um cagão.

Wardell ergueu as sobrancelhas claras e olhou para os camaradas reunidos ali.

– Ei, ouviram isso? – perguntou ele. – Não só ele é feio como Belzebu; também tem uma boca bem suja. O que devemos fazer com ele, pessoal?

– Jogá-lo pela janela – falou um.

– Afogá-lo – sugeriu outro.

– Na latrina – acrescentou um terceiro. – Ele está procurando por cocô, não é?

A sugestão foi recebida com um entusiasmo vociferante.

Em um instante, todos estavam sobre ele.

ENQUANTO ESTAVAM A CAMINHO daquele destino cruel, os rapazes deram a Sebastian várias oportunidades de se retratar. Tudo o que precisava fazer era lamber as botas de Wardell e implorar por perdão, e seria poupado.

Mas o monstro havia se apoderado dele, e Sebastian respondera atrevidamente com todos os insultos em inglês e italiano que conhecia.

Não foi a rebeldia que o ajudou naquele momento, mas certas leis da física. Por menor que fosse, seu corpo era desajeitado – os ombros ossudos, por exemplo, eram largos demais para caber na privada. Wardell apenas conseguiu enfiar a cabeça de Sebastian no buraco e segurá-lo ali até que ele vomitasse.

O incidente, para a irritação de Wardell e dos companheiros, não ensinou nenhum respeito ao verme. Embora dedicassem boa parte do tempo livre a educá-lo, Sebastian não aprendia. Zombavam da aparência do garoto, da mistura de sangue inglês e italiano, e criavam canções obscenas sobre sua mãe. Eles o seguravam pelos tornozelos sobre o parapeito de janelas, colocavam-no dentro de um cobertor com as pontas amarradas e jogavam-no de um lado para outro, escondiam roedores mortos em sua cama. Quando ficava sozinho – ainda que houvesse pouquíssima privacidade em Eton –, ele chorava de tristeza, ódio e solidão. Em público, xingava e brigava, mas sempre saía perdendo.

Entre os constantes abusos que sofria fora da sala de aula e os xingamentos dentro dela, Eton tentou arrancar dele qualquer sentimento como afeição, gentileza ou confiança. Os métodos da escola faziam aflorar o que havia de melhor em alguns garotos. Em Sebastian, despertaram o que havia de pior.

Aos 10 anos, o diretor o chamou para uma conversa e contou que a mãe dele morrera devido a uma febre nas Índias Ocidentais. Sebastian escutou a notícia em um silêncio pétreo. Saiu do gabinete do diretor e foi arrumar briga com Wardell.

O garoto era dois anos mais velho, tinha o dobro do tamanho e do peso de Sebastian, além de ser rápido. Mas, desta vez, o monstro dentro dele se transformou em uma fúria amarga, e ele lutou fria e silenciosamente, com esperteza e determinação, até conseguir derrubar o oponente e deixá-lo com o nariz sangrando.

Então, bastante ferido, Sebastian olhou para os outros garotos ao redor e deu um sorriso torto.

– Mais alguém? – perguntou ele, embora mal conseguisse reunir o fôlego necessário para formar as palavras.

Ninguém emitiu um som. Ao se virar para ir embora, os outros abriram caminho para ele.

Quando Sebastian já havia atravessado metade do pátio, a voz de Wardell quebrou o silêncio.

– Muito bem, imbecil! – gritou ele.

Sebastian parou de andar e olhou para trás.

– Vá para o inferno! – gritou em resposta.

O gorro de Wardell foi lançado ao ar, acompanhado por uma salva de aplausos e gritos. No instante seguinte, vários gorros voavam e todos os garotos vibravam, empolgados.

– Idiotas – resmungou Sebastian consigo mesmo.

Ele tirou um gorro imaginário, já que o seu fora rasgado e esfarrapado, sem chance de voltar a ser como era, e saudou-os como se estivesse num palco, embora de maneira bastante irônica.

Logo depois, foi cercado por garotos que riam, então erguido e colocado sobre os ombros de Wardell. E, quanto mais ele os insultava, mais os imbecis pareciam gostar daquilo.

Ele logo se tornou o melhor amigo de Wardell. E então, é claro, não houve mais nenhuma esperança para ele.

Entre todos os desordeiros que surravam e insultavam enquanto cresciam em Eton, o grupo de Wardell era o pior. Além das brincadeiras de mau gosto e do assédio aos habitantes indefesos, eles também apostavam dinheiro, fumavam e bebiam até cair – antes mesmo de atingirem a puberdade. E já começavam a requisitar os serviços de prostitutas.

Sebastian foi iniciado nos mistérios eróticos no seu décimo terceiro aniversário. Wardell e Mallory – o rapaz que dera a ideia de enfiá-lo na latrina – embebedaram-no com gim, vendaram seus olhos e o jogaram de um lado para outro por mais de uma hora. Depois, fizeram-no subir um lance de escadas até um quarto que cheirava a mofo. Arrancaram suas roupas e, depois de tirarem a venda, saíram do quarto, trancando a porta.

No quarto havia um lampião que queimava um óleo malcheiroso, um colchão sujo de palha e uma garota gorducha, com cabelos louros cacheados, bochechas rosadas, grandes olhos azuis e um nariz que não era maior que um botão. Ela olhou para Sebastian como se ele fosse um rato morto.

Ele não precisou tentar saber o motivo. Embora tivesse crescido cerca de 5 centímetros desde o aniversário anterior, ainda se parecia com um duende.

– Não vou fazer isso – disse ela. Sua boca se contorceu, teimosamente. – Nem por 100 libras.

Sebastian descobriu que ainda lhe restavam alguns sentimentos. Do contrário, ela não teria conseguido magoá-lo. Sua garganta começou a arder e ele queria chorar, *odiava* a mulher por lhe causar aquela sensação. Ela não passava de uma porca ordinária e estúpida, e, se fosse um garoto, ele a espancaria até que perdesse os sentidos.

Mas esconder os sentimentos já havia se transformado em uma reação instintiva e natural.

– É uma pena – disse ele, friamente. – Hoje é meu aniversário e eu estava me sentindo tão bem-humorado que tinha pensado em lhe pagar 10 xelins.

Sebastian sabia que Wardell nunca pagava mais do que 6 pence a uma prostituta.

Ela fez uma expressão amuada e deslizou o olhar até seu membro masculino. E manteve os olhos fixos ali. Foi o bastante para despertar a atenção dele. E *ele* prontamente começou a crescer.

O lábio da mulher começou a tremer.

– Eu lhe disse que estava de bom humor – falou Sebastian, antes que ela começasse a rir. – Dez xelins e 6 pence, então. Nada mais. Se não gosta do que eu tenho a oferecer, posso ir a outro lugar.

– Espero que eu possa fechar os olhos – disse ela.

Ele deu um sorriso torto.

– Abertos ou fechados, tanto faz para mim. Mas eu *espero* que valha o meu dinheiro.

Ele conseguiu o que queria, e ela não fechou os olhos, mas demonstrou todo o entusiasmo que um homem poderia desejar.

Havia uma lição de vida naquilo, refletiu Sebastian mais tarde, e ele a aprendeu tão rápido quanto todas as outras.

Dali em diante, decidiu que adotaria o seguinte lema de Horácio: "Ganha dinheiro honestamente, se puderes; senão, como puderes."

A PARTIR DO MOMENTO em que chegou a Eton, as únicas notícias que Sebastian recebia de casa eram bilhetes com uma única frase que acompanhavam o dinheiro enviado a cada trimestre. O secretário do pai os escrevia.

Quando estava quase no fim do período de estudos na escola, ele recebeu uma carta de dois parágrafos que descrevia os planos para seus estudos em Cambridge.

Sebastian sabia que Cambridge era uma boa universidade, considerada por muitos mais progressista que a monástica Oxford.

Sabia também que não fora por esse motivo que seu pai havia escolhido Cambridge. Os Ballisters estudavam em Eton e Oxford praticamente desde a fundação dessas instituições. Mandar o filho para qualquer outro lugar era o ato mais próximo de deserdá-lo que lorde Dain podia cometer. Aquilo anunciava ao mundo que Sebastian era uma mancha imunda no brasão da família.

O que, quase certamente, ele era.

Não apenas agia como um monstro – embora nunca o fizesse de maneira tão crassa diante de autoridades que podiam expulsá-lo da instituição –, como também se tornara um, fisicamente: já tinha bem mais de 1,80 metro de altura, e cada centímetro seu exalava uma brutalidade sombria.

Passou a maior parte do tempo em Eton certificando-se de que seria lembrado como um monstro. Orgulhava-se de pessoas decentes terem-no apelidado de "o flagelo e a perdição dos Ballisters".

Até então, lorde Dain não dera qualquer indicação de que percebia ou se importava com o que o filho fazia.

A carta sucinta provou o contrário. Sua senhoria desejava castigar e humilhar o filho, enxotando-o para uma universidade onde nenhum Ballister jamais colocara os pés.

Mas o castigo acabou chegando tarde demais. Sebastian havia aprendido muitas formas de responder a tentativas de controlá-lo, puni-lo e constrangê-lo. Descobrira que o dinheiro, em muitos casos, era mais eficaz que a força física.

Agindo de acordo com o lema de Horácio, ele duplicou, triplicou e quadruplicou sua mesada em jogos de azar e apostas. Gastava metade dos seus ganhos com mulheres, outros vícios e aulas particulares de italiano – porque não queria que ninguém imaginasse que sua mãe era um de seus pontos fracos. Além disso, tinha planejado comprar um cavalo de corrida com a outra metade do dinheiro.

Sebastian respondeu à carta, recomendando que o pai usasse o dinheiro para enviar um garoto que realmente precisasse de estudos a Cambridge, pois o conde de Blackmoor iria para Oxford e pagaria a universidade com o próprio dinheiro.

Em seguida, apostou numa luta as economias destinadas à compra do cavalo de corrida.

O dinheiro que ganhou com a aposta vencedora – e a influência exercida pelo tio de Wardell – levou Sebastian a Oxford.

Sebastian estava com 24 anos quando recebeu as primeiras notícias de casa após o envio daquela carta. A mensagem de um parágrafo anunciava a morte do pai.

Junto com o título, o novo marquês de Dain herdava uma enorme quantidade de terras, mansões – inclusive Athcourt, a magnífica e antiquíssima propriedade nas fronteiras de Dartmoor – e todas as hipotecas e dívidas que vieram com elas.

Seu pai havia deixado as finanças da família em um estado deplorável, à beira da falência, e Sebastian não tinha a menor dúvida quanto ao motivo. Incapaz de controlar o filho, o falecido marquês estava determinado a arruiná-lo.

Mas, se o velho estava sorrindo do outro lado, esperando que o quarto marquês de Dain fosse arrastado até a prisão mais próxima, então ele esperaria por muito, muito tempo.

Sebastian já havia descoberto o mundo dos negócios e empenhou seu cérebro e sua coragem para dominá-lo. Faturava ou ganhava em apostas cada centavo de sua renda, o que lhe permitia viver confortavelmente. No processo, transformara mais de um empreendimento à beira da falência em um investimento lucrativo. Lidar com os problemas financeiros deixados pela mesquinhez do pai foi brincadeira de criança para ele.

Vendeu tudo o que não fosse inalienável, quitou as dívidas, reorganizou o sistema financeiro defasado, dispensou o secretário, o administrador das propriedades e o representante legal da família, substituiu-os por funcionários inteligentes e disse-lhes exatamente o que esperava deles. Então, saiu para uma última cavalgada pelos charcos e pradarias que não via desde criança e partiu para Paris.

CAPÍTULO I

Paris – Março de 1828

– Não. Não pode ser – sussurrou Sir Bertram Trent, consternado. Com os olhos azuis arregalados pelo horror, ele pressionou a testa contra a janela que dava para a Rue de Provence.

– Acredito que seja, senhor – disse o criado Withers.

Sir Bertram passou as mãos pelos cachos castanhos e desgrenhados. Eram duas horas da tarde e ele havia acabado de se trocar, dispensando o robe de banho.

– Genevieve – disse ele, com a voz rouca. – Oh, meu Deus, é ela.

– É sua avó, Lady Pembury, sem dúvida. E sua irmã, a Srta. Jessica, vem com ela. – Withers conteve um sorriso. Estava reprimindo muitas coisas naquele momento. Como o desejo louco de dançar pelo quarto, gritando "aleluia", por exemplo.

Estavam salvos, pensou ele. Com a Srta. Jessica aqui, os problemas logo seriam resolvidos. Ele havia se arriscado bastante quando decidiu escrever para ela, mas era algo que tinha que ser feito. Pelo bem da família.

Sir Bertram andara com companhias malignas. Os mais malévolos companheiros em toda a Cristandade, na opinião de Withers: um bando de arruaceiros degenerados comandado por aquele monstro, o quarto marquês de Dain.

Mas a Srta. Jessica logo daria um fim naquilo, assegurou o criado idoso a si mesmo enquanto rapidamente atava os nós do lenço que sua senhoria usava no pescoço.

A irmã de Sir Bertram, que já contava 27 anos, havia herdado a aparência encantadora da avó viúva: cabelos sedosos, tão negros que pareciam azulados, olhos amendoados e cinzentos, feições de alabastro e uma figura graciosa – características que, no caso de Lady Pembury, mostraram-se imunes aos efeitos do tempo.

Mais importante, segundo o pragmático Withers, a Srta. Jessica herdara o raciocínio, a agilidade física e a coragem do falecido pai. Sabia cavalgar, tinha talento para a esgrima e atirava com uma precisão que se equiparava à dos melhores. Na realidade, no caso das pistolas, ela tinha a melhor pontaria de toda a família, e isso era digno de respeito. Durante dois breves casamentos, sua avó tivera quatro filhos com o primeiro marido, Sir Edmund Trent, e outros dois com o segundo, o visconde de Pembury. Tanto suas filhas quanto seus filhos geraram meninos em abundância. Mesmo assim, nenhum daqueles portentosos cavalheiros conseguia atirar melhor que a Srta. Jessica. Ela era capaz de arrancar a rolha de uma garrafa de vinho a vinte passos de distância – e o próprio Withers a vira fazer isso.

O criado não se incomodaria em vê-la arrancar a cigarreira das mãos de lorde Dain com um tiro. O brutamontes era uma abominação, uma desgraça para seu país, um patife desocupado cuja consciência não era maior que a de uma barata. Ele havia atraído Sir Bertram – que, lamentavelmente, não era o mais esperto dos homens – para seu círculo nefasto e pela estrada íngreme que o levaria à ruína. Mais alguns meses com lorde Dain, e Sir Bertram iria à falência – se as infindáveis noites de devassidão não o matassem antes.

Mas não haveria "mais alguns meses", refletiu Withers, confiante, enquanto conduzia sua senhoria relutante até a porta. A Srta. Jessica daria um jeito em tudo. Ela sempre conseguia.

Bertie conseguiu fingir um misto de alegria e surpresa quando viu as duas. No instante em que a avó se retirou para repousar em seus aposentos, entretanto, ele puxou Jessica até o que parecia ser a sala de visitas do estreito – e dispendioso, ela refletiu, irritada – *appartement*.

– Que o diabo a carregue, Jess. O que significa isso? – ele exigiu saber.

Jessica pegou os jornais de esportes empilhados numa poltrona ao lado da lareira, jogou-os por sobre a grade e deixou o corpo cair com um suspiro na maciez das almofadas.

O trajeto percorrido de Calais até Paris tinha sido longo, empoeirado e cheio de solavancos. Achava que, graças às condições abomináveis das estradas francesas, seu traseiro já devia estar cheio de hematomas.

Ela desejava aplicar uma bela sova no traseiro do irmão. Infelizmente, embora fosse dois anos mais novo, ele era mais alto e mais forte. Os dias em que ela o espetava com um galho, obrigando-o a colocar a cabeça no lugar, já faziam parte de um passado distante.

– É um presente de aniversário – disse ela.

As feições pálidas e de aparência doentia de Bertie se iluminaram por um momento, e seu sorriso idiota, familiar e afável apareceu.

– Eu agradeço, Jess, é muito gentil... – E então o sorriso se desfez e ele franziu o cenho. – Mas meu aniversário é em julho. Não vá me dizer que você pretende ficar até...

– Estou me referindo ao aniversário de Genevieve – esclareceu ela.

Uma das muitas excentricidades de Lady Pembury era sua insistência para que seus filhos e netos se dirigissem e se referissem a ela pelo primeiro nome. "Sou uma mulher", rebatia ela aos que protestavam que essa terminologia era desrespeitosa. "Tenho um nome. Mamãe, vovó...", dizia ela, estremecendo delicadamente, "é muito *anônimo.*"

Bertie se mostrou mais desconfiada.

– E quando será isso?

– O aniversário dela, como você devia lembrar, é depois de amanhã. – Jessica descalçou as botas de pelica cinza, puxou a banqueta e colocou os pés sobre ela. – Queria que ela se divertisse um pouco. Faz muito tempo que não vem a Paris, e as coisas não vão muito bem em casa. Algumas tias andaram comentando a ideia de trancá-la num manicômio. Não que eu me surpreenda. Elas nunca a entenderam. Sabia que ela recebeu três propostas de casamento só no mês passado? Acredito que o Número Três tenha sido a gota d'água. Lorde Fangiers tem 34 anos. A família acha isso constrangedor.

– Bem, não é exatamente digno na idade dela.

– Ela não está morta, Bertie. Por que deve se comportar como se estivesse? Se ela quiser se casar com o garçom da taberna, isso é problema dela. – Jessica lançou um olhar perscrutador na direção do irmão. – Claro, seu novo marido tomaria o controle do patrimônio dela. Ouso dizer que isso preocupa a todos.

Bertie ficou ruborizado.

– Não precisa me olhar desse jeito.

– Não? Você parece estar bem preocupado. Talvez pensasse que ela o livraria das suas dificuldades.

Ele deu um puxão no lenço.

– Não estou em dificuldades.

– Ah, então acho que eu é que estou. De acordo com seu administrador, quitar as suas dívidas vai me deixar com exatamente 47 libras, 6 xelins e 3 pence para passar o resto do ano. Ou seja, terei que voltar a viver com meus tios e tias... ou trabalhar. Por dez anos fui babá dos filhos deles sem qualquer compensação. Não pretendo fazer isso nem por mais dez segundos. Sobra o trabalho.

Bertie arregalou os olhos azuis e pálidos.

– Trabalho? Você quer dizer... *ganhar um salário*?

– Não vejo alternativa aceitável – assentiu ela.

– Ficou louca, Jess? Você é uma *garota*. Encontre um marido. Alguém com os bolsos gordos. Como Genevieve fez. Duas vezes. Você é bonita como ela. Se não fosse tão exigente...

– Mas sou – disse ela. – Felizmente, posso me dar ao luxo de ser assim.

Jessica e Bertie ficaram órfãos muito jovens e foram criados por tias, tios e primos que mal conseguiam sustentar suas próprias proles. A família poderia ter tido uma vida confortável se não houvesse tanta gente. Mas Genevieve vinha de uma linhagem de reprodutores prolíficos, especialmente em relação a ter filhos varões – e seus próprios filhos e netos herdaram o talento.

Essa era uma das razões pelas quais Jessica recebia tantas propostas de casamento – cerca de seis por ano, mesmo agora, quando já devia estar resguardada, usando a touca de solteirona. Mas ela preferia ser enforcada a se casar e se transformar na égua reprodutora de um pateta rico e cheio de títulos – ou a usar uma touca cafona como aquela.

Tinha talento para encontrar tesouros em leilões e antiquários e para vendê-los com um lucro considerável. Embora não ganhasse uma fortuna, nos últimos cinco anos Jessica conseguiu comprar as roupas e os acessórios elegantes que usava, em vez de vestir as peças descartadas pelos parentes. Era uma forma modesta de independência. E queria mais. Passara o ano anterior inteiro planejando o que faria para ganhar mais.

Jessica finalmente havia economizado o bastante para alugar a própria loja e começar a enchê-la de mercadorias. Seria elegante e exclusiva, dedicada a uma clientela de elite. Depois de muito tempo lidando com a alta sociedade, ela passara a compreender a natureza dos ricos e indolentes – não somente sobre o que gostavam, mas também os métodos mais eficientes de atraí-los.

Pretendia colocar o plano em prática quando conseguisse arrancar seu irmão da confusão em que havia se metido. Em seguida, garantiria que os problemas dele nunca mais perturbassem a vida regrada e ordenada que Jessica tinha. Bertie era um palerma irresponsável, um desmiolado indigno de confiança. Ela estremecia ao imaginar o que o futuro lhe reservava se continuasse a depender dele para qualquer coisa.

– Você sabe muito bem que eu não preciso me casar por dinheiro – disse ela. – Apenas preciso abrir a loja. Já escolhi o lugar e economizei o bastante para...

– Aquela ideia maluca de montar uma loja de quinquilharias? – gritou ele.

– Não é uma loja de quinquilharias – disse ela, calmamente. – Como já lhe expliquei uma dúzia de vezes...

– Não vou deixar que você abra uma loja. – Bertie se levantou. – Nenhuma irmã minha vai entrar no comércio.

– Eu adoraria saber o que você vai fazer para me impedir – respondeu ela.

Ele contorceu o rosto em uma careta ameaçadora.

Jessica se recostou na cadeira e o observou com um olhar contemplativo.

– Ora, Bertie, você parece um porco, apertando os olhos desse jeito. De fato, você engordou como um desde a última vez que o vi. Pelo menos 12 quilos. Talvez uns 15 ou mais. – Ela baixou o olhar. – E está tudo na sua barriga, pelo que parece. Você me faz lembrar o rei.

– Aquela *baleia*?! – gritou ele. – Não, nada disso. Retire o que disse, Jess.

– Ou o quê? Vai se sentar em cima de mim? – Ela riu.

Bertie deu as costas para ela e jogou-se no sofá.

– Se eu fosse você – disse ela –, me preocuparia menos com o que minha irmã diz e faz e pensaria no meu próprio futuro. Sei cuidar de mim mesma, Bertie. Mas você... Bem, acho que você é que devia se casar com alguém com os bolsos gordos.

– O casamento é para covardes, tolos e mulheres – respondeu ele.

Ela sorriu.

– Isso parece o tipo de coisa que um imbecil bêbado anunciaria para outros logo antes de cair de cara na vasilha de ponche, em meio às costumeiras galhofas masculinas sobre fornicação e processos excretórios.

Jessica não esperou que Bertie revirasse o cérebro tentando encontrar as definições daquelas palavras.

– Eu sei muito bem o que os homens acham engraçado – continuou ela. – Já morei com você e ajudei a criar dez primos homens. Bêbados ou sóbrios, eles gostam de piadas sobre o que fazem, ou o que têm vontade de fazer, com as mulheres, e possuem verdadeira fascinação por atos como soltar gases, mijar e...

– Mulheres não têm senso de humor – disse Bertie. – Não precisam disso. O Todo-Poderoso as criou como um gracejo para os homens. Daí é possível deduzir logicamente que o Todo-Poderoso é uma mulher.

Ele pronunciou as palavras de maneira lenta e cuidadosa, refletindo o esforço que precisou fazer para memorizá-las.

– De onde veio esse pendor para a profundidade filosófica, Bertie?

– Como é?

– Quem lhe falou tudo isso?

– Não foi um imbecil bêbado, Srta. Irônica Zombeteira – disse ele, amuado. – Posso não ter o melhor cérebro do mundo, mas acho que ainda consigo identificar um imbecil. E não é o caso de Dain.

– Com certeza, não. Parece um homem muito esperto. O que mais ele tem a dizer, querido?

Houve uma longa pausa enquanto Bertie tentava decidir se a irmã estava sendo irônica ou não. Como sempre, ele errou em seu julgamento.

– Bem, ele *é* inteligente, Jess. Eu devia ter imaginado que você reconheceria isso. O que ele diz... Ora, o cérebro dele está sempre funcionando, a quilômetros por hora. Não sei como ele consegue. Ele não come muito peixe, então não pode ser por isso.

– Imagino que ele use gim como combustível – resmungou Jessica.

– Como é?

– Eu falei que suponho que o cérebro dele seja imbatível.

– Deve ser – disse Bertie. – E não digo isso só por dizer. Ele tem um cérebro focado no dinheiro, também. Sabe fazer a Bolsa de Valores dançar conforme a música dele, é o que dizem por aí. Mas a única música que Dain toca é o barulho das moedas. E estou falando de um barulhão, Jess.

Ela não tinha por que duvidar. Pelo que sabia, o marquês de Dain era um dos homens mais ricos da Inglaterra. Podia desfrutar de qualquer extravagância irresponsável. E o pobre Bertie, que não tinha condições de bancar nem as modestas, estava tomado por um desejo incontrolável de imitar o ídolo.

Pois certamente se tratava de idolatria, como Withers tinha afirmado de maneira quase incoerente na carta que enviara. O fato de Bertie ter forçado suas parcas faculdades mentais a ponto de *memorizar* o que Dain dizia era uma prova inabalável de que o criado não havia exagerado.

Lorde Dain tinha se tornado o senhor do universo de Bertie... e o estava levando direto para o inferno.

LORDE DAIN NÃO ERGUEU os olhos quando a sineta do balcão da loja tocou. Não se importava com quem seria o novo cliente, e Champtois, seu fornecedor de antiguidades e curiosidades artísticas, não deveria se importar também, porque o cliente mais importante de Paris já havia entrado em sua loja. Como era o mais importante, Dain esperava e recebia a atenção exclusiva do proprietário. Champtois não somente não olhou para a porta, como também não fez qualquer menção de ver, ouvir ou pensar em qualquer coisa que não estivesse relacionada ao marquês de Dain.

Ser indiferente, infelizmente, não é o mesmo que ser surdo. A sineta ainda não havia parado de retinir quando Dain ouviu uma voz masculina familiar resmungando com sotaque inglês e uma feminina que não conhecia murmurando em resposta. Não conseguiu identificar as palavras. Pelo menos uma vez Bertie Trent conseguiu manter a voz abaixo do seu suposto "sussurro" – que podia ser ouvido do outro lado de um campo de futebol.

Ainda assim, era Bertie Trent, o maior bobalhão do planeta, o que significava que lorde Dain precisaria adiar sua própria transação. Não tinha qualquer intenção de conduzir uma negociação enquanto Trent estivesse por perto, dizendo, fazendo e observando tudo o que era calculado para elevar o preço enquanto delirava sob a impressão de que estava ajudando a baixá-lo.

– E eu digo que... – veio a voz grave. – Aquele ali não é... Ora, por Júpiter, é, sim.

Tum. Tum. Tum. Passos pesados se aproximavam.

Lorde Dain reprimiu um suspiro, virou-se e olhou duramente para aquele que o infortunava.

Trent ficou parado onde estava.

– Bem, não quis interromper, especialmente quando um companheiro está regateando com Champtois – disse ele, fazendo um movimento com a cabeça na direção do proprietário. – Como eu estava contando a Jess há pouco: deve-se manter a cabeça fria e cuidar para que não ofereça mais da metade do que está disposto a pagar. E não se deve esquecer do que significa "metade" e "dobro" quando tudo está em francos e soldos, ou seja lá como se chamam essas moedas francesas, e multiplicar e dividir outra vez para encontrar o valor em libras, xelins e pence. Não entendo por que não fazem logo as coisas de forma apropriada, exceto talvez por quererem exasperar um homem.

– Acho que já falei antes, Trent: você poderia se exasperar menos se não perturbasse o equilíbrio da sua delicada constituição exercendo o ato de *calcular* – disse Dain.

Ele ouviu um farfalhar e um som abafado em algum lugar acima à esquerda. Desviou o olhar até lá. A mulher que murmurava estava curvada sobre o mostruário de joias. A loja era incrivelmente mal iluminada – o que era proposital, a fim de que os clientes tivessem dificuldade de avaliar as mercadorias. Tudo o que Dain conseguiu perceber era que a mulher usava sobrecasaca azul e uma daquelas horríveis toucas com aba decorada que estavam na moda.

– Eu recomendo – prosseguiu ele, com os olhos na mulher – que você resista à tentação de fazer contas se estiver interessado em um presente para sua *chère amie*.

As mulheres vivem num mundo matemático superior ao dos homens, especialmente quando se trata de presentes.

– Isso acontece, Bertie, porque o cérebro feminino alcançou um estado mais avançado de desenvolvimento – respondeu a mulher, sem erguer os olhos. – As mulheres reconhecem que a escolha de um presente requer o equilíbrio entre uma equação moral, psicológica, estética e sentimental que é extremamente complicada. Eu não recomendaria que um reles homem tentasse se envolver no delicado processo de balancear essa equação, especialmente pelo método primitivo de *calcular.*

Por um momento desconcertante, lorde Dain teve a impressão de que alguém havia acabado de enfiar sua cabeça na latrina. Seu coração começou a bater mais forte e sua pele ficou arrepiada, levemente suada, como ocorrera naquele dia inesquecível em Eton, 25 anos antes.

Ele disse a si mesmo que seu café da manhã não devia ter lhe feito bem. Talvez a manteiga estivesse rançosa.

Era impensável que aquela desprezível réplica feminina o tivesse afetado. Não havia a menor possibilidade de ele se sentir desconcertado por essa mulher de língua afiada que devia ser, como presumiu inicialmente, uma vagabunda desmazelada com quem Bertie estivera na noite anterior.

O sotaque dela denunciava que era uma dama. Pior ainda – se fosse possível haver espécie pior de ser humano –, ela era, pelo que parecia, uma intelectual. Em toda a sua vida, lorde Dain nunca encontrara uma mulher que soubesse o que era uma equação, e menos ainda uma que soubesse que equações eram passíveis de balanço.

Bertie se aproximou e, com seu sussurro espalhafatoso, perguntou:

– Faz alguma ideia do que ela disse, Dain?

– Sim.

– E o que foi?

– Homens são brutos e ignorantes.

– Tem certeza?

– Absoluta.

Bertie soltou um suspiro e olhou para a mulher, que continuava fascinada pelo conteúdo do mostruário.

– Você prometeu que não insultaria meus amigos, Jess.

– Não imagino como possa ter feito isso, já que não encontrei nenhum.

Ela parecia estar tramando algo. A touca que ela usava, com todos aqueles laços e flores que a decoravam, inclinou-se de um lado para outro enquanto ela estudava o objeto de seu interesse, observando-o a partir de vários ângulos.

– Bem, quer conhecer um deles? – perguntou Trent, impaciente. – Ou vai ficar aí olhando esse monte de porcarias o dia todo?

Ela endireitou a postura, mas não se virou.

Bertie pigarreou.

– Jessica – disse ele, com determinação. – Dain. Dain... Que diabos, Jess. Não consegue tirar os olhos desse lixo por um minuto?

Ela se virou.

– Dain. Esta é minha irmã.

Quando Jessica ergueu os olhos, um calor feroz, lépido, varreu o corpo de lorde Dain, do alto da sua cabeça à ponta das suas botas lustradas com champanhe. O calor imediatamente deu lugar a um suor frio.

– Meu senhor – disse ela, com um breve aceno de cabeça.

– Srta. Trent – respondeu ele. E não conseguiria mais proferir uma única sílaba, mesmo que sua vida dependesse disso.

Sob a aba daquela touca horrorosa havia uma oval

perfeita de porcelana branca e feições impecáveis. Cílios grossos e negros emolduravam olhos cinzentos como a prata, levemente inclinados para cima harmonizando com as linhas das maçãs do rosto. Seu nariz era reto e delicadamente esguio, a boca, suave e rosada, um pouco mais carnuda do que ele gostaria.

Jessica Trent não possuía a beleza clássica inglesa, mas era perfeita, e, como não era cego nem ignorante, lorde Dain reconhecia qualidade quando a encontrava.

Se ela fosse uma peça de porcelana de Sèvres, uma pintura a óleo ou uma tapeçaria, ele a compraria imediatamente, sem reclamar do preço.

Por um instante insano, enquanto contemplava a ideia de lambê-la da testa de alabastro até as pontas dos dedos dos pés, ele imaginou qual seria o preço daquela mulher.

Mas, pelo canto do olho, viu seu próprio reflexo no vidro.

Seu rosto sombrio era severo e duro, a própria face de Belzebu. No caso de Dain, o livro podia muito bem ser julgado pela capa, pois ele também era severo e duro por dentro. Tinha a alma típica de Dartmoor, onde o vento soprava com força e a chuva castigava as rochas cinzentas e impiedosas, enquanto o belo gramado se revelava poços de areia movediça capazes de engolir um boi por inteiro.

Qualquer idiota era capaz de enxergar as placas de advertência: "ABANDONAI TODA A ESPERANÇA VÓS QUE AQUI ENTRAIS" ou, indo direto ao ponto, "PERIGO. AREIA MOVEDIÇA".

Da mesma forma, a criatura diante dele era uma dama e nenhuma placa avisava que se devia manter distância. "Dama", no Dicionário de Dain, estava listada sob os verbetes "Praga", "Peste" e "Fome".

Quando recobrou a razão, descobriu que devia ter

fixado o olhar nela durante algum tempo, porque Bertie – evidentemente entediado – se virara para observar um conjunto de soldadinhos de madeira.

Dain logo se recompôs.

– Não é sua vez de falar, Srta. Trent? – perguntou ele num tom de deboche. – Não ia fazer um comentário sobre o tempo? Acredito que seja a maneira apropriada de se iniciar uma conversa.

– Seus olhos – disse ela, com o olhar firme – são muito negros. Parecem ser de um castanho bem escuro. Mesmo assim, a ilusão é... esmagadora.

Houve uma rápida sensação de ser apunhalado perto do diafragma ou na barriga, ele não conseguiu saber onde.

Sua compostura não vacilou nem um milímetro. Tinha aprendido a mantê-la mesmo nas piores situações.

– A conversa avançou para o lado pessoal com uma rapidez impressionante – argumentou ele. – Você está fascinada pelos meus olhos.

– Não consigo evitar – respondeu ela. – São extraordinários. Muito *negros*. Mas não queria que se sentisse desconfortável.

Com um sorriso sutil, ela voltou a observar o mostruário de joias.

Dain não tinha certeza do que era exatamente, mas não duvidava de que havia mesmo algo de errado com ela. Ele era Belzebu em pessoa, não era? Ela devia ter desmaiado ou recuado horrorizada, pelo menos. Mas ela o olhara com uma altivez sólida como o bronze, e pareceu, por um momento, que aquela criatura na verdade estava *flertando* com ele.

Ele decidiu ir embora. Poderia refletir sobre aquela incoerência longe dali. Estava indo em direção à porta quando Bertie se virou e veio rapidamente em seu encalço.

– Você conseguiu se livrar com facilidade – sussurrou Trent alto o bastante para que suas palavras fossem ouvidas em Notre-Dame. – Eu tinha certeza de que ela o rasgaria ao meio, e é isso que ela vai fazer se deixar, sem se importar com quem você é. Não que você não consiga lidar com ela, mas Jessica é capaz de dar dor de cabeça a um homem, e se você estava pensando em sair para beber...

– Champtois acabou de receber um autômato que você vai achar bem intrigante – interrompeu Dain. – Por que não pede que ele dê corda no boneco para ver o que ele faz?

O rosto quadrado de Bertie se iluminou de alegria.

– Um daqueles... Como é que se chama mesmo? Sério? O que ele faz?

– Por que não vai lá olhar? – sugeriu Dain.

Bertie trotou até o dono da loja e começou a tagarelar com um sotaque que qualquer parisiense consideraria uma justificativa plausível para cometer um homicídio.

Após distrair Bertie da sua aparente intenção de segui-lo, lorde Dain precisava apenas de mais alguns passos para sair. Mas seu olhar foi atraído novamente para a Srta. Trent, que mais uma vez mostrava-se encantada por algo no mostruário de joias. Mordido pela curiosidade, ele hesitou.

CAPÍTULO 2

Mesmo com o zunido e os estalidos do autômato, Jessica ouviu claramente a hesitação do marquês, como se fosse o trompete que marca o início da batalha.

Em seguida, ele marchou. Passos ousados e arrogantes. Resolveu o que faria e avançava com a artilharia pesada.

Dain *era* artilharia pesada, pensou ela. Nada que Bertie ou qualquer outra pessoa tivesse lhe dito poderia prepará-la o suficiente. Cabelos negros como carvão, olhos negros e ousados e um nariz enorme e avassalador, além da sensualidade taciturna daquela boca – apenas o rosto já indicava uma linhagem direta que remontava ao próprio Lúcifer, de acordo com Withers.

Já o corpo...

Bertie contara que Dain era um homem muito grande, então ela imaginou algo parecido com um gorila. Não estava preparada para um garanhão: grande e de proporções esplêndidas, vigorosamente musculoso, se o que suas calças justas delineavam indicasse a realidade. Ela não deveria olhar para *lá*, mesmo que fosse apenas por um instante, mas um físico como aquele exigia atenção e a atraía para... todos os lugares. Depois daquele momento tão inapropriado para uma dama, Jessica precisou de toda a sua força de vontade para manter o olhar firme no rosto dele. Mesmo assim, ela só conseguiu realizar essa proeza porque receava perder o pouco que restava de sua razão e... fazer algo horrivelmente escandaloso.

– Muito bem, Srta. Trent – soou aquela voz profunda, de algum lugar acima do ombro direito de Jessica. – A senhorita atiçou minha curiosidade. Que diabos encontrou aí dentro que possa ser tão encantador?

A cabeça dele podia estar distante da dela, mas o restante daquele corpo rígido estava muito próximo. Ela sentiu o cheiro do charuto que ele fumara havia pouco. E uma sutil – e excessivamente cara – água-de-colônia masculina. O corpo dela foi tomado de novo pelo calor lento que sentira alguns momentos antes e do qual ainda não tinha se recuperado por completo.

Ela precisaria ter uma longa conversa com Genevieve, disse a si mesma. Essas sensações não podiam ser o que Jessica suspeitava.

– O relógio – disse ela, serena. – Aquele com a imagem da mulher de vestido cor-de-rosa.

Dain se aproximou e se curvou para observar o mostruário.

– Aquela que está sob a árvore? É esse relógio?

Ele colocou a mão encoberta por uma luva cara sobre o mostruário, e toda a saliva se evaporou da boca de Jessica. Mãos grandes e poderosas. Ela se deu conta de que aquela mão poderia erguê-la do chão sem dificuldades.

– Sim – respondeu ela, resistindo ao desejo de passar a língua pelos lábios secos.

– A senhorita quer examiná-lo mais de perto, tenho certeza.

Dain estendeu a mão, pegou a chave que estava pendurada numa das vigas de sustentação da parede, foi até a parte de trás do mostruário, destrancou-o e pegou o relógio.

Champtois não deixaria de perceber aquela audácia, mas não emitiu uma única sílaba. Jessica olhou para trás. Parecia que ele estava bastante envolvido num diálogo profundo com o irmão. "Parecia" era o termo adequado. Era quase impossível ter o que se entende como conversa, quando o interlocutor era Bertie. Uma conversa *profunda* – e em francês – estava fora de questão.

– Talvez seja melhor eu lhe mostrar como essa coisa funciona – disse o lorde, forçando-a a se concentrar nele outra vez.

Jessica reconheceu naquela voz grave o tom inocente que costuma preceder a típica ideia idiota que atravessa a mente de um homem ao pensar em um gracejo. Ela podia ter lhe explicado que, como não era nenhuma criança, sabia muito bem como o relógio funcionava. Mas o brilho naqueles olhos negros denunciava que Dain estava se divertindo bastante, e ela não queria estragar isso. Pelo menos, não ainda.

– Que gentil – murmurou ela.

– Quando se gira este botão – disse ele, fazendo a demonstração –, como pode ver, as saias dela se abrem e ali, entre as pernas, está um... – Ele fingiu observar o relógio mais atentamente. – Santo Deus, isso é indecoroso. Creio que há um homem ajoelhado ali – completou, levando o relógio para bem perto do rosto dela.

– Não sou míope, meu senhor – comentou ela, tomando-lhe o relógio. – O senhor tem razão. É um homem. Deve ser o amante dela, pois parece estar lhe prestando os serviços de um amante.

Jessica abriu a bolsa, tirou uma pequena lente de aumento e examinou detalhadamente o relógio, consciente de que estava passando por uma análise similar.

– O esmalte da peruca do cavalheiro está um pouco descascado, e há um pequeno arranhão do lado esquerdo da saia da dama – observou ela. – Exceto por isso, eu diria que o relógio está em excelente condição, considerando sua idade, embora duvide muito que será capaz de marcar as horas com precisão. Não é um Breguet, afinal de contas.

Ela guardou a lupa e ergueu o rosto para fitar o olhar encoberto pelas pálpebras pesadas de Dain.

– Quanto acha que Champtois vai pedir por ele?

– Quer comprá-lo, Srta. Trent? – perguntou ele. – Duvido que seus pais aprovariam uma compra como essa. Ou as noções inglesas de pudor passaram por uma revolução enquanto estive fora?

– Ah, não é para mim. É para a minha avó.

Jessica teve que lhe dar crédito. Lorde Dain não se deixou abalar, nem um fio de cabelo.

– Ah, sim. Nesse caso, é diferente.

– Para o aniversário dela – explicou Jessica. – Agora, se me der licença, é melhor eu tirar Bertie de suas negociações. O tom de voz dele me diz que ele está tentando calcular e, como você comentou de maneira tão perspicaz, isso não é bom.

Ele poderia erguê-la com uma das mãos, pensou Dain enquanto a observava andar pela loja. A cabeça da mulher mal chegava à altura do seu peito e, mesmo com aquela touca pesada, ela não devia pesar mais do que 50 quilos.

Dain estava acostumado a ser bem mais alto que as mulheres – e quase todo mundo – e aprendera a se sentir confortável com o tamanho avantajado do corpo. Os esportes, principalmente o boxe e a esgrima, lhe ensinaram a ter passos leves e rápidos.

Ao lado dela, ele se sentiu um paspalho. Um paspalho enorme, feio e estúpido. Ela sabia perfeitamente que tipo de relógio era aquela coisa amaldiçoada. A pergunta era: que tipo de coisa amaldiçoada era aquela mulher? A garota olhou diretamente no seu rosto de canalha e nem pestanejou. Ele havia se colocado bem próximo dela, e ela não fizera menção de se esquivar.

Em seguida, ela pegou uma lente de aumento e observou aquele relógio lascivo com a mesma tranquilidade que examinaria uma edição rara do *Livro dos mártires*, de Foxe.

Desejava agora ter prestado mais atenção no que Trent dissera sobre a irmã. O problema era que, se um homem desse atenção demais a qualquer coisa que Bert Trent dizia, com certeza acabaria enlouquecendo.

Lorde Dain mal havia completado aquele pensamento quando Bertie gritou:

– Não! Absolutamente não! Você vai incentivá-la, Jess.

Não vou admitir isso! Você não vai vender isso a ela, Champtois.

– Vai, sim, Champtois – disse a Srta. Trent em um francês bem competente. – Não dê atenção ao meu irmão mais novo. Ele não tem nenhuma autoridade sobre mim. – Ela traduziu as frases para Bertie, deixando-o ruborizado.

– Não sou *criança*! Sou o chefe dessa maldita família. E eu...

– Vá brincar com o garoto do tambor, Bertie – pediu ela. – Ou, melhor, por que não leva seu amigo encantador para beber alguma coisa?

– Jess... – A voz de Bertie estava tingida pelo desespero. – Você sabe que ela vai mostrar o relógio para as pessoas e... e eu ficarei *desonrado*.

– Ora, até parece que você virou um puritano depois que saiu da Inglaterra.

Os olhos de Bertie ameaçavam saltar das órbitas.

– Virei um... o quê?

– Um puritano, meu querido. Um pudendo, um defensor da moral. Um mero metodista.

Bertie proferiu vários sons inarticulados e olhou para Dain, que, a essa altura, já tinha desistido de ir embora. Apoiava-se sobre o mostruário de joias observando a irmã de Bertie Trent com uma fascinação taciturna.

– Você ouviu isso, Dain? – exigiu Bertie. – Ouviu o que essa maldita garota disse?

– Não pude deixar de ouvir – disse Dain. – Escutei tudo com bastante atenção.

– *Eu!* – Bertie enfiou o polegar no peito. – Um *puritano*.

– De fato, é bem chocante. Serei obrigado a romper nossa amizade. Não posso me dar ao luxo de ser corrompido por companheiros virtuosos.

– Mas, Dain, eu...

– Seu amigo tem razão, querido – disse a Srta. Trent.

– Se as pessoas ficarem sabendo disso, ele não poderá se arriscar a ser visto com você. A reputação dele ficaria arruinada.

– Então conhece minha reputação? – inquiriu Dain.

– Ah, sim. O senhor é o homem mais perverso que já existiu. E, pelas histórias que as babás contam, come criancinhas no café da manhã, se elas se comportarem mal.

– Mas a senhorita não parece nem um pouco alarmada.

– Não está na hora do café da manhã, e eu não sou nenhuma criança. Embora eu entenda que, devido à sua altura, o senhor pode me confundir com uma.

Lorde Dain a olhou da cabeça aos pés.

– Não, eu não cometeria um erro como esse.

– Eu duvido, depois de ouvi-la censurar e insultar um cavalheiro – disse Bertie.

– Por outro lado, Srta. Trent... – prosseguiu Dain como se Bertie não existisse. Em um mundo perfeito, ele não existiria. – Se a *senhorita* se comportar mal, talvez eu me sinta tentado a...

– *Qu'est-ce que c'est, Champtois?* – perguntou a Srta. Trent. Ela andara ao longo do balcão e estava diante da bandeja de produtos que Dain observava quando os irmãos entraram na loja.

– *Rien, rien.* – Champtois tampou a bandeja com as mãos. Ele olhou nervosamente para Dain. – *Pas intéressant.*

Ela olhou na mesma direção.

– São suas compras, meu senhor?

– De maneira alguma – respondeu Dain. – Por um momento fiquei curioso pelo tinteiro de prata, o qual, como pode ver, é o único item que merece ser examinado.

Não foi o tinteiro que ela pegou e examinou com sua lente de aumento, mas a pequena gravura coberta de terra com uma moldura grossa e antiquada.

– O retrato de uma mulher, ao que parece – disse ela.

Dain se afastou do mostruário de joias e juntou-se a ela no balcão.

– Ah, sim, Champtois disse que era uma figura humana. Vai sujar suas luvas, Srta. Trent.

Bertie também se aproximou, amuado.

– Isso aí fede. – Ele fez uma careta.

– Porque está apodrecendo – comentou Dain.

– Porque a peça é antiga – disse a Srta. Trent.

– Parece que ficou na sarjeta por uma década – retrucou Dain.

– Ela tem uma expressão interessante no rosto – comentou Jessica a Champtois, em francês. – Não sei se está feliz ou triste. Quanto quer por ela?

– *Quarante sous.*

Jessica colocou o retrato de volta na bandeja.

– *Trente-cinq* – disse ele.

Ela riu.

Champtois contou que pagara 30 *sous* pela peça. Não poderia vendê-la por menos.

Ela olhou para o homem com pena.

Os olhos dele se encheram de lágrimas.

– *Trente,* mademoiselle.

Neste caso, disse ela, levaria apenas o relógio.

No final, ela pagou 10 *sous* por aquela coisa suja e fedorenta, e, se arrastasse a negociação por mais tempo, pensou Dain, Champtois acabaria pagando para que ela levasse o retrato.

Dain nunca tinha visto o inflexível Champtois reduzido a tal agonia antes e não conseguia entender o motivo. Quando Jessica Trent finalmente saiu da loja – levando o irmão consigo, graças aos céus –, a única agonia que lorde Dain sentiu foi uma dor de cabeça, que atribuiu a passar quase uma hora, sóbrio, na companhia de Bertie Trent.

MAIS TARDE NAQUELA noite, numa sala privativa de seu covil preferido, que atendia pelo inocente nome de Vingt--Huit, lorde Dain descrevia aquela situação para seus companheiros.

– Dez *sous*? – disse Roland Vawtry, rindo. – A irmã de Trent convenceu Champtois a baixar o preço de 40 para 10? Meu Deus! Queria estar lá para ver isso.

– Bem, agora conseguimos entender o que aconteceu, não é? – disse Malcolm Goodridge. – Ela nasceu primeiro. Como herdou toda a inteligência, não sobrou nem uma migalha para Trent.

– Ela herdou a aparência também? – perguntou Francis Beaumont enquanto enchia o cálice de Dain.

– Não consegui perceber a menor semelhança em termos de cor, feições ou compleição física. – Dain bebeu o vinho.

– Isso é tudo? – perguntou Beaumont. – Vai nos deixar nesse suspense? Como ela é?

Dain deu de ombros.

– Cabelos negros, olhos cinzentos. Cerca de 1,65 metro e entre 45 e 50 quilos.

– Você a pesou, então? – perguntou Goodridge, sorrindo. – Diria que os 45, 50 quilos estão bem distribuídos?

– Como diabos vou saber? Como alguém pode saber, com todos esses espartilhos e anáguas ou seja lá o que essas mulheres enfiam e amarram no corpo? São truques e mentiras, não? Até que estejam nuas. – Ele sorriu. – A partir daí, as mentiras são outras.

– Mulheres não mentem, meu senhor – entoou uma voz com um leve sotaque da porta. – É assim porque parece que elas vivem em outra realidade. – Conde d'Esmond entrou e gentilmente fechou a porta atrás de si.

Embora cumprimentasse Esmond com um leve aceno de cabeça, Dain ficou feliz em vê-lo. Beaumont tinha uma forma astuta de arrancar das pessoas o que elas nunca revelariam. Dain conhecia seus truques, mas não gostava do esforço que precisava fazer para resistir àquele patife.

Com Esmond ali, Beaumont não poderia acossar mais ninguém. Até mesmo Dain achava que o conde se distraía às vezes, embora não pelos mesmos motivos. Esmond era bonito de um jeito muito masculino: esguio, louro e olhos azuis, com um rosto angelical.

Quando os apresentou, havia cerca de uma semana, Beaumont riu ao sugerir que pedissem à esposa, uma artista, que pintasse Esmond e Dain juntos em um retrato. "Ela poderia chamar a obra de 'Céu e inferno'", dissera ele.

Beaumont desejava Esmond, que queria a esposa de Beaumont. E ela não queria ninguém.

Dain achava aquilo tudo muito divertido.

– Você chegou bem na hora, Esmond – disse Goodridge. – Dain passou por poucas e boas hoje. Uma dama acabou de chegar a Paris e, dentre todas as coisas possíveis, acabou se encontrando com Dain. E ele *conversou* com ela.

Todo mundo sabia que Dain se recusava a ter qualquer tipo de interação com mulheres respeitáveis.

– Ela é irmã de Bertie Trent – explicou Beaumont. Havia uma cadeira vazia ao lado dele, e todos sabiam para quem ela estava reservada. Mas Esmond andou na direção de Dain e apoiou-se no encosto da cadeira dele. Para atormentar Beaumont, é claro. Esmond apenas *parecia* um anjo.

– Ah, sim – comentou Esmond. – Ela não tem nada a ver com o irmão. Obviamente, puxou a Genevieve.

– Eu devia saber – disse Beaumont, voltando a encher o próprio cálice. – Já conversou com ela, então? E ela o intrigou, Esmond?

– Encontrei Trent e suas parentes há pouco no Tortoni's – respondeu o conde. – O restaurante estava em polvorosa. Genevieve, ou, melhor, Lady Pembury, não era vista em Paris desde a Paz de Amiens. Depois de 25 anos, pareceu não ter sido esquecida.

– Por Júpiter, *é claro*! – gritou Goodridge, batendo a mão na mesa. – Foi isso que aconteceu, certamente. Fiquei tão atordoado pelo comportamento surpreendente de Dain com a garota que nem fiz a conexão. *Genevieve*. Bem, isso explica tudo, então.

– Explica o quê? – perguntou Vawtry.

O olhar de Goodrige cruzou com o de Dain. A expressão do primeiro vacilou um pouco.

– Bem, naturalmente, você estava um pouco... curioso – disse Goodridge. – Genevieve não é uma mulher comum e, se a Srta. Trent tiver o mesmo tipo de... de anomalia, bem, então ela é como aquelas coisas que você compra de Champtois. E lá estava ela, exatamente na loja do homem. Como aquela maleta de remédios que tinha o formato do cavalo de Troia que você comprou no mês passado.

– Uma peça intrigante, você quer dizer – disse Dain. – Além disso, sem dúvida, uma peça extremamente cara. Excelente analogia, Goodridge. – Ele ergueu o cálice. – Eu não poderia ter descrito melhor.

– É a mesma coisa – disse Beaumont, olhando de Goodridge para Dain. – Não acredito que um restaurante parisiense tenha ficado tão agitado por causa de duas mulheres *intrigantes*.

– Quando conhecer Genevieve, você vai entender – disse Esmond. – Não se trata apenas de beleza, monsieur. É a *femme fatale*. Os homens as perturbaram tanto que elas mal conseguiram desfrutar da refeição. Nosso amigo Trent foi bastante provocado. Felizmente, para ele, mademoiselle Trent tem seu charme sob controle. Não fosse assim, acho eu, haveria derramamento de sangue. Duas mulheres como aquelas... – Ele balançou a cabeça devagar. – É demais para os franceses.

– Seus patrícios têm percepções estranhas sobre o charme – disse Dain, enchendo um cálice para o conde e entregando-o a ele. – Tudo o que percebi foi uma solteirona arrogante, intelectual e com uma língua afiada.

– Eu gosto de mulheres inteligentes – disse Esmond. – São muito estimulantes. *Mais chacun à son goût*. Fico feliz de saber que você não gostou dela, meu senhor. Já há muita competição.

Beaumont riu.

– Dain não compete. Ele negocia. E só existe um tipo de mulher negociável para ele, como sabemos.

– Eu pago algumas moedas a uma prostituta – disse Dain. – E ela me dá exatamente o que eu quero. E quando acaba, acaba mesmo. Como o mundo não se livrará das prostitutas tão cedo, por que eu deveria me preocupar com os outros tipos de mulheres?

– E o amor? – questionou Esmond.

Os homens ao redor explodiram em gargalhadas.

– Parece que temos um problema de comunicação, cavalheiros – disse Dain, quando todos arrefeceram. – Não era sobre o amor que eu estava falando?

– Achei que estivesse falando sobre fornicação – retrucou Esmond.

– É a mesma coisa no Dicionário de Dain – comentou Beaumont. Ele se levantou. – Acho que vou descer e jogar alguns francos naquele ninho de ratos chamado Rouge et Noir. Alguém me acompanha?

Vawtry e Goodridge o seguiram até a porta.

– Esmond? – perguntou Beaumont.

– Talvez – respondeu o conde. – Vou decidir mais tarde,

depois que terminar o vinho. – E sentou-se na cadeira que Vawtry havia deixado vaga, ao lado de Dain.

Quando os outros estavam longe, Dain disse:

– Não tenho nada com isso, Esmond, mas estou curioso. Por que não diz logo a Beaumont que ele está querendo algo que não pode ter?

Esmond sorriu.

– Não faria diferença, eu lhe asseguro. Comigo, ele tem o mesmo problema, eu creio, que tem com a esposa.

Beaumont sentia atração por qualquer coisa em que pudesse tocar. Enojada, sua esposa decidira, alguns anos antes, que ele devia manter as mãos longe dela. Ao mesmo tempo, ainda estava conectada a ele. Beaumont era furiosamente possessivo e o interesse de Esmond pela esposa o deixava louco de ciúme. Era patético, pensou Dain. E absurdo.

– Qualquer dia talvez eu consiga entender por que você perde seu tempo com ela – disse Dain. – Você sabe que poderia ter algo como Leila Beaumont em troca de alguns francos. E este é o lugar certo para encontrar exatamente o que se quer, não é?

Esmond terminou de tomar seu vinho.

– Acho que, talvez, eu não volte mais aqui. Este lugar me dá um... mau pressentimento. – Ele se levantou. – Prefiro visitar o Boulevard des Italiens esta noite.

Ele convidou Dain para acompanhá-lo, mas o lorde recusou. Já era quase uma hora e ele tinha um compromisso marcado com uma amazona loura chamada Chloe no andar de cima.

TALVEZ O "MAU PRESSENTIMENTO" de Esmond tivesse deixado os instintos de Dain em alerta, ou talvez houvesse bebido menos vinho do que o habitual. Fosse lá o que fosse, o marquês observou cuidadosamente o ambiente quando Chloe o recebeu no quarto decorado com cortinas escarlate.

Ele percebeu o buraco quando ia tirar o casaco. Estava alguns centímetros abaixo da altura dos olhos e no meio da parede que ficava à esquerda da cama.

Dain pegou Chloe pela mão e a levou até um ponto que ficava diretamente em frente ao buraco. Pediu que ela se despisse, bem devagar.

Em seguida ele rapidamente entrou em ação: saiu do quarto e chegou ao corredor, onde abriu bruscamente a porta do que parecia ser um armário e deu um pontapé no fundo falso. A câmara que havia ali era muito escura, mas também pequena, e ele não precisou esticar muito os braços quando ouviu o homem se mover – para fugir, aparentemente. Mas não conseguiu agir rápido o bastante.

Dain o puxou para trás, com força, e, segurando o nó do lenço que o homem usava, bateu seu corpo contra a parede.

– Não preciso ver você – disse Dain, com a voz perigosamente baixa. – Posso sentir seu cheiro, Beaumont.

Não era difícil reconhecer Beaumont de perto. Suas roupas e seu hálito geralmente fediam a álcool e ópio rançoso.

– Talvez eu vire um artista – continuou Dain enquanto Beaumont tentava recuperar o fôlego. – Estou pensando em chamar minha primeira obra de *Retrato de um homem morto*.

Beaumont soltou um som estrangulado.

Dain afrouxou-lhe o aperto no pescoço.

– Quer fazer algum comentário, seu porco?

– Não pode... me matar... a sangue-frio – arfou Beaumont. – Guilhotina.

– Tem razão. Não quero perder a cabeça por causa de um canalha imundo como você.

Soltando o lenço, Dain deu um soco no rosto de Beaumont com o punho direito e no estômago com o esquerdo. Beaumont desabou no chão.

– Não me aborreça outra vez – avisou Dain, indo embora.

ENQUANTO ISSO, JESSICA estava sentada na cama da avó. Era a primeira oportunidade que as duas tinham para uma conversa mais longa sem que Bertie estivesse por perto para se intrometer e tagarelar. Ele saíra havia cerca de uma hora rumo a algum poço de depravação, e Jessica pediu que lhe fosse servida uma dose do melhor conhaque. Acabara de contar a Genevieve sobre seu encontro com Dain.

– Uma atração animalesca, obviamente – disse Genevieve.

Com isso, sua esperança desesperada – de que as sensações que sentira fossem uma reação febril aos eflúvios que emanavam da sarjeta diante da loja de Champtois – sofreu uma morte rápida e brutal.

– Droga – disse ela, fitando o olhar prateado e brilhante da avó. – Não é apenas humilhante, mas também inconveniente. Sinto desejo por Dain. Tinha que ser logo *agora*. Tinha que ser logo *ele*.

– Não é conveniente, eu concordo. Mas trata-se de um desafio interessante, não acha?

– O desafio é conseguir arrancar Bertie das garras de Dain e daqueles imbecis degenerados – respondeu Jessica, rígida.

– Seria muito mais lucrativo arrancar Dain dessas companhias e tomar conta dele você mesma – disse a avó. – Ele é jovem, forte e saudável, muito rico, tem uma linhagem excelente, e você sente uma atração poderosa.

– Ele não daria um bom marido.

– O que acabei de descrever é o tipo de homem que daria um marido perfeito – disse Genevieve.

– Não quero um marido.

– Jessica, nenhuma mulher com capacidade suficiente de analisar os homens de maneira objetiva quer um marido. E você sempre foi extremamente objetiva. Só que não vivemos em uma utopia. Sem dúvida você ganhará dinheiro com a loja. Mas mesmo assim a família vai lhe virar as costas, sua credibilidade social vai afundar, a sociedade sentirá pena de você, ao mesmo tempo que eles mesmos vão à falência para comprar o que você tem a vender. E todos os cafajestes de Londres vão começar a lhe fazer propostas indecentes. Sim, é uma demonstração de coragem se lançar num projeto assim quando se está numa condição crítica. Mas você não está numa condição crítica, minha querida. Eu posso sustentá-la sem problemas se a situação chegar a esse ponto.

– Já falamos sobre esse assunto várias e várias vezes – disse Jessica. – Você não é Creso e nós duas temos gostos refinados. Além do mais, me sustentar vai apenas criar mais má vontade na família. E eu vou parecer uma grande hipócrita, após passar anos insistindo em que você não deve um único centavo a qualquer um de nós, e que não somos sua responsabilidade.

– Você é muito orgulhosa e corajosa, o que eu respeito e admiro, querida. – Genevieve se inclinou para a frente e pousou a mão no joelho de Jessica. – E, com certeza, é a única que me entende. Sempre fomos mais irmãs ou melhores amigas do que avó e neta, não é verdade? É como irmã e amiga que eu lhe digo que Dain é um ótimo partido. Prepare seus anzóis e fisgue-o.

Jessica tomou um longo gole do conhaque.

– Ele não é uma truta, Genevieve. É um *tubarão*, enorme e faminto.

– Então use um arpão.

Jessica balançou a cabeça.

Genevieve recostou-se nos travesseiros e suspirou.

– Ah, bem, não vou ficar perturbando você. Não é de bom-tom. Eu apenas espero que a reação que ele demonstrou por você não seja nada como a sua em relação a ele. Estamos falando de um homem que consegue o que quer, Jessica, e, se eu fosse você, não ia querer ser a fisgada.

Jessica reprimiu um tremor.

– Sem chance. Ele não quer nada com as *damas*. De acordo com Bertie, Dain acha que mulheres respeitáveis são uma espécie de fungo mortal. Ele só conversou comigo para tentar se divertir, tentando me escandalizar.

Genevieve soltou uma risadinha.

– Ah, você está se referindo ao relógio. Foi uma deliciosa surpresa de aniversário. Mais deliciosa ainda foi a expressão de Bertie quando eu abri a caixa. Nunca vi o rosto dele ficar tão vermelho.

– Provavelmente porque você decidiu abrir o presente no restaurante. Com o conde d'Esmond nos observando.

E isso foi o que mais a deixou exasperada, pensou Jessica. Por que diabos não sentia desejo por Esmond? Ele também era muito rico. E extremamente bonito. E *civilizado*.

– Esmond é *très amusant* – disse Genevieve. – É uma pena que já seja comprometido. Algo muito interessante surgiu naqueles belos olhos quando ele falou sobre a Sra. Beaumont.

Genevieve mencionou a Esmond sobre o retrato que comprara por 10 *sous* e a crença de Jessica de que a peça era mais do que parecia ser. Esmond sugeriu pedir à Sra. Beaumont que indicasse especialistas que pudessem limpar e avaliar a peça. O conde se ofereceu para apresentar Jessica a ela. Eles acertaram um horário para a tarde seguinte, quando a Sra. Beaumont estaria ajudando em um ato de caridade em prol da viúva de seu antigo professor de artes.

– Bem, veremos se algo interessante aparecerá nos olhos dela amanhã. Ou hoje, melhor dizendo – comentou Jessica. Ela terminou de beber o conhaque e levantou-se da cama. – Queria que já estivéssemos lá. Estou sem vontade de dormir. E tenho uma sensação desagradável de que vou sonhar com um *tubarão*.

CAPÍTULO 3

Jessica ficaria mais calma se soubesse que causara pesadelos a lorde Dain.

Os sonhos dele começaram de forma bastante agradável, com atividades devassas e lascivas. Como sempre sonhava com mulheres que na verdade nunca tocaria, o marquês não ficou alarmado quando a protagonista se mostrou ser a irritante irmã de Bertie Trent. Ao contrário, Dain desfrutou imensamente da possibilidade de colocar aquela intelectual arrogante em seu devido lugar – deitada, de joelhos ou em posições que ele duvidava serem anatomicamente possíveis.

O problema era que, sempre que estava prestes a inundar seu ventre virginal com a semente quente dos Ballisters, algo pavoroso acontecia. Ele acordava. Às vezes via-se afundando em areia movediça. Em outras, estava acorrentado em uma cela escura e fétida, com criaturas que não conseguia ver lhe rasgando a carne. Às vezes ele se encontrava no necrotério durante uma autópsia.

Como era um homem de considerável inteligência, Dain não teve dificuldades para entender o simbolismo.

Tudo de aterrorizante que surgia em seus pesadelos era, metaforicamente, o que acontecia com um homem quando uma mulher o fisgava. Ainda assim, ele não entendia por que, durante o sono, seu cérebro insistia em incomodá-lo sobre o que ele já sabia.

Havia anos ele sonhava com mulheres com quem não tinha intenção de se envolver. Costumava imaginar que a prostituta com quem estava era uma dama que o atraíra. Pouco tempo antes fingira que uma voluptuosa rameira francesa era Leila Beaumont e saíra do quarto muito satisfeito. Não, *mais* satisfeito, porque a prostituta havia demonstrado bastante entusiasmo, enquanto a verdadeira Leila Beaumont provavelmente arrebentaria os seus miolos com um porrete.

Em resumo, Dain não tinha dificuldades em distinguir fantasia e realidade. Havia conhecido Jessica Trent e sentira um desejo perfeitamente normal. O mesmo que sentia por quase toda mulher atraente. Tinha um apetite sexual excessivo, herdado, sem dúvida, da mãe vadia, a italiana de sangue quente, e da família materna. Se sentisse desejo por alguma prostituta, pagava a ela e a possuía. Se sentisse desejo por uma mulher respeitável, encontrava uma prostituta para substituí-la, pagava a ela e a possuía.

Foi o que ele fez em relação à irmã de Trent. Ou o que tentou fazer, já que ainda não tinha concluído o serviço.

Não eram apenas os sonhos que o atormentavam. O incidente no Vingt-Huit não havia exatamente terminado com seu apetite sexual, mas deixou-lhe um gosto amargo na boca. Dain não voltara ao quarto de Chloe para continuar de onde havia parado e não contratara nenhuma outra prostituta desde então. Disse a si mesmo que as tendências voyeurísticas de Beaumont dificilmente seriam motivo para que ele parasse de se envolver com meretrizes. Mesmo assim, Dain se sentia relutante em entrar em qualquer quarto com qualquer *fille de joie*, o que criava um problema sério, já que era exigente demais para se sujeitar a possuir uma mulher em um beco fedorento de Paris.

Consequentemente, entre os sonhos que o atormentavam e o gosto amargo na boca, ele não conseguia exorcizar seu desejo de possuir a Srta. Trent. Por isso, depois de uma semana, o humor de Dain estava bastante violento.

Então não havia pior hora para que Bertie Trent lhe contasse que o quadro sujo e embolorado que a Srta. Trent comprara por 10 *sous* tinha se revelado um ícone russo extremamente valioso.

Alguns minutos depois do meio-dia, lorde Dain tentava se esquivar do conteúdo de uma banheira que fora despejado de uma janela do segundo andar de uma casa na Rue de Provence. Ao tentar não se molhar, ele não percebeu quem vinha trotando em sua direção. Quando o marquês se deu conta, o imbecil já estava ao seu lado e começava a fazer suas revelações empolgantes.

Dain franziu o cenho quando o relato chegou ao fim – ou melhor, quando Bertie parou para respirar.

– Um *o quê*? E é russo?

– Um cone. Não que seja uma forma geométrica, mas uma daquelas gravuras pagãs com muita tinta dourada e detalhes folheados a ouro.

– Acho que você quer dizer um *ícone* – disse Dain. – Se for esse o caso, receio que sua irmã tenha sido enganada. Quem lhe disse tamanha besteira?

– Le Feuvre – disse Bertie, pronunciando o nome como "Fúver".

Lorde Dain sentiu o estômago embrulhar. Le Feuvre era o avaliador mais respeitado de Paris. Até mesmo as casas de leilões o consultavam de vez em quando.

– Há inúmeros ícones no mundo – disse Dain. – Se for um dos bons, ela fez uma ótima barganha com seus 10 *sous*.

– A moldura estava incrustada com muitas gemas pequenas. Pérolas, rubis e coisas do tipo.

– Falsas, eu presumo.

Bertie exibiu uma careta, como fazia sempre que se esforçava para formular uma ideia.

– Bem, seria estranho, não? Colar um monte de pedrarias fajutas em uma bela moldura de ouro como aquela.

– A pintura que eu vi tinha uma moldura de madeira. – A cabeça de Dain estava começando a latejar.

– Mas isso foi o mais inteligente: a madeira era parte do estojo que usaram para enterrar a pintura. Por isso ela estava tão suja. Não é uma bela piada? Aquele pão-duro do Champtois não fazia a menor ideia. Ele vai arrancar os cabelos quando descobrir.

Dain estava pensando em arrancar a cabeça de Bertie. Dez *sous*. E Dain descartara a pintura, não lhe dera mais do que uma rápida olhada, enquanto a irmã execrável observava a peça com sua maldita lente de aumento. *Ela tem uma expressão interessante no rosto*, dissera Jessica. E Dain, distraído por ela, não suspeitou de nada.

Porque não havia nada do que suspeitar, disse ele a si mesmo. Bertie não tinha a metade do cérebro de um pavão. Obviamente ele devia ter entendido tudo errado, como sempre. O "cone" era apenas uma daquelas imagens sagradas que todo fanático religioso na Rússia tinha no canto de algum cômodo, com um toque de tinta metálica e pedaços de vidro colorido colados na moldura.

– Claro, não vou dizer nada a Champtois – continuou Bertie, com a voz ligeiramente mais baixa. – Eu não devia contar a ninguém, sobretudo a *você*, disse ela. Mas não sou um cachorrinho, como respondi a ela, então não vou deixar de fazer o que tenho vontade, não é? Por isso, saí de lá para procurá-lo. E o encontrei bem a tempo, porque ela quer ir ao banco assim que Genevieve fizer a sesta. Então a pintura vai ficar trancada no cofre e você nunca mais vai vê-la.

O MARQUÊS DE DAIN, Jessica sabia, estava furioso. Ele estava sentado em sua cadeira com os braços cruzados diante do peito e os olhos semicerrados, enquanto esquadrinhava lentamente o interior da cafeteria. Aquilo a fazia lembrar o olhar cáustico que imaginava que Lúcifer devia ter lançado ao redor logo depois da Queda.

Ela ficou surpresa ao perceber que aquele olhar não deixara uma trilha de escombros por onde passava. Mas os clientes simplesmente desviavam os olhos – e voltaram a prestar atenção quando Dain concentrou seu desgosto sobre ela.

Embora já houvesse decidido como lidaria com o problema, Jessica estava irritada por saber que seria mais fácil se Bertie tivesse agido com um pouco mais de discrição. Desejou não ter levado o irmão à loja de Le Feuvre quando foi buscar a pintura. Mas como ela poderia saber que a peça era bem mais do que o simples trabalho de um artista talentoso?

Até mesmo Le Feuvre ficou espantado quando começou a trabalhar na imagem e descobriu a moldura de ouro incrustada de joias sob a madeira apodrecida.

E, naturalmente, como a peça ficou brilhante e reluzente depois que Le Feuvre terminou de restaurá-la, Bertie pareceu muito empolgado. Empolgado demais para dar ouvidos à razão. Jessica tentou explicar que falar sobre o ícone a Dain seria como agitar uma bandeira vermelha diante de um touro. Bertie desdenhou dela com vários muxoxos e disse que Dain não era mau perdedor – e mencionou que o marquês devia ter uma dúzia daquelas imagens e poderia comprar mais uma dúzia se quisesse.

Fosse lá o que lorde Dain tivesse, Jessica estava certa de que não era nada como aquela rara madona. E, embora ele tivesse parecido entediado quando ela lhe mostrara o ícone e a parabenizado de maneira incrivelmente condescendente, além de haver insistido entre risos em acompanhá-la, junto com Bertie, até o banco para assustar qualquer assaltante em potencial, Jessica sabia que ele queria matá-la.

Depois que o ícone foi guardado e trancado no cofre do banco, Dain sugeriu que parassem para tomar um café.

Eles mal haviam se sentado quando Dain mandou Bertie procurar um charuto que ela duvidava que existisse. O irmão provavelmente não voltaria antes da meia-noite, se é que voltaria. Ele correria até as Índias Ocidentais para encontrar o charuto imaginário – como se Dain fosse Belzebu, e o irmão, um dos seus diabretes de estimação.

Com Bertie fora do caminho, Dain havia acabado de avisar silenciosamente os clientes da cafeteria para cuidarem das próprias vidas. Se ele a pegasse pelo pescoço e a estrangulasse até a morte, Jessica duvidava que qualquer pessoa ali fosse em seu socorro. Ela achava que ninguém emitiria nem uma única sílaba em protesto.

– Quanto Le Feuvre disse que aquela coisa valia? – Foram as primeiras palavras dele desde que fizera o pedido ao dono da cafeteria. Quando Dain entrava num estabelecimento, era sempre o proprietário que corria para atendê-lo.

– Ele me aconselhou a não vendê-la imediatamente – disse ela, evasiva. – Le Feuvre quer contatar um cliente russo antes. Um primo ou sobrinho do czar que...

– Cinquenta libras – disse lorde Dain. – A menos que

esse russo seja um dos inúmeros parentes loucos do czar, ele não vai lhe dar nem um centavo a mais.

– Então ele deve ser um dos loucos – disse Jessica. – Le Feuvre mencionou uma quantia bem acima disso.

Ele a observou com um olhar duro. Encarando aquele rosto severo e sombrio, aqueles olhos negros implacáveis, não foi difícil para Jessica imaginá-lo sentado em um imenso trono de ébano na parte mais funda dos abismos de Hades. Se olhasse para baixo e descobrisse que a bota cara e lustrosa que ele calçava havia se transformado em um casco de bode, ela não se surpreenderia.

Qualquer mulher com o mínimo de bom senso ergueria a barra das saias e fugiria.

O problema era que Jessica não conseguia chegar àquele nível de sensatez. Uma corrente magnética percorria seus nervos. Contorcia-se e esgueirava-se pelo seu organismo, criando um calor estranho e entorpecente que derretia seu cérebro de maneira impiedosa.

Queria arrancar os sapatos e deslizar o pé coberto pela meia de seda por aquela bota, de cima a baixo. Queria deslizar seus dedos por baixo da camisa engomada que ele usava e acompanhar os contornos das veias e os músculos do seu pulso e sentir-lhe a pulsação. Acima de tudo, queria pressionar seus lábios naquela boca dura e depravada e beijá-lo até perder os sentidos.

É claro que um ataque tão ensandecido a deixaria deitada de costas e resultaria na rápida eliminação da sua virgindade – possivelmente à vista de todos os clientes da cafeteria. Em seguida, se ele estivesse de bom humor, poderia até mesmo lhe dar um tapa carinhoso no traseiro e mandá-la voltar para casa, refletiu ela, melancólico.

– Srta. Trent – disse ele. – Tenho certeza de que as outras meninas na escola achavam seu senso de humor hilário. Entretanto, se parasse de piscar os olhos por um momento, talvez sua visão se desanuviasse e você percebesse que eu não sou uma garotinha.

Ela não estava piscando. Quando Jessica queria bancar a coquete, fazia isso com convicção, e não era ingênua para usar esse método com Belzebu.

– Piscar? – repetiu ela. – Eu não preciso *piscar* os olhos, meu senhor. É assim que faço. – Ela lançou um olhar para um francês atraente sentado nas proximidades e depois fitou Dain de soslaio. – Isso não é piscar – disse ela, libertando o francês instantaneamente enfeitiçado e concentrando outra vez toda a sua atenção em Dain.

Embora ninguém pudesse acreditar que fosse possível, a expressão dele ficou ainda mais sisuda.

– Eu também não sou nenhum *garotinho* – disse ele. – Recomendo que guarde esses olhares fatais para os rapazotes tolos que respondem a eles.

O francês agora a observava com uma fascinação intensa. Dain se virou e olhou para ele. O homem imediatamente desviou o olhar e começou a conversar com seus companheiros.

Ela se lembrou do aviso de Genevieve. Jessica não sabia ao certo se Dain tinha intenção de fisgá-la para si. Mas percebeu que ele havia acabado de erguer uma placa de "Proibido pescar".

Uma forte emoção percorria seu corpo, mas ela já esperava por isso. Era a reação primitiva de uma mulher quando um homem atraente exibia os sinais irritadiços de posse. Tinha consciência de que os sentimentos que nutria por ele eram decididamente primitivos.

Por outro lado, ela não estava completamente fora de si.

Conseguia ver grandes problemas se formando.

Era fácil perceber. Escândalos o seguiam aonde quer que fosse. Jessica não pretendia ficar no meio de um deles.

– Eu apenas estava demonstrando uma distinção sutil que aparentemente lhe escapou – disse ela. – A sutileza, pelo que vejo, não é o seu forte.

– Se isso for uma forma *sutil* de me lembrar que eu deixei passar o que seus olhos penetrantes encontraram naquela pintura imunda...

– Aparentemente, o senhor não prestou atenção nem quando ela estava limpa – disse ela. – Caso contrário, teria reconhecido um trabalho típico da escola de Stroganov, e não me insultaria com uma oferta de 50 libras.

Os lábios dele se retorceram.

– Não lhe ofereci nada. Expressei uma opinião.

– Para me testar – disse ela. – Todavia, sei tanto quanto o senhor que aquela peça não apenas tem as características de Stroganov, como também é uma forma extremamente rara. Mesmo as miniaturas mais elaboradas costumavam ser emolduradas em prata. E tudo isso sem mencionar que a madona...

– ... tem olhos cinzentos, não castanhos – interrompeu Dain, com uma voz bem entediada.

– E ela está quase sorrindo. Geralmente as mulheres são retratadas com expressões bastante infelizes.

– Não, Srta. Trent. Elas parecem apenas mal-humoradas. Imagino que isso se dê pelo fato de serem *virgens*. Por terem que sofrer todos os infortúnios da gravidez e do parto e não poderem aproveitar a parte mais divertida disso tudo.

– Falando em nome das virgens, meu senhor – disse ela, inclinando-se na direção dele –, posso lhe dizer que existe uma infinidade de experiências divertidas. Uma delas é possuir uma obra de arte religiosa rara que vale, no mínimo, 500 libras.

Ele riu.

– Não há necessidade de me revelar que a senhorita é

virgem – disse ele. – Consigo identificar uma a cinquenta passos de distância.

– Por sorte, não sou tão inexperiente em outras questões – disse ela, sem se deixar abalar. – Não tenho dúvidas de que o russo louco de Le Feuvre vai me pagar 500 libras. Sei também que o russo deve ser um bom cliente, para quem ele deseja intermediar uma boa compra. Então talvez eu possa conseguir bem mais em um leilão. – Ela alisou o tecido das luvas. – Observei várias vezes como a inteligência dos homens fica prejudicada quando a febre do leilão começa a queimar. É impossível calcular o valor que os lances podem alcançar.

Os olhos de Dain se estreitaram.

Naquele momento o anfitrião chegou com o pedido. Com ele vieram quatro lacaios que se ocupavam com os preparativos, colocando as toalhas na mesa, a prataria e as peças de porcelana com tanta precisão que chegava a doer. Nenhuma migalha podia macular um prato, nenhum traço de oxidação marcava o brilho impecável da prata. Até mesmo o açúcar fora serrado em cubos perfeitos – o que não era algo a se desprezar, já que os blocos de açúcar ficavam entre o granito e o diamante na escala de dureza. Jessica sempre imaginou como os ajudantes dos cozinheiros conseguiam quebrar aqueles blocos sem usar explosivos.

Ela aceitou uma pequena fatia do bolo amarelo com a cobertura leve e branca.

Dain deixou que o proprietário bajulador adornasse seu prato com diversos confeitos frutados, dispondo-os artisticamente em círculos concêntricos.

Eles comeram seus doces em silêncio até que Dain, após devorar confeitos suficientes para deixar todos os dentes latejando, pousou o garfo na mesa e franziu a testa enquanto olhava para as mãos de Jessica.

– Será que *todas* as regras mudaram desde que saí da Inglaterra? – perguntou ele. – Sei que as damas não costumam expor suas mãos nuas. E também sei que é permitido retirar as luvas para comer.

– É permitido – disse ela. – Mas não é possível. – Ela ergueu a mão para mostrar-lhe a longa fileira de minúsculos botões de pérola. – Eu levaria a tarde inteira para desabotoá-los sem a ajuda da minha criada.

– E por que diabos a senhorita usa coisas que incomodam tanto? – exigiu saber ele.

– Genevieve as comprou especialmente para combinar com este casaco – disse ela. – Se eu não usasse as luvas, ela ficaria muito magoada.

Ele ainda fitava as luvas.

– Genevieve é minha avó – explicou ela. Dain não a havia conhecido. Chegara à casa dela assim que Genevieve havia se deitado para a sesta, embora Jessica achasse que a avó tinha se levantado para espiar pela porta entreaberta assim que ouviu aquela voz forte e masculina.

O dono da voz agora erguia o rosto, com os olhos negros brilhando.

– Ah, sim. O relógio.

– Essa também foi uma escolha inteligente – disse Jessica, colocando o garfo no prato e voltando a assumir uma postura profissional. – Ela ficou encantada.

– Não sou sua vovozinha de cabelos brancos – disse ele, percebendo o que ela queria dizer. – Não fico tão encantado com ícones, mesmo que seja um Stroganov, a ponto de pagar um centavo além do que eles valem. Para mim, aquilo não vale mais do que mil libras. Mas, se a senhorita prometer não me entediar com o regateio e não me fuzilar com esses olhares, ficarei feliz em lhe pagar 1.500 libras.

Ela esperava conseguir amaciá-lo aos poucos. O tom com que Dain ditou a barganha, entretanto, indicava que ele não tinha intenção nenhuma de ser amaciado. Direto ao ponto, então; o ponto que ela havia decidido horas antes, após perceber a expressão dele ao permitir que ele examinasse a descoberta incrível que ela fizera.

– Ficarei feliz em lhe dar a obra, meu senhor – disse ela.

– Ninguém me *dá* nada – disse ele, friamente. – Faça seu jogo com outra pessoa. Esta é a minha oferta. Minha única oferta.

– Se conseguir fazer Bertie voltar para a Inglaterra, o ícone é seu – disse ela. – Caso contrário, vou vendê-lo em leilão.

Se Jessica Trent entendesse o estado em que Dain se encontrava, teria parado na primeira frase. Não, se ela *realmente* tivesse entendido, acabaria por se levantar da mesa e sairia correndo o mais rápido que pudesse. Mas ela não conseguia entender o que o próprio lorde Dain não entendia. Ele queria aquela madona russa, com seu rosto dividido entre o sorriso e a saudade e o Menino Jesus com uma expressão amarga junto ao peito, como nunca quis tanto alguma coisa na vida. Sentiu vontade de chorar quando viu a pintura e não sabia por quê.

A obra era primorosa – uma arte sublime e humana ao mesmo tempo – e ele já havia se emocionado anteriormente por outras obras de arte. O que ele sentia neste momento não era nem remotamente parecido. Sentia o velho monstro que rugia por dentro. Assim como acontecia quando ele tinha 8 anos, Dain não sabia dar nome àquelas sensações. Nunca se incomodou com isso, apenas expulsava-as, até que, como seus colegas de escola, elas parassem de atormentá-lo.

Como nunca tiveram a oportunidade de amadurecer, aquelas sensações permaneciam num patamar primitivo e infantil. Agora, inesperadamente preso pela sua intensidade, lorde Dain não conseguia raciocinar como adulto. Não conseguia dizer a si mesmo que Bertie Trent era um maldito estorvo, alguém que Dain devia ter despachado havia muito, muito tempo. Nunca ocorreu ao marquês a possibilidade de ficar tão contente quando a irmã daquele panaca fez a proposta de lhe pagar – ou, mais adequadamente, de suborná-lo – generosamente para que o fizesse.

Tudo o que Dain conseguia ver era uma garota excessivamente bela que o provocava com um brinquedo que ele queria muito. Ele ofereceu o maior e melhor brinquedo que tinha em troca. E ela riu e ameaçou jogar seu brinquedo numa latrina, apenas para vê-lo implorar.

Mais tarde, Dain entenderia que isso – ou algo igualmente imbecil – era o que gritava em seu cérebro.

Mas isso só aconteceria muito depois, quando já fosse tarde demais.

Neste momento, ele tinha cerca de 8 anos por dentro e 33 por fora. E estava fora de si.

Ele inclinou o corpo para a frente, aproximando-se dela.

– Srta. Trent, não há outros termos – disse ele, com a voz perigosamente baixa. – Eu lhe pago 1.500 libras e todos voltam felizes para casa.

– Não, não voltam. – O queixo dela se ergueu, inflexível. – Se não mandar Bertie de volta para a Inglaterra, nunca fecharei negócio algum com o senhor. O senhor está destruindo a vida dele. Nenhum dinheiro no mundo pode compensar isso. Nem que estivesse prestes a morrer de fome.

– É fácil dizer isso quando sua barriga está cheia – disse ele. Em seguida, em tom jocoso, citou Públio Siro em latim: – "Quando o mar está calmo, qualquer um pode ser timoneiro."

Com o mesmo tom, ela citou uma passagem do mesmo sábio:

– Não se pode calçar o mesmo sapato em todos os pés.

A expressão de Dain não traiu sua estupefação.

– Parece que a senhorita também leu Públio – disse ele. – É intrigante que uma mulher tão inteligente não consiga ver o que está diante dos olhos. Não sou uma língua morta com a qual pode brincar, Srta. Trent. A senhorita está navegando em águas muito perigosas.

– Porque é nessas águas que meu irmão está se afogando – disse ela. – Porque o senhor está segurando a cabeça dele sob a superfície. Não sou grande ou forte o suficiente para afastá-lo. O que eu tenho é algo que o senhor quer, algo que nem mesmo pode tirar de mim. – Os olhos cinzentos dela brilharam. – Só existe uma forma de conseguir o ícone, meu senhor Belzebu: *mande-o de volta*.

Se conseguisse raciocinar como um adulto, Dain reconheceria que as razões que ela apresentava eram excelentes – e era o que ele faria caso se encontrasse no mesmo dilema. Talvez pudesse até admirar o fato de ela ter sido clara e precisa quanto ao que deveria fazer, em vez de lançar mão de malícias e artimanhas femininas para manipulá-lo.

Mas ele não conseguia raciocinar como um adulto.

O brilho da irritação nos olhos dela não devia causar nenhum dano. No entanto, aquilo o acertou em cheio, acendendo um pavio dentro dele. Ele pensava que o pavio era a raiva se manifestando. Pensava que, se ela fosse um homem, ele a arremessaria com toda a força contra a parede. Pensava que, como ela era mulher, ele teria que encontrar uma forma igualmente eficiente de lhe ensinar uma lição.

Lorde Dain só não sabia que atirá-la longe era exatamente o oposto do que queria fazer. Não sabia que as lições que queria ensinar eram as de Vênus, não as de Marte. A *Ars amatoria*, de Ovídio, não a *De bello gallico*, de César.

Consequentemente, acabou cometendo um erro.

– Não, não está enxergando bem – disse ele. – Sempre há outra maneira. A senhorita acha que não, porque presume que vou jogar de acordo com todas as preciosas regras da sociedade. Acha, por exemplo, que o fato de estarmos num lugar público e de a senhorita ser uma dama significa que vou agir com bons modos. É provável até que pense que eu respeito a sua reputação. – Ele abriu um sorriso malévolo. – Talvez seja melhor repensar tudo isso.

Os olhos cinzentos dela se estreitaram.

– Acho que o senhor está me ameaçando – disse ela.

– Permita-me deixar tudo bem claro, como a ameaça que a senhorita mesma fez. – Ele se inclinou. – Posso destruir sua reputação em menos de trinta segundos. Em três minutos, posso reduzi-la a pó. Nós dois sabemos que, sendo quem sou, não preciso me esforçar muito. A senhorita já se tornou alvo de especulações somente por ter sido vista em minha companhia. – Ele fez uma breve pausa para que ela absorvesse aquelas palavras.

Jessica ficou calada. Seus olhos contraídos faiscavam furiosamente.

– Veja como as coisas funcionam – prosseguiu ele. – Se aceitar a minha oferta de 1.500 libras, eu me comportarei: acompanharei a senhorita até um cabriolé e me certificarei de que chegue em casa em segurança.

– E, se eu não aceitar, vai tentar destruir a minha reputação – retrucou ela, concluindo o raciocínio.

– Não será uma *tentativa* – refutou ele.

Ela se sentou de maneira bastante ereta na cadeira e cruzou as mãos delicadas e enluvadas sobre a mesa.

– Pois eu gostaria de vê-lo tentar – declarou ela.

CAPÍTULO 4

Dain deu à Srta. Trent várias oportunidades para perceber seu erro. Suas advertências não podiam ter sido mais claras.

De qualquer maneira, hesitar numa situação como esta seria uma demonstração de dúvida ou, pior, fraqueza. Fazer isso com um homem era perigoso. Fazer isso com uma mulher era fatal.

Assim, lorde Dain sorriu e se aproximou ainda mais de Jessica, até que seu enorme nariz Usignuolo ficasse a poucos centímetros do dela.

– Comece a rezar, Srta. Trent – disse ele, com a voz bem baixa.

Em seguida ele deslizou a mão – aquela mão enorme, morena e *nua*, pois havia tirado as luvas para comer – pela manga do casaco de Jessica até chegar ao primeiro botão de pérola de suas luvas cinzentas inúteis.

Dain desabotoou a pequena pérola.

Ela baixou os olhos para observar a mão dele, mas não moveu um músculo.

Em seguida, sabendo que todos os observavam e que as conversas ruidosas haviam se reduzido a sussurros, Dain começou a conversar com ela em italiano. Comportando-se como um amante, ele descreveu o clima da região, um cavalo que estava pensando em vender e as condições dos esgotos parisienses. Embora nunca houvesse tentado ou precisado seduzir uma mulher, ele já tinha visto e ouvido outros pobres coitados entrarem nesse jogo, e reproduziu aquele tom de voz ridículo. Todas as pessoas ao redor pensariam que eles eram amantes. E, durante todo esse tempo, ele se empenhava em tocar o pulso dela.

Jessica não emitiu um único murmúrio; apenas olhava ocasionalmente do seu rosto para as mãos com uma expressão paralisada – e ele pensou que ela estivesse muda de horror.

Talvez ele pudesse ter interpretado aquilo de maneira mais precisa caso se sentisse mais seguro do que parecia. Por fora, ele continuava sensual e intenso, com a voz baixa e sedutora. Por dentro, tinha consciência de que seus batimentos cardíacos haviam começado a aumentar por volta do sexto botão. Quando chegou ao décimo segundo, a pulsação já estava bastante acelerada. No último, ele precisou se esforçar para manter a respiração firme e compassada.

Dain já tinha livrado uma quantidade imensurável de prostitutas de suas casacas, espartilhos, blusas, cintas-liga e meias de seda. Jamais, em sua vida, desabotoara a luva de uma dama. Já havia cometido uma quantidade enorme de atos de devassidão. Nunca se sentira tão depravado quanto agora, quando a última pérola se libertou e ele conseguiu arrancar aquela peça de couro macio, desnudando-lhe o pulso, seus dedos morenos deslizando pela pele delicada que havia exposto.

Estava muito ocupado procurando no Dicionário de Dain uma definição do estado em que se encontrava – e confuso demais – para perceber que os olhos cinzentos da Srta. Jessica Trent haviam assumido a expressão de embriaguez estupefata de uma solteirona respeitável que estava sendo seduzida contra a sua vontade.

Mesmo se tivesse notado aquela expressão, Dain não se deixaria levar, não mais do que conseguia acreditar em sua empolgação – tudo por causa de uma maldita luva e um trecho de pele macia. Nem mesmo era uma parte boa – aquela que os homens não tinham –, e sim pouco mais de 2 centímetros de *pulso*, que diabo.

O pior era que ele não conseguia parar. O pior era que seu fingimento passional havia, de algum modo, adquirido um caráter genuíno, e ele deixara de falar sobre os esgotos de Paris. Agora dizia como queria desabotoar, desafivelar, abrir fechos e puxar cada laço... e tirar uma a uma as peças de roupa que ela usava. Queria esfregar as mãos monstruosas e morenas naquela pele branca e virginal.

Enquanto detalhava suas fantasias mais picantes em italiano, ele puxava a luva devagar, expondo a palma da mão delicadamente voluptuosa. Depois, deu um pequeno puxão nos dedos dela. E se deteve. Depois, mais um puxão. E se deteve outra vez. Em seguida, puxou mais uma vez... e a luva saiu. Ele deixou a luva cair na mesa e tomou-lhe a mão, pequena, fria e branca, nas suas, enormes e quentes. Jessica soltou um suspiro breve. Nada mais. Não ofereceu nenhuma resistência. Não que isso fizesse alguma diferença.

Dain sentia muito calor, tinha dificuldade para respirar e seu coração batia como se tivesse corrido uma maratona. E, como se houvesse perseguido e conseguido alcançar o que queria, ele não estava disposto a deixá-la escapar. Seus dedos se fecharam ao redor da mão dela e ele a olhou com uma expressão feroz, desafiando-a a tentar – apenas *tentar* – escapar.

O marquês percebeu que ela ainda tinha a mesma expressão no rosto, os mesmos olhos arregalados. Logo depois ela piscou e, baixando o olhar até as mãos que estavam unidas, disse rapidamente:

– Eu lamento *muito*, meu senhor.

Embora não estivesse com a própria respiração sob controle, ele conseguiu colocar algumas palavras para fora.

– Não duvido que lamente. Mas agora é tarde demais, como pode ver.

– Sim, eu sei – disse ela, balançando a cabeça tristemente. – Temo que o senhor nunca mais consiga recuperar a sua reputação.

Ele sentiu uma pontada de inquietação. Ignorou a sensação e, com uma risada, deu uma olhada ao redor, observando a plateia fascinada.

– *Mia cara,* é sua própria repu...

– Lorde Dain foi visto na companhia de uma *dama* – disse ela. – Foi visto e ouvido cortejando-a. – Ela levantou os olhos cinzentos que reluziam. – Foi adorável. Eu não fazia ideia de que o italiano era tão... envolvente.

– Eu estava falando sobre esgotos – disse ele, lacônico.

– Não sabia. Nem eu nem ninguém aqui, tenho certeza. Todos acham que o senhor estava se declarando. – Ela sorriu. – Para a irmã solteirona do paspalho do Bertie Trent.

Foi então que, tarde demais, Dain percebeu a falha em seu raciocínio. E lembrou-se do comentário de Esmond sobre a lendária Genevieve. Todos ali acreditariam que a fedelha seguia os passos da avó – uma *femme fatale* – e os malditos parisienses achariam que ele havia sucumbido aos encantos dela.

– Dain – disse ela, em voz baixa e firme. – Se você não soltar a minha mão neste instante, eu vou beijá-lo. Na frente de todo mundo.

Ele teve um pressentimento de que retribuiria aquele beijo. Diante de testemunhas. Dain, a própria reencarnação de Belzebu, beijando uma dama – uma *virgem.* Ele sufocou o pânico.

– Srta. Trent – respondeu ele, com a própria voz igualmente baixa e firme. – Gostaria de vê-la tentar.

– Com os diabos – surgiu uma voz irritantemente familiar atrás de Dain. – Tive que ir quase até aquela maldita fundição. Não é exatamente o que você queria, eu sei, mas experimentei um deles antes de trazer e garanto que não vai se decepcionar.

Sem perceber a tensão que pulsava ao redor deles, Bertie colocou uma pequena caixa de charutos na mesa, bem perto da mão de Dain. Exatamente a que ainda segurava a mão da Srta. Trent.

Bertie viu aquilo e seus olhos azuis se arregalaram.

– Que diabos, Jess – disse ele, contrariado. – Não posso confiar em você por um único momento? Quantas vezes preciso lhe pedir que deixe meus amigos em paz?

Jessica removeu a mão com frieza.

O irmão lançou um olhar arrependido para Dain.

– Não dê atenção a isso, Dain. Ela faz a mesma coisa com todo mundo. Não sei por quê, se nunca aprova os pretendentes. É como esses gatos bobos que vemos por aí. Passam um tempão tentando pegar um rato e depois não se dão o trabalho de comê-lo. Simplesmente largam os bichos mortos em um canto para que alguém os recolha.

Os lábios de Jessica estremeceram.

O indício de uma risada era o que faltava para acabar com a confusão que lorde Dain sentia e transformá-la numa fúria gélida.

Ele estreara na educação formal quando sua cabeça fora enfiada numa latrina. Já tinha sido alvo de zombarias antes. Mas não por muito tempo.

– Felizmente, Trent, você tem o talento de chegar ao lugar exato e no momento exato – disse ele. – Como palavras não são capazes de expressar meu alívio e minha gratidão, suponho que as ações devem falar por mim. Por que não vem até a minha casa depois de levar sua irresistível irmã de volta? Vawtry e os outros irão até lá para nos deliciarmos com algumas garrafas e um jogo de dados.

Depois de tolerar a animação de Trent, lorde Dain despediu-se da dupla e saiu da cafeteria, audaciosamente disposto a segurar a cabeça de Trent debaixo d'água até que ele se afogasse.

Antes mesmo de lorde Dain chegar em casa, as pessoas que testemunharam seu tête-à-tête com a Srta. Trent na cafeteria já tinham espalhado seus relatos pelas ruas de Paris.

Ao raiar do dia seguinte, sua orgia privativa de bebedeira e jogatina havia terminado – e Bertie, com algumas centenas de libras a menos nos bolsos, estava sendo carregado por um grupo de criados até sua cama. Algumas pessoas já faziam apostas acerca das intenções do marquês de Dain em relação à Srta. Trent.

Às três horas da tarde, Francis Beaumont encontrou-se com Roland Vawtry no Tortoni's e apostou 150 libras que Dain acabaria acorrentado à Srta. Trent antes do aniversário do rei, em junho.

– Dain? – repetiu Vawtry, arregalando os olhos cor de amêndoa. – *Casado*? Com uma solteirona aristocrata? A *irmã* de Trent?

Dez minutos depois, quando Vawtry conseguiu parar de rir e começava a respirar normalmente outra vez, Beaumont repetiu a oferta.

– Seria fácil demais – disse Vawtry. – Não posso deixar que você perca dinheiro assim. Não seria justo. Conheço Dain desde Oxford. O que aconteceu na cafeteria deve ter sido uma de suas piadas. Queria apenas provocar alvoroço. Neste exato momento ele provavelmente está rolando de rir por ter enganado tantas pessoas de uma vez só.

– Aposto 200 libras que ele vai parar de rir em menos de uma semana – rebateu Beaumont.

– Entendo – respondeu Vawtry. – Creio que você esteja querendo jogar o seu dinheiro no lixo. Muito bem, meu camarada. Defina os termos da aposta.

– Vamos lá. Em uma semana, ele estará correndo atrás dela – disse Beaumont. – Ele a seguirá quando ela sair de algum lugar. Segurará sua mão. Diabos, que seja, ele a agarrará pelos cabelos. Isso faz mais o estilo dele, não é?

– Beaumont, correr *atrás* de uma mulher nunca fará o estilo de Dain – respondeu Vawtry, pacientemente. – Dain apenas diz: "Quero esta aqui." Então, ele mostra o dinheiro e é a mulher que o segue.

– Ele vai seguir essa – disse Beaumont. – Exatamente como eu relatei. Diante de testemunhas confiáveis. Aposto 200 libras que ele fará isso em até sete dias.

Não seria a primeira vez que o profundo conhecimento que Roland Vawtry tinha de lorde Dain lhe renderia dinheiro. Prever o comportamento do Belzebu, na verdade, provia pelo menos metade de sua renda. Ele achava que a essa altura Beaumont deveria conhecer Dain melhor, e o sorriso torto e o ar de superioridade no rosto dele estavam começando a irritar Vawtry. Com uma expressão de pena – para irritar Beaumont –, Vawtry aceitou a aposta.

Seis dias depois, Jessica estava na janela do *appartement* do irmão, olhando para a rua com uma expressão amarga no rosto.

– Vou *matar* você, Dain – murmurou ela. – Vou enfiar uma bala bem onde esse seu nariz italiano encontra suas sobrancelhas negras.

Já eram quase seis horas. Bertie prometera que estaria em casa às quatro e meia para se banhar e se vestir e levar a irmã e a avó até a festa de madame Vraisses. O retrato que a Sra. Beaumont pintara da anfitriã seria desvelado às oito. Como Bertie precisaria de pelo menos duas horas e meia para cuidar da higiene pessoal e o tráfego prometia estar intenso à noite, elas acabariam perdendo o evento.

E era tudo culpa de Dain.

Desde o encontro dos dois na cafeteria, ele não saía sem que Bertie estivesse ao seu lado. Aonde quer que Dain fosse, não importava o que fizesse, não conseguia se divertir a menos que Bertie estivesse presente.

O irmão, é claro, acreditava finalmente ter conquistado a amizade eterna de lorde Dain. Avoado e ingênuo, Bertie não fazia ideia de que a suposta amizade fora a maneira que Dain tinha encontrado para se vingar dela.

E isso servia apenas para mostrar que Dain era um vilão desprezível. Tinha aquela desavença com Jessica, mas não, não podia lutar de maneira justa e honrada com alguém capaz de revidar. Tinha que castigá-la por meio de seu pobre e estúpido irmão, que não fazia a menor ideia de como se defender.

Bertie não sabia como *não* beber até cair inconsciente, ou retirar-se de um jogo de cartas, ou resistir a uma aposta que ele certamente perderia, ou protestar quando uma prostituta cobrava o triplo do preço que valia. Se Dain bebesse, Bertie se considerava na obrigação de beber também, mesmo que já não aguentasse mais. Se Dain jogasse ou contratasse os serviços de uma prostituta, Bertie o imitava.

De início, Jessica não se opunha a nenhuma dessas atividades. Já ficara bêbada mais de uma vez e, em uma dessas, perdera dinheiro jogando ou apostando – dentro de limites discretos e razoáveis. Quanto às meretrizes, se Jessica fosse homem, ela gostaria de desfrutar disso de vez em quando – mas certamente não pagaria um centavo acima do preço habitual. Não conseguia acreditar que Dain pagasse os valores que Bertie alegava, mas o irmão jurava por sua própria honra que vira com os próprios olhos o dinheiro trocar de mãos.

– Se for verdade – disse ela exasperadamente, na noite

anterior –, só pode ser por conta das exigências dele. As mulheres devem ter que se esforçar mais, não percebe?

Tudo o que Bertie entendia era que a irmã insinuava que ele não era um garanhão tão devasso quanto o ídolo. Insultara sua masculinidade e por isso ele saíra pisando duro e não retornara até as sete da manhã – embora tivesse sido carregado.

Enquanto isso, Jessica havia ficado acordada quase até aquela hora, imaginando o que Dain poderia exigir de suas companheiras de cama.

Graças a Genevieve, ela compreendia os aspectos básicos do que os homens normais queriam – ou proporcionavam, dependendo de como se analisasse a questão. Sabia, por exemplo, o que o cavalheiro da peruca fazia escondido debaixo das saias daquela dama, assim como compreendia que essas poses não eram comuns em relógios. Fora por isso que ela o comprara.

Mas, como Dain não era normal – e certamente pagaria por muito mais do que apenas o básico –, ela passou a noite rolando na cama, agitada pelo medo, pela curiosidade e... bem, para ser honesta, por uma boa dose de desejos ardentes, que Deus a perdoasse.

Jessica não conseguia parar de pensar naquelas mãos. Já tinha contemplado cada pedaço do corpo dele também, mas com aquelas mãos enormes ela tivera uma experiência física e direta.

Com a mera lembrança daquelas mãos, mesmo agora, furiosa, ela sentia algo ardente e doloroso se enrodilhar dentro de si, desde o diafragma até o fundo do estômago.

O que só servia para deixá-la ainda mais irritada.

O relógio da sala bateu a hora.

Primeiro ela mataria Dain, disse Jessica a si mesma. Depois, o irmão.

Withers entrou.

– O porteiro retornou da residência do marquês – informou.

Bertie, seguindo o costume dos parisienses, dependia do porteiro do prédio para a execução de tarefas que, na Inglaterra, costumavam ser atribuídas a lacaios, arrumadeiras e mensageiros. O porteiro deles, Tesson, tinha sido enviado meia hora antes até a casa de lorde Dain.

– Obviamente ele não trouxe Bertie de volta – disse ela. – Ou eu já teria ouvido os berros do meu irmão pelos corredores.

– O criado do marquês se recusou a responder às perguntas de Tesson – avisou Withers. – Quando ele insistiu, o lacaio insolente teve a audácia de empurrá-lo para longe da porta. Os criados, Srta. Trent, combinam de maneira abominável em caráter com o respectivo senhor.

Uma coisa, pensou Jessica, irritada, era Dain explorar as fraquezas do irmão. Mas permitir que seus lacaios abusassem de um porteiro apenas porque tentava entregar uma mensagem era totalmente diferente.

– "Quem perdoa uma culpa", disse Públio, "encoraja a cometer muitas outras."

Jessica não estava disposta a perdoar esta. Com os punhos cerrados, ela foi em direção à porta.

– Não me importo se o criado é o próprio Mefistófeles – disse ela. – Quero ver se ele se atreve a fazer o mesmo *comigo*.

Pouco tempo depois, enquanto Flora, sua criada aterrorizada, encolhia-se numa charrete imunda, Jessica batia a aldraba na porta de Dain com toda a sua força.

Um lacaio inglês uniformizado a abriu. Tinha quase 1,80 metro de altura. Enquanto ele a media de cima a baixo, Jessica não teve dificuldade para deduzir o que se passava em sua cabeça. Qualquer criado com o mínimo de inteligência perceberia que ela era uma dama. Por outro lado, nenhuma dama se rebaixaria a ponto de bater à porta de um cavalheiro solteiro. O problema era que Dain não era um cavalheiro. Ela não esperou o lacaio resolver o dilema.

– O nome é Trent – disse ela, bruscamente. – E não estou acostumada a ser deixada ao relento enquanto um paspalho que se passa por criado fica me olhando desse jeito. Você tem três segundos para sair da minha frente. Um, dois...

Ele se afastou e Jessica passou por ele, entrando no vestíbulo.

– Vá buscar o meu irmão – ordenou ela.

O criado olhava para ela, embasbacado.

– Srta... Srta...

– Trent – completou ela. – A irmã de Sir Bertram. Quero vê-lo. *Agora*. – Ela bateu a ponta da sombrinha no piso de mármore para enfatizar a ordem.

Jessica adotara o tom de voz e os maneirismos que descobriu serem eficazes quando lidava com garotos rebeldes e com os empregados de seus tios e tias que faziam comentários abobalhados como "O senhor não iria gostar" ou "A senhora me proibiu de fazer isso". O tom comunicava apenas duas alternativas: obediência ou morte. E funcionou tão bem agora quanto em quase todas as outras vezes.

O lacaio olhou amedrontado para a escadaria do outro lado do corredor.

– Eu... eu não posso, senhorita – disse ele, em um sussurro apavorado. – Ele... Ele vai me *matar*. Nada de interrupções. Nunca, senhorita. Nunca.

– Entendo – respondeu ela. – Você tem coragem de empurrar um porteiro com metade do seu tamanho, mas...

O barulho de um tiro ecoou.

– Bertie! – gritou ela. Soltando a sombrinha, Jessica correu em direção à escada.

Normalmente, o som do disparo de uma pistola, mesmo seguido de gritos femininos, não deixaria Jessica em pânico. O problema era que o irmão estava nas proximidades. Se Bertie estivesse perto de uma vala, cairia nela. Se Bertie estivesse próximo a uma janela aberta, certamente se debruçaria e cairia dela.

Portanto, se Bertie estava nas proximidades de um disparo, era possível que ele se encontrasse exatamente na trajetória da bala.

Para Jessica, era tolice esperar que o irmão não tivesse sido atingido. Rezava apenas para que conseguisse estancar o sangramento. Ela subiu a longa escadaria, entrou em outro corredor e andou em direção aos gritos femininos e aos berros embriagados masculinos.

Abriu a porta de supetão.

A primeira coisa que viu foi Bertie deitado sobre o carpete, com o rosto virado para cima.

Por um instante, isso foi tudo. Correu até o corpo. Quando estava se ajoelhando para examiná-lo, o peito de Bertie arfou com um movimento brusco e soltou um ronco ruidoso – um ronco espalhafatoso que fedia a vinho –, o que a fez se erguer no mesmo instante.

Em seguida, ela percebeu que tudo no quarto estava tão silencioso e imóvel quanto uma tumba.

Jessica olhou ao redor.

Esparramados em poltronas e sofás e deitados nas mesas, havia, em vários estágios de seminudez, cerca de uma dúzia de homens. Alguns ela nunca vira antes. Outros, como Vawtry, Sellowby, Goodridge, ela reconheceu. Havia também muitas mulheres, todas elas praticantes da profissão mais antiga do mundo.

Seu olhar se fixou em Dain. Ele estava sentado numa enorme poltrona, com uma arma na mão e duas meretrizes rechonchudas – uma loira e uma negra – em seu colo. Elas olhavam para Jessica e, como todos os outros, pareciam ter paralisado quando ela irrompeu no cômodo. A negra aparentemente estava puxando a camisa de Dain de dentro das calças, enquanto a outra auxiliava desabotoando a braguilha.

Estar cercada por mulheres e homens bêbados e seminus prestes a começar uma orgia não perturbou Jessica, nem um pouco. Ela já tinha visto meninos correrem nus pela casa de propósito, a fim de que as mulheres gritassem escandalizadas, e já fora exposta mais de uma vez a um traseiro adolescente – a melhor ideia que um dos primos tivera para bancar o espertinho com ela.

Não se sentiu nem um pouco desconcertada ou inquieta. Nem mesmo a arma nas mãos de Dain a sobressaltou, pois já havia sido disparada e teria que ser recarregada.

A única coisa que a perturbou foi um impulso totalmente irracional de arrancar os cabelos daquelas duas vagabundas e quebrar-lhes todos os dedos. Disse a si mesma que aquilo era uma tolice. Elas eram meras profissionais e faziam o que eram pagas para fazer. Disse a si mesma que sentia pena delas e que por isso estava triste.

Jessica quase acreditou. De qualquer forma, acreditando ou não, era dona do próprio nariz e, portanto, de qualquer situação.

– Achei que ele estivesse morto – disse ela, indicando o irmão inconsciente com um meneio de cabeça. – Mas ele simplesmente bebeu até cair. Creio que me enganei.

Ela se dirigiu até a porta.

– Prossigam, monsieurs. E mademoiselles.

E retirou-se.

Até certo ponto, decidiu lorde Dain, tudo havia corrido às mil maravilhas. Finalmente encontrara uma solução para seu problema temporário com as prostitutas. Se não podia tolerar a ideia de possuí-las no bordel ou na rua, ele as teria em sua própria casa.

Não seria a primeira vez.

Nove anos antes, no funeral de seu pai, uma garota promíscua das redondezas chamada Charity Graves demonstrara interesse por ele, e ele a possuíra, algumas horas mais tarde, na enorme cama ancestral. Ela fora uma companhia bastante agradável, mas não tanto quanto a ideia de que seu recém-falecido progenitor estaria se revirando na cripta de seus nobres ancestrais – e a maioria dos ancestrais se revirava também.

Um aborrecimento surgiu nove meses depois, mas foi fácil lidar com isso. O administrador de propriedades tratou do problema pagando 50 libras por ano.

Desde então Dain restringira-se a prostitutas que executavam seu trabalho de acordo com regras e sabiam que não deviam gerar – manipulando ou chantageando – bebês chorões.

Denise e Marguerite entendiam as regras, e ele pretendia usufruir dos serviços delas.

Assim que conseguisse lidar com a Srta. Trent.

Embora Dain tivesse certeza de que cedo ou tarde ela surgiria para acossá-lo, não esperava que fosse explodir logo em sua sala de visitas. Ainda assim, de certa maneira, estava dentro dos seus planos. O irmão dela estava caindo aos pedaços em uma velocidade gratificante, agora que Dain havia decidido participar ativamente de sua desintegração.

A Srta. Trent deveria saber o porquê. E, como era uma mulher inteligente, logo seria obrigada a admitir que cometera um erro grave ao tentar fazer o marquês de palhaço.

Dain decidira que ela seria obrigada a admitir de joelhos sua imprudência. Depois, teria que implorar por piedade.

Foi quando as coisas pareceram sair do controle.

Tudo o que ela fez foi lançar um olhar entediado para o irmão e outro para os convidados, além de ter observado o próprio Dain com um toque sutil de satisfação. Em seguida, com uma frieza inesperada, a criatura insuportável deu meia-volta e foi embora.

Durante seis dias Dain passara quase todo o tempo em que estava acordado com o maldito irmão dela, fingindo ser o melhor amigo daquele imbecil perturbado. Durante seis dias Trent ficara latindo nos ouvidos de Dain, roendo-lhe os calcanhares, exibindo-se, esforçando-se para receber atenção e tropeçando nos próprios pés e em qualquer objeto ou pessoa que cruzasse o seu caminho. Depois de passar quase uma semana tendo seus nervos roídos pelo cachorrinho desmiolado que ela chamava de irmão, tudo o que Dain conseguira tinha sido se transformar no objeto de *diversão* da Srta. Trent.

– *Allez-vous en* – ordenou ele, sussurrando. Denise e Marguerite imediatamente saltaram do colo dele e correram para cantos opostos da sala.

– Permita que eu lhe diga uma coisa, Dain – começou Vawtry, tentando apaziguar a situação.

Dain lançou-lhe um olhar fulminante. Vawtry pegou uma garrafa de vinho e encheu seu copo.

O marquês largou a arma, foi em direção à porta, passou por ela e então bateu-a atrás de si.

Apertou o passo. Chegou ao alto da escada a tempo de ver a irmã de Trent parar diante da entrada e olhar ao redor.

– Srta. Trent – chamou ele. Não ergueu a voz. Não precisava. O barítono enraivecido reverberou pelo corredor como um trovão.

Jessica abriu a porta num solavanco e saiu.

Ele observou a porta se fechar e disse a si mesmo que devia voltar a disparar contra os narizes dos querubins de gesso no teto, pois, se fosse atrás dela, iria matá-la. O que era inaceitável, já que Dain nunca, sob quaisquer circunstâncias, se rebaixava a ponto de permitir que qualquer membro do sexo inferior o provocasse.

Enquanto refletia sobre aquilo, desceu rapidamente os degraus que restavam e avançou pelo longo corredor que levava até a porta. Ele a escancarou e saiu, irritado, deixando a porta bater atrás de si.

CAPÍTULO 5

Assim que saiu, Dain quase a derrubou, pois, por alguma razão descabida, a Srta. Trent não estava fugindo, e sim marchando de volta à casa dele.

– Que insolente! – gritou ela, dirigindo-se à porta. – Vou quebrar o nariz dele. Primeiro, o porteiro e agora a minha criada. E sem contar a charrete. Isso já passou de todos os limites.

Dain se colocou diante dela, o corpanzil bloqueando a entrada.

– Ah, não. A senhorita não vai fazer nada. Não conheço nem me importo com seu jogo, e...

– *Meu* jogo? – Ela deu um passo para trás, plantou as mãos nos quadris e fitou-o, enfurecida. Ao menos era o que parecia. Era difícil saber, por causa da enorme aba da touca que ela usava e da pouca luminosidade.

O sol não havia se posto totalmente, mas enormes nuvens escuras engoliam Paris. De algum lugar ao longe ressoou o estrondo grave de um trovão.

– *Meu* jogo? – repetiu ela. – Seu lacaio bruto seguiu o exemplo do senhor, pelo que vejo, descontando sua frustração em quem é inocente. Sem dúvida achou que seria engraçado espantar o cavalo que puxava a minha charrete, com a minha criada dentro, e me deixar perdida aqui, *depois* de roubar a minha sombrinha.

Ela girou sobre os calcanhares e saiu pisando duro.

Se Dain estava interpretando corretamente aquela reclamação, Herbert mandara embora a criada da Srta. Dain junto com o veículo alugado que as levara até lá.

Uma tempestade se aproximava, Herbert pegara a sombrinha dela, e as chances de encontrar uma charrete desocupada àquela hora, com o tempo ruim, eram quase nulas.

Dain sorriu.

– *Adieu,* então, Srta. Trent – disse ele. – Aproveite sua caminhada de volta para casa.

– *Adieu,* lorde Dain – respondeu Jessica, sem virar a cabeça. – Tenha uma noite agradável com as suas vacas.

Vacas?

Ela só estava tentando provocá-lo, Dain disse a si mesmo. O comentário foi uma tentativa patética de rebaixá-lo. Ofender-se seria admitir que aquilo de fato o atingira. Aconselhou-se a simplesmente rir da situação e voltar para suas... vacas.

Aproximou-se dela com alguns passos furiosos.

– Isso é puritanismo ou inveja? – perguntou ele. – É o trabalho delas que a ofende ou apenas o fato de que a natureza tenha sido mais generosa com elas?

Jessica continuou andando.

– Quando Bertie me contou quanto você paga, achei que os serviços eram caros demais – disse ela. – Agora, entretanto, percebo o meu erro. Obviamente você paga por peso.

– Talvez o preço seja exorbitante – disse ele, enquanto segurava a vontade de sacudi-la. – Afinal, não sou tão bom assim em pechinchar. No futuro, a senhorita poderia conduzir algumas negociações para mim. Nesse caso, devo descrever meus requisitos. O que eu gosto...

– O senhor gosta de mulheres grandes, roliças e burras – retrucou ela.

– A inteligência raramente é relevante – respondeu ele, reprimindo um desejo feroz de arrancar aquela touca e pisoteá-la. – Eu não as contrato para debater metafísica. Mas, se já entendeu como eu gosto que sejam fisicamente, acho melhor eu explicar o que gosto que elas façam.

– Sei que gosta que elas tirem suas roupas – disse ela. – Ou talvez que as vistam de volta. Naquele momento, era difícil ter certeza se elas estavam no começo ou no final dos trabalhos.

– Eu gosto das *duas* coisas – comentou ele, entre os dentes. – E, entre uma e outra, gosto quando elas...

– Eu recomendo que o senhor mesmo amarre suas calças agora – interrompeu ela. – Elas estão começando a se amontoar de forma constrangedora no alto das suas botas.

Foi só então que Dain se deu conta de como estava vestido – ou despido, na verdade. Percebia agora que os punhos da camisa batiam soltos nos braços enquanto o restante da peça esvoaçava ao sabor do vento.

Embora as palavras "tímido" e "modesto" constassem no Dicionário de Dain, não tinham nenhuma ligação com ele. Por outro lado, seus trajes, diferentemente de seu caráter, eram sempre *comme il faut*. Sem mencionar que ele se encontrava na cidade mais famosa e mais crítica do mundo em termos de moda.

O calor lhe subiu pela garganta.

– Obrigado, Srta. Trent – disse ele, indiferente –, por

chamar minha atenção para o problema. – Em seguida, com a mesma frieza e caminhando ao lado dela, ele desabotoou a calça por completo, enfiou a camisa para dentro dela e voltou a fechá-la despreocupadamente.

A Srta. Trent emitiu um ruído estrangulado.

Dain lançou-lhe um olhar sarcástico. Não dava para saber, por causa da touca e da escuridão que se formava, mas achou que ela tinha ficado ruborizada.

– Está se sentindo mal, Srta. Trent? – perguntou ele. – Foi por isso que passou direto quando devia ter virado aquela esquina?

Jessica parou.

– Passei direto – respondeu ela, com a voz abafada – porque não sabia que era onde eu devia virar.

Ele sorriu.

– A senhorita não sabe o caminho de volta.

Ela começou a andar outra vez, em direção à rua que ele havia indicado.

– Vou descobrir.

Dain a seguiu, virando a esquina.

– A senhorita ia simplesmente voltar a pé, na calada da noite, até a casa do seu irmão, mesmo sem ter a mais vaga noção de como chegar lá. É meio maluca, não é?

– Concordo que está escurecendo, mas não estamos na "calada da noite" – disse ela. – De qualquer modo, não estou sozinha e não considero imprudência ter o homem mais aterrorizante de Paris me escoltando. É muito cavalheiresco de sua parte, Dain. Gentil até, na verdade. – Ela parou em uma rua estreita. – Ah, já estou conseguindo me orientar. Esta rua vai dar na Rue de Provence, não é?

– *O que* disse? – perguntou ele, a voz baixa e ameaçadora.

– Eu disse que esta rua vai dar...

– *Gentil* – interrompeu ele, seguindo-a quando Jessica virou a esquina.

– Ah, sim, aí está. – Ela acelerou o passo. – Estou reconhecendo aquele poste.

Se Jessica fosse homem, ele faria questão de proporcionar um encontro íntimo entre seu crânio e o poste.

Dain percebeu que estava com os punhos cerrados. Diminuiu o passo e disse a si mesmo para voltar para casa. Agora. Nunca na vida ele levantara a mão contra uma mulher. Esse tipo de comportamento não apenas demonstrava falta de autocontrole, como também covardia. Somente os covardes usam armas letais contra pessoas desarmadas.

– Parece não haver nenhum perigo iminente em deixá-la vaguear sem rumo pelas ruas de Paris causando agitação no povo – disse ele, zangado. – Acredito que posso permitir que complete sua jornada sozinha e ficar com a consciência tranquila.

Ela parou, virou-se para ele e sorriu.

– Entendo perfeitamente. A Rue de Provence costuma ser bem movimentada a essa hora, e um de seus amigos pode avistá-lo. É melhor ir embora. Prometo não mencionar uma palavra sobre sua cortesia.

Dain tentou se convencer de que devia simplesmente rir e ir embora. Já fizera isso mais de mil vezes e sabia que era uma das melhores saídas. Não havia como revidar quando lorde Dain ria de você. Já tinha sofrido reveses piores. Isso não passava de um... aborrecimento.

Mesmo assim, o riso não veio e ele não conseguia virar as costas para ela.

Jessica já havia desaparecido na esquina.

Dain correu atrás dela e agarrou-lhe o braço, obrigando-a a parar de andar.

– Olhe, segure a sua língua e me *escute* – avisou ele. –

Não sou um dos seus brinquedinhos para ser zombado e humilhado por uma garotinha de meia-tigela que se acha esperta. Não dou a mínima para o que as pessoas veem, pensam ou dizem. Não sou um cavalheiro, Srta. Trent, e não sou *gentil*. Para o diabo com sua impertinência!

– E eu não sou uma das suas vacas estúpidas! – retrucou ela. – Não sou paga para fazer o que você gosta, e nenhuma lei na Terra me obrigará a agir de tal maneira. Eu digo o que quero e, neste momento, fico muito contente em deixá-lo furioso. Porque é exatamente assim que me sinto. Você *arruinou* a minha noite. Nada seria melhor do que arruinar a sua, seu *brutamontes* egoísta, esnobe, estúpido!

Ela lhe deu um pontapé no tornozelo.

Dain ficou tão espantado que acabou soltando o braço dela.

Então olhou para seu pé pequeno e delicado envolto por uma botinha.

– Meu Deus, você achou mesmo que ia conseguir me machucar com *isso*? – Ele riu. – Está louca, Jess?

– Seu bêbado idiota! – gritou ela. – Como se atreve? – Jessica arrancou a touca e golpeou o peito de Dain com ela. – Eu *não* lhe dei permissão para me chamar pelo nome! – Ela o golpeou outra vez. – E *não sou* uma garotinha de meia-tigela, seu jumento estúpido!

Dain baixou os olhos, confuso. Via uma mulher frágil e delicada aparentemente tentando feri-lo com uma espécie de chapéu.

Ela parecia tomada pela fúria. Enquanto fazia cócegas no peito dele com aquela touca ridícula, Jessica vociferava sobre uma festa, o retrato de alguém e a Sra. Beaumont, e resmungava que ele havia estragado tudo e que pagaria caro por isso. Gritou que não se importava mais com Bertie, já que o irmão não servia para nada mesmo, e que voltaria imediatamente para a Inglaterra a fim de abrir uma loja e leiloar o ícone russo, faturando 10 mil libras por ele. Por fim, disse que esperava que Dain morresse engasgado com aquilo.

Dain não sabia com o que deveria morrer engasgado, exceto talvez de tanto rir, pois nunca vira nada tão divertido em toda a sua vida quanto o ataque de nervos da Srta. Jessica Trent.

As faces dela estavam rosadas, os olhos soltavam faíscas prateadas e os longos cabelos negros desciam-lhe em cascata pelos ombros.

Eram bem negros, do mesmo azeviche que tingia os cabelos dele. Mas com algumas diferenças. Dain tinha fios grossos, esparsos e encaracolados. Já os de Jessica pareciam um véu de seda esvoaçante.

Algumas madeixas se soltaram dos grampos e pendiam de maneira provocante sobre o corpete.

E foi neste momento que ele se distraiu.

O casaco cor de maçã verde estava abotoado até o alto de seu pescoço pálido. Era uma peça bem justa, que valorizava a curva dos seios.

Se comparados aos, digamos, generosos dotes de Denise, os seios da Srta. Trent eram insignificantes. Quando visualizados em um corpo esguio, de ossatura graciosa e cintura fina, entretanto, as curvas femininas subitamente ficavam mais do que amplas.

Os dedos de lorde Dain começaram a coçar, e uma onda de calor se agitou e se contorceu em seu estômago.

A touca que lhe fazia cócegas começou a irritá-lo. Ele a agarrou, amassou-a e jogou-a no chão.

– Já chega! – disse ele. – Você está começando a me aborrecer.

– Aborrecer? – gritou ela. – *Aborrecer?* Vou aborrecê-lo agora, seu paspalhão ignorante!

Jessica recuou, fechou o punho e o acertou bem no meio do peito.

Foi um bom e sólido golpe, e se ela houvesse atacado um homem que não tivesse uma compleição física tão formidável, poderia tê-lo feito cambalear.

Dain mal sentiu o baque. Os pingos de chuva preguiçosos que caíam na sua cabeça tinham praticamente o mesmo impacto.

Mas ele a viu gemer quando encolheu a mão e percebeu que havia se machucado, e isso lhe deu vontade de gritar. Dain agarrou a mão de Jessica e a largou, com medo de que pudesse esmagá-la por acidente.

– Que o diabo a carregue, vá para o inferno! – gritou ele. – Por que não me deixa em paz, mulher?

Um vira-lata que estava cheirando o poste ganiu e fugiu em disparada.

A Srta. Trent nem pestanejou. Ficou onde estava, fitando com uma expressão amarga e obstinada o lugar onde se machucara, como se esperasse por alguma coisa.

Ele não sabia o que era. Tudo o que Dain sabia – e não sabia como sabia, mas tinha tanta certeza quanto a tempestade que se erguia e rugia acima dos dois – foi que ela não havia conseguido o que queria e não iria embora até que o conseguisse.

– Que diabos você quer? – berrou ele. – Qual é o seu problema?

Jessica ficou calada.

Os pingos de chuva começaram a ganhar força e tamborilavam sobre o *trottoir*. As gotas reluziam no cabelo de Jessica e brilhavam nas faces rosadas. Uma delas deslizou pela lateral do nariz e parou no canto de sua boca.

– Maldição – disse ele.

E parou de se importar com o que pudesse esmagar ou quebrar. Estendeu os braços e enlaçou as mãos enormes ao redor da cintura dela, erguendo-a até que seu rosto úmido e emburrado estivesse bem diante do seu.

Antes que ela pudesse gritar, Dain pressionou sua boca forte e depravada contra a dela.

Os céus se abriram naquele momento, despejando uma torrente.

A chuva caía na cabeça dele, e dois punhos pequenos e enluvados lhe batiam no peito.

Nada disso o incomodava. Ele era Dain, o lorde Belzebu em pessoa.

Não temia a fúria da Natureza nem a da sociedade civilizada. E com certeza não se incomodava com a indignação da Srta. Trent.

Gentil, não é? Ele era um porco asqueroso e hediondo, um depravado, e se ela achava que conseguiria se safar com um único beijo repulsivo, era melhor pensar duas vezes.

Não havia nada de gentil ou cavalheiresco em seu beijo. Era uma investida forte, ousada e arrebatadora que fez a cabeça de Jessica se curvar para trás.

Por um momento aterrorizante, ele imaginou se havia quebrado o pescoço dela.

Mas Jessica não podia estar morta, pois ainda insistia em golpeá-lo e em se debater. Ele a puxou mais para perto com um dos braços e ergueu a outra mão para segurar sua cabeça no lugar.

Ela parou de se contorcer e de golpear na mesma hora. E, naquele instante, os lábios apertados com força se renderam à investida de Dain tão de repente que o fizeram cambalear para trás, batendo contra o poste de luz.

Os braços dela se prenderam ao redor do pescoço dele, quase estrangulando-o.

Madonna in cielo.

Santa Mãe de Deus, aquela mulher ensandecida estava *retribuindo os beijos dele.*

Apertava a boca com força contra a sua, uma boca quente, macia e refrescante como a chuva de primavera. Ela exalava um perfume de sabonete de camomila, lã molhada e mulher.

As pernas de Dain fraquejaram.

Ele se encostou no poste e o abraço esmagador se afrouxou, pois seus músculos pareciam feitos de borracha. Ainda assim ela se prendia a ele, o corpo deliciosamente curvo deslizava pelo seu até que os pés dela tocaram o chão. E ela não se soltou do seu pescoço. Não afastou sua boca da de Dain. Seu beijo era tão doce e inocentemente ardente quanto o dele era ousado e provocante.

Ele se sentiu derreter sob aquele ardor virginal, como se ela fosse a chuva e ele um pilar de sal.

Em todos esses anos, desde que chegara a Eton, nenhuma mulher fizera algo para ou por ele até Dain começar a lhes pagar. A menos que ele assinasse alguns papéis colocando seu corpo, sua alma e sua fortuna em mãos alheias – como no caso da única mulher respeitável que ousou perseguir, oito anos antes.

Jessica o abraçava como se sua vida dependesse disso e o beijava sem parar como se o mundo fosse acabar. Não havia nenhum "a menos que" ou "até que" naquela situação.

Ao mesmo tempo excitado e desnorteado, Dain levou as mãos imensas e hesitantes até as costas dela e contornou-lhe a cintura fina com os dedos trêmulos. Nunca abraçara ninguém assim antes – tão magra, macia e curva, perfeitamente delicada. Ele sentiu um aperto, uma dor no peito, e teve vontade de chorar.

Sognavo di te.

Sonhei com você.

Ti desideravo nelle mia braccia dal primo momento che ti visto.

Desejei-a em meus braços desde o primeiro momento em que a vi...

E ali estava ele, imóvel sob a chuva torrencial, incapaz de controlar sua boca ardente, suas mãos inquietas, enquanto, por dentro, seu coração lhe mostrava a verdade aterradora.

Ho bisogno di te.

Preciso de você.

Como se aquele último pensamento fosse um insulto tão grande que nem mesmo o Todo-Poderoso, geralmente negligente, o deixaria passar, um clarão de luz rasgou a escuridão, seguido por um violento estrondo que fez o chão tremer.

Ela se afastou com um movimento súbito e cambaleou para trás, cobrindo a boca com a mão.

– Jess – disse ele, estendendo as mãos para trazê-la de volta. – *Cara,* eu...

– Não. Ah, meu Deus. – Ela afastou os cabelos molhados do rosto. – Maldito seja, Dain. – Em seguida, deu meia-volta e saiu correndo.

JESSICA TRENT ERA uma jovem que encarava os fatos, e, enquanto subia, encharcada, as escadas até o *appartement* do seu irmão, ela os encarou.

Primeiro, ela aproveitara o menor pretexto para encontrar lorde Dain.

Em segundo lugar, sucumbira a uma depressão profunda, sucedida quase instantaneamente por um ciúme furioso, ao ver duas mulheres sentadas no colo dele.

O terceiro fato foi que ela quase começara a chorar quando ele fez chacota de seus atributos físicos e chamou-a de "garotinha de meia-tigela".

Em quarto, ela o *incitara* a atacá-la.

No quinto acontecimento, ela quase o matara estrangulado, desejando que o ataque continuasse.

E, por último, foi preciso um trovão para afastá-la dele.

Quando chegou à porta do *appartement*, ela se viu tentada a bater a cabeça contra ela.

– Idiota, idiota, idiota – resmungou, golpeando o portal com força.

Withers abriu. Ficou boquiaberto.

– Withers – disse ela. – Falhei com você. – Ela entrou no apartamento. – Onde está Flora?

– Ah, meu Deus. – Withers pareceu perdido.

– Ah, então ela ainda não voltou. Não que isso me surpreenda. – Jessica foi até o quarto da avó. – Na verdade, se minha pobre criada convencesse o cocheiro a levá-la a Calais para atravessar o canal da Mancha num barco a remo, eu não a culparia. – Ela bateu insistentemente na porta de Genevieve.

A avó abriu a porta, observou-a por um longo instante e dirigiu-se a Withers:

– A Srta. Trent precisa de um banho quente – disse ela. – Mande alguém cuidar disso... Rápido, por favor.

Em seguida ela tomou o braço de Jessica, puxou-a para dentro, fez com que se sentasse e tirou suas botas ensopadas.

– Eu *vou* àquela festa – disse Jessica, atrapalhada com as fivelas do casaco. – Dain pode me chamar de idiota se quiser, mas não vai arruinar a minha noite. Não me importo que toda a Paris tenha visto. Ele é quem devia estar constrangido, correndo seminu pelas ruas. E, quando eu lhe avisei que estava seminu, o que você acha que ele fez?

– Minha querida, eu não faço ideia. – Genevieve rapidamente tirou as meias de seda da neta.

Ela contou-lhe o momento em que ele desabotoou as calças sem qualquer preocupação ou pudor.

Genevieve explodiu em gargalhadas.

Jessica a observou com uma expressão séria.

– Foi muito difícil manter a compostura. Mas essa não foi a pior parte. – Ela soltou um suspiro. – Ah, Genevieve. Ele foi tão *adorável*. Eu queria beijá-lo. Bem naquele narigão. E em todos os outros lugares. Foi tão frustrante. Eu tinha decidido que não perderia a cabeça, mas perdi. Então eu bati nele, bati até que ele me beijasse. E continuei batendo até que ele me beijasse direito. Preciso admitir, por mais duro que seja, que, se não tivéssemos sido atingidos por um relâmpago, ou quase, eu acabaria sendo arruinada. Contra um poste de luz. Em plena Rue de Provence. E o mais horrível nisso tudo – ela gemeu – é que eu queria que tivesse acontecido.

– Eu sei – disse Genevieve com um tom apaziguador. – Pode acreditar, querida, eu sei. – Ela terminou de despir a neta, já que Jessica não conseguia fazer mais do que balbuciar e fitar a mobília, envolveu-a em um roupão de banho, colocou-a na poltrona em frente à lareira e pediu que lhes trouxessem conhaque.

Cerca de meia hora depois de Jessica ter saído correndo, lorde Dain, encharcado até os ossos e com uma touca amassada nas mãos, passou pela porta que um trêmulo Herbert lhe abriu. Ignorou o lacaio, avançou pelo corredor, subiu a escadaria e seguiu por outro corredor até seu quarto. Jogou a touca em uma cadeira, livrou-se das vestes molhadas, secou-se com uma toalha, vestiu roupas limpas e voltou para junto de seus convidados.

Ninguém, nem mesmo as prostitutas, teve a audácia ou estava bêbado o suficiente para perguntar por onde ele tinha andado. Dain raramente dava explicações. Não devia satisfações a ninguém.

Declarou apenas que estava com fome e queria sair para jantar, mas todos poderiam ficar à vontade na casa. Todos, exceto Trent, incapaz de executar qualquer ação além de respirar – e o fazia de maneira bastante ruidosa –, acompanharam Dain até um restaurante no Palais Royal. De lá, foram ao Vingt-Huit e descobriram que o lugar fechara as portas exatamente naquele dia. Como nenhum outro estabelecimento oferecia a variedade do Vingt-Huit, o grupo se subdividiu, cada um escolhendo uma diversão diferente. Dain foi até um antro de jogatina com suas duas... vacas, além de Vawtry e a vaca dele.

Às três da manhã, Dain foi embora, sozinho, e perambulou pelas ruas.

Suas caminhadas o levaram até a casa de madame Vraisses, exatamente quando os convidados começavam a sair.

Ele ficou embaixo de uma árvore, bem distante do brilho fraco emitido por um poste, e observou.

Ficou à espreita por quase vinte minutos quando viu Esmond sair de braço dado com Jessica Trent. Os dois conversavam e riam.

Ela não usava aquela touca ridícula, mas seu cabelo estava armado de uma forma pior ainda. Nós e espirais brilhantes brotavam do alto da cabeça dela, e pérolas e plumas pendiam dos nós e das espirais. O penteado, na opinião de Dain, era horrível.

Era por isso que ele queria arrancar pérolas, plumas e grampos... e observar o véu negro e sedoso caindo-lhe por sobre os ombros... brancos, brilhando sob a luz do poste.

Aliás, havia muitas partes brancas, notou ele, com uma irritação crescente. As mangas bufantes e exageradas do vestido azul e prateado que ela usava nem mesmo *tinham* ombreiras. Começavam a meio caminho dos cotovelos, cobrindo tudo dali para baixo, mas deixavam exposto aos olhos dos cafajestes o que devia ser coberto.

Todos os homens na festa haviam examinado, à vontade e de perto, as curvas daquela brancura.

Enquanto isso, Dain, que todos acreditavam ser o Príncipe das Trevas, estava do lado de fora, espreitando nas sombras.

Ele não se sentia muito satânico naquele momento. Sentia-se humilhado, como o menino pobre e faminto que pressiona o nariz contra a vidraça de uma confeitaria.

Dain observou Jessica subir na carruagem. A porta se fechou e o veículo se pôs em movimento.

Embora ninguém pudesse vê-lo ou ouvi-lo, Dain deu uma risada discreta. Já rira bastante esta noite, mas não foi capaz de virar a página.

Ele sabia que ela lhe traria problemas – claro, como acontecia com qualquer mulher respeitável.

"Esposa ou amante, são todas iguais", ele costumava dizer aos amigos. "Quando uma dama – virtuosa ou não – se prende a você, você se torna o dono de uma propriedade problemática, onde os arrendatários estão sempre em pé de guerra e pela qual você precisa despender muito trabalho e dinheiro. Tudo pelo privilégio ocasional – que depende dos desejos dela – de conseguir o que você poderia ter com qualquer meretriz em troca de alguns xelins."

Dain a queria, com toda a certeza, mas não era a primeira vez que esse tipo inaceitável de mulher havia mexido com seus desejos. Ele sentia uma forte atração sexual, mas tinha consciência da cilada que tais mulheres pregavam – porque nasceram e foram criadas com esse propósito – para fisgá-lo.

E a horrível verdade era que ele havia caído direitinho na armadilha, ao mesmo tempo que se iludia pensando que não fora enganado – ora, se tivesse sido, não havia nada a temer, pois a partir de então não haveria mais um fosso ou um pântano que pudesse prendê-lo.

Então o que o prende?, perguntou a si mesmo. *Que força poderosa e diabólica o arrastou até aqui para observá-la, embas-*

bacado, sair da festa acompanhada? E que correntes são essas que o prendem aqui, à espera de um vislumbre dela?

Um toque. Um beijo.

Isso é revoltante, disse ele a si mesmo.

E era mesmo, mas era a verdade, e ele odiava a situação e odiava Jessica por ter tornado aquilo verdade.

Devia tê-la arrancado da carruagem, pensou, e tirado aquelas frivolidades dos cabelos. Então pegaria o que queria e iria embora rindo, como o monstro inescrupuloso que era.

Quem o impediria? Antes da Revolução, inúmeros aristocratas corruptos o fizeram. Mesmo agora, quem poderia culpá-lo? Todos sabiam o que ele era. Culpariam a própria Jessica por ousar se colocar no caminho dele. A lei não vingaria a honra dela. Isso caberia a Bertie Trent... empunhando uma arma a vinte passos de distância.

Com um sorriso taciturno, Dain saiu do esconderijo e voltou a caminhar pela rua. Estava preso, mas já estivera nessa situação antes, fez questão de lembrar. Já ficara de fora, acompanhado da dor e da solidão, porque os outros não o incluíram. Mas, no fim, Dain sempre vencia. Seus algozes na escola passaram a respeitá-lo e invejá-lo. Retribuiu a humilhação e a dor que o pai tinha lhe causado. Transformou-se no pior pesadelo que o velho canalha poderia ter nesta vida e esperava que fosse seu mais amargo carrasco na próxima.

Até Susannah, que o pegara pelo nariz durante seis malditos meses, passou cada minuto desde então sentindo o próprio nariz ser esfregado como consequência.

De fato, Dain não enxergava as coisas dessa maneira na época; era um homem incapaz de ver adequadamente o que estava diante de si enquanto uma mulher lhe enfiava as garras e o destruía.

Agora ele conseguia ver claramente a situação: um dia

de verão em 1820 e outro funeral, quase um ano após o do pai.

Desta vez era Wardell que estava dentro do caixão reluzente coberto de flores. Bêbado, durante uma briga por causa de uma prostituta no estábulo de uma estalagem, ele caiu sobre o piso de pedra e partiu o crânio.

Após o funeral, Susannah, a mais velha das cinco irmãs mais novas de Wardell, chamou o marquês de Dain para uma conversa em particular e lhe agradeceu por ter saído de Paris para acompanhar o enterro. Seu pobre irmão – ela bravamente secara uma lágrima – acreditava que o mundo fosse dele. Ela pousou a mão sobre a de Dain. Então, corando, a retirou.

– Ah, sim, meu botão de rosa envergonhado – murmurou ele, cínico. – Foi muito bem-feito.

E tinha sido mesmo, pois com aquele toque, Susannah o atraiu para seu mundo, a sociedade refinada que ele havia aprendido a execrar. Ele apenas lançava um olhar a uma jovem dama para que as feições dela empalidecessem e suas damas de companhia ficassem histéricas. As únicas garotas que dançavam com ele eram as irmãs dos amigos, e, ainda assim, era uma tarefa desagradável da qual elas rapidamente queriam se livrar.

Mas não Susannah. Ela não podia dançar porque estava de luto, mas conversou com Dain e olhou para ele como se fosse um cavaleiro de armadura. Sir Galahad em pessoa.

Quatro meses depois ela permitiu que ele segurasse em sua mão enluvada por vinte segundos. Levou mais dois meses para reunir a coragem necessária para beijá-la.

No jardim das roseiras do tio de Susannah, o honrado cavaleiro deixou um beijo casto na face da sua dama.

Quase no mesmo instante, como se tivesse sido ensaiado, um grupo de mulheres escandalosas – mãe, tia, irmãs – surgiu de repente por entre as plantas. Quando percebeu, estava trancado no escritório com o tio de Susannah, que lhe perguntava em tom ríspido sobre suas intenções. Ingênuo, como o cachorrinho encantado que era na época, Dain declarou que eram totalmente honrosas.

No momento seguinte ele tinha uma pena na mão e uma imensa pilha de documentos para assinar.

Mesmo agora, Dain não sabia de onde tinha tirado a presença de espírito para lê-los antes. Talvez por ter ouvido duas ordens em sequência e por não estar acostumado a receber ordens de qualquer tipo.

Fosse qual fosse a razão, ele pousou a pena na mesa e leu.

Descobriu que, em troca do privilégio de se casar com seu casto botão de rosa, ele receberia permissão para pagar todas as dívidas do falecido irmão, assim como as do tio, da tia, da mãe e da própria futura esposa, agora e sempre, até que a morte os separasse, amém.

Dain decidiu que era um investimento imprudente e não assinou.

O tio de Susannah fez questão de lembrá-lo de que ele colocara em risco a honra de uma garota inocente de boa família.

– Atire em mim, então – retrucou ele. E foi embora.

Ninguém se atreveu a atirar nele. Algumas semanas depois, de volta a Paris, soube que Susannah havia se casado com lorde Linglay.

Linglay era um libertino de 65 anos que parecia ter 90 e usava ruge. Colecionava caixas de rapé com desenhos e entalhes obscenos e gostava de bolinar e beliscar qualquer criada que ficasse ao alcance de suas mãos trêmulas. Não esperavam que conseguisse sobreviver à noite de núpcias.

Não somente sobreviveu, como também engravidou a jovem noiva, e continuou a fazê-lo num ritmo alucinante. Ela mal dava conta de parir um bebê antes que o próximo estivesse a caminho.

Lorde Dain imaginava com riqueza de detalhes seu antigo amor nos braços do marido maquiado, trêmulo, suarento e babão e saboreava-os quando os sinos de Notre-Dame dobraram ao longe.

Dain percebeu que eles estavam mais distantes do que deviam, se ele estivesse na Rue de Rivoli, onde morava e onde deveria estar agora.

Foi então que notou que se encontrava na rua errada. Até mesmo no bairro errado.

Pousou o olhar desconcertado num poste de luz familiar.

Seu estado de espírito, brevemente elevado pelas imagens do purgatório terreno de Susannah, caiu outra vez e o arrastou – sua mente, seu corpo, sua alma – para aquele lodo.

Toque-me. Abrace-me. Beije-me.

Ele virou a esquina e entrou na rua estreita e escura, onde as paredes lisas e sem janelas nada viam ou ouviam. Pressionou a testa contra a pedra fria e sofreu, pois não tinha escolha. Não conseguia impedir o que se retorcia e doía dentro dele.

Preciso de você.

Os lábios dela apertados contra os seus... suas mãos segurando-o com força. Ela era tão suave e quente e tinha gosto de chuva, e tinha sido maravilhoso, insuportavelmente maravilhoso, acreditar por um momento que ela queria estar nos braços dele.

Dain acreditou e ainda queria acreditar, e odiou a si mesmo por desejar aquilo, odiou-a por forçá-lo a desejar aquilo.

E assim, empertigando o queixo, lorde Dain se endireitou e seguiu seu caminho, sofrendo, ao mesmo tempo que dizia a si mesmo que ela iria pagar caro. Na hora certa.

Todos pagavam. Na hora certa.

CAPÍTULO 6

Na tarde seguinte à festa de madame Vraisses, um Roland Vawtry infeliz pagou 200 libras a Francis Beaumont.

– Vi com meus próprios olhos – disse Vawtry, balançando a cabeça negativamente. – Pela janela. Mesmo assim, eu não teria acreditado se os outros presentes não houvessem visto também. Ele saiu pela porta e a seguiu pela rua. Para tentar assustá-la, suponho. Ouso dizer que ela está fazendo as malas neste exato momento.

– Ela estava no evento ontem à noite – disse Beaumont, sorrindo. – Calma e suave, administrando seu séquito de admiradores ofegantes com uma tranquilidade inigualável. Quando a Srta. Trent decidir fazer as malas, será o seu enxoval de noiva. E os lençóis estarão bordados com um "D" de Dain.

Vawtry bufou.

– Não é bem assim. Eu sei o que aconteceu. Dain não gosta de interrupções. Não gosta de pessoas que não tenham sido convidadas. E, quando não gosta de alguém, faz com que ele vá embora. Ou o esmaga. Se a Srta. Trent fosse um homem, ele a teria esmagado com as próprias mãos. Como não é, simplesmente a fez ir embora.

– Trezentas libras – disse Beaumont. – Aposto 300

libras que ela será a marquesa de Dain antes do aniversário do rei.

Vawtry reprimiu o próprio sorriso. Não importava o que Dain fizesse ou deixasse de fazer com a Srta. Jessica Trent, com certeza ele não se casaria com ela.

Isso não queria dizer que Dain nunca se casaria. O possível casamento serviria apenas para trazer mais vergonha, choque e asco para a família dele, tanto os poucos que ainda viviam – um punhado de primos distantes – quanto a legião que já estava morta. A noiva, sem sombra de dúvida, seria a amante, viúva ou filha de algum notório traidor ou assassino. Seria uma prostituta renomada. A candidata ideal seria uma judia mulata de ascendência irlandesa, dona de um cabaré cujo último amante fora condenado à forca por sodomizar e estrangular a única filha legítima do duque de Kent, Alexandrina Victoria, de 9 anos. Uma marquesa virgem bem-nascida de uma família respeitável – embora excêntrica – estava fora de questão.

A ideia de que Dain se casaria – com qualquer pessoa – em apenas dois meses estava tão fora de questão que podia pertencer a outra galáxia.

Vawtry aceitou a aposta.

E não foi a única em Paris naquela semana – e certamente não a maior envolvendo os nomes Dain e Trent.

As prostitutas que viram tanto a Srta. Trent irromper na sala de estar de Dain quanto a perseguição que ele empreendeu em seguida contaram aos amigos e clientes. Os homens que lá se encontravam também repetiram a história, com as adições costumeiras, a quem estivesse disposto a ouvir – e isso incluía todo mundo.

E todo mundo, é claro, tinha uma opinião. Muitos decidiram respaldar suas opiniões com dinheiro. Em uma semana, Paris fervilhava incansável, quase como uma turba romana no Coliseu, esperando impaciente que os dois mais poderosos gladiadores se enfrentassem até a morte.

O problema era conseguir levar os combatentes até a mesma arena. A Srta. Trent caminhava entre a sociedade respeitável. Lorde Dain vagava pelo submundo. Os dois evitavam se encontrar. Ninguém conseguia que falassem um do outro.

Lady Wallingdon, que morava em Paris havia dezoito meses e passara boa parte desse tempo tentando, sem sucesso, se tornar a mais importante anfitriã da cidade, enxergou uma oportunidade única naquela situação e rapidamente se lançou sobre ela.

Marcou um baile no mesmo dia em que uma das rivais ofereceria um baile de máscaras, exatamente duas semanas após o episódio em que Dain perseguira a Srta. Trent. Embora Lady Pembury e seus dois netos não fossem considerados parte do *crème de la crème* da sociedade parisiense ou londrina, e embora Lady Wallingdon não tivesse motivos para se incomodar com aquela família em quaisquer outras circunstâncias, ela os convocou para o baile.

E também convidou lorde Dain.

Em seguida, contou a todos o que havia feito. Embora, como metade de Paris, ela acreditasse que Dain já estava escravizado pela Srta. Trent, Lady Wallingdon duvidava que ele comparecesse. Todos sabiam que o marquês de Dain tinha a mesma probabilidade de ir a um evento social respeitável que de convidar o carrasco para testar a lâmina da guilhotina em seu próprio pescoço.

Por outro lado, Dain já se comportava de maneira diferente em relação à Srta. Trent, o que indicava uma possibilidade. E onde havia possibilidade para que o impossível se realizasse, sempre haveria pessoas querendo testemunhar.

No caso de Lady Wallingdon, estas acabaram sendo seus convidados. Nem uma única nota de recusa lhe chegou às mãos. Nem mesmo, para sua inquietação, uma nota de lorde Dain.

De qualquer forma, ele também não aceitara o convite. Assim, ela não precisaria fingir que não sabia se ele compareceria ao baile ou não ou preocupar-se em ser apanhada em alguma mentira. Podia manter seus outros convidados em suspense com a consciência limpa. Enquanto isso, apenas por precaução, contratou uma dúzia de lacaios franceses corpulentos para aumentar o número de criados.

Enquanto isso, Jessica reconhecia o sabor da derrota. Depois de apenas três meros encontros com Dain, uma simples atração animalesca havia se transformado numa paixão arrebatadora. Os sintomas não somente se espalharam, como também se tornaram perceptíveis.

Na festa de madame Vraisses, o Sr. Beaumont fizera alguns comentários maliciosos sobre Dain. Jessica, que ainda estremecia ao se lembrar daquele abraço tempestuoso, respondera de maneira brusca demais. O sorriso malandro que Beaumont tinha lhe dado a denunciou, e Jessica sabia que ele acabaria contando a Dain.

Mas o casal Beaumont deixou Paris de repente uma semana após a festa, e nem a sombra de Dain chegou perto dela desde o beijo devastador sob a chuva torrencial.

Mesmo assim, se ele *tivesse* sido informado de que Jessica Trent estava apaixonada por ele, lorde Dain não daria a mínima. E ela preferia que tudo se mantivesse dessa forma, insistia consigo mesma.

Porque só havia uma única maneira pela qual o marquês poderia se importar com uma mulher, e isso envolveria o tempo necessário para jogá-la na cama – ou na mesa de uma taberna –, desabotoar suas calças, fazer o que quisesse com ela e voltar a fechar as calças.

Apaixonada ou não, ela sabia que não era prudente brincar com o Destino arriscando-se a encontrá-lo outra vez, dando a Dain a chance de perceber por si mesmo a condição mortificante em que ela se encontrava... e ele poderia ter suas próprias ideias de mostrar a ela o que significava *se importar*.

Mal havia se convencido de que o mais inteligente a fazer seria sair de Paris imediatamente quando o convite de Lady Wallingdon chegou.

Em 24 horas, Jessica já sabia – e toda a Paris – que Dain também fora convidado.

Não era preciso ser um gênio para descobrir o porquê: todos esperavam que ela e Dain se tornassem o principal entretenimento da festa. Jessica sabia também que haveria muitas apostas em torno do que ela fizesse – ou deixasse de fazer – com o marquês.

E decidiu que não faria parte daquilo.

Genevieve decidiu-se pelo oposto.

– Se ele for e você não estiver lá, acabará se sentindo humilhado – disse ela. – Mesmo que ele simplesmente deseje ir, por qualquer motivo, e saiba que você não participará do baile, ele sentirá o mesmo. Sei que é irracional e injusto, mas os homens são assim, principalmente quando a situação envolve orgulho. É melhor que você vá ao baile, a menos que prefira que ele venha bufando atrás de você para aliviar a dor dos sentimentos feridos.

Embora Jessica duvidasse que Dain tivesse qualquer sentimento que pudesse ser ferido, ela também sabia que Genevieve tinha muito mais décadas de experiência com homens. Com muitos, muitos homens.

O convite foi aceito.

DAIN NÃO SABIA o que fazer com o convite de Lady Wallingdon.

Uma parte da sua mente recomendava que o queimasse.

Outra parte sugeria que urinasse no envelope.

Uma terceira o aconselhava a enfiá-lo pela goela daquela senhora.

Ele acabou jogando o convite num baú que continha, além de lembranças de suas viagens, uma touca com aba maltratada e uma sombrinha delicada. Dali a seis meses, disse a si mesmo, iria olhar essas coisas e rir. E então as queimaria, da mesma forma que, alguns anos antes, queimara as luvas que usava quando Susannah tocara sua mão pela primeira vez e um pedaço de pluma que caíra da touca dela, além do bilhete que o convidava para o fatídico jantar na casa do tio dela.

No momento, tudo o que ele tinha que resolver era a melhor maneira de acertar as contas com a Srta. Trent e com os hipócritas sacrossantos que esperavam que ela executasse o milagre de colocar lorde Belzebu de joelhos.

Ele sabia que fora por isso que Lady Wallingdon o convidara. A Paris respeitável adoraria vê-lo cair. O fato de que sua carrasca seria o arremedo de uma solteirona inglesa deixava a situação ainda mais deliciosa. Dain tinha noção de que quase todas as cabeças ocas e hipócritas de Paris torciam pela sua derrocada – quanto mais humilhante, melhor – nas mãos dela.

Queriam um espetáculo de moralidade, um Triunfo da Virtude ou outra bobagem do tipo.

Ele poderia deixar que esperassem, permitir que prendessem o fôlego até morrerem asfixiados já que o palco continuaria vazio. Gostou de imaginar aquilo: centenas de almas morrendo por causa do suspense enquanto Belzebu se divertia no bar, rindo, bebendo champanhe e com meretrizes a seu dispor.

Por outro lado, seria maravilhoso poder rir daquela gente, subir ao palco e lhes presentear com uma performance inesquecível. Também era uma imagem apelativa: uma hora de desordem infernal em um dos salões de baile mais elegantes e exclusivos do Faubourg St. Germain. E então, no clímax, ele tomaria a Srta. Jessica Trent em seus braços, mostraria o diabo dentro de si e desapareceria com ela em uma nuvem de fumaça.

Logo ele afastou essa imagem por ser a antítese dos seus propósitos. A Srta. Trent devia ser ignorada, então ela e todos os outros compreenderiam que não havia qualquer encantamento sobre ele. Ele poderia reunir algumas mulheres aleatoriamente, arrastá-las para fora dali e enlouquecê-las de terror no cemitério.

Mas isso daria muito trabalho, e Paris não merecia tanto entretenimento. Melhor deixar que morressem decepcionados.

E foi nessa dúvida que lorde Dain permaneceu até a noite do baile.

Jessica chegou ao baile frustrada e ressentida, e os eventos seguintes não conseguiram reverter isso.

Gastara horas arrumando o cabelo, o vestido e os acessórios. Na festa, ficara mais de duas horas suportando uma infinidade de insinuações sutis das mulheres e algumas não tão sutis dos homens.

Por volta das onze e meia Bertie já havia perdido algumas centenas de libras no jogo, bebido até perder os sentidos e sido levado de volta para casa. Enquanto isso, Genevieve dançava pela segunda vez com o duque d'Abonville. A avó parecia em êxtase e não daria a Jessica nenhuma assistência naquela noite. O aristocrata francês conseguira causar uma boa impressão. Quando Genevieve ficava impressionada com um homem, não conseguia se concentrar em mais nada.

Jessica costumava ser capaz de enxergar as fraquezas

românticas da avó com um olhar distante e divertido. Agora ela entendia o que Genevieve sentia, e aquilo não era nada divertido.

Não era divertido estar agitada, inquieta, solitária e entediada, pois já era quase meia-noite e aquele brutamontes desprezível nem se dera o trabalho de aparecer. Não era divertido, também, saber que era melhor ele não ter comparecido – e querer que ele estivesse ali e odiar a si mesma por isso.

Chegou até mesmo a recusar duas danças, numa esperança constrangedora de que Sua Majestade Satânica aquiesceria ao capricho de levá-la para o centro do salão. Agora, observando Genevieve e o charmoso nobre francês, Jessica ficou deprimida. Com Dain, não seria assim.

Ele nunca a olharia com um sorriso terno como o de Abonville, e, se Jessica lhe dirigisse uma expressão tão encantada quanto a que estampava o rosto de Genevieve, Dain riria da sua cara.

Sufocando uma angústia irracional, Jessica acabou cedendo aos seus pretendentes mais insistentes. Concedeu uma das danças a Malcolm Goodridge e outra a lorde Sellowby.

Enquanto ele assinava no último espaço em branco do leque de Jessica, que depois se transformaria num souvenir do evento, sua última noite em Paris, Sellowby disse, *sotto voce*:

– Estou vendo que não restou nenhuma dança para Dain. Tem certeza de que ele não vai aparecer?

– O que você acha? – respondeu ela. – Sentiu o cheiro de enxofre ou percebeu uma nuvem de fumaça?

– Apostei 100 libras que ele vem – disse Sellowby. Ele puxou o relógio de bolso. – Precisamente às... Bem, logo, logo saberemos.

Jessica viu no relógio dele o ponteiro dos minutos

encontrar sua contraparte mais curta no mesmo instante em que um relógio maior bateu ruidosamente as horas.

Na décima badalada, as pessoas se viraram para a entrada do salão de baile, e o burburinho começou a arrefecer. Com a décima segunda badalada, o salão mergulhou num silêncio profundo como a própria morte.

Com o coração aos pulos, Jessica se obrigou a olhar a entrada também.

Era um pórtico em arco imenso, todo ornamentado.

Não parecia ser grande o suficiente para a figura sombria e imponente que tinha chegado ali.

Foi uma pausa longa, bem adequada à entrada dramática à meia-noite. E, fazendo jus à sua reputação de Príncipe das Trevas, Dain trajava quase completamente um preto imaculado e discreto. Linho branco aparecia ao redor dos punhos e na gola, descendo para cobrir o peito, mas servia apenas para ampliar o efeito. Até mesmo a casaca era negra.

Embora se encontrasse do outro lado do salão, Jessica não teve dúvidas de que o olhar sombrio que passava por sobre os convidados brilhava com desprezo, e a boca inclemente se curvava num sorriso sutil de deboche.

A lembrança do que aquela boca depravada fizera com ela duas semanas antes levou uma onda de calor a percorrer o corpo de Jessica. Ela se abanou e tentou afastar aquilo da mente – junto com a desconfiança de que Sellowby a observava de soslaio. Ela disse a si mesma que não importava o que ele ou qualquer outra pessoa pensasse, com exceção de Dain.

O marquês fora ao baile e lá estava ela, portanto ele não poderia reclamar. Tudo o que Jessica precisava fazer era descobrir o jogo que ele estava disposto a jogar, e jogá-lo de acordo com as regras dele. Esperava apenas que as regras estivessem dentro de limites civilizados. Então, ele riria e seguiria o próprio caminho, e ela poderia voltar para casa, na Inglaterra, e ele não a perseguiria. Jessica daria continuidade à sua vida a partir do ponto em que a deixara e, em muito pouco tempo, esqueceria que lorde Dain existia. Ou ela poderia se lembrar dele como o personagem de um sonho ruim ou um delírio causado pela febre, e respiraria aliviada pelo fato de tudo ter terminado.

As coisas *deveriam* acontecer assim, disse Jessica a si mesma, ou seria arruinada para sempre. Não deixaria que sua vida fosse destruída por uma loucura temporária, mesmo que muito intensa.

Dain demorou exatamente nove segundos para avistar a Srta. Trent entre as pessoas. Ela estava com Sellowby e vários outros libertinos do outro lado do salão. Trajava um vestido azul e prateado que faiscava sob a luz, e parecia haver vários objetos reluzentes ao redor da cabeça. Ele imaginava que ela devia ter arrumado o cabelo em cachos ridículos outra vez. Mas o penteado, assim como as mangas exageradas e as toucas abarrotadas de adereços, estava na moda, e ele duvidava que algo pudesse ser mais atroz do que as aves que se equilibravam sobre uma trança no alto da cabeça gorda de Lady Wallingdon.

O rosto gordo de Lady Wallingdon se franzia numa expressão de cortesia rígida que indicava boas-vindas. Dain foi até ela, curvou-se com um movimento extravagante, sorriu e disse estar encantado e honrado.

Não deu a Lady Wallingdon qualquer motivo para se retirar e, quando pediu que ela o apresentasse aos convidados, Dain sentiu uma onda maliciosa de prazer com a consternação que arregalou os olhos dela e roubou toda a cor daquela cara rechonchuda.

Enquanto isso, a multidão que havia congelado à chegada de lorde Dain voltava à vida. Trêmula, a anfitriã deu o sinal, e os músicos logo começaram a tocar. O salão de baile gradualmente retornou ao normal, com aquele monstro ao redor.

Da mesma forma, enquanto sua anfitriã o conduzia de um grupo de convidados a outro, Dain notou a tensão no ar, sabia que todos esperavam que ele cometesse um ato ultrajante – e provavelmente apostaram sobre que tipo de ato seria.

Ele queria, queria muito, atender àqueles desejos. Já fazia quase oito anos desde que entrara naquele mundo, e, embora todos se parecessem e se portassem como ele lembrava que a sociedade se parecia e se portava, Dain se esquecera de como era sentir-se uma aberração. Lembrava-se da cortesia forçada, incapaz de disfarçar o medo e a repulsa nos olhos deles. Lembrava-se de como as mulheres ficavam pálidas quando ele se aproximava e da falsa exaltação dos homens. Mas Dain havia esquecido quanto eles o fizeram se sentir sozinho e como a solidão o enfurecia. Havia esquecido como aquilo lhe retorcia as entranhas, dando-lhe vontade de gritar e quebrar coisas.

Depois de meia hora o autocontrole já estava chegando ao limite e ele decidiu ir embora – assim que colocasse a responsável pelo seu tormento em seu devido lugar, de uma vez por todas.

Quando a contradança terminou, Malcolm Goodridge conduziu a Srta. Trent de volta ao seu círculo de admiradores perto de um vaso com uma samambaia gigantesca.

Dain se afastou de Lady Wallingdon, virou-se e cruzou o salão em direção à samambaia. Continuou a marchar até que os homens que cercavam a Srta. Trent ou abriam caminho ou seriam pisoteados. Eles deram um passo para o lado, mas permaneceram por perto.

Dain lançou um olhar pesado a todos os que estavam ali.

– Vão embora – disse ele, discretamente.

Eles foram.

O marquês examinou a Srta. Trent de cima a baixo.

Jessica retribuiu o favor.

Ignorando a sensação fervilhante que o olhar prateado dela desencadeou nele, Dain deixou que sua atenção se concentrasse no corpete que ela usava, estudando desavergonhadamente a pele alva dos seios e dos ombros macios que ela exibia.

– Devem estar suspensos por arames – disse ele. – Caso contrário, a costureira descobriu como desafiar as leis da gravidade.

– Ele é forrado com hastes flexíveis para armação, como um espartilho – respondeu ela, calmamente. – É horrivelmente desconfortável, mas é o preço da moda, e eu não gostaria de desagradá-lo me vestindo como uma desmazelada.

– Ah, você sabia que eu viria – disse ele. – Porque você é irresistível.

– Espero não ser tão suicida a ponto de desejar ser irresistível para você. – Jessica se abanou com o leque. – O fato é que você e eu somos os protagonistas de um espetáculo aqui. Estou preparada para dar um fim nisso. Você colocou as línguas para trabalhar com aquela cena na cafeteria, mas é verdade que provoquei um pouco – acrescentou ela rapidamente, antes que ele pudesse retrucar. – Admito também que as fofocas poderiam ter se dissipado se eu não houvesse invadido a sua casa para aborrecê-lo. – Ela enrubesceu. – Quanto ao que houve depois, aparentemente ninguém viu, tornando aquele momento irrelevante em relação ao problema mais urgente.

Dain percebeu que Jessica segurava o leque com força e o peito dela arfava com uma rapidez que indicava agitação. Ele sorriu.

– Você não agiu, naquele momento, como se a situação fosse irrelevante. Pelo contrário, você...

– Dain, eu beijei você – disse ela, sem alterar a voz. – Não há razão para tornar isso um problema. Não foi a primeira vez que você foi beijado e não será a última.

– Por Deus, Srta. Trent, não está ameaçando fazer aquilo de novo, não é? – Ele arregalou os olhos, fingindo estar horrorizado.

Ela soltou um suspiro.

– Eu sabia que seria demais esperar que você agisse de maneira razoável.

– Um homem "razoável", segundo as mulheres, é um homem passível de ser controlado – argumentou ele. – Você tem razão, Srta. Trent. Seria esperar demais. Alguém está castigando um violino. Uma valsa, ou algo parecido, logo deve começar.

– Parece que sim – concordou ela, entre os dentes.

– Então, vamos dançar.

– Não, não vamos – retrucou ela. – Eu havia guardado duas contradanças porque... Bem, não importa. Já tenho um parceiro para esta.

– Certamente. Eu.

Ela colocou o leque diante do rosto dele para exibir a caligrafia masculina em uma das hastes.

– Olhe com cuidado – pediu ela. – Está vendo "Belzebu" escrito em algum lugar?

– Não sou míope – respondeu ele, arrancando o leque dos dedos tensos de Jessica. – Não precisava aproximar tanto. Ah, sim, é este aqui? – Ele apontou para uma das hastes. – Rouvier?

– Sim – disse ela, olhando para além de Dain. – Aí vem ele.

O marquês se virou. Um francês se aproximava cautelosamente, as feições pálidas. Dain usou o leque para se abanar. O homem parou. Sorrindo, lorde Dain quebrou a haste onde o nome "Rouvier" estava escrito.

Rouvier foi embora.

Dain virou-se para a Srta. Trent e, ainda sorrindo, quebrou as hastes, uma por uma. Em seguida, jogou o leque destruído no vaso da samambaia.

Ele estendeu a mão.

– Esta dança é minha, creio eu.

FOI UMA DEMONSTRAÇÃO PRIMITIVA, disse Jessica a si mesma. Na escala do desenvolvimento social, isso estava logo acima de acertar sua cabeça com um porrete e arrastá-la pelos cabelos.

Apenas Dain poderia fazer isso e se safar, assim como era o único capaz de espantar seus rivais simplesmente ordenando que saíssem dali, sem a menor sutileza ou constrangimento.

E apenas Jessica, apaixonada como estava, acharia que aquelas atitudes eram de um romantismo estonteante.

Ela pegou a mão dele.

Os dois usavam luvas. Mesmo assim, ela sentiu a emoção do contato tão intensa quanto um choque elétrico. A sensação percorreu seu corpo e transformou seus joelhos em geleia. Olhando para cima, a expressão assustada nos olhos de Dain a fez questionar, enquanto o sorriso torto dele se desfazia, se ele sentira o mesmo.

Em caso positivo, não lhe causou nenhuma hesitação, pois ele a agarrou pela cintura e, quando a música ganhou ritmo, girou-a consigo pelo salão.

Com um suspiro, ela se segurou no ombro de Dain.

Em seguida o mundo girou para longe, saindo do foco, da existência, conforme ele a conduzia em uma valsa diferente de tudo o que ela já havia experimentado antes.

Dain não dançava do jeito modorrento dos ingleses, e

sim com um estilo intenso e incrivelmente sensual que, ela imaginou, devia ser popular nas reuniões do submundo. Jessica imaginou também que ele devia dançar assim com suas prostitutas.

Mas Dain não mudaria seu modo de agir para agradar um bando de puritanos. Dançaria como bem quisesse, e ela, excitada, só conseguia se sentir feliz por ter sido a escolhida.

Ele se movia com uma graça inerente: forte, poderoso e seguro de si. Jessica não precisava pensar, apenas se deixava conduzir pelo salão enquanto seu corpo ardia com a presença única dele: o ombro rijo sob sua mão... o corpo musculoso a poucos centímetros do dela... o aroma sedutor de fumaça e água-de-colônia e o cheiro de homem... a mão quente em sua cintura, aproximando-a gradualmente, de modo que as saias dela girassem e tocassem as pernas dele... e ainda mais perto, até um volteio mais rápido... sua coxa roçando na dele...

Jessica ergueu o olhar, fitando aqueles olhos negros como carvão.

– Você nem está se esforçando para se livrar de mim – disse ele.

– Como se adiantasse – respondeu ela, engolindo um suspiro.

– Não quer nem tentar?

– Não. E para o inferno com isso.

Dain observou o rosto dela por um longo momento. Em seguida, sua boca se curvou naquele sorriso zombeteiro.

– Entendi. Você acha que eu sou irresistível.

– Vou superar isso – disse ela. – Volto para a Inglaterra amanhã.

Ele a apertou com mais força, mas não falou nada.

A música estava quase acabando. Então ele apenas riria

e iria embora, e ela poderia retornar à realidade... e a uma vida da qual ele não podia ou devia fazer parte. Caso contrário, ela não teria como viver em paz.

– Lamento por ter manchado a sua reputação – disse ela. – Mas não fui a única responsável por isso. Você podia ter me impedido. Não precisava ter vindo ao baile esta noite. Ainda assim, você só precisa rir e ir embora, e as pessoas saberão que eu não represento nada para você e que entenderam tudo errado.

Ele a girou em uma longa e derradeira curva enquanto a música terminava e segurou-a por mais tempo do que deveria. E, quando finalmente a soltou, não a libertou por completo, ainda segurando a mão dela.

– E o que aconteceria, Jess – começou ele, a voz ficando mais intensa –, se você descobrisse que as pessoas entenderam tudo certo?

A vibração latejante naquele barítono a fez erguer os olhos outra vez. Jessica desejou não ter feito isso, pois imaginou ter visto uma agitação nos profundos olhos negros de Dain. Talvez fosse sua própria agitação refletida ali, pensou ela. Não poderia ser a dele, então não havia por que seu coração arder tanto pelo desejo de amenizá-la.

– Não é bem assim que funciona – respondeu ela, trêmula. – Você veio aqui apenas para zombar dessa gente. E de mim, especialmente. Você entrou no salão, atraiu as atenções e fez com que todos se curvassem à sua presença, querendo ou não. E também me forçou a dançar à sua maneira.

– Você pareceu gostar – disse ele.

– Não significa que eu goste de *você*. É melhor soltar a minha mão antes que todos comecem a pensar que você gosta de *mim*.

– Não me importo com o que eles pensam. *Andiamo*.

Segurando firmemente a mão dela, Dain começou a andar, e Jessica não teve escolha a não ser acompanhá-lo – ou ser arrastada.

Dain a carregava até a porta do salão de baile.

Jessica olhava freneticamente à sua volta, pensando se valeria a pena gritar por socorro, quando um baque ruidoso veio da sala de jogos. Em seguida, alguém gritou. Outras vozes e outros barulhos foram ouvidos pelo salão. Um instante depois, todas as pessoas que estavam no salão de baile acorreram na direção do ruído.

Todos com exceção de Dain, que acelerou o passo e continuou a caminhar rumo à entrada.

– Deve ser uma briga – disse ela, tentando libertar sua mão. – Uma revolução, pelo tamanho do barulho. Você vai perder toda a diversão, Dain.

Ele riu e a puxou rumo à porta.

CAPÍTULO 7

Dain conhecia a casa. Ela pertencera ao marquês de Avory anterior e fora o cenário de mais de uma orgia embriagada. O lugar prometia se tornar uma das residências mais notórias de Paris quando o homem faleceu. Isso tinha acontecido havia cerca de dois anos, e a mobília e a decoração eram muito diferentes agora. Ainda assim, Dain não teve problemas para reconhecer o pequeno solário no térreo cujas portas se abriam para o jardim.

Foi para lá que ele levou Jessica.

Para negociar.

Porque – como *devia* ter imaginado e se preparado – a situação não ocorreu como ele planejara.

Queria causar tumulto e caos. Em cinco minutos de festa, ele descobriu que o orgulho dos Ballisters e Usignuolos não permitiria que o fizesse.

Não importava quanto fosse provocado, Dain não se deixaria rebaixar a ponto de se comportar como um animal.

Não na frente dela, pelo menos.

Ele se lembrou do olhar zombeteiro que ela lançara para o irmão duas semanas antes e do desprezo com o qual se divertira à custa dele mesmo, e de como aquilo o fizera se comportar como um completo idiota.

Dain tentou esquecer, mas cada momento e cada emoção daquele episódio ficaram marcados em sua mente: humilhação, fúria, frustração, paixão... e uma felicidade arrebatadora.

Nesta noite ele experimentou muitas emoções desagradáveis... e se esqueceu de todas no instante em que dançou com ela.

Jessica fora formosa, graciosa e leve em seus braços. Tão fácil de conduzir. Quando as saias roçaram nele, Dain imaginou as belas pernas brancas enroscadas nas suas em meio ao farfalhar dos lençóis. O aroma de Jessica, uma mistura provocativamente inocente de sabonete de camomila e cheiro de mulher, o enlouqueceu, e ele pensou naquela pele em tom de pérola iluminada por uma única vela e nos longos cabelos negros espalhados sobre o travesseiro... e em si mesmo envolto naquela feminilidade pura e doce, tocando, provando, bebendo.

Já tinha tentado se convencer de que aquelas eram fantasias ridículas, que mulheres puras e doces não se deitavam em sua cama e nunca o fariam.

Mas ela pareceu muito disposta a dançar com ele. Embora talvez não tivesse se divertido tanto e devesse ter algum motivo específico para dar a entender o oposto,

Jessica o fez crer que havia apreciado a dança e que estava feliz. E, quando ele a fitou, Dain acreditou, por um momento, que aqueles olhos cinzentos brilhavam com entusiasmo, e não com ressentimento. Além disso ela permitira que ele a trouxesse mais para perto porque era ali que ela queria estar.

Tudo mentira, é claro, mas havia maneiras de transformar certas mentiras em meias verdades. Dain sabia como. Jessica, como todo ser humano desde a Criação, tinha um preço.

Consequentemente, ele só precisava descobrir qual era esse preço e decidir se estava disposto a pagar.

Dain a levou até o canto do jardim mais distante das luzes do interior da casa. A maior parte da coleção de artefatos romanos do falecido lorde Avory ainda estava espalhada entre os arbustos, sem dúvida porque remover aquelas peças mastodônticas custaria uma pequena fortuna.

Dain a ergueu e deixou-a sentada sobre um sarcófago de pedra, que se apoiava numa base ornamentada. Era alto o suficiente para que os dois ficassem quase na mesma altura.

– Se eu não retornar logo – disse ela, entre os dentes –, minha reputação será destruída. Não que você se importe com isso, claro. Mas estou lhe avisando, Dain: não vou ser gentil e você...

– Minha reputação já está destruída! – interrompeu ele. – E *você* não se importa.

– Isso não é verdade! – gritou ela. – Eu tentei lhe dizer antes: simpatizo com você e estava disposta a ajudar a consertar as coisas. Dentro dos limites da razão, obviamente. Mas você não me escuta! Porque, como todo homem, você só consegue pensar uma coisa de cada vez. E ainda pensa errado.

– Já as mulheres mantêm 27 noções contraditórias dentro da cabeça – rebateu ele. – E é por isso que são incapazes de ter princípios.

Dain pegou a mão dela e começou a remover-lhe a luva.

– É melhor parar com isso – avisou ela. – Você só vai piorar ainda mais.

Ele retirou a luva e, ao primeiro vislumbre daquela mão branca e frágil, todo e qualquer pensamento relacionado à negociação desapareceu.

– Não imagino como a situação possa piorar – murmurou ele. – Já estou encantado por essa *dama* provocante, presunçosa, de língua afiada a quem os homens seguem como se fossem cachorrinhos.

Jessica ergueu a cabeça com um movimento repentino, os olhos cinzentos se arregalando.

– Encantado? Impossível. *Vingativo* seria um termo mais adequado. Ou rancoroso.

Dain começou a tirar a outra luva com uma velocidade impressionante.

– Devo estar encantado – disse ele, no mesmo tom. – Ando com uma ideia imbecil de que você é a garota mais bonita que eu já vi. Com exceção desse seu penteado – acrescentou, olhando com asco para os cachos, as plumas e as pérolas. – É pavoroso.

Ela fez uma careta.

– De fato, suas demonstrações de romantismo me deixam sem fôlego.

Lorde Dain ergueu a mão de Jessica e pressionou os lábios contra o pulso dela.

– *Sono il tuo schiavo* – murmurou, sentindo a pulsação dela contra os lábios. – Significa "Sou seu escravo" – traduziu ele, quando ela puxou a mão de volta. – *Carissima.* Queridíssima.

Ela engoliu em seco.

– Acho que é melhor você continuar com o inglês.

– Mas o italiano é muito mais envolvente. *Ti ho voluto dal primo momento che ti vedi.*

Eu a quero desde o primeiro momento em que a vi.

– *Mi tormenti ancora.*

Você me atormenta desde então.

Ele continuou falando, com palavras que Jessica não entendia, tudo o que pensava e sentia. Enquanto isso, ele observou os olhos dela se enternecerem e ouviu sua respiração acelerar, então despiu as próprias luvas.

– Ah, não faça isso – sussurrou ela.

Dain se aproximou, ainda falando aquela língua que parecia hipnotizá-la.

– Você não devia usar esse charme masculino – disse ela, com a voz sufocada. E tocou na manga da camisa dele. – O que eu fiz de tão imperdoável?

Você me fez desejá-la, disse ele na língua de sua mãe. *Você fez com que eu me sentisse solitário, apaixonado. Você me fez desejar o que eu jurei que nunca precisaria, que nunca procuraria.*

Jessica devia ter percebido a fúria e a frustração sob tantas palavras intensas, mas não recuou nem tentou escapar. E quando Dain a envolveu com os braços, ela simplesmente prendeu a respiração e soltou-a com um suspiro, o qual ele provou quando sua boca se fechou sobre a dela.

JESSICA OUVIU O DESESPERO na voz dele e não precisou adivinhar que aquilo não acabaria bem. Já tentara se convencer a fugir. Dain permitiria. Era orgulhoso demais para forçá-la a ficar ali ou persegui-la.

Mas Jessica não conseguia.

Não sabia do que ele precisava e, mesmo se soubesse, duvidava que pudesse lhe dar. Ainda assim, tinha a sensação – tão certa quanto a iminência do desastre – de que Dain estava desesperado, e ela não poderia abandoná-lo, apesar do bom senso e da razão lhe dizerem o contrário.

Em vez disso, ela sucumbiu a ele, como na primeira vez que o viu, como quando ele desabotoara a luva na cafeteria e como quando ele a beijara sob a tempestade.

Dain era grande, moreno, bonito e cheirava a fumaça, vinho, água-de-colônia e homem. Agora, Jessica se dava conta de que nunca quisera algo tão desesperadamente em toda a sua vida como aquela voz de barítono que lhe causava arrepios, a força arrasadora do abraço dele e aquela boca depravada esmagando a sua.

Não conseguia se impedir de retribuir a doçura feroz do seu beijo, não mais do que conseguia impedir que suas mãos deslizassem sobre a lã e o linho, aquecidas pelo calor do corpo dele, até encontrar o lugar onde o coração de Dain batia, forte e acelerado, assim como o seu próprio.

Ele estremeceu com o toque dela e forçou-se entre as suas coxas, puxando-a para perto de si enquanto beijava-lhe o pescoço ardentemente. Jessica percebeu a intumescência masculina abrasadora latejando contra sua barriga e o calor que aquele contato gerava no lugar mais íntimo entre suas pernas. Ouviu sua cabeça lhe dizer que as coisas estavam acontecendo rápido demais, urgindo-a a retroceder enquanto ainda podia, mas não conseguiu.

Ela era como cera nas mãos dele: derretia com os beijos escaldantes em seus seios.

Jessica achava que compreendia o desejo: uma atração, uma corrente magnética que unia homem e mulher. Achava que sabia o que era luxúria: uma fome intensa, um anseio forte. Passara noites febris sonhando com ele e dias inquietos pensando nele. Chamara isso de atração animal, primitiva, louca.

E descobriu que não entendia nada.

O desejo era um redemoinho quente e negro que a rasgava de uma ponta a outra, em uma velocidade vertiginosa, e a arrastava rumo à perdição, abaixo de qualquer intelecto, da vontade e do pudor.

Ela sentiu os puxões impacientes nos cordames do seu corpete e, quando eles se afrouxaram, ficou mais impaciente, também, para ceder, para dar tudo de que ele precisasse. Os dedos de Dain tremiam enquanto deslizavam sobre a pele despida e ela também estremeceu, aflita sob aquele toque tão gentil.

– *Baciami.* – A voz dele era áspera, e o toque, uma carícia sedosa. – Jess, beije-me. De novo. Como se quisesse muito.

Ela ergueu as mãos e enfiou os dedos por entre os cabelos grossos e crespos dele, trazendo a boca de Dain até a sua. Jessica o beijou com todo o ardor que sentia. Reagiu às investidas da língua dele com o mesmo desejo com que seu corpo respondia ao êxtase das carícias que ele fazia, erguendo-se e arqueando-se contra ele para pressionar seu peito arfante contra aquela mão quente e grande.

Era tudo de que ela precisava, tudo por que ansiava, desde o momento em que o conheceu. Ele era um monstro, mas ela o desejava mesmo assim. Desejava cada coisa terrível que havia nele... e coisas características maravilhosas: o corpo morno e musculoso vibrando com energia, insolência e graça animalesca... os olhos negros e atrevidos, às vezes frios como uma rocha e outras quentes como o fogo do inferno... a voz grave zombando, rindo, gélida pelo desprezo ou provocante pelo desejo.

Jessica o quis desde o início, sem compreender o que era o desejo. Agora que ela o descobrira, queria mais.

Ela se afastou e, puxando a cabeça de Dain, beijou-lhe o

nariz belo e arrogante, a testa altiva e deslizou a boca pelo contorno firme de seu queixo.

– Ah, Jess. – Sua voz era um gemido. – *Si. Ancora. Baciami. Abbracciami.*

Jessica estava absorta pela carência da voz de Dain. Não sentia mais nada, somente o calor do desejo e o calor do próprio corpo. Tinha consciência apenas do poder firme do corpo dele, da boca de Dain que tomava a sua outra vez, do esfregar de seda e cambraia enquanto ele erguia suas saias e tocava-lhe os joelhos e das mãos quentes que roçavam-lhe a pele logo acima da meia de seda.

E de repente a mão de Dain se retesou e parou, e seu corpo se transformou em pedra.

Ele empurrou Jessica, que, assustada, abriu os olhos... a tempo de ver o fogo se apagar nos dele, deixando-os tão frios quanto a ônix do alfinete que lhe decorava a lapela.

Tarde demais ela também ouviu: o sibilar de um vestido esfregando-se contra as moitas... e os sussurros abafados.

– Parece que temos uma plateia, Srta. Trent – disse Dain, com desprezo na voz. Ele ergueu friamente o corpete de Jessica e puxou-lhe a barra da saia de volta para baixo. Não havia nada de protetor ou galante no gesto. Ele a fez sentir como se decidisse, após examinar e provar uma amostra do que Jessica tinha a oferecer, que não valia a pena tomá-la para si. Como se ela fosse um brinquedo velho no balcão de Champtois, que não merecia nem mesmo uma segunda olhada.

Ao perceber a expressão indiferente no rosto dele, Jessica entendeu que era assim que ele queria que as pessoas pensassem. Ele a jogaria aos lobos. E essa seria sua vingança contra ela.

– Você sabe que nós dois somos culpados – disse ela, mantendo a voz baixa de modo que os bisbilhoteiros não pudessem ouvir. – Você ajudou a me colocar nesta situação, Dain. E é óbvio que você vai me ajudar a sair dela, droga.

– Ah, sim – respondeu ele no mesmo tom. – Tenho que anunciar que estamos comprometidos, não é? Mas, Srta. Trent, por que eu deveria pagar o preço de um anel de casamento pelo que posso ter de graça?

Jessica ouviu suspiros exasperados atrás dele e uma risadinha.

– Estou arruinada – disse ela, apertando os dentes. – Isso é indigno de você. E é imperdoável.

Ele riu.

– Então me mate. – E, com um olhar zombeteiro para as figuras que observavam das sombras, ele deu meia-volta e foi embora.

Com a mente borbulhando pela humilhação e pela fúria, Dain andou às cegas pelo jardim, pisando duro, arrancou o portão trancado das dobradiças e marchou pelo beco estreito até chegar à rua. Percorreu-a até o fim, depois as duas ruas seguintes.

Apenas quando se aproximou do Palais Royal sua respiração começou a voltar ao normal e a fúria negra deu lugar a pensamentos tempestuosos.

Ela era como todas as outras – como Susannah, mas pior; melhor como atriz e mais talentosa para armar a mesma armadilha. E ele, com anos de experiência nas costas, entrou nela de cabeça. De novo. Para ser envolvido em circunstâncias piores.

Com Susannah, ele apenas roubara um beijo no rosto diante da família gananciosa. Desta vez, vários membros da elite mais sofisticada de Paris o viram fazer papel de palhaço, ouviram-no gemer, ofegar e balbuciar desejo e devoção como um adolescente febril.

Mesmo aos 13 anos, ele não se comportava como um cachorrinho bobo. Mesmo naquela época, ele nunca lamentou sua solidão.

Ah, Jess.

Dain sentiu a garganta se apertar. Parou e engoliu aquela dor abrasadora, recompôs-se e continuou a caminhar.

No Palais Royal, reuniu um trio de prostitutas rechonchudas e um grupo de homens e mergulhou de cabeça na depravação. Meretrizes, casas de jogatina e champanhe: aquele era o seu mundo. O lugar ao qual ele pertencia e onde se sentia feliz, garantiu a si mesmo.

E assim ele jogou, bebeu e contou piadas sujas. Engolindo o asco que sentiu ao cheiro familiar de perfume, pó e maquiagem, encheu o colo com prostitutas e enterrou o coração ferido, como sempre fazia, sob gargalhadas.

MESMO ANTES QUE a risada de Dain se apagasse e ele desaparecesse pelas sombras do jardim, Jessica tentava se arrastar para fora do poço negro da humilhação e do desespero no qual ele a tinha abandonado. Não havia alternativa a não ser levantar-se e enfrentar a situação. Jessica encarou os espectadores, desafiando-os a proferir um único insulto. Um por um, eles lhe deram as costas e se recolheram.

Somente uma pessoa veio na direção dela. Vawtry tirava o seu casaco enquanto Jessica saltava do alto do sarcófago, segurando o corpete para se cobrir. Ele lhe estendeu o sobretudo.

– Eu tentei – disse ele, entristecido, evitando olhar diretamente para ela. – Contei a eles que Dain havia saído sozinho e que você tinha ido procurar sua avó, mas um dos criados viu quando vocês entraram no solário. – Ele fez uma pausa. – Eu lamento.

– Talvez eu devesse sair discretamente – disse ela, mantendo a voz solene. – Poderia fazer a gentileza de encontrar Lady Pembury?

– Odeio ter que deixá-la sozinha.

– Não vou morrer – respondeu ela. – Não sou dada a ataques histéricos. Vou ficar bem.

Vawtry lhe lançou um olhar preocupado e afastou-se rapidamente.

Assim que ele se foi, Jessica tirou o casaco de Vawtry e arrumou seu vestido da melhor maneira que conseguiu sem a ajuda da criada. Não alcançou todas as presilhas, cuja maioria ficava nas costas, mas prendeu algumas de modo que não tivesse que segurar o corpete o tempo inteiro. Enquanto lutava com os laços e os ganchos, ela analisou a situação de forma bem objetiva.

Sabia que ninguém se importava com o fato de que Dain não a havia desonrado. O que importava era que ela fora flagrada nos braços de Dain. Isso já era o suficiente para transformá-la em algo indesejável aos olhos do mundo.

Em menos de um dia, aquela história chegaria a todos os cantos de Paris. Em uma semana, a Londres. Ela sabia muito bem o que o futuro lhe reservava.

Nenhum cavalheiro de respeito mancharia o nome da sua família casando-se com as sobras de Dain. E não haveria como atrair à sua loja as pessoas ricas e respeitáveis das quais seu sucesso – e sua própria respeitabilidade – dependiam. Damas ergueriam as saias para que o tecido não tocasse em Jessica quando passassem por ela ou atravessariam a rua para evitar a contaminação. Cavalheiros deixariam de ser cavalheiros e a submeteriam às mesmas indignidades que ofereciam às prostitutas.

Em resumo, Dain havia destruído sua vida. De propósito.

A única coisa que ele precisava ter feito era lançar um

daqueles olhares mortíferos e dizer àquelas pessoas que não havia nada a ser visto, e todos decidiriam que era melhor concordar com ele. O mundo inteiro o temia, até mesmo aqueles que se declaravam seus amigos. Dain podia forçá-los a dizer e acreditar no que ele quisesse.

Mas ele só tinha olhos para a vingança – por qualquer coisa que sua mente malévola acreditava que ela lhe fizera. Ele a havia levado até aquele jardim sem outro propósito. Jessica achava até mesmo que ele poderia ter revelado a alguém o que iria fazer, certificando-se de que a descoberta aconteceria no momento mais humilhante: com o corpete desatado e caindo-lhe sobre a cintura, a língua enfiada no fundo da garganta dela e aquela mão imunda por baixo das suas saias.

Embora ficasse excitada com aquela lembrança, Jessica se recusou a se sentir constrangida. Seu comportamento podia ser considerado indecente pelas regras da sociedade e errôneo por suas próprias convicções, mas não se ressentia por isso. Ela era uma mulher jovem e saudável que acabara cedendo a sentimentos aos quais inúmeras outras mulheres cediam – e que podiam agir impunemente se fossem casadas, viúvas ou discretas.

Ainda que não fosse casada ou viúva, e pelas regras vigentes devesse ser considerada intocável, Jessica não poderia culpar Dain por se aproveitar do que lhe fora oferecido com tanta boa vontade.

Mas ela poderia e iria culpá-lo por se recusar a defendê-la. Ele não tinha nada a perder e sabia muito bem que ela ficaria arruinada. Poderia tê-la ajudado. Não custaria nada a ele; mal lhe demandaria algum esforço. Em vez disso, ele a insultara e abandonara.

Aí estava o mal. Aí estava o ato cruel e imperdoável.

E por isso, decidiu ela, ele iria pagar.

Às QUATRO E MEIA da manhã, Dain estava com seu séquito no Antoine's, um restaurante no Palais Royal. Seu círculo de amigos incluía um punhado dos convidados de Lady Wallingdon: Sellowby, Goodridge, Vawtry e Esmond. Jessica Trent foi um assunto evitado. Em vez disso, a briga na sala de jogos que Dain perdera a oportunidade de testemunhar – entre um oficial prussiano embriagado e um republicano francês – e a confusão que veio a reboque foram as principais pautas da noite.

Até as prostitutas expressaram suas opiniões: a que estava sentada sobre a perna direita de Dain assumia o lado republicano enquanto a da perna esquerda defendia o prussiano. As duas discutiam com um nível de ignorância, tanto política quanto gramatical, que faria Bertie Trent parecer um prodígio intelectual.

Dain desejou não ter se lembrado do palerma. No instante em que a imagem do homem surgiu na mente de Dain, a irmã dele veio junto: Jessica fitando-o por baixo de uma touca ridiculamente ornamentada... observando seu rosto enquanto ele lhe desabotoava a luva... agredindo-o com a touca e os punhos... beijando-o com ardor enquanto os relâmpagos faiscavam e os trovões ressoavam... girando pelo salão de baile com ele, as saias lhe roçando as pernas, o rosto iluminado pelo entusiasmo. E, mais tarde, nos braços dele... uma tempestade ardente de imagens, sensações e um momento doce e angustiado... quando ela beijou seu nariz grande e asqueroso... e partiu seu coração e o remendou, fazendo-o acreditar que não era um monstro. Ela o fizera crer que era bonito.

Mentiras, disse ele a si mesmo.

Não passavam de mentiras e trapaças criadas para envolvê-lo. Ele havia arruinado o irmão de Jessica. Ela não tinha mais nada. Assim como Susannah, cujo irmão perdera no jogo a fortuna da família, Jessica Trent estava desesperada o suficiente para armar a arapuca mais velha da história a fim de agarrar um marido rico e nobre.

Mas agora Dain considerava o círculo de homens à sua volta. Todos ali eram bonitos, bem-comportados e bons pretendentes.

Seu olhar fixou-se em Esmond, ao seu lado, o homem mais bonito e possivelmente – embora ninguém tivesse certeza – mais rico do que o marquês de Dain.

Por que não Esmond? Se precisava de um marido rico, por que uma mulher inteligente como Jessica Trent tinha escolhido Belzebu em vez do Anjo Gabriel? Por que preferira o inferno ao paraíso?

Os olhos azuis de Esmond cruzaram com os seus.

– *Amore è cieco* – murmurou ele com um perfeito sotaque florentino.

O amor é cego.

Dain lembrou-se de quando Esmond lhe falara sobre o mau pressentimento que cercava o Vingt-Huit. Observando-o agora, o marquês sentiu a mesma sensação desconfortável: o conde angelical parecia ler a sua mente e ele percebia os indícios, invisíveis aos outros, sobre o palácio dos pecados que agora jazia sem vida.

Dain começou a abrir a boca para retrucar com rispidez quando Esmond enrijeceu e virou lentamente a cabeça, com o olhar fixo em outro ponto enquanto seu sorriso se desfazia.

O marquês olhou para a mesma direção – a porta –, mas não viu nada de início, porque Sellowby havia se inclinado para a frente enchendo seu copo.

Então Sellowby recostou-se outra vez na cadeira.

E Dain a viu.

Ela usava um vestido vermelho-escuro, abotoado até o pescoço, e um xale negro que lhe cobria a cabeça e os ombros. Seu rosto estava lívido e com uma expressão rígida. Ela andou até a mesa, com o queixo erguido e os olhos prateados faiscando, e parou a poucos passos de distância.

O coração de Dain batia em um galope frenético que lhe tornou impossível respirar, ou mesmo falar.

– Saiam daqui – ordenou Jessica, com a voz baixa e dura, dirigindo o olhar para as outras pessoas que dividiam a mesa.

As prostitutas saltaram do colo dele, derrubando copos na pressa. Os homens se levantaram e recuaram. Uma cadeira tombou.

Esmond foi o único que conseguiu manter a calma.

– Mademoiselle – começou ele, com a voz gentil e apaziguadora.

Ela jogou o xale para trás e ergueu a mão direita. Havia uma pistola ali, e o cano apontava diretamente para o coração de Dain.

– Vá embora – disse ela a Esmond.

Dain ouviu o clique quando ela engatilhou a arma e o arrastar de uma cadeira quando Esmond se levantou.

– Mademoiselle – tentou ele outra vez.

– Comece a rezar, Dain – disse ela.

O olhar dele se desviou da pistola para a expressão furiosa que ela ostentava.

– Jess – sussurrou ele.

Ela puxou o gatilho.

CAPÍTULO 8

O tiro jogou Dain para trás e a cadeira tombou junto com ele.

Jessica baixou a arma, soltou a respiração, deu meia--volta e saiu.

Os espectadores levaram algum tempo para conceber o que viram e ouviram. Jessica caminhou desimpedida pelo restaurante, saiu pela porta e desceu as escadas.

Encontrou a charrete que a esperava e pediu ao cocheiro que a levasse até a delegacia de polícia mais próxima.

Chegando lá, chamou o oficial encarregado. Entregou--lhe a pistola e contou o que tinha feito. O homem não acreditou dela. Enviou dois gendarmes ao Antoine's e serviu-lhe uma taça de vinho. Uma hora depois eles retornaram com uma infinidade de anotações da cena do crime e com o conde d'Esmond.

Esmond viera soltá-la, dissera ele. Tudo não passava de um mal-entendido, um acidente. O ferimento de lorde Dain não era fatal. Um arranhão, e só. Ele não prestaria queixa contra a Srta. Trent.

É claro que não, pensou Jessica. Ele perderia uma batalha judicial contra ela. Afinal de contas, era Paris.

– Então, vou prestar queixa contra mim mesma – disse ela, com o queixo erguido. – E você pode dizer ao seu amigo que...

– Mademoiselle, ficarei honrado em transmitir qualquer mensagem – disse Esmond, suavemente. – Mas você poderá ditá-la mais confortavelmente na minha carruagem, creio eu.

– Com certeza, não – recusou-se Jessica. – Insisto em que devo ser presa, para minha própria proteção, de modo que ele não possa me matar para me calar. Porque, monsieur, esta será a única maneira de *qualquer um* me manter calada.

Ela se virou para o oficial encarregado:

– Ficarei feliz em redigir uma confissão com todos os detalhes para o senhor. Não tenho nada a esconder. E terei muito prazer em conversar com os jornalistas que, sem dúvida, estarão aqui daqui a pouco, talvez em no máximo meia hora.

– Mademoiselle, tenho certeza de que tudo poderá ser resolvido – disse Esmond. – Mas recomendo que acalme seus ânimos antes de conversar com qualquer pessoa.

– Um sábio conselho – concordou o oficial. – A senhorita parece agitada. É compreensível. Questões do coração.

– Realmente – falou ela, fitando os olhos azuis e enigmáticos de Esmond. – Um crime passional.

– Sim, mademoiselle, como todos poderão deduzir – disse Esmond. – Se a polícia não a soltar imediatamente, haverá mais do que somente jornalistas tomando este lugar. Toda a Paris virá resgatá-la, e a cidade irá mergulhar no caos. A senhorita não quer que pessoas inocentes sejam mortas por sua causa, estou certo?

Havia um clamor do lado de fora – o primeiro contingente de jornalistas, ela imaginou. Jessica demorou-se por um momento, deixando que a tensão crescesse no gabinete.

E então ela deu de ombros.

– Voltarei para casa. Pelo bem dos inocentes em perigo.

POR VOLTA DO MEIO da manhã, Esmond fazia companhia a Dain, que estava deitado no sofá da biblioteca.

O ferimento não era grave, Dain tinha certeza. Mal chegara a senti-lo. A bala o tinha atravessado e, embora o braço tivesse sangrado muito, Dain estava acostumado a ver sangue, inclusive o próprio, e não devia ter desmaiado.

Mas desmaiou, várias vezes, e toda vez que recobrava os sentidos ele se sentia mais quente. Um médico veio, examinou o ferimento, tratou-o, aplicou curativos e disse que Dain tivera muita sorte.

Nenhum osso fora estraçalhado. Os danos aos nervos e músculos eram mínimos. Não havia perigo de infecção.

Por isso, Dain não deveria ter febre. Primeiro, seu braço ardeu, depois o ombro e o pescoço pareciam em chamas. Agora, sua cabeça flamejava.

Em meio a todo esse fogo interno ele ouvia a voz de Esmond, suave e tranquilizadora como sempre.

– Ela sabe, *naturellement*, que nenhum corpo de jurados na França a condenaria – disse Esmond. – É mais fácil passar um camelo pelo buraco de uma agulha do que condenar uma bela mulher por um crime ligado a *l'amour*.

– É claro que sabe. – Dain cuspiu as palavras. – E eu também sei que ela não reagiu ao calor do momento. Viu a mão dela? Nenhum indício de tremor. Fria e firme. Não estava tomada por uma fúria ensandecida. Ela sabia exatamente o que estava fazendo.

– Ela sabe muito bem o que está fazendo – concordou Esmond. – Atirar em você foi apenas o começo. Ela quer transformá-lo num espetáculo, Dain. Fui encarregado de lhe dizer que ela tornará público cada detalhe do que aconteceu em um tribunal, se conseguir o julgamento no qual está insistindo, ou nos jornais. Disse que vai repetir tudo o que você lhe falou e descrever minuciosamente tudo o que você fez.

– Em outras palavras, ela vai exagerar e distorcer a história – concluiu Dain, ciente de que tudo seria verdade. E isso, aos olhos do mundo, acabaria por reduzir lorde Belzebu a um adolescente apaixonado, resfolegante, trêmulo e suarento. Seus amigos rolariam no chão, às gargalhadas, com aquelas declarações piegas, mesmo as ditas em italiano.

Jessica se lembraria de como aquelas palavras soavam – sabia bem latim, não? – e poderia imitar perfeitamente, porque pensava rápido e era inteligente... e vingativa. Depois, todos os segredos, as fantasias e os sonhos constrangedores de Dain seriam traduzidos para o francês e o inglês – e, dentro em breve, para todas as outras línguas conhecidas. As palavras seriam impressas em balões e em caricaturas vagabundas. Espetáculos teatrais retratando o episódio seriam apresentados nos palcos.

E isso era apenas uma pequena parte do que ele ainda enfrentaria, ele sabia.

Bastava lembrar-se de como a imprensa massacrara Byron cerca de dez ou doze anos atrás – e o poeta era um exemplo de integridade, se comparado ao marquês de Dain. Além disso, Byron não era obscenamente rico, incrivelmente grande e feio e exasperadamente poderoso.

Quanto maior o inimigo, mais dolorosa é a queda. E mais o mundo gosta de vê-lo cair.

Dain entendia muito bem como o mundo funcionava. Podia ver o que o futuro lhe reservava. Jessica Trent também enxergava isso, sem dúvida. Tinha sido por isso que ela não o matara. Queria ter certeza de que ele sofreria os tormentos do inferno enquanto vivesse.

Ela sabia que ele sofreria, pois atacara o único lugar onde podia ser ferido: o orgulho.

E, se Dain não suportasse – e, claro, não suportaria, ela sabia –, Jessica ficaria satisfeita, sem dúvida. Ela o faria *rastejar*.

Jessica o tinha exatamente onde queria, aquela mulher demoníaca.

Em meio ao fogo que incinerava metade do seu corpo, a cabeça de Dain começou a latejar.

– É melhor eu lidar com ela diretamente – disse ele. Sua língua estava entorpecida, as palavras se arrastavam. – Negociar. Dizer a ela... – Ele engoliu em seco. Sua garganta queimava também. – Termos. Dizer a ela...

Ele fechou os olhos e esmiuçou a mente em busca de palavras, mas elas não vinham. Sua cabeça parecia um lingote de metal aquecido no qual um ferreiro esmagava impiedosamente seu intelecto e seus pensamentos. Ouviu a voz distante de Esmond, mas não conseguiu encontrar sentido nas palavras. E foi então que aquele martelo satânico desferiu um golpe arrasador e o deixou inconsciente.

Consumido por uma enfermidade febril que não deveria ter tido, Dain passou os quatro dias seguintes oscilando entre a consciência e a inconsciência.

Na manhã do quinto dia ele despertou, quase recuperado. O ardor e o latejamento haviam desaparecido. Mas seu braço esquerdo continuava imóvel, pendendo inutilmente ao lado do corpo. Dain conseguia senti-lo, mas não conseguia mexê-lo.

O médico retornou, examinou, deu alguns muxoxos enquanto completava o exame e balançou a cabeça negativamente.

– Não consigo encontrar nada de errado – disse ele.

Chamou um colega de profissão, que também não viu nada, e mais outro, com o mesmo resultado.

Ao final da tarde Dain já havia sido examinado por oito médicos e nenhum lhe disse algo diferente. Ele estava fora de si; fora cutucado, questionado e escutara comentários abafados sobre seu estado de saúde durante quase o dia inteiro, além de ter gastado um dinheiro enorme com a conta dos médicos, sem qualquer progresso.

Para piorar, poucos minutos depois que o último charlatão saiu, um oficial de justiça lhe deixou uma mensagem. Herbert entregou-a enquanto Dain tentava se servir de uma taça de vinho. Com os olhos fixos na nota sobre a bandeja de prata, o marquês errou o cálice e derramou vinho no roupão, nos chinelos e no tapete oriental.

Ele soltou impropérios e arremessou a bandeja na cabeça de Herbert, depois saiu pisando duro rumo ao seu quarto, e sua raiva ia aumentando enquanto tentava romper o lacre e desdobrar a mensagem com apenas uma das mãos. Nesse momento ele estava tão enfurecido que mal conseguia enxergar direito.

Não que houvesse muito para ler. De acordo com a nota, o Sr. Andrew Herriard desejava se encontrar com o advogado de sua senhoria, o marquês de Dain, em nome de Jessica Trent.

As entranhas de lorde Dain se transformaram em chumbo.

Andrew Herriard era um famoso advogado londrino com uma enorme clientela de expatriados poderosos que viviam na capital francesa. E também era a integridade em pessoa – incorruptível, leal e incansável ao servir seus clientes. Era sabido que sob o exterior sacrossanto do advogado havia uma armadilha com mandíbulas e dentes afiados capazes de causar inveja a um tubarão. Ele costumava reservar essas armas aos homens, porque o Sr. Andrew Herriard era um cavaleiro galante a serviço do sexo frágil.

Para ele, não importava que a lei estivesse do lado masculino ou que uma mulher não tivesse direitos nem nada que pudesse chamar de seu, até mesmo os próprios filhos.

Herriard criava os direitos que acreditava serem justos para as mulheres – e conseguia colocá-los em prática. Graças ao advogado, até mesmo aquele porco do Francis

Beaumont, por mais sagaz que fosse, não teria direito a um centavo da renda da esposa.

Quando um homem se recusava a aceitar exigências ultrajantes, Herriard submetia o pobre-diabo a uma infinidade de processos e litígios de pouca importância até que a exaustão fizesse o coitado ceder, arruinado pelas taxas jurídicas, ou o levasse, aos berros, para um hospício.

A Srta. Trent, em resumo, não somente colocaria lorde Dain para rastejar, como também faria Herriard executar o serviço sujo por ela, e tudo de acordo com a lei, sem uma única brecha pela qual ele pudesse escapar.

"Não há animal mais invencível do que a mulher", dissera Aristófanes. "Nem o fogo nem qualquer felino selvagem conseguem ser tão implacáveis."

Implacável. Cruel. *Demoníaco.*

– Ah, não, de jeito nenhum – resmungou Dain. – Não por meio de intermediários, sua filha do demônio. – Ele amassou a nota numa bola de papel e atirou-a contra a grade. Em seguida, foi até a escrivaninha, pegou uma folha, redigiu uma resposta e chamou o lacaio.

Em sua nota ao Sr. Herriard, Dain declarou que se reuniria com a Srta. Trent às sete da noite na casa do irmão dela. Não enviaria seu advogado para se encontrar com o dela, porque o marquês de Dain não tinha a intenção de "ser insultado, forçado a assinar documentos e extorquido por intermediários". Se a Srta. Trent tinha condições a declarar, ela poderia muito bem fazê-lo em pessoa. Se não, ele permitiria que ela enviasse o irmão ao encontro de Dain, que ficaria muito feliz em resolver a questão a vinte passos de distância – com *ambos* os duelistas armados desta vez.

Tendo a última sugestão em mente, Jessica achou melhor que Bertie passasse a noite em outro lugar. O irmão ainda não sabia de nada.

Ao voltar da delegacia de polícia, encontrou-o sofrendo as consequências dolorosas do álcool que consumira na festa de Lady Wallingdon. Com o organismo fragilizado pelos meses de depravação, Bertie havia sucumbido a uma violenta dispepsia e não conseguira sair da cama até a tarde do dia seguinte.

Mesmo na melhor das circunstâncias, suas faculdades cerebrais não eram confiáveis. O esforço necessário para compreender o comportamento anômalo de Dain poderia desencadear uma recaída, ou mesmo uma apoplexia. De qualquer forma, Jessica não ousaria arriscar que Bertie saísse cambaleando à procura de Dain para vingar sua honra.

Genevieve concordou com o plano e levou Bertie para jantar na residência do duque d'Abonville. O nobre francês era de confiança e saberia guardar segredo. Afinal, fora ele mesmo quem aconselhara Jessica a ficar quieta até que pudesse conversar com um advogado.

Também fora ele que bancara os honorários do Sr. Herriard. Se Jessica não tivesse concordado em deixá-lo pagar, o próprio Abonville assumiria a responsabilidade de enfrentar Dain. Aquela oferta lhe mostrara tudo o que precisava saber sobre os sentimentos que o nobre francês tinha por Genevieve.

Às sete horas, Bertie se encontrava longe do apartamento, em segurança. Jessica e o Sr. Herriard estavam sentados diante de uma pilha de documentos quando Dain chegou.

Ele lançou um olhar de desprezo para o advogado e focou seu sarcasmo em Jessica.

– Mademoiselle – cumprimentou ele, com um curto aceno de cabeça.

– Meu senhor – disse ela, com um aceno ainda mais curto.

– Já chega de sutilezas. Pode prosseguir com sua extorsão.

Os lábios do Sr. Herriard se apertaram, mas ele não disse nada.

O advogado juntou os papéis e entregou-os a Dain, que atravessou a sala e foi até uma das janelas. Colocou os documentos no parapeito, pegou a primeira folha e leu-a despreocupadamente. Quando terminou, colocou-a de lado e leu a próxima.

Alguns minutos se passaram. Jessica esperou, cada vez mais agitada.

Por fim, quase meia hora depois, Dain ergueu os olhos dos papéis que só demandavam uma fração daquele tempo para serem compreendidos.

– Eu imaginei como você desejaria agir – disse ele a Herriard. – Se nos pouparmos o latim, isso aqui se resume a um processo por difamação... caso eu não concorde em acertar a questão em particular, de acordo com suas condições exorbitantes.

– As palavras que o senhor proferiu só poderiam ser interpretadas de uma única maneira – explicou Herriard. – Com elas, destruiu o crédito social e financeiro da minha cliente. Tornou impossível para ela se casar ou ganhar a vida de maneira respeitável e independente. Deixou-a à margem da sociedade na qual nasceu e à qual pertence. Por isso, ela será obrigada a viver em exílio de seus amigos e entes queridos. Terá que reconstruir a vida.

– E vejo que eu devo pagar por ela – respondeu Dain. – Acertar todas as dívidas do irmão, que totalizam 6 mil libras. – Ele deu uma olhada rápida nas páginas. – Devo lhe pagar uma pensão no valor de 2 mil libras por ano e... Ah, sim. Havia algo sobre encontrar e manter um local de residência.

Ele folheou as páginas, deixando várias caírem no chão.

Foi então que Jessica percebeu que ele não estava usando a mão esquerda, e parecia haver algo de errado com o braço, que se comportava de maneira estranha. Não havia motivo para isso, exceto por um ferimento a bala de pouca gravidade. Ela tinha mirado com cuidado e sempre tivera uma excelente pontaria. Sem mencionar o fato de que ele era um alvo bem grande.

Dain olhou para ela naquele momento e a flagrou observando.

– Está admirando o seu trabalho, não é? Aposto que gostaria de olhar mais de perto. Infelizmente, não há nada para se ver. Não há nada de errado com o braço, de acordo com aqueles doutores charlatães. Exceto pelo fato de que não consigo mais mexê-lo. Ainda assim, considero-me uma pessoa afortunada, Srta. Trent, por você não ter mirado mais para baixo. Estou meramente desarmado, mas não aleijado. Não tenho dúvidas de que Herriard cuidará da castração.

A consciência dela pesou, mas Jessica a ignorou.

– Você teve, e *terá*, exatamente o que merece, seu bruto mentiroso e insuportável.

– Srta. Trent – disse Herriard, gentilmente.

– Não, não vou ficar calada – respondeu ela. – O marquês aqui fez questão da minha presença porque desejava uma briga. Ele sabe muito bem que está errado, mas é teimoso demais para admitir. Quer que eu pareça uma pessoa sórdida, gananciosa...

– Vingativa – completou Dain. – Não se esqueça de incluir "vingativa".

– *Eu*, vingativa?! – exclamou ela. – Não fui eu quem avisou aos maiores fofoqueiros de Paris que estivessem "passando por perto" enquanto eu estava seminua e, idiota que sou, sendo arruinada.

As sobrancelhas negras de Dain se ergueram ligeiramente.

– Você não está insinuando, Srta. Trent, que *eu* fui o responsável por aquele espetáculo.

– Não preciso insinuar nada! Era óbvio. Vawtry estava lá. O *seu* amigo. E os outros, aqueles parisienses esnobes que se acham muito sofisticados. Sei que eles foram avisados para que testemunhassem a minha desgraça. E eu sei o porquê. Você o fez por despeito. Como se tudo, todas as fofocas, cada mancha na sua preciosa reputação, fosse *minha culpa*!

Houve um silêncio curto e tenso. Então Dain jogou o restante dos papéis sobre o carpete, foi até a bandeja de decantadores e serviu-se de uma taça de xerez. Precisou apenas de uma das mãos para fazer isso e de apenas um gole para esvaziá-la.

Quando se virou novamente para ela, um sorriso irritante e sarcástico tomava-lhe o rosto.

– Parece que estamos agindo sob o mesmo mal-entendido – disse ele. – Pensei que tinha sido *você* a responsável por aquela, digamos, interrupção.

– Não me surpreende. Você também parece achar que é um ótimo partido e que eu sou uma louca. *Se* eu estivesse tão desesperada assim por um marido, o que não estou e nunca estarei, não precisaria recorrer a artimanhas tão antigas e patéticas.

Ela se levantou da cadeira.

– Posso parecer uma solteirona insignificante, meu senhor, mas garanto que poucos pensam como você. Não me casei por opção, pois não me faltaram ofertas.

– Mas agora você não receberá mais nenhuma – disse ele. Seu olhar sarcástico deslizou por ela, o que fez a pele de Jessica formigar. – Graças a mim. E essa é a questão de que viemos tratar aqui.

Dain pousou o copo vazio e olhou para Herriard.

– Eu estraguei a mercadoria e agora devo pagar o valor que você julga ser adequado pelo produto. Caso contrário, você vai me cobrir com documentos, me aborrecer com advogados e oficiais de justiça e me arrastar por meses infindáveis de demandas jurídicas.

– Se a lei considerasse as mulheres de maneira digna, o processo não seria infindável – argumentou o Sr. Herriard, sem se deixar abalar. – O castigo seria severo e imediato.

– Mas vivemos em tempos sombrios – disse Dain. – E eu sou, como a Srta. Trent pode confirmar, o mais sombrio dos homens. Tenho, entre outras crenças prosaicas, a noção antiquada de que, se eu tiver que pagar por alguma coisa, então essa coisa deve pertencer a mim. Como aparentemente não tenho escolha a não ser pagar à Srta. Trent...

– Eu não sou um relógio de bolso – interrompeu ela, entre os dentes. Não devia sentir-se nem um pouco surpresa caso aquele paspalho arrogante decidisse acertar o acordo fazendo de Jessica a *amante dele*. – Sou um ser humano, e você nunca será meu dono, não importa quanto pague. Você pode ter destruído a minha honra aos olhos do mundo, mas não conseguirá destruí-la de fato.

Ele ergueu uma sobrancelha.

– Destruir sua honra? Minha cara Srta. Trent, estou propondo *redimi-la*. Devemos nos casar. Agora, por que não fica aí sentadinha em silêncio como uma boa menina e deixa que os homens cuidem dos detalhes?

Jessica passou por um momento de incompreensão antes que as palavras finalmente a atingissem, afiadas e atordoantes como um golpe na cabeça. A sala mergulhou na escuridão e tudo o que havia dentro dela ficou embaçado. Ela precisou se esforçar para manter a concentração.

– Casar? – Sua voz pareceu vir de muito longe, fraca, lamentosa.

– Herriard exige que eu salde as dívidas do seu irmão, lhe dê uma residência e a sustente pelo resto da vida –

disse ele. – Pois bem, eu concordo... mas nas mesmas condições que qualquer outro homem teria: propriedade exclusiva e direitos reprodutivos.

O olhar sombrio de Dain se fixou no corpete que ela usava, e o calor subiu-lhe pelo corpo, como se as mãos daquele homem estivessem ali, e não somente os olhos.

Ela se recompôs.

– Estou entendendo o que você quer. Não é uma oferta genuína, apenas uma estratégia para nos deixar de mãos atadas. Você sabe que não podemos processá-lo se fizer as coisas de maneira honrada. E também sabe que não vou me casar com você. Então você acha que nos colocou em um *point non plus*.

– Exatamente – confirmou ele, sorrindo. – Se você me rejeitar e insistir no litígio, vai se humilhar ainda mais. Todos acreditarão que você é uma vadia interesseira.

– E se eu aceitar a oferta desse casamento de mentirinha, você manterá a farsa até o último minuto. E me abandonará no altar – concluiu ela. – E serei humilhada do mesmo jeito.

Ele riu.

– E deixar o caminho aberto para um longo e dispendioso processo por quebra de promessas? Facilitar o trabalho de Herriard? Pense com mais afinco, Jess. Casamento ou nada.

Jessica agarrou a primeira coisa que encontrou – uma pequena e pesada estatueta de metal com o formato de um cavalo.

O advogado andou na direção dela.

– Srta. Trent – disse ele, discretamente. – Imploro que resista à tentação.

– Acho bom seguir esse conselho – retrucou Dain. – Não vai lhe servir de nada. Posso não ter conseguido me desviar da bala, mas de um objeto, consigo.

Ela colocou a estatueta de volta no lugar e dirigiu-se a Herriard.

– Está vendo? – perguntou ela. – Ele não fez essa oferta para se redimir; na verdade, acha que não me deve nada. Quer apenas se aproveitar de mim, e vencer você nessa barganha tornará o triunfo ainda mais doce.

– Pouco me importa o que você pensa de mim – disse Dain. – Você tem duas opções. Se estiver esperando que eu me ajoelhe e implore por sua mão, Jess, sinto muito, mas terá que esperar o dia do Juízo Final – acrescentou ele com uma risada.

Naquele momento Jessica reconheceu algo sutil. Já tinha ouvido aquilo antes, quando meninos se vangloriavam: aquele tom discordante da incerteza sob o riso. Ela rapidamente revisou as palavras que ele proferiu e imaginou se era tudo o que o orgulho dele lhe permitira exprimir. O orgulho masculino era um sentimento precioso e frágil. Por isso os homens se protegiam ao máximo, praticamente desde a infância.

Não tenho medo, diziam os meninos, rindo, quando estavam tomados pelo terror. Riam das surras que levavam e fingiam não sentir dor. Também assustavam as garotas de quem gostavam com répteis e roedores, e riam com hesitação quando as menininhas saíam correndo.

A proposta dele talvez fosse o equivalente. Se ela a rejeitasse, indignada, ele riria e diria a si mesmo que era exatamente o que queria.

Mas talvez não fosse.

Jessica lembrou que "talvez" dificilmente seria considerado uma base sólida para um casamento.

Por outro lado, a avó a aconselhara a fisgá-lo. Mesmo naquela manhã, depois de tudo o que acontecera, Genevieve não havia mudado de ideia. "Sei que ele se comportou de maneira abominável, e não a culpo por atirar nele", dissera ela. "Mas lembre-se de que ele foi interrompido no pior momento possível para um homem. Dain não estava pensando racionalmente. Não podia. Ao mesmo tempo, tenho certeza de que ele se importa com você. Não parecia tão insolente e cínico quando a tirou para dançar."

– Casamento ou nada. – A voz impaciente de Dain invadiu os pensamentos de Jessica. – Estes são os termos, os únicos. Tome uma decisão, Jess.

DAIN SE CONVENCEU de que aquilo não importava. Se ela aceitasse, ele poderia ao menos exorcizar o desejo idiota que sentia em troca da soma extorsiva que teria que pagar. Além disso, poderia deixá-la reclusa em Devon e seguir normalmente com a sua vida. Se ela recusasse, não arrancaria dele um centavo, iria embora e não mais o importunaria. Dain se esqueceria de seu desejo e também dela. De qualquer forma, ele venceria e ela perderia.

Mas seu coração ainda batia com força e suas entranhas se retorciam com um calafrio, um pavor latejante que ele não sentia desde criança.

Dain retesou o queixo e suportou aquela sensação enquanto Jessica se afastava de Herriard e ia até uma cadeira. Mas não se sentou. Simplesmente olhou para o objeto, sem qualquer expressão naquele belo rosto.

Herriard franziu a testa.

– Talvez a senhorita precise de algum tempo. Alguns minutos de privacidade. Tenho certeza de que milorde fará essa concessão – disse ele, dirigindo o olhar sisudo para Dain. – Afinal, é o futuro de uma dama que está em questão.

– Não preciso de mais tempo – disse a Srta. Trent. – Não é difícil calcular o patrimônio e as responsabilidades de cada lado.

Ela olhou para Dain e, para o espanto dele, sorriu.

– A perspectiva de uma vida em meio à pobreza e à obscuridade nos confins da civilização não me atrai nem um pouco. Não consigo pensar em nada mais absurdo do que viver assim por causa do meu orgulho. Prefiro ser uma marquesa rica. Você é um homem abominável, Dain, e não duvido que me fará muito infeliz. Entretanto, o Sr. Herriard cuidará para que eu tenha bons provimentos no lado mercenário da barganha. Além disso, fico satisfeita em saber que você terá que engolir cada palavra desprezível que já disse sobre homens que se deixam enredar por casamentos e relacionamentos com mulheres respeitáveis. Eu daria tudo para ser uma mosquinha quando você explicar esse casamento repentino aos seus amigos, meu senhor Belzebu.

Dain a encarou, receoso de confiar no que ouvia.

– A resposta é sim – disse ela, com impaciência. – Você acha que eu sou alguma pateta para deixá-lo sair livre dessa?

– Eu sabia que seria esperar demais.

Jessica se aproximou dele.

– O que você vai dizer aos seus amigos, Dain? Que o casamento é um incômodo que deverá suportar para que eu não o persiga ou tente matá-lo?

Ela tocou a manga do casaco que ele usava e Dain sentiu um aperto doloroso no peito.

– Seria melhor colocar esse braço numa tipoia – aconselhou ela. – Aproveite para exibi-lo a todos com quem conversar. Além disso, as chances de que você o machuque acidentalmente serão menores.

– Uma tipoia estragaria o tecido do meu casaco – disse ele, empertigado. – E não preciso exibir nem explicar nada a ninguém.

– Seus amigos vão assá-lo vivo sem piedade. Eu daria qualquer coisa para ver a reação deles.

– Vou anunciar o nosso noivado esta noite, no Antoine's – avisou ele. – E tanto faz a reação deles. Não me importo com o que aqueles imbecis pensam. Enquanto isso, acho bom você começar a fazer as malas. Herriard e eu temos negócios a discutir.

Jessica enrijeceu.

– Fazer as malas?

– Partiremos para a Inglaterra depois de amanhã – disse ele. – Vou cuidar dos detalhes da viagem. Vamos nos casar em Londres. Não quero que uma multidão apareça em Dartmoor e assuste o gado. Podemos ir para Devon depois da cerimônia.

Os olhos dela escureceram.

– Ah, não, nada disso – retrucou ela. – Vamos nos casar aqui mesmo. Quero ficar mais um pouco em Paris, antes de me exilar em Devon.

– Vamos nos casar na igreja de St. George, em Hanover Square. Daqui a um mês. Que os diabos me devorem se eu tiver que implorar ao arcebispo de Canterbury por uma licença especial. É o tempo necessário para que os proclamas sejam lidos. E você pode se divertir em Londres nesse meio-tempo. Não vou permitir que você fique em Paris, então tire esses planos da cabeça.

A ideia de ter a marquesa de Dain vivendo no caldeirão que ele chamava de casa na Rue de Rivoli fazia sua pele se arrepiar. Sua esposa não se sentaria à mesa onde metade dos degenerados de Paris havia farreado, comido e bebido até cair – e vomitado sobre os tapetes e a mobília. Não queria que ela bordasse ou lesse à luz da lareira do salão que abrigara orgias que causavam inveja aos romanos.

Também pensou em mandar fazer um novo colchão para a cama ancestral em Devon, além de queimar todas as roupas de cama e o dossel. Não permitiria que a marquesa de Dain se contaminasse no cômodo onde ele concebera um bastardo com Charity Graves.

– Estou passando uma temporada incrivelmente desprezível em Paris, graças a você – argumentou ela, com os olhos cinzentos faiscando. – Eu poderia pelo menos compensá-lo. Não posso obrigá-lo a viver tão perto de mim, mas acho que eu poderia ir a festas e desfrutar da minha honra recém-restaurada e...

– Você pode ir a festas em Londres – disse ele. – Pode até mesmo ter um casamento tão grandioso quanto desejar. Pode comprar todos os tecidos e quinquilharias que quiser. Por que diabos se importa tanto com o lugar onde vai estar, se eu estou pagando tudo?

– Como pode ser tão insensível? – gritou ela. – Não quero ser arrancada de Paris como se eu fosse um segredo.

– Um *segredo*? – Dain ergueu a voz. – Na igreja de St. George de Hanover Square? Onde diabos esse casamento dos infernos pode ser mais público e respeitável?

Ele olhou para Herriard por sobre o ombro de Jessica. O advogado guardava os papéis em sua pasta de couro, alheio à discussão na sala.

– Herriard, talvez você possa me explicar que crime hediondo estou cometendo ao realizar a cerimônia de casamento em Londres.

– Essa disputa não está sob a minha jurisdição – respondeu Herriard. – Não mais do que o número de convidados ou qualquer outra discrepância que costuma acontecer nesse tipo de celebração. Negociem isso entre vocês.

Lorde Dain pensou que já havia "negociado" o suficiente para um único dia. Não fora até ali com a intenção de desposar a responsável pelo seu infortúnio. Pelo menos não conscientemente. Tinha oferecido uma alternativa, pensava ele, apenas porque não conseguia suportar a ideia de ser acuado, assediado e derrotado por uma solteirona vingativa e seu advogado diabólico.

Dain não percebera, até fazer a proposta, quanto a resposta dela realmente importava. Não se dera conta de quão depressiva e entediante seriam Paris e as semanas e os meses que estavam por vir quando contemplava a possibilidade de ela ir embora... para sempre.

Embora Jessica tivesse consentido, Dain continuava sofrendo de ansiedade, porque ela ainda não era sua e poderia acabar escapando, afinal de contas. Mesmo assim, seu orgulho não o deixaria ceder às pressões dela. Dê a mão e a mulher lhe pedirá o braço.

Devia começar a se organizar como se tudo fosse mesmo acontecer, disse Dain a si mesmo, e tinha a intenção de ser o senhor em sua própria casa. Não seria domado. Não mudaria por ninguém, nem mesmo por Jessica. Dain dava as ordens; os outros obedeciam.

– *Cara* – disse ele.

Jessica o fitou, com uma expressão desconfiada no rosto.

Ele tomou a mão dela.

– Faça as malas – pediu ele, gentilmente.

Ela tentou puxar a mão de volta. Ele envolveu a cintura dela com o braço bom e tomou-a para si, erguendo-a do chão, e pressionou a boca contra a dela.

Tudo terminou em um instante. Ela mal teve tempo de se debater. Um beijo rápido e atrevido... e ele a colocou de volta no chão, soltando-a. Ela recuou um passo, com o rosto enrubescido.

– Esta é toda a negociação que você vai ter, Jess – disse ele, sufocando o calor e a fome que o abraço lhe provocaram. – Se continuar a discutir, vou presumir que você quer mais.

– Muito bem, será em Londres, então. Mas isso vai lhe custar caro, Dain – disse ela.

Jessica virou o rosto.

– Sr. Herriard, não tenha piedade. Se ele quer obediência cega, isso não deve sair barato. Espero receber valores dignos do resgate de um rei para gastar como eu quiser. Minhas próprias carruagens e cabeças de gado. Grandes dividendos que possam ser distribuídos, tanto a herdeiros homens quanto mulheres. Faça-o urrar, Sr. Herriard. Se ele não urrar e bater os pés como um elefante enfurecido, pode ter certeza de que não está exigindo o bastante.

– Eu pagarei uma soma enorme em troca de "obediência cega" – disse Dain, com um sorriso maligno. – Começarei a elaborar uma lista de desejos ainda esta noite. – Ele se curvou com um gesto extravagante. – Até depois de amanhã, então, Srta. Trent.

Ela o cumprimentou de volta.

– Vá para o diabo, Dain.

– Irei, sem dúvida. Algum dia. – E, para o advogado, acrescentou: – Você pode levar esses malditos documentos para mim amanhã às duas da tarde, Herriard.

Sem esperar por uma resposta, Dain pomposamente deixou a sala.

CAPÍTULO 9

No trajeto para Calais, Dain viajou com Bertie do lado de fora da charrete. Nas estalagens, os dois se retiravam para o salão do bar enquanto Jessica jantava com a avó. Durante a travessia do Canal da Mancha, o lorde ficou do outro lado do barco a vapor francês. A caminho de Londres, ele novamente viajou do lado de fora da luxuosa carruagem. Em Londres, deixou Jessica, Bertie e

Genevieve na porta da casa dos tios. Jessica não via seu noivo desde então.

Agora, duas semanas após deixar Paris – tempo em que seu futuro marido parecia ignorar sua existência –, Dain chegava e esperava que ela largasse tudo o que estava fazendo para atendê-lo.

– Ele quer me levar para um passeio? – perguntou Jessica, indignada, quando sua tia entrou afobada para lhe dar o recado de Dain. – Assim, sem mais nem menos? Ele lembrou que eu existo e espera que eu vá correndo quando ele estala os dedos? Por que não o mandou ir para o inferno?

Tia Louisa afundou na cadeira, pressionando os dedos contra a testa. Nos poucos minutos que passou com ela, Dain conseguira minar até mesmo a tirania daquela mulher.

– Jessica, por favor, olhe pela janela – pediu ela.

Jessica largou a caneta na escrivaninha onde quebrava a cabeça tentando definir o menu do casamento, levantou-se e foi até a janela. Mais abaixo, na rua, uma bela carruagem negra a esperava. Estava presa a dois enormes e temperamentais corcéis negros, os quais Bertie se esforçava para controlar. Eles bufavam e se agitavam de um lado para outro. Ela não tinha dúvidas de que, em alguns minutos, eles pisoteariam a cabeça do seu irmão.

– O lorde todo-poderoso diz que não irá embora sem você. – A voz de tia Louisa parecia revoltada. – Acho melhor ir logo, antes que aqueles animais assassinos acabem matando o seu irmão.

Em três minutos, uma Jessica irritada tinha uma touca na cabeça e uma casaca verde que lhe cobria o vestido.

Em outros dois, entrava na carruagem. *Enfiava-se* seria uma descrição mais adequada, pois Dain ocupou o assento com o corpanzil e ela teve que se apertar em um dos cantos da carruagem. Naquele espaço estreito, era impossível evitar o contato físico. A mão esquerda inútil de Dain estava pousada sobre sua coxa, e a perna musculosa pressionava a dela, assim como o braço esquerdo que supostamente havia sido aleijado. O calor do corpo do noivo atravessava o tecido grosso da casaca que ela usava, assim como o vestido de musseline por baixo, e fazia sua pele formigar.

– Está confortável? – perguntou ele, com uma preocupação zombeteira.

– Dain, esta carruagem não é grande o bastante para nós dois. Você está me esmagando.

– Talvez fosse melhor você se sentar no meu colo, então – sugeriu ele.

Reprimindo o impulso de arrancar aquele sorriso torto do rosto dele com um tabefe, Jessica concentrou sua atenção no irmão, que ainda tentava controlar os cavalos.

– Que diabos, Bertie, saia já daí! – esbravejou ela. – Quer que esses bichos esmaguem você?

Dain riu e deu a largada para os animais, enquanto Bertie recuava para a segurança da calçada.

Um momento depois, a carruagem atravessava em disparada as ruas abarrotadas do West End. Presa entre o assento alto e estofado da carruagem e o corpo rígido de seu futuro marido demoníaco, Jessica sabia que não corria perigo de tombar para fora do veículo. Ela se recostou e contemplou os Corcéis da Morte de Dain.

Eram os cavalos mais mal-humorados que ela já vira. Eles bufavam e avançavam sobre qualquer coisa ou pessoa que atravessasse seu caminho. Tentavam atropelar pedestres. Trocavam insultos equinos com os outros cavalos. Derrubavam postes de luz, subiam no meio-fio e chocavam-se com qualquer veículo que compartilhasse a mesma rua.

Mesmo quando chegaram ao Hyde Park, os animais

não demonstraram qualquer sinal de cansaço. Tentaram atropelar os operários que terminavam de construir uma nova arcada no Hyde Park Corner. Ameaçaram desembestar pela Rotten Row – por onde nenhum veículo, exceto o da família real, podia trafegar.

Mas não foram bem-sucedidos em nenhuma daquelas atitudes diabólicas. Dain impedia que causassem o caos no último segundo. Para a irritação de Jessica, ele parecia fazer tudo aquilo sem o menor esforço, apesar de ter que conduzir a carruagem com apenas uma das mãos.

– Suponho que você não enfrente nenhum problema – comentou ela, pensando em voz alta –, caso seu gado não saiba como se comportar.

Ele afastou o cavalo da direita de uma colisão iminente com a estátua de Aquiles e fez as bestas satânicas rumarem para oeste, rumo a uma avenida.

– Talvez o seu mau humor tenha sido transmitido aos animais, e eles estejam assustados. Não sabem para onde devem correr, o que fazer. É isso, Nick? Harry? Estão com medo de que ela atire em vocês?

As criaturas balançaram a cabeça e responderam com risadas equinas malévolas.

Deixe que Dain dê apelidos diabólicos aos cavalos, pensou ela. E deixe que ele tenha animais que realmente merecem tais nomes.

– Você também ficaria mal-humorado se tivesse passado a última semana quebrando a cabeça para organizar a lista de convidados, o menu do casamento e uma infinidade de parentes inoportunos. Você também ficaria contrariado se todo comerciante de Londres rondasse sua casa, e se sua sala de estar começasse a se parecer com um depósito, abarrotado de catálogos e amostras. Eles vêm me perseguindo desde o dia em que o anúncio do noivado apareceu no jornal.

– Eu não me incomodaria nem um pouco – disse ele –, pois eu nunca seria idiota o bastante para deixar que me incomodassem.

– Foi você que insistiu nesse grande casamento na igreja de St. George em Hanover Square – argumentou ela. – E deixou tudo por minha conta. Não fez o menor esforço para ajudar.

– Eu? Ajudar? – perguntou ele, incrédulo. – Para que diabo servem os criados, sua cabecinha de vento? Eu não lhe disse que pagaria tudo? Se ninguém em casa tem competência para fazer o serviço, então contrate alguém. Se você quer ser uma marquesa rica, por que não começa a agir como uma? As classes trabalhadoras trabalham – explicou ele, com uma paciência exagerada. – As superiores lhes dizem o que fazer. Não se deve ir contra a ordem social. Veja o que aconteceu na França. Eles derrubaram a ordem estabelecida, e o que restou aos franceses? Um rei que se veste e se comporta como um burguês, esgotos a céu aberto nos bairros mais elegantes e nem uma única rua bem iluminada, exceto ao redor do Palais Royal.

Ela olhou para ele.

– Eu não sabia que você era um conservador esnobe. Obviamente não tinha como saber, com as companhias que você escolhia.

Dain concentrou-se nos cavalos.

– Se você está se referindo às prostitutas, lembre-se de que elas são serviçais contratadas.

A última coisa que ela queria era se lembrar da existência das companheiras de cama de Dain. Jessica evitava pensar sobre como ele se divertia na hora de dormir enquanto ela passava as noites em claro, remoendo-se pela noite de núpcias e sua falta de experiência – sem mencionar o fato de que sua silhueta não chegava nem perto das figuras voluptuosas pelas quais ele se sentia atraído.

Certa de que seu casamento seria um desastre – não importava o que Genevieve dissesse –, Jessica não ligava muito se conseguiria ou não satisfazê-lo sexualmente. Mas não conseguia afastar seu orgulho, e sua vaidade feminina não suportava a ideia de fracassar em cativar um marido. Qualquer marido, até mesmo Dain. Nenhum dos maridos de Genevieve jamais chegou a sonhar em traí-la, assim como nenhum dos muitos amantes que ela tivera durante sua longa viuvez.

Mas agora não seria a melhor hora para se deixar abalar, disse Jessica a si mesma. Deveria aproveitar a oportunidade para resolver algumas questões de ordem prática. Como a lista de convidados.

– Eu sei onde suas companheiras se encaixam em sua escala social – disse ela. – Os homens, entretanto, são outros quinhentos. O Sr. Beaumont, por exemplo. Tia Louisa me aconselhou a não convidá-lo porque ele não tem boas maneiras. Mas ele é seu amigo.

– Acho melhor não convidá-lo mesmo – disse ele, retesando o queixo. – O desgraçado tentou me espiar enquanto eu estava com uma rameira. Chame-o para o casamento e o porco vai achar que está sendo convidado para a noite de núpcias também. Com todo aquele ópio e as bebidas, ele não deve conseguir nem colocar o próprio mastro em riste, por isso precisa observar enquanto outros o fazem.

Jessica descobriu que a imagem das prostitutas rechonchudas no colo de Dain não a perturbava tanto quanto aquela que surgia em sua mente agora: 1,95 metro de homem, nu e *excitado*.

Tinha uma boa ideia do que era a excitação. Já vira algumas gravuras eróticas de Thomas Rowlandson. Desejou não tê-lo feito. Não queria imaginar Dain fazendo com uma prostituta voluptuosa o que os homens das gravuras faziam.

A imagem se fixou na sua mente e fez suas entranhas se retorcerem, despertando-lhe o desejo de matar alguém.

Ela era loucamente ciumenta – e ele a colocara naquele estado aterrador com algumas poucas palavras. Agora ela ansiava pelo futuro e via-o fazendo tudo outra vez, várias vezes, até quase ficar maluca.

Jessica sabia que não devia permitir que ele a deixasse desse jeito. Não deveria sentir ciúmes das prostitutas. Devia agradecer pela existência delas, pois assim Dain não faria muita questão de sua companhia, e ela poderia ser uma nobre rica e livre para conduzir sua vida como quisesse. Já tentara se convencer disso mais de mil vezes, desde o dia em que ele lhe propusera casamento e ela estupidamente deixara que seu coração amolecesse.

Repreender-se não lhe faria bem. Jessica sabia que ele era uma pessoa execrável e que a usaria de maneira abominável, incapaz de demonstrar afeição. Dain se casaria por vingança... mas Jessica queria ser a única mulher que ele desejasse.

– Consegui finalmente chocá-la? – perguntou Dain. – Ou você só está emburrada? O silêncio está ensurdecedor.

– Estou chocada – disse ela, ironicamente. – Nunca me ocorreu que você se importaria com um voyeur. Você parece bem desinibido.

– Beaumont estava me espiando por um *buraco na parede* – disse Dain. – Em primeiro lugar, não suporto voyeurs. Em segundo, eu paguei por uma prostituta, e não para me exibir. Em terceiro, há certas atividades que prefiro manter entre quatro paredes.

A carruagem começou a ir para o norte, para longe do lago Serpentine. Os cavalos se esforçaram para continuar à margem, em direção a um grupo de árvores. Dain corrigiu-lhes o curso sem parecer se dar conta do que estava fazendo.

– De qualquer maneira, fui obrigado a esclarecer minhas regras com a ajuda dos meus punhos – prosseguiu ele. – É bem possível que Beaumont ainda guarde rancor. Não creio que ele descontaria a raiva em você. Ele é um covarde, um canalha, e tem o hábito asqueroso de... – Dain não completou a frase, franzindo a testa. – Bem, de qualquer modo – continuou, com uma expressão sombria no rosto –, você não deve se envolver com ele.

Jessica demorou um momento para perceber as implicações daquele comando, e então o mundo pareceu ficar mais alegre, e seu coração mais leve. Ela examinou a carranca de Dain.

– Isso soa incrivelmente... protetor.

– Eu paguei por você – disse ele, friamente. – Você é minha. Eu cuido do que é meu. Tampouco deixarei que ele se aproxime de Nick ou Harry.

– Que inferno! Você está dizendo que sou tão importante quanto os seus *cavalos*? – Ela levou a mão ao coração. – Ah, Dain, você é tão romântico! Fiquei extasiada.

Ele concentrou toda a sua atenção nela por um momento, e seu olhar carrancudo deslizou até onde a mão dela pousara. Jessica logo a colocou de volta no colo.

Com o cenho franzido, ele se voltou para os cavalos.

– Essa peça que você usa por cima do vestido, seja lá que nome isso tenha.

– Minha casaca? O que há de errado com ela?

– Você a preenchia melhor da última vez que a vi – disse ele. – Em Paris. Quando você invadiu a minha festa. – Ele guiou os animais para a direita, entrando em uma avenida margeada por árvores a alguns metros da torre de guarda. – Quando você agrediu a minha virtude. Tenho certeza de que se lembra. Ou ela parecia lhe servir melhor porque você estava encharcada pela chuva.

Ela lembrava. Mais importante que isso, *ele* lembrava –

com tantos detalhes que até percebeu a perda de alguns quilos. O humor de Jessica melhorou mais um pouco.

– Você pode me jogar no lago e descobrir – sugeriu ela.

A avenida dava numa rotatória cercada de árvores que bloqueavam a vista do parque. Em pouco tempo, começariam os passeios da tarde, e esta área isolada, assim como o restante do Hyde Park, ficaria abarrotada com as pessoas elegantes de Londres. No momento, o lugar se encontrava deserto.

Dain engatou o freio da carruagem.

– Vocês dois, fiquem quietos – ordenou aos cavalos. – Se fizerem alguma gracinha, vou colocá-los para rebocar barcas de carga em Yorkshire.

Embora tivesse falado baixo, seu tom de voz transmitia o recado: obediência ou morte. Os animais responderam como se fossem humanos e se tornaram os mais doces alazões que Jessica já tinha visto.

Dain dirigiu seu olhar mal-humorado para ela.

– Agora, quanto a você, Srta. Megera Trent...

– Adoro esses apelidinhos carinhosos – disse ela, fitando-o. – Cabecinha de vento. Tontinha. Megera. Ah, fazem meu coração palpitar!

– Então você vai ficar encantada com os outros nomes que tenho em mente – comentou ele. – Como você pode ser tão idiota? Ou fez isso de propósito? Olhe só para você! – Ele dirigiu aquelas palavras para o corpete que ela usava. – Desse jeito, não vai restar nada quando chegar o dia do casamento. Quando foi a última vez que comeu direito? – exigiu saber.

Jessica supôs que, de acordo com o Dicionário de Dain, tantas observações poderiam ser classificadas como um elogio.

– Não foi de propósito. Você não sabe como é viver sob o teto de tia Louisa. Ela leva as preparações para o casamento tão a sério quanto generais numa guerra. A casa está de cabeça para baixo desde o dia em que chegamos. Eu poderia deixar que eles se matassem, mas não poderia reclamar dos resultados. E você detestaria tudo. Minha tia tem um péssimo gosto. Então não tenho escolha a não ser me envolver completamente nos preparativos. Assim, preciso de toda a força de vontade e energia para manter o controle, e fico cansada e irritada demais para me preocupar com uma refeição decente. Mesmo que os criados fossem capazes de preparar uma, mas não conseguem, pois ela vive perturbando todos eles.

Houve um curto período de silêncio.

– Bem – disse ele, ajeitando-se no assento, como se não estivesse confortável.

– Você disse que eu devia contratar pessoas para me ajudar. Mas de que adiantaria, se minha tia vai interferir? Terei que me envolver, cuidar de tudo, e...

– Sim, sim, eu entendo – concordou ele. – Ela a está importunando. Vou tomar minhas providências. Você devia ter me contado antes.

Jessica alisou as luvas.

– Eu não sabia até agora que você se importaria a ponto de matar um dragão por dia por minha causa.

– E não me importo. Mas é preciso ser prático. Quero que você esteja cheia de energia na noite de núpcias.

– Não imagino por que eu precisaria de tanta energia – disse ela, ignorando uma onda de imagens que arrepiou sua espinha. – Tudo que tenho que fazer é ficar deitada.

– *Nua* – disse ele, taciturno.

– É mesmo? – Ela lhe lançou um olhar. – Bem, se é assim que deve ser, então será, já que você tem experiência nesses assuntos. De todo modo, você deveria ter me falado sobre isso antes. Eu não pediria à modista que se preocupasse tanto com o négligé.

– Com o *quê*?

– O preço foi bem salgado – disse ela. – Mas o tecido é tão fino e o trabalho com os ilhoses ao redor do decote é maravilhoso. Tia Louisa ficou horrorizada. Disse que somente cortesãs usam peças como aquela, pois não deixam nada a cargo da imaginação.

Jessica o ouviu inspirar e sentiu a coxa musculosa se retesar contra a sua.

– Mas, se eu deixasse tudo por conta de tia Louisa – prosseguiu ela –, iria para a lua de mel coberta do pescoço até a ponta dos pés por peças monstruosas de algodão grosso e babados, laços cor-de-rosa e botões de rosa bordados. É absurdo, pois até mesmo um traje de gala revela mais do que isso, para não mencionar...

– Qual é a cor? – perguntou ele. A voz de barítono ficou mais rouca.

– Vermelho vinho – respondeu ela. – Com fitas negras trançadas ao longo do decote. Assim. – Ela traçou uma gola em U que lhe descia pelo peito. – E há um bordado lindo, que deixa a pele exposta, sobre os meus... bem, *aqui*. – Ela deslizou o dedo sobre a curva do seio, bem rente ao mamilo. – E o mesmo bordado expõe a pele do lado direito da saia. Daqui... – ela apontou para o quadril – ... até a barra. E eu comprei...

– Jess. – O nome dela surgiu num sussurro.

– ... tamancos para combinar... – prosseguiu ela. – Pretos, com...

– *Jess*. – Em um movimento rápido e furioso, ele soltou as rédeas e a colocou em seu colo.

O movimento assustou os cavalos, que bufaram e se agitaram, inquietos.

– Parem com isso! – ordenou Dain, ríspido. Eles pararam.

O poderoso braço direito dele envolveu a cintura de Jessica e Dain a puxou para mais perto de si.

Era como sentar-se em meio ao calor pulsante de uma fornalha: rijo e quente, o corpo de Dain latejava com a tensão. Sua mão deslizou pelo quadril de Jessica e agarrou-lhe a coxa.

Ela ergueu o rosto. Dain fitava sua mão enorme com uma carranca malevolente.

– Você – rosnou ele. – Que o diabo a carregue.

Jessica inclinou a cabeça para trás.

– Posso devolver à modista, se você quiser. A camisola.

Dain ergueu os olhos negros e furiosos e fixou-os na boca de Jessica. Sua respiração estava pesada.

– Não, nada disso – disse ele.

E então aquela boca faminta preencheu a dela, arrastando-se sobre seus lábios como se quisesse castigá-la.

Mas Jessica degustava o sabor da vitória. Sentia no calor que ele não conseguia disfarçar, na tensão que pulsava do corpo dele, e ouviu com a clareza de qualquer declaração quando a língua dele forçou-se impacientemente para dentro de sua boca.

Ele a desejava. Ainda.

Talvez ele não quisesse desejar, mas não conseguia evitar, não mais do que ela.

E, neste momento, Jessica não precisava mais fingir. Moveu o corpo para abraçar com força o pescoço de Dain enquanto ele violava sua boca.

Os dois podiam personificar dois exércitos furiosos, e o beijo seria uma batalha de vida ou morte. Eles tinham o mesmo objetivo: conquistar, possuir. Dain não ofereceu trégua. Jessica não fazia questão de nenhuma. Não conseguia se saciar do pecado ardente que a boca de Dain lhe oferecia, a pressão abrasadora da mão dele deslizando pelo seu quadril e agarrando seu seio.

Ela o agarrou também, arranhou seus ombros e enfiou os dedos entre os poderosos tendões dos seus braços. *Meu,* pensava ela, enquanto os músculos se contraíam e distendiam sob seu toque.

E *meu*, jurou ela, ao deslizar as mãos sobre aquele peito largo e rijo. Jessica o teria e o guardaria para si, mesmo que isso a matasse. Dain podia ser um monstro, mas era *seu* monstro. Não compartilharia aqueles beijos tempestuosos nem aquele corpo grande e esplêndido com mais ninguém.

Jessica se aproximou mais. Ele retesou o corpo e, com um gemido, agarrou o traseiro dela, puxando-a para ainda mais perto. O toque firme causou, mesmo através das luvas de couro e das camadas de tecido, ondas ardentes na pele dela.

Ela desejava o toque dele em sua pele: mãos grandes, nuas e morenas deslizando pelo seu corpo. Bruto ou gentil, ela não se importava. Desde que ele a quisesse. Desde que ele a beijasse e a tocasse assim... como se estivesse morrendo de fome, como se nunca pudesse se saciar. E o mesmo acontecia com ela.

Dain afastou a boca e, resmungando insultos em italiano, tirou a mão quente da nádega de Jessica.

– Solte-me – disse ele, ríspido.

Engolindo um grito de frustração, ela baixou as mãos, cruzou-as sobre o colo e fitou uma árvore do outro lado da rua.

DAIN OLHAVA PARA ela, furioso e desesperado.

Devia saber que era melhor manter distância. O casamento aconteceria em treze dias, e ele teria a noite de núpcias e tantas outras para saciar seu desejo, até se fartar. Já dissera a si mesmo que não importava quanto ela o assombrasse e o perturbasse nesse meio-tempo. Já passara por coisas piores em troca de recompensas menores, e certamente seria capaz de aguentar duas semanas de ansiedade.

Ele teria que aguentar, pois, caso contrário, uma imagem vívida demais o aterrorizava: o marquês de Dain às voltas com sua futura esposa, arfando como um vira-lata faminto diante do balcão de um açougueiro. Latiria à porta dela durante o dia e uivaria diante de sua janela à noite. Correria atrás dela quando fosse às compras e rosnaria ao redor dela durante as festas.

Estava acostumado a conseguir o que queria quando queria e a rejeitar o que não podia. Descobriu que não era capaz de ignorá-la, assim como um cão faminto não poderia ignorar um pedaço gordo de carne.

Deveria ter percebido tudo isso no dia em que a conhecera, quando se demorou mais do que devia na loja de Champtois, incapaz de tirar os olhos dela. Deveria ter identificado o problema quando se derretera ao tirar a maldita luva que ela usava.

De qualquer maneira, não havia como escapar da verdade agora, quando ele dera a si mesmo – e a ela – uma demonstração tão eloquente e acachapante. E ela só precisou descrever uma peça de lingerie para que ele perdesse a cabeça e tentasse devorá-la.

– Quer que eu saia de cima do seu colo? – perguntou ela, com educação, com o olhar perdido para fora da carruagem.

– Você quer sair? – perguntou ele, irritado.

– Não, estou perfeitamente confortável – disse ela.

Ele gostaria de poder dizer o mesmo. Graças ao traseiro pequeno e arredondado aninhado tão *confortavelmente* em seu colo, sua virilha atravessava a tortura ardente do inferno. Tinha a plena noção de que o alívio estava a poucos centímetros de distância. Apenas precisava virá-la de frente para si, erguer-lhe as saias e...

E, da mesma forma, ela poderia estar na China, dadas as chances de aquilo vir a acontecer, pensou ele amargamente. Esse era um dos problemas com as damas: não era possível fazer o que se quisesse. Era preciso cortejar e persuadir, e depois comportar-se adequadamente na cama. No escuro.

– Pode ficar aí, então – disse ele. – Mas não me beije de novo. É muito... tentador. E não quero que me conte sobre suas roupas de dormir.

– Muito bem – assentiu ela, olhando ao redor como se estivesse à mesa de chá. – Sabia que a primeira esposa de Percy Shelley se afogou no Serpentine?

– E minha primeira esposa está considerando repetir o feito? – perguntou ele, perplexo.

– Claro que não. Genevieve diz que cometer suicídio por um homem é imperdoavelmente *gauche*. Só tentei puxar assunto.

Dain pensou que, apesar da tortura, até que era agradável ter uma dama de corpo macio e cheiroso empoleirada em sua perna, conversando sobre amenidades. Um sorriso começou a se formar em sua boca. Logo transformou-o em uma careta.

– Então você não está mais contrariada?

– Sim. – Ela baixou os olhos para a mão esquerda inútil de Dain, que deslizara para o assento durante aquele abraço tempestuoso. – Você devia colocar uma tipoia nesse braço, Dain. Para que não fique batendo nas coisas. Pode acabar se machucando seriamente sem perceber.

– Eu só o bati uma ou duas vezes – disse ele, franzindo a testa. – E percebi quando isso aconteceu, posso garantir. Eu ainda tenho sensibilidade nele, como se funcionasse. Mas não funciona. Não mais. Simplesmente fica desse jeito. Pendente. Por algum motivo. – Ele riu. – Está com a consciência pesada?

– Nem um pouco – disse ela. – Pensei em atacá-lo com uma chibata, mas talvez você não sinta dor nenhuma.

Ele estudou o braço esguio de Jessica.

– Você precisaria de mais músculos do que jamais terá – retrucou ele. – E não conseguiria ser rápida o bastante. Eu iria me esquivar e começar a rir.

Ela ergueu o rosto.

– Você acabaria rindo mesmo se eu conseguisse acertá-lo. Mesmo que suas costas estivessem retalhadas pelas chibatadas. Você riu quando eu atirei em você?

– Não pude evitar – respondeu ele, levemente. – Porque eu desmaiei. Foi ridículo.

Foi ridículo, ele percebia agora, enquanto fitava as profundezas frias e cinzentas dos olhos dela. Era um absurdo que ele tivesse ficado irritado com ela. A cena do jardim não fora uma armadilha. Dain começou a suspeitar quem seria o responsável. Se a suspeita se confirmasse, ele não somente havia se comportado de maneira abominável, como também fora imperdoavelmente estúpido.

Dain merecera levar aquele tiro. E ela o fez muito bem. Dramaticamente. Ele sorriu, lembrando-se da ocasião.

– Você foi perfeita, Jess. Preciso admitir.

– Foi esplêndido – disse ela. – Planejado e executado de forma brilhante.

Ele desviou o olhar, observando Nick e Harry, que fingiam estar em paz com o mundo.

– Foi muito bem orquestrado – comentou ele. – Agora que parei para pensar nisso. As vestes vermelhas e negras. A voz de Lady Macbeth. – Ele soltou uma gargalhada. – O jeito que os meus corajosos camaradas pularam das cadeiras, aterrorizados, quando a viram entrar. Como as mulheres costumam se assustar quando um rato invade a festa.

O olhar divertido voltou a fitá-la.

– Talvez tenha valido a pena levar o tiro, apenas para poder testemunhar aquilo. Sellowby e Goodridge em pânico por causa de uma garotinha que perdeu a cabeça.

– Não sou uma *garotinha* – disse ela, bruscamente. – Não é porque você é um palerma grandalhão que pode me tornar insignificante. Para a sua informação, Sr. Golias, minha altura está acima da média.

Ele a acariciou no braço.

– Não precisa se preocupar, Jess. Ainda me casarei com você e me esforçarei para que tudo transcorra tranquilamente. Não fique tão ansiosa. Aliás, eu lhe trouxe provas.

Dain enfiou a mão numa algibeira que havia na carruagem. Levou um momento para encontrar o pacote que havia escondido ali, tempo suficiente para fazer seu coração saltar de ansiedade.

Passara três horas escolhendo o presente. Preferia ter o corpo esticado numa mesa de tortura a voltar ao número 32 de Ludgate Hill e reviver aquela experiência. Finalmente, seus dedos se fecharam ao redor da pequena caixa.

Seu coração ainda estava aos pulos, e assim continuou quando pousou a caixa na mão de Jessica.

– É melhor abri-la você mesma – disse ele, com a voz embargada. – É meio complicado fazer isso com apenas uma das mãos.

Desviando o olhar dele para o embrulho, ela o abriu.

Houve um silêncio breve. Ela sentiu um nó se formar dentro de si e a pele de Dain ficou úmida pelo suor.

– Oh! – exclamou ela. – Oh, Dain.

O pânico que tomava conta dele diminuiu.

– Somos noivos – disse ele, rigidamente. – É um anel de noivado.

O atendente da loja lhe fizera sugestões apavorantes. Uma pedra que representasse o dia do nascimento de Jessica, que Dain não fazia a menor ideia de quando era. Uma pedra que combinasse com os olhos dela, mas não havia nenhuma assim.

O verme bajulador chegou até mesmo a sugerir uma fileira de gemas cujas iniciais formassem uma mensagem: Ametista-Malaquite-Ônix-Rubi para AMOR, o sentimento que os unia. Dain quase vomitou o café da manhã.

E então, finalmente, quando já estava nos últimos estágios do desespero, revirando esmeraldas, pérolas, opalas, águas-marinhas e praticamente todos os malditos minerais e pedras preciosas que um joalheiro poderia enfiar em um anel, na última do que pareciam ser mil bandejas de veludo, Dain o encontrou.

Um rubi solitário lapidado em cabuchão, polido com tanto cuidado que quase parecia líquido, cercado por diamantes perfeitos.

Dain não se importava se ela iria gostar ou não do anel. Teria que usá-lo de qualquer maneira.

E foi muito mais fácil pensar assim quando ela não estava por perto. Era mais fácil fingir que havia escolhido aquele anel simplesmente porque era o mais bonito. Era mais fácil esconder no deserto sombrio do seu coração a verdadeira razão: o anel era um tributo, e seu simbolismo era tão idiota quanto qualquer um que o balconista poderia propor.

Uma joia vermelha como o sangue, para a garota corajosa que arrancara o sangue de Dain com um tiro. E diamantes que faiscavam furiosamente, lembrando o relâmpago da primeira vez que eles se beijaram.

O olhar de Jessica se ergueu para encarar o dele. Uma névoa prateada reluzia naqueles olhos.

– É lindo – sussurrou ela, suavemente. – Obrigada. – Ela tirou a luva e pegou o anel. – Você deve colocá-lo no meu dedo.

– Devo? – Ele tentou parecer enojado. – Alguma tolice sentimental, suponho.

– Ninguém vai ver.

Ele deslizou o anel pelo dedo de Jessica e afastou a mão, temendo que ela percebesse o tremor.

Ela virou a mão de um lado para outro e os diamantes brilharam.

Jessica sorriu.

– Pelo menos serviu – disse ele.

– Perfeitamente. – Virando a cabeça, ela deu um beijo rápido na bochecha de Dain e voltou para o assento. – Obrigada, Belzebu.

Dain sentiu um aperto doloroso no coração. Agarrou as rédeas.

– É melhor sairmos daqui antes que comece o tropel das pessoas elegantes – disse ele, irritado. – Nick! Harry! Podem parar de se fingir de mortos agora.

Os cavalos podiam fingir o que fosse. Foram treinados por um tratador de circo e adoravam se exibir, respondendo aos comandos sutis que Dain tinha passado três dias aprendendo. Embora soubesse como fazer, até mesmo ele às vezes tinha dificuldade para se lembrar de que um gesto com as rédeas ou a mudança no tom de voz os fazia reagir, e não suas palavras.

De qualquer maneira, o que os dois cavalos mais gostavam de fazer era o que ocorreu no caminho para o Hyde Park, e Dain deixou que repetissem no caminho de volta. Isso distraiu a noiva, que se dedicou a rezar para que conseguisse voltar sã e salva à soleira da porta da tia.

Assim, Dain teve tempo para se recompor e concentrar sua inteligência, como devia ter feito semanas antes.

Havia seis testemunhas, segundo Herriard.

Agora Dain tentava se lembrar dos rostos. Vawtry, sim, parecendo estupefato. Rouvier, o homem que Dain havia constrangido publicamente. Dois franceses que ele vira algumas vezes no Vingt-Huit. E duas francesas: uma desconhecida; a outra era Isobel Callon, uma das fofoqueiras mais influentes de Paris... e uma das companheiras favoritas de Francis Beaumont.

O que Jessica tinha dito naquela noite? Algo sobre como a fofoca poderia acabar morrendo se ela não tivesse invadido a casa dele.

Mas talvez as fofocas não desaparecessem, refletiu ele. Talvez o interesse público pelo relacionamento de lorde Dain com a Srta. Trent crescesse a ponto de chegar a proporções insanas porque alguém havia atiçado os rumores. Talvez alguém tivesse colocado mais lenha na fogueira e estimulado as apostas, sabendo que as fofocas acabariam enlouquecendo o Belzebu.

Beaumont apenas precisaria soltar as palavras certas nos grupos certos. Isobel Callon, por exemplo. Ela se aproveitaria daquela dica suculenta e a transformaria em uma enorme campanha. Não necessitava de incentivo, pois odiava Dain. E então, após plantar as sementes, Beaumont poderia se retirar para a Inglaterra e desfrutar da vingança a uma distância segura... e rolar no chão de tanto rir quando as cartas dos amigos começassem a chegar, detalhando os eventos mais recentes da novela.

Quando a suspeita surgiu, Dain achou uma ideia descabida, produto de uma mente agitada.

Agora fazia muito mais sentido. Explicava por que a calejada Paris havia desenvolvido tamanha obsessão por um punhado de encontros entre o grandalhão feioso e a bela inglesinha.

Dain olhou de relance para Jessica.

Ela tentava ignorar o espetáculo proporcionado por Nick e Harry, os Corcéis da Morte, concentrando-se no anel de noivado. Não calçara a luva. Virava a mão de um lado para outro, admirando os diamantes que faiscavam raios multicoloridos.

Ela tinha gostado do anel.

Ela comprara uma camisola de seda vermelha com detalhes em preto. Para a noite de núpcias.

Ela havia retribuído o beijo e o tocado. E não parecera se importar em ser beijada e tocada.

A Bela e a Fera. Era assim que Beaumont os descreveria, aquele desgraçado de língua venenosa.

Mas, dali a treze dias, a Bela seria a marquesa de Dain. E estaria deitada na cama da Fera. Nua.

E então Dain poderia fazer tudo o que mais ansiava, havia tanto tempo que mais parecia uma eternidade. E ela seria sua, e nenhum outro homem poderia tocá-la, porque pertenceria exclusivamente a ele.

De fato, ele poderia ter comprado um país pelo que lhe custava o direito à "propriedade exclusiva".

Por outro lado, ela era de primeira qualidade. Uma dama. Sua dama.

E era totalmente plausível pensar que Dain devia tudo isso àquele maldito, corrupto, covarde e detestável do Francis Beaumont.

Se fosse o caso, decidiu Dain, não faria sentido – e também seria considerado um desperdício de energia, que poderia ser poupada para a noite de núpcias – colocar as mãos em Beaumont e quebrá-lo em milhares de pedaços.

Na verdade, ele devia lhe agradecer.

Mesmo assim, o marquês de Dain não era conhecido por sua cortesia.

E decidiu que não deveria perder tempo com aquele patife.

CAPÍTULO 10

Em uma bela manhã de domingo, no dia 11 de maio do ano da Graça de Nosso Senhor de 1828, o marquês de Dain se encontrava diante do sacerdote da igreja de St. George em Hanover Square com Jessica, a única filha do falecido baronete Sir Reginald Trent.

Contrariando as expectativas populares, o teto não desabou quando lorde Dain adentrou o lugar sagrado e os relâmpagos não cortaram o céu durante a cerimônia. Mesmo no final, quando ele tomou a noiva nos braços e a beijou com tanta voracidade que ela deixou cair o livreto de orações, nenhuma trovoada ameaçou as paredes da igreja, embora algumas senhoras idosas houvessem desmaiado.

Ao anoitecer daquele dia, o Sr. Roland Vawtry deu a Francis Beaumont uma nota promissória no valor de 300 libras. Vawtry já havia preenchido e entregado outras promissórias a lorde Sellowby, ao capitão James Burton, a Augustus Tolliver e a lorde Avory.

Vawtry não sabia onde ou como arranjaria dinheiro para cobrir as notas. Certa vez, dez anos antes, ele recorrera a alguns agiotas. Como fora forçado a aprender – custando-lhe dois anos de tormento –, se eles emprestassem 500 libras, a pessoa seria obrigada a devolver o dobro para saldar o empréstimo. Preferia estourar os próprios miolos a repetir a experiência.

Ele sabia que não teria problemas em cobrir suas dívidas atuais se não tivesse que acertar tantas outras antes de deixar a França. E não teria tantas dívidas agora, refletiu ele, infeliz, se houvesse aprendido sua lição em Paris e evitado apostar em qualquer assunto que envolvesse Dain.

Vencera apenas uma única aposta e, mesmo assim, uma não tão expressiva. Havia perdido 200 libras para Isobel Callon quando ela insistiu em que Dain tinha atraído a Srta. Trent para o jardim de Lady Wallingdon para fazer amor com ela.

Vawtry ganhou quando Dain, contrariando a previsão confiante de Isobel, não interpretou o papel do pretendente cavalheiresco. Pelo menos daquela vez lorde Belzebu se comportara de acordo com sua natureza.

Infelizmente para as finanças de Vawtry, isso não se repetiu. Nem mesmo uma semana depois. Dain havia jurado, depois que aquela mulher incompreensível *atirou* nele, que não receberia a Srta. Trent mesmo que ela lhe fosse servida numa bandeja de ouro. E, de repente, ele entrara no Antoine's e anunciara o noivado, dizendo que alguém tinha que se casar com ela porque era uma ameaça pública, e ele supunha ser o único homem suficientemente grande e malvado para conseguir dar conta do perigo.

Taciturno e tentando adivinhar quem realmente dava conta de quem, Vawtry sentou-se com Beaumont a uma mesa no canto do restaurante do Sr. Pearke, em Vinegar Yard, ao sul do teatro de Drury Lane.

Não era um estabelecimento dos mais elegantes, mas Beaumont gostava de lá por ser bastante frequentado por artistas. E era barato, o que o tornava bem conveniente para Vawtry no momento.

– Então, Dain deu um show, pelo que fiquei sabendo – disse Beaumont depois que uma das moças da taberna encheu as taças dos dois. – Deixou o pastor aterrorizado. Riu quando a noiva jurou-lhe obediência. E quase quebrou a mandíbula dela quando a beijou.

Vawtry franziu a testa.

– Eu tinha certeza absoluta de que Dain proclamaria

um "não" em alto e bom som no último minuto. E ainda por cima sairia rindo e com o queixo erguido.

– Você pensou que ele a trataria como fazia com as prostitutas – disse Beaumont. – Mas elas, no Dicionário de Dain, não passam de camponesas serviçais para serem usadas e esquecidas. A Srta. Trent, entretanto, é uma dama de fino trato. Uma situação completamente diferente, Vawtry. Gostaria que você tivesse percebido antes.

Vawtry enxergava isso agora. E agora tudo parecia tão óbvio que ele mal podia acreditar que não conseguira prever aquilo. Uma dama. Uma espécie completamente diferente.

– Se eu tivesse percebido, você é que estaria me devendo 300 libras – disse ele, com a voz leve e o coração pesado.

Beaumont pegou o copo e o estudou cuidadosamente antes de tomar um gole cauteloso.

– Tragável – disse ele. – Mas por pouco.

Vawtry tomou um longo gole do próprio copo.

– Talvez o que eu quisesse mesmo – prosseguiu Beaumont, após um momento – era poder saber dos fatos há mais tempo. Tudo seria bem diferente agora.

Ele olhou para a mesa com uma expressão séria.

– Se eu soubesse a verdade antes, poderia ao menos ter lhe dado uma dica. Mas eu não sabia, porque minha esposa não abre a boca. Eu acreditava, veja só, que a Srta. Trent não tinha um centavo. Até a noite passada, quando um amigo artista que faz desenhos para a casa de leilões corrigiu a minha ignorância.

Vawtry olhou para Beaumont com certo incômodo.

– Como assim? Todo mundo sabe que a irmã de Bertie Trent não tem um tostão furado no bolso, graças a ele.

Beaumont deu uma olhada ao redor. Em seguida, inclinando-se sobre a mesa, falou em voz baixa.

– Lembra-se daquela imagem mofada de que Dain falou? Aquela que a vadia comprou de Champtois por 10 *sous*?

Vawtry fez que sim com a cabeça.

– Descobriram que é um ícone russo, e também uma das obras mais belas e raras da escola de Stroganov.

Vawtry olhou para Beaumont, sem compreender direito.

– Do final do século XVI – explicou Beaumont. – Uma oficina para a criação de ícones foi aberta pela família Stroganov, membros da nobreza russa. Os artistas criavam miniaturas para uso doméstico. Um trabalho muito metódico e delicado. Materiais caros. Altamente valorizado hoje em dia. O dela foi folheado a ouro. A moldura é de ouro, incrustada com pedras preciosas.

– Obviamente deve valer mais de 10 *sous* – disse Vawtry, tentando manter a voz num tom casual. – Dain realmente disse que ela era esperta. – Ele esvaziou o copo com dois goles e voltou a enchê-lo. De soslaio, viu que a atendente da taverna chegava com sua refeição. Desejou que ela chegasse rápido. Não queria ouvir mais daquela história.

– O valor, é claro, está nos olhos de quem vê – prosseguiu Beaumont. – Eu arriscaria pelo menos 1.500 libras. Em um leilão, esse valor se multiplicaria, muito provavelmente. Mas conheço um russo louco que seria capaz de vender o primogênito para ter o ícone nas mãos. Pagaria 10, ou até mesmo 20 mil.

Lady Granville, a filha do duque de Sutherland, um dos homens mais ricos da Inglaterra, rendera ao marido um dote de 20 mil libras.

Essas mulheres, filhas de figurões ingleses, estavam muito além do alcance de Vawtry, junto com seus imensos dotes. A Srta. Trent, por outro lado, filha de um baronete insignificante, pertencia à mesma classe de nobres da área rural.

Ele percebia então uma oportunidade perfeita de cultivá-la, depois que Dain a humilhara e insultara publicamente. Jessica deveria estar vulnerável naquele momento. Em vez de apenas cobri-la com o casaco, Vawtry poderia ter assumido o papel de um cavaleiro honrado. Poderia ter sido ele a estar com ela diante do altar.

E então o ícone seria seu, e o esperto Beaumont o ajudaria a transformar a obra em dinheiro vivo... pronto para ser investido. Roland Vawtry teria se dado bem na vida com uma esposa bonita e vivido tranquilamente e com conforto, sem precisar depender da Lady Sorte – ou, melhor, dos caprichos do marquês de Dain.

Em vez disso, Roland Vawtry tinha uma dívida de 5 mil libras. Embora o valor não representasse uma quantia muito grande para algumas pessoas, para ele não era muito diferente de dever milhões. Vawtry não se preocupava com os comerciantes a quem devia; as notas promissórias que passara aos amigos é que lhe causavam ansiedade profunda. Se não conseguisse saldá-las, não teria mais amigo nenhum. Um cavalheiro incapaz de pagar suas dívidas não seria mais considerado um cavalheiro. Essa ideia era ainda mais apavorante do que a ameaça dos agiotas ou das prisões para devedores.

Estava desesperado com a situação.

Algumas pessoas poderiam ter lhe dito que Francis Beaumont era capaz de detectar o desespero a vinte passos de distância – e sentia um prazer enorme em exacerbá-lo. Mas Vawtry não era tão inteligente assim para detectar isso sozinho.

Consequentemente, depois que os dois terminaram de comer e esvaziaram meia dúzia de garrafas de um vinho que quase chegava às raias do intragável, o Sr. Beaumont cavara a cova em que o Sr. Vawtry obedientemente mergulharia de cabeça.

NO MOMENTO EM QUE Roland Vawtry se enterrava até o pescoço, as ancas da nova marquesa de Dain começavam a mostrar os sinais de *rigor mortis*.

Ela se sentara com o marido na elegante carruagem negra na qual percorriam o trajeto desde uma hora da tarde, quando deixaram seus convidados.

Para um homem que encarava o casamento e a companhia de uma mulher de respeito com desprezo e asco, até que Dain se comportou com um bom humor surpreendente. Na verdade, pareceu achar o cerimonial bastante divertido. Por três vezes pediu ao pastor amedrontado que falasse mais alto, de modo que os presentes não perdessem nenhum detalhe. Dain também considerou uma grande piada acrescentar um toque dramático ao beijar a noiva. Admirou-se de não a ter jogado por sobre o ombro e arrastado da igreja como um saco de batatas.

Se tivesse feito isso, pensou Jessica ironicamente, ele ainda conseguiria dar a impressão de que era um perfeito aristocrata. Ou monarca, talvez. Dain tinha uma opinião bastante exacerbada sobre si mesmo, e o que fazia ou deixava de fazer não o influenciava.

Esclarecera muito bem suas opiniões à tia de Jessica, pouco tempo depois de presentear a noiva com o maravilhoso anel de noivado. Depois de levar Jessica para casa e passar uma hora com ela examinando listas, menus e outros aborrecimentos relativos à cerimônia, ele lhe ordenou que saísse da sala a fim de que pudesse ter uma conversa em particular com tia Louisa. E explicou como a futura marquesa de Dain devia ser tratada. Era simples.

Jessica não devia ser perturbada nem contrariada. Ela só devia satisfações ao próprio Dain, e ele não respondia a ninguém a não ser ao rei e, mesmo assim, quando estava de bom humor.

No dia seguinte, seu secretário particular chegou com um grupo de criados e assumiu o controle da organização do casamento. Depois disso, Jessica apenas dava uma ou outra ordem ocasional, e era tratada como uma perfeita princesa: excessivamente preciosa, delicada e inteligente.

Mas não por seu marido.

Eles viajavam havia mais de oito horas e, embora parassem com frequência para trocar os cavalos, isso não durava mais do que um ou dois minutos. Em Bagshot, por volta das quatro horas, ela precisou ir ao banheiro. Quando voltou, encontrou Dain andando impacientemente de um lado para outro, com o relógio de bolso na mão. E reclamou por ela ter precisado de um tempo cinco vezes maior para atender ao chamado da natureza do que os rapazes do estábulo para trocar quatro cavalos cansados por quatro outros prontos para encarar a estrada.

– Tudo o que um homem precisa fazer – disse ela, pacientemente – é desabotoar as calças, apontar e pronto. Sou uma mulher, e tanto meu corpo quanto minhas roupas não são tão práticos.

Ele riu e enfiou-a de volta na carruagem, dizendo que aquilo era uma chateação dos infernos, mas ela nasceu mulher, fazer o quê? Mesmo assim, na segunda vez que ela precisou se aliviar, alguns quilômetros atrás, em Andover, Dain resmungou e disse-lhe que tomasse o tempo necessário. Quando ela retornou, encontrou-o bebendo uma caneca de cerveja. Rindo, ofereceu-lhe um gole, e riu mais alto quando ela engoliu tudo o que restava da bebida.

– Isso foi um erro – avisou ele quando os dois caíram novamente na estrada. – Agora você vai querer parar em todos os banheiros, daqui até Amesbury.

O evento levou a uma série de piadas sobre latrinas e penicos. Jessica nunca conseguira entender por que os homens achavam esse tipo de anedota tão hilário. Entretanto, descobriu que podiam mesmo ser engraçadas se fossem contadas por um narrador diabolicamente inteligente.

Dain estava recostado no assento, que, como de costume, ele ocupava quase por inteiro. Tinha rugas nos cantos dos olhos semicerrados e curvara a boca num sorriso torto bem atraente.

Jessica queria ficar irritada com ele por fazê-la rir de maneira tão destemperada com aquelas histórias grosseiras e infantis. Mas não conseguia. Ele parecia adoravelmente feliz.

Ela se sentia pesarosa por achar Belzebu *adorável*, mas não conseguia evitar. Desejava ardentemente subir em seu colo e cobrir de beijos aquele rosto malvado.

Dain a flagrou observando-o. Ela esperava não parecer tão encantada quanto se sentia.

– Está desconfortável? – perguntou ele.

– Meus braços, pernas e traseiro estão dormentes – disse ela, trocando de posição. Não que alguém pudesse fugir, embora esta carruagem fosse mais espaçosa do que aquela do passeio. Ainda havia apenas um assento, e Dain o ocupava quase por inteiro. Mas a noite estava mais fresca, e ele era quentinho.

– Por que não saiu e esticou as pernas quando paramos em Weyhill? – questionou ele. – Não vamos parar novamente até Amesbury.

– Eu mal percebi Weyhill. Você estava me contando uma das anedotas mais patéticas que eu já ouvi.

– Se não fossem tão patéticas, você não teria entendido – disse ele. – E você até que riu bastante.

– Não quis magoá-lo. Pensei que você estava tentando exibir o seu intelecto para me impressionar.

Ele se virou para ela com um sorriso malvado no rosto.

– Quando eu me dispuser a *impressioná-la*, minha senhora, pode ter certeza de que o intelecto não terá nada a ver com isso.

O olhar dela cruzou estoicamente com o de Dain, embora o corpo de Jessica fervilhasse.

– Você deve estar se referindo à noite de núpcias, claro – disse ela, com compostura. – Os "direitos reprodutivos" pelos quais pagou um preço tão extorsivo. Bem, será fácil me impressionar, já que você é um especialista e eu nunca fiz nada do tipo, nem mesmo uma única vez.

O sorriso dele esmoreceu um pouco.

– Mesmo assim, você sabe tudo sobre o assunto. Entendeu direitinho o que a dama e o cavalheiro no relógio de bolso da sua avó estavam fazendo. E parece ter uma noção excelente dos serviços que as prostitutas são contratadas para fazer.

– Há uma diferença entre o conhecimento e a experiência – argumentou ela. – Admito que estou um pouco ansiosa pela segunda parte. Além disso, você não parece ser tão inibido, por isso tenho certeza de que não vai se importar em me instruir.

Jessica esperava que ele não demonstrasse tanta impaciência. Ela aprendia rápido e descobriria como agradá-lo em pouco tempo. Se ele lhe desse a oportunidade. Era com isso que ela se preocupava. Dain estava acostumado com profissionais treinadas para satisfazer os desejos masculinos. Ele podia se irritar com a ignorância dela e trocá-la por mulheres menos... entediantes.

Ela sabia que ele a levava a Devon com a intenção de abandoná-la ali quando perdesse o interesse.

Sabia que esperar e tentar conseguir mais do que isso era como pedir para ser iludida.

A maioria das pessoas – exceto alguns convidados da cerimônia, talvez – o via como um monstro e enxergava o casamento como "o flagelo e a perdição dos Ballisters". Era pouco mais do que uma sentença de morte. Mas ele não era um monstro quando a tinha em seus braços. E Jessica não conseguia impedir a si mesma de desejar mais daquilo. E, agarrada a essa esperança, ela estava determinada a tentar.

O olhar dele se desviou. Esfregava o polegar no joelho, encarando-o como se uma dobra tivesse se atrevido a aparecer nas calças.

– Acho melhor continuarmos essa discussão mais tarde – disse ele. – Eu não... Diabos, pensei que seria mais simples. Não é como competir para ser o primeiro da classe em matemática ou literatura clássica.

Apenas para ser a primeira em seu coração, pensou ela.

– Quando eu faço alguma coisa, gosto de fazer bem – disse ela. – Na verdade, eu sempre quis ser a melhor. Sou bastante competitiva, como pode ver. Talvez isso venha do fato de ter convivido com tantos garotos. Precisei ganhar do meu irmão e dos meus primos em tudo, até nos esportes, ou eles não me respeitariam.

Ele ergueu o rosto – não para fitá-la, mas para olhar pela janela da carruagem.

– Amesbury. Já não era sem tempo. Estou faminto.

O FLAGELO E A PERDIÇÃO dos Ballisters, neste momento, eram aterrorizantes.

Principalmente quanto à noite de núpcias.

Agora, tarde demais, ele percebera seu erro.

Sim, é claro que ele sabia que Jessica era virgem. Não havia como se esquecer disso, já que este tinha sido o principal aspecto que os levara até ali: um dos maiores depravados da Europa fisgado por uma solteirona inglesa.

Sabia que ela era virgem assim como sabia que os olhos dela tinham a cor da névoa que cobria Dartmoor, tão inconstantes quanto a atmosfera daquelas terras traiçoeiras. Ele também sabia que os cabelos dela eram de um azeviche sedoso e a pele alva parecia ser feita de veludo. Ele sabia de tudo isso ao olhar para a noiva diante do sacerdote. Jessica usava um vestido em tons de cinza e prateado, e suas faces estavam levemente rosadas. Ela não somente era a criatura mais bela que já vira, como também a mais pura. Nenhum outro homem a havia possuído, e ela agora era sua, somente sua.

Dain também sabia que a levaria para a cama. Sonhou com isso várias vezes, por bastante tempo. Além do mais, depois de esperar pelo que pareciam seis ou sete vidas, ele decidiu fazer direito: reservara uma hospedaria luxuosa, com uma cama grande e confortável e lençóis limpos, uma ceia farta e algumas taças de vinho.

De algum modo, no entanto, ele não levou em conta o que significava ser uma virgem, além de não ter sido tocada. Entre todas aquelas fantasias quentes, ele ignorou um fator crítico: ninguém havia facilitado seu caminho. Ele mesmo teria que deflorá-la.

E o medo tomou conta dele quando pensou que faria exatamente isso.

A carruagem parou. Reprimindo um desejo desesperado de gritar para o cocheiro que continuasse avançando – até o Dia do Juízo Final, de preferência –, Dain ajudou a esposa a descer do veículo.

Jessica segurou o braço dele enquanto os dois andaram rumo à entrada. A mão enluvada dela nunca pareceu tão pequena quanto neste momento.

Ela insistia em que era mais alta do que a média das mulheres, mas isso não era nem um pouco reconfortante para um homem grande como ele, cujo corpo desmoronaria quando se deitasse sobre ela.

Ele a esmagaria. Quebraria ou rasgaria alguma coisa.

E se, por acaso, conseguisse não matá-la e se a experiência não a deixasse louca, ela se esquivaria toda vez que ele tentasse tocá-la.

Jessica fugiria e nunca mais o beijaria nem o abraçaria nem...

– Ora, ora, vejam só. Ou uma barcaça de carvão acabou de surgir diante de mim ou é Dain que voltou.

A voz áspera trouxe o marquês de volta ao presente, observando os arredores. Estava distraído ao entrar na hospedaria. Ouviu a saudação do proprietário sem se dar conta e seguia o anfitrião pela escadaria que levava aos aposentos que havia reservado.

Descendo as escadas estava o dono daquela voz: seu velho colega dos tempos de Eton, Mallory. Ou, melhor, o mais recente duque de Ainswood. O duque anterior, do alto dos seus 9 anos, falecera de difteria havia cerca de um ano. Dain se lembrava de assinar a nota de pêsames que seu secretário enviara para a mãe do menino e a combinação sutil de condolências e congratulações para Mallory, o primo. Não se incomodou com o fato de a sutileza passar despercebida por Vere Mallory.

Dain não o via desde o funeral de Wardell. Seu ex-colega estava bêbado na ocasião e repetia o feito agora. Os cabelos escuros de Ainswood se resumiam a um ninho seboso de ratos, os olhos saltados e avermelhados e o queixo áspero pela barba por fazer.

Os nervos de Dain já se encontravam bem sensíveis. Quando se deu conta de que teria que apresentar aquela figura repugnante à sua esposa elegante, sofisticada e *pura*, suas entranhas deram um nó.

– Ainswood – disse ele, com um breve aceno de cabeça. – Que surpresa encantadora.

– Surpresa dificilmente seria a palavra adequada. – Ainwood terminou de descer até chegar ao térreo. – Estou boquiaberto. Na última vez que o vi, você disse que não voltaria à Inglaterra por nada neste mundo, e se alguém quisesse ir ao seu funeral, seria melhor que planejasse uma viagem a Paris. – Os olhos vermelhos e injetados flamejaram quando ele viu Jessica, e ele sorriu de um jeito que pareceu a Dain intoleravelmente obsceno. – Ora, que o diabo me carregue se o inferno não congelou. Não somente Dain voltou à Inglaterra, como trouxe junto um belo pedaço de mau caminho.

O autocontrole de Dain começou a se esfacelar.

– Não vou perguntar em que caverna você andou se escondendo nos últimos tempos, já que não sabe que voltei a Londres há quase um mês e me casei esta manhã – disse ele, com a voz fria e o corpo quente. – A *dama*, no caso, é a *minha* dama.

Ele olhou para Jessica.

– Madame, tenho a duvidosa honra de lhe apresentar...

O duque deu uma gargalhada alta que o interrompeu.

– Casado?! – gritou ele. – Por favor, conte outra. Talvez essa ave do paraíso seja sua irmã. Não, melhor, sua tia-avó Mathilda.

Como qualquer mulher com o mínimo de educação saberia que a expressão "ave do paraíso" era um sinônimo para "prostituta", Dain não tinha dúvida de que sua esposa percebera que havia acabado de ser insultada.

– Ainswood, você acabou de me chamar de mentiroso – ameaçou ele. – Você caluniou a minha dama. Duas vezes. Vou lhe dar exatamente dez segundos para elaborar um pedido de desculpas.

O duque olhou para Dain por um momento. Em seguida, sorriu.

– Você sempre foi ótimo com sua audácia e criatividade, meu rapaz, mas isso não vai funcionar comigo. Reconheço uma fraude sempre que vejo uma. Quando foi sua última apresentação, minha pombinha? – perguntou ele a Jessica. – No King's Theatre, em Haymarket, talvez? Sabe, não estou nem um pouco difamando você. Não foi essa a minha intenção. Percebo que esteja num patamar acima das mulheres de Covent Garden que ele costumava contratar.

– Com essa, são três vezes – disse Dain. – Estalajadeiro.

O anfitrião, que havia se recolhido a um canto escuro do salão, aproximou-se lentamente.

– Milorde?

– Faça a gentileza de acompanhar a dama até o quarto.

Jessica pressionou os dedos no braço dele.

– Dain, seu amigo está bêbado – sussurrou ela. – Será que não pode...

– *Suba* – ordenou ele.

Ela suspirou e soltou-lhe o braço, obedecendo.

Dain observou até que ela terminasse de subir as escadas. Depois, voltou sua atenção para o duque, que ainda a fitava com uma expressão lasciva no rosto.

– Carne de primeira – disse Sua Graça, piscando o olho para Dain. – Onde você a encontrou?

O marquês o agarrou pelo lenço e o empurrou contra a parede.

– Seu monte de esterco sujo e imbecil! – berrou ele. – Eu lhe dei uma chance, *cretino*. Agora vou ter que quebrar o seu pescoço.

– Estou tremendo de medo – disse Ainswood, cujos olhos brilhavam com a perspectiva de uma briga. – Posso ficar com a garota se eu ganhar?

Pouco tempo depois, sem dar atenção aos protestos da criada, Jessica se debruçava na sacada que dava para o pátio da hospedaria.

– Minha senhora, eu imploro que saia daí – pediu Bridget. – Não é uma cena apropriada para uma dama. A marquesa vai passar mal, eu sei que vai, e logo na sua noite de núpcias.

– Já vi brigas antes – disse Jessica. – Mas nunca uma que ocorresse por minha causa. Não que eles vão se matar. Creio que são combatentes equilibrados. Dain é maior, é claro, mas só tem um braço para lutar. E Ainswood não somente possui uma constituição sólida, como está bêbado demais para sentir alguma coisa.

O pátio logo se encheu com a presença de vários homens, alguns ainda de camisolas e toucas de dormir. A notícia se espalhou rapidamente e, mesmo tarde da noite, poucos resistiriam à atração de uma peleja. E não era uma briga comum: os dois lutadores tinham sangue azul. Era uma oportunidade rara para os aficionados por boxe.

Cada um atraíra o próprio círculo de torcedores. Havia seis ou sete cavalheiros bem-vestidos ao lado do marquês. Ofereciam conselhos ruidosos e contraditórios enquanto Andrews, o lacaio de Dain, ajudava sua senhoria a tirar o casaco e a camisa.

Bridget soltou um grito e recostou-se na porta da sacada.

– Que Deus nos ajude, eles estão *nus*!

Jessica não se importava com o outro. Seus olhos fitavam apenas um homem, despido da cintura para cima, que lhe arrancava o fôlego.

O fogo das tochas tremeluziu sobre a pele azeitonada, os ombros largos e os bíceps musculosos de Dain, derramando-se por sobre os ângulos retos e as curvas retesadas do seu peitoral. Ele se virou, exibindo para os olhos encantados de Jessica as costas largas, um mármore escuro esculpido em linhas bem definidas de ossos e músculos sólidos. Podia ser confundido com a estátua de mármore de um atleta romano que acabava de ganhar vida.

O estômago de Jessica se contorceu, e um calor familiar se espalhou por ela, uma mistura latejante de desejo e orgulho.

Meu, murmurou ela, e aquele pensamento se transformou em dor, ao mesmo tempo doce e amarga, conforme a esperança e o desespero avançavam. Ele pertencia a ela em nome, por leis sagradas e seculares. No entanto, lei nenhuma poderia amarrá-lo a ela.

Isso demandaria uma longa e obstinada batalha.

Mesmo bêbado, pensou Jessica a contragosto, Ainswood tinha mais chances de vencer do que ela própria. Por outro lado, ele não parecia ser muito inteligente, e a batalha que deveria enfrentar exigia um cérebro, não músculos.

Jessica era esperta, e o que ela via logo abaixo lhe dava água na boca: era uma motivação mais do que suficiente.

Um dos homens prendeu o braço esquerdo de Dain numa tipoia improvisada. E então os dois lutadores ficaram frente a frente, quase se tocando.

O sinal foi dado.

Ainswood se precipitou sobre seu oponente, baixando a cabeça e agitando os punhos. Sorrindo, Dain recuou, esquivando-se dos socos sem muita preocupação, deixando que o duque o atacasse com toda a força que tinha.

Por mais impetuoso que o homem fosse, não conseguiu acertar um único golpe. O marquês tinha os pés leves e reflexos surpreendentemente rápidos – assim como Ainswood, apesar de estar embriagado. Dain permitiu que ele o perseguisse, lançando golpes com a certeza de que acertariam o alvo, mas acabavam socando o ar. O duque ficava cada vez mais furioso.

Ele avançou novamente, imprimindo mais força e atacando por todos os ângulos. Um soco pegou o braço de Dain de raspão. Em seguida, os movimentos foram tão rápidos que se transformaram em um borrão. Então todos ouviram um barulho alto e Ainswood cambaleou para trás, com o sangue lhe escorrendo pelo nariz.

– Um chute, por Deus – murmurou Jessica. – E eu nem vi de onde veio. Com certeza, Sua Graça também não.

Ensanguentado, embora sem se deixar abalar, o duque riu e avançou para mais uma série de golpes.

A esta altura, Bridget já havia retornado à sacada.

– Que Deus tenha piedade – disse ela, o rosto redondo enrugado pelo desgosto. – Não basta ser atingido uma vez?

– Eles não sentem os golpes. – Jessica voltou a se concentrar na luta. – Exceto quando tudo acaba, é claro. Oh, muito bem, Dain! – gritou ela quando um poderoso soco de direita explodiu na lateral do corpo do duque.

Felizmente, seus gritos não podiam ser ouvidos com toda a vibração dos espectadores, ou Dain acabaria se distraindo com os conselhos sanguinários de sua elegante esposa... e sofreria consequências desastrosas.

De qualquer modo, era evidente que ele cuidaria do problema com as próprias mãos, e três golpes brutais deixaram Ainswood de joelhos.

Dois homens correram para levantá-lo. Dain recuou.

– Desista, Ainswood! – gritou alguém da torcida do marquês.

– Sim, antes que ele *realmente* decida machucar você.

De onde estava, Jessica não conseguia ver direito o estrago que o marido causara. Havia bastante sangue no chão, mas o nariz quebrado de um ser humano tendia mesmo a jorrar profusamente.

Ainswood se levantou, ainda cambaleante.

– Vamos lá, seu bicudo – provocou ele, arfando. – Ainda não acabei com você. – E agitou os punhos desajeitadamente.

Dain deu de ombros, avançou e, com alguns movimentos, afastou as mãos de Ainswood e plantou um soco no abdômen do ex-colega.

O duque se curvou como uma boneca de pano e tombou para a frente. Os amigos dele logo o suspenderam antes que sua cabeça atingisse as pedras que calçavam o pátio. Quando eles o colocaram sentado no chão, Ainswood sorriu estupidamente para Dain. O suor, misturado ao sangue, escorria pelo rosto do duque.

– Peça desculpas – disse o marquês.

Ainswood respirou fundo várias vezes.

– Perdoe-me, Belz – resmungou ele.

– Você também vai se desculpar com a minha dama na primeira oportunidade.

O duque continuou sentado, assentindo e respirando fundo. Então, para desgosto de Jessica, ele olhou na direção da sacada.

– Perdoe-me, minha senhora Dain! – gritou ele, com a voz rouca.

E naquele momento lorde Dain também ergueu o olhar. Cachos negros e úmidos lhe cobriam a testa, e uma fina camada de suor brilhava no pescoço e nos ombros.

Ele arregalou os olhos brevemente, espantado, quando os pousou nela, e uma estranha expressão de dor cruzou as feições do marquês. Mas, no instante seguinte, o sarcasmo familiar estava de volta.

– Minha senhora – disse ele, e curvou-se de maneira exagerada e teatral.

A multidão aplaudiu.

Ela assentiu.

– Milorde. – Tinha vontade de se jogar nos braços dele.

Com apenas um braço, ele lutara contra o próprio amigo, por causa dela. Lutara com esperteza e elegância.

Tinha sido magnífico. Jessica sentiu vontade de chorar. Conseguiu dar um sorriso trêmulo, depois se virou e saiu correndo pela porta que Bridget abrira para ela.

Sem saber ao certo como devia compreender o sorriso da esposa, lorde Dain analisou a situação e a aparência – e entendeu tudo errado.

O sorriso e o bom humor, concluiu ele, foram causados pela plateia que assistira à briga. Era um sorriso dissimulado, como muitos que ele mesmo exibia, e Dain logo imaginou o que ela deveria estar pensando.

Seu novo marido era um animal.

Tinha brigado diante de uma hospedaria como um arruaceiro qualquer.

Estava sujo e manchado pelo sangue de Ainswood. Além disso, suava e *fedia*.

E, como se não bastasse, encontrava-se seminu, e a luz das tochas permitiu que ela tivesse uma visão lúgubre do que ele sempre pretendera disfarçar: a pele escura de seu corpo horrendo.

Neste momento, Jessica devia ter um penico na mão, vomitando o que houvesse em seu estômago. Isso se não tivesse trancado a porta e empurrado os móveis mais pesados do quarto para impedi-lo de entrar.

Dain decidiu não se lavar no quarto. Foi até a bomba d'água, ignorando as advertências do lacaio sobre a friagem que lhe podia ser fatal.

Sem se fazer de rogado, Ainswood se juntou a ele. Eles se banharam em silêncio enquanto os homens se amontoavam ao redor para discutir sobre a luta.

Quando os dois completaram suas abluções geladas, ficaram em pé, entreolhando-se e agitando-se para disfarçar os calafrios.

Ainswood foi o primeiro a falar.

– Casado, meu Deus – disse ele, balançando a cabeça negativamente. – Quem imaginaria uma coisa dessas?

– Ela atirou em mim – respondeu Dain. – Merecia ser castigada. "Perdoa uma culpa", disse Públio, "e encoraja a cometer muitas outras." Não posso permitir que todas as mulheres que se irritam comigo tenham o disparate de me procurar com uma pistola engatilhada. Ela serviu de modelo.

Ele lançou um olhar aos outros que os rodeavam.

– Se uma mulher consegue sair impune após atirar em Belzebu, as outras começarão a pensar que podem sair por aí atirando em qualquer homem, por qualquer pretexto fútil.

Os homens ficaram calados e assumiram expressões graves enquanto ponderavam sobre aquela possibilidade.

– Eu a desposei como um serviço de utilidade pública – explicou ele. – Às vezes um homem deve passar por cima de suas preocupações mesquinhas e agir em nome dos amigos.

– É verdade – concordou Ainswood, abrindo um sorriso torto. – Mas isso não me pareceu um grande sacrifício. Ela é uma bela de uma... digo, sua dama é inacreditavelmente formosa.

Dain fingiu indiferença.

– Eu diria que é *linda* – declarou Carruthers.

– De fino trato – disse outro.

– Tem um porte muito elegante – concordou outro.

– Com a graça de um cisne.

Enquanto se recompunha, Dain conseguiu dar a impressão de que estava enojado.

– Dou-lhes licença para quebrar a cabeça e compor odes líricas à perfeição dela – disse ele. – Quanto a mim, quero beber alguma coisa.

CAPÍTULO II

O jantar de Jessica foi servido vinte minutos depois da briga. Mas seu marido ainda não tinha aparecido. Ele estava no bar com alguns companheiros, de acordo com o estalajadeiro, e mandara avisar a Lady Dain que não esperasse por ele.

Jessica não ficou surpresa. Depois de socar um ao outro até quase perderem a consciência, os homens se transformavam em melhores amigos e celebravam sua intimidade entornando o copo até cair.

Ela pediu a refeição, comeu, tomou um banho e preparou-se para dormir. Não vestiu o négligé vermelho com laços pretos. Duvidava que seu querido marido tivesse condições de apreciar a peça quando voltasse para o quarto. Em vez disso, preferiu uma camisola sem graça, e cobriu-se com um roupão de brocado em tons pastel. Acomodou-se em uma poltrona confortável ao lado da lareira acesa com o *Don Juan* de Byron nas mãos.

Já tinha passado da meia-noite quando ela ouviu passos desajeitados no corredor e vozes embriagadas que entoavam uma canção indecente. Ela se levantou e abriu a porta.

Dain, carregado por dois camaradas, desvencilhou-se deles e avançou sobre ela.

– Todos em pé, o noivo chegou – anunciou ele, com a voz arrastada. Ele largou o braço sobre o ombro de Jessica. – Vão embora – ordenou aos amigos.

Os homens deram meia-volta e se afastaram a passos trôpegos. Dain fechou a porta com um chute.

– Eu disse que não me esperasse – falou ele.

– Achei que você precisaria de ajuda. Mandei Andrews para a cama. Ele estava dormindo em pé, coitado. E eu estava lendo.

O casaco e a camisa antes imaculados agora estavam amarrotados, e ele havia perdido o lenço que usava no pescoço. As calças manchadas de sangue estavam encharcadas, e as botas, emplastradas de lama seca.

Ele a soltou e, cambaleando, fitou suas botas por um longo momento. Em seguida, soltou uns palavrões entre os dentes.

– Por que não se senta na cama? – sugeriu ela. – Posso ajudá-lo a tirar as botas.

Dain tropeçou nas próprias pernas até chegar à cama. Apoiando-se na cabeceira, acomodou-se cuidadosamente no colchão.

– Jess.

Ela se aproximou e se ajoelhou aos pés dele.

– Sim, milorde.

– "Sim, milorde" – repetiu ele, debochado. – Jess, *milady*, acho que vou desmoronar. Sorte sua.

Jessica começou a puxar a bota esquerda.

– Veremos a sorte que tenho. Temos somente uma cama, então, se a bebida fizer você roncar como acontece com meu tio Arthur, creio que terei uma péssima noite. Ou, pelo menos, o que resta dela.

– Roncar – disse ele. – Preocupada com *roncos*. Tontinha.

Ela arrancou a bota e começou a puxar a outra.

– Jess.

– Pelo menos você ainda me reconhece.

A bota direita estava emperrada. Não se atreveu a puxar com mais força, senão ele tombaria para a frente e cairia em cima dela.

– É melhor você se deitar na cama – aconselhou ela.

Ele a encarou com um sorriso bobo.

– *Na cama* – disse ela, firmemente.

– Na cama – repetiu ele, ainda sorrindo, observando o quarto. – Onde está a cama?

Jessica se levantou e empurrou-o com força.

Dain caiu para trás e bateu violentamente no colchão. E emitiu um som baixo.

Ela se abaixou outra vez e voltou a lutar com a bota.

– Quanta delicadeza – disse ele, olhando para o teto. – Lady Dain, sempre tão delicada. É impossível esquecê-la. Ela é irritante... irritante. *Ma com' è bella. Molto bella.* Muito bonita... irri... tante.

Ela finalmente arrancou a bota.

– Não rimou. – Levantou-se. – Poeta você não é.

Um roncar suave respondeu àquele comentário.

– Todos em pé, o noivo chegou – resmungou ela. – Ainda bem que a cama é grande. Minha devoção conjugal não admite que eu durma no chão.

Jessica foi até o lavatório. Depois de tirar a lama das mãos, despiu o roupão e colocou-o sobre uma cadeira.

Em seguida, foi até o outro lado da cama e puxou os lençóis o máximo que conseguiu. Mas não tanto. A parte de cima do corpo de Dain estava esparramada diagonalmente sobre o colchão.

Ela empurrou o ombro do marido.

– Chegue para lá, seu palerma.

Resmungando, ele rolou primeiro sobre um dos lados do corpo, e então sobre o outro.

Jessica o empurrou com mais força.

– *Chegue para lá*, que diabo.

Dain murmurou algo e rolou um pouco mais. Ela continuou empurrando até que, após algum tempo – sempre inconsciente –, ele finalmente pousou a cabeça no travesseiro e tirou os pés do chão. Em seguida, encolheu-se em posição fetal, virado para o lado dela.

Ela subiu na cama, logo ao lado dele, e puxou furiosamente os cobertores.

– Quer dizer que eu sou irritante, é? – disse ela, entre os

dentes. – Eu devia expulsá-lo da cama e deixá-lo dormindo no chão.

Lady Dain se virou para ele. Cachos negros embaraçados lhe caíam pelo rosto, que, durante o sono, era tão pacífico quanto o de um bebê. A mão direita de Dain agarrava um dos cantos do travesseiro. Ele roncava, mas o ruído era muito suave, um murmúrio baixo e constante.

Jessica fechou os olhos.

Embora não o tocasse, ela tinha plena consciência da presença do marido, do peso dele sobre o colchão... e da mistura de aromas masculinos, fumaça, álcool e suor... e do calor que aquele corpo imenso gerava.

Também tinha plena consciência de sua frustração irracional... e da mágoa que sentia, para ser honesta consigo mesma.

Ela esperava que Dain bebesse alguns tragos com os amigos. Esperava que ele chegasse bêbado. Até aí, tudo bem. Ele não seria o primeiro nem o último noivo a chegar embriagado ao leito nupcial, e Jessica até refletiu que uma percepção levemente alterada poderia fazê-lo ser mais tolerante quanto à sua inexperiência.

Na verdade, preferia que ele estivesse quase inconsciente. Deflorar uma virgem não era lá uma experiência muito agradável, e Genevieve lhe havia contado que os maiores e mais grosseiros brutamontes costumavam ficar histéricos ao ver algumas gotas de sangue virginal. A avó também lhe explicara como deveria lidar, caso isso acontecesse.

Ciente de que todo o seu futuro com Dain poderia depender desta noite, Jessica tinha se preparado para ela como um general para uma batalha crucial.

Tinha informações e determinação para atuar da melhor maneira possível. Estava preparada para agir com alegria, disposição, reagir às carícias dele e lhe dar todo o carinho que pudesse.

Mas não estava preparada para isso.

Ele não era mais um garoto. Conhecia seus limites. Sabia quanto devia beber até ficar incapacitado.

Mesmo assim, ele não parou. E logo na noite de núpcias.

Sua cabeça lhe dizia que deveria haver alguma razão masculina imbecil para esse tipo de comportamento, e cedo ou tarde Jessica compreenderia. E essa razão não teria nada a ver com qualquer intenção de ferir seus sentimentos ou fazer com que ela se sentisse indesejável ou qualquer outra mágoa que a assolava no momento.

Mas o dia fora longo, e agora Jessica percebia que havia passado grande parte do tempo sob tensão e uma mistura de desejo e ansiedade por algo que, pelo visto, não ia acontecer.

Estava exausta e não conseguia dormir. Teria que percorrer mais um milhão de quilômetros no dia seguinte no mesmo ritmo frenético, no mesmo estado emocional agitado. Queria chorar. Queria, acima de tudo, gritar e bater nele e puxar seus cabelos e deixá-lo tão magoado e furioso quanto ela estava agora.

Abriu os olhos, sentou-se na cama e procurou algo com que pudesse bater nele sem causar danos permanentes. Podia despejar o conteúdo da jarra de água nele, pensou Jessica, quando seu olhar pousou sobre o lavatório.

E foi então que percebeu que não deveria estar conseguindo ver o lavatório. Esquecera o lampião aceso no criado-mudo ao seu lado. Foi até a beirada da cama e o apagou.

Jessica continuou sentada ali, olhando a escuridão. Do lado de fora, o canto dos pássaros anunciava o alvorecer.

Dain resmungava e se remexia na cama, inquieto.

– Jess. – A voz arrastada pelo sono.

– Pelo menos você sabe que eu estou aqui – resmungou ela. – Talvez isso signifique alguma coisa. – Com um suspiro, deitou-se outra vez. Estava puxando o cobertor quando sentiu o colchão afundar. Depois, ouviu mais resmungos incoerentes. E então Dain envolveu a cintura de Jessica com o braço e cruzou a perna sobre as dela.

Dain tinha se deitado por cima das cobertas. Ela estava embaixo.

O braço e a perna de Dain eram pesados, mas quentes.

Jessica se sentiu um pouco melhor.

Em instantes, ela caiu no sono.

As primeiras percepções conscientes de Dain ao acordar foram um traseiro pequeno e macio aninhado contra sua virilha e um seio arredondado sob sua mão. Quando ele conectou mentalmente aquelas partes agradáveis à mulher a quem pertenciam, outras lembranças inundaram sua cabeça, e a amorosidade sonolenta logo foi substituída pela vergonha.

Ele havia se envolvido em uma briga como um plebeu comum enquanto sua esposa observava tudo. Bebera vinho suficiente para fazer flutuar um navio de carga, e, em vez de ter a consideração de desmaiar no próprio bar, deixou que os paspalhos dos seus amigos o carregassem para o quarto nupcial. Como se já não fosse o bastante permitir que sua esposa o visse imundo e fedido, Dain também se expusera de forma grosseira, tendo enchido o caneco. E ainda por cima não tivera nem mesmo a decência de desmaiar no chão, bem longe dela. Largou seu enorme corpo de elefante na cama, fedendo a vinho e tabaco, e deixou que sua graciosa esposa, uma dama, lhe arrancasse as botas.

Seu rosto queimava.

Dain rolou para o outro lado e olhou para o teto.

Pelo menos ele não a tinha violado. Havia bebido muito mais do que estava acostumado para impossibilitar que isso acontecesse. Fora um milagre ter conseguido subir as escadas.

Ele poderia ter evitado aquele milagre. Poderia também ter deixado para trás a lembrança de tudo o que tinha acontecido. Desejou que o restante do corpo estivesse tão paralisado quanto o braço esquerdo.

O ferreiro de Satanás estava usando sua cabeça como bigorna mais uma vez. O chef de cozinha do inferno preparava algo podre em sua boca. Durante algum momento das poucas horas de sono de Dain, o Príncipe das Trevas aparentemente ordenara que rinocerontes furiosos atropelassem e pisoteassem o seu corpo.

Ao seu lado, a fonte dos problemas de Dain se espreguiçava.

Com cuidado, ele se levantou, fazendo caretas de dor como se milhares de agulhas implacáveis lhe castigassem o braço esquerdo e queimassem a mão.

Dain se afastou da cama – cada osso, músculo e órgão protestavam em agonia – e cambaleou até o lavatório.

Ouviu um leve farfalhar de lençóis. Em seguida, uma voz feminina e sonolenta:

– Quer ajuda, Dain?

Qualquer consciência que lorde Dain poderia ter se extinguira por volta do seu décimo aniversário. Ao ouvir a voz solícita da esposa, sua consciência ressurgiu dos mortos, como Lázaro, laçando seu coração e soltando um berro que estraçalharia as janelas, a jarra d'água e o pequeno espelho do lavatório, no qual Dain se olhava.

Sim, respondeu ele silenciosamente. Ele queria ajuda. Queria ajuda para nascer de novo e tornar-se uma pessoa decente desta vez.

– Você deve estar com a cabeça latejando como o diabo agora – disse ela após um momento longo e silencioso. – Bridget provavelmente já acordou. Vou pedir que ela lhe prepare um remédio. E que tal um café da manhã leve para você?

Enquanto Jessica falava, ele ouviu um pouco mais do farfalhar de tecidos. Sem olhar, percebeu que ela saía da cama. Quando se aproximou para pegar o roupão, Dain olhou pela janela. A luz do sol, ainda enevoada, iluminava o parapeito e o piso. Calculou que já passava das seis da manhã. Segunda-feira. Doze de maio. O dia seguinte ao seu casamento.

E também era seu aniversário, lembrou-se com uma sensação desagradável de surpresa. Completava 33 anos. E acordou na mesma condição em que saudara os últimos vinte e em que saudaria os próximos vinte, pensou ele, amargamente.

– Não há cura.

Jessica caminhava na direção da porta. Parou e virou-se.

– Quer apostar?

– Você só está procurando uma desculpa para me envenenar. – Ele ergueu a jarra e despejou seu conteúdo no lavatório.

– Se não tiver medo de tentar, prometo-lhe que vai estar recuperado quando voltarmos à estrada – desafiou ela. – Se não melhorar, peça o que quiser. Caso contrário, você vai me agradecer com uma parada em Stonehenge e me deixar explorar o lugar. Sem que eu tenha que ouvir comentários sarcásticos e reclamações.

Dain pousou os olhos sobre ela, e logo se afastou. Mas não rápido o suficiente. Os cabelos negros e embaraçados de Jessica lhe caíam sobre os ombros, e o leve rubor do sono lhe tingia as faces, uma pincelada cor-de-rosa em uma porcelana branca cremosa. Ela jamais pareceu tão frágil. Embora despenteada, com o rosto ainda marcado pelo sono e o corpo cansado, ela estava mais bela do que nunca.

Aqui estavam a Bela e a Fera às voltas com a vingança, pensou Dain encarando o reflexo no espelho.

– Se eu não melhorar – disse ele –, vou dormir no seu colo durante todo o trajeto até Devon.

Ela riu e saiu do quarto.

Às sete e meia da manhã, alguns quilômetros depois de Amesbury, Dain estava encostado na rocha monolítica que jazia em uma elevação do terreno e dava vista para a planície de Salisbury. Mais abaixo e além, estendia-se o cobertor verde e ondulante com alguns retângulos amarelos, onde havia uma plantação de colza. Algumas poucas casinhas pontilhavam a paisagem, junto com rebanhos solitários de ovelhas, todos dando a impressão de que uma mão gigante os espalhara pelo local. Aqui e ali, essa mão desajeitada enfiara um bosque no horizonte ou no vale formado entre duas colinas que se erguiam, roliças como um par de seios.

Dain fez uma careta com as metáforas que escolhera: cobertores, seios e mãos enormes e desajeitadas. Desejava que não houvesse engolido aquela caneca com o líquido fedorento que Jessica lhe dera. Quando melhorou da ressaca, a comichão começou outra vez.

Lorde Dain não se deitava com uma mulher havia semanas... meses.

Se não conseguisse se aliviar logo, teria que machucar alguém. Surrar Ainswood não amenizara nem um pouco a sua condição. Beber até cair só serviu para entorpecer aquele incômodo. Dain considerou a possibilidade de encontrar uma meretriz por ali, mas suspeitava de que isso não o faria se sentir melhor, assim como tinha acontecido com as brigas e a bebedeira.

Era a sua esposa formosa e dolorosamente frágil que ele queria e não conseguia se impedir de desejá-la desde o instante em que a conhecera.

O lugar estava muito silencioso. Dain podia ouvir o farfalhar do vestido de viagem de Jessica quando ela andava. Aquele ruído provocante se aproximava dele. Manteve os olhos fixos na paisagem adiante até que ela parou a alguns passos de distância.

– Pelo que sei, um dos monolitos desabou há pouquíssimo tempo – comentou ela.

– Em 1797, exatamente – disse ele. – Um dos meus colegas de Eton mencionou isso. A pedra tombou de medo no dia em que eu nasci. Por isso, fui verificar. Mas ele estava errado. Eu já tinha 2 anos quando isso aconteceu.

– Ouso dizer que você enfiou a informação pela goela do seu colega. – Ela virou a cabeça para olhá-lo. – Teria sido Ainswood?

Apesar de caminharem no ar frio da manhã, Jessica parecia cansada. Muito pálida. Com olheiras. Tudo por culpa dele.

– Foi outro – disse ele, lacônico. – Não pense que eu brigo com qualquer idiota que exercite seu senso de humor comigo.

– Você não briga. Você é um lutador estratégico. Intelectual, eu diria. Você sabia o que Ainswood faria antes que ele mesmo soubesse.

Jessica se afastou, indo na direção de uma pedra caída.

– Fiquei imaginando como você conseguiria com apenas um braço. – Ela deixou a sombrinha sobre a pedra e estendeu, com os punhos fechados, um dos braços bem rente ao corpo. – Perguntei a mim mesma como você conseguiria se proteger e atacar ao mesmo tempo. Mas não foi isso que você fez. – Ela moveu a cabeça para o lado, como se estivesse se esquivando de um soco, e recuou. – Foi uma combinação de esquivas e recuos, atraindo-o para cima de você, o que o obrigava a desperdiçar sua força.

– Não foi difícil – respondeu ele, disfarçando a surpresa. – Ele não estava tão alerta nem tão rápido quanto estaria se estivesse sóbrio.

– Eu estou sóbria. – Ela saltou para cima da pedra. – Venha, vamos ver se sou rápida o bastante.

Jessica tinha um imenso chapéu na cabeça, com flores e fitas de cetim. Ficava preso sob a orelha esquerda com um laço enorme. O vestido transmitia a insanidade costumeira da moda, com babados, rendas e mangas bufantes. Duas fitas prendiam cada uma das mangas acima do cotovelo, de modo que os braços pareciam balões. Os cordões que prendiam os punhos das mangas terminavam em longas borlas dependuradas na parte central do antebraço.

Dain não conseguia lembrar quando fora a última vez que vira algo tão ridículo quanto aquela mulher em cima de uma pedra, com a postura típica de um boxeador.

Ele foi até ela, com a boca trêmula.

– Desça daí, Jess. Você está parecendo uma maluca.

O punho dela desferiu um soco. Dain virou a cabeça, por reflexo, e ela errou... mas por poucos centímetros.

Ele riu e sentiu algo lhe acertar a orelha. O marquês estreitou os olhos e a observou. Jessica sorria, e seus olhos cinzentos brilhavam maliciosamente.

– Eu o machuquei, Dain? – perguntou ela, fingindo preocupação.

– Me machucar? – repetiu ele. – Você acha mesmo que vai conseguir me machucar com *isso*?

Dain agarrou-lhe o punho.

Ela perdeu o equilíbrio e tombou para a frente, apoiando-se no ombro dele.

Sua boca ficou a milímetros da de Dain.

Ele se aproximou e a beijou ferozmente enquanto lhe soltava a mão para segurá-la pela cintura.

O sol da manhã os aquecia, mas Jessica tinha gosto de chuva, como uma tempestade de verão, e o trovão que ele ouvia era sua própria carência, o sangue pulsando em seus ouvidos, o coração batendo, inconstante.

Beijou-a com mais força, sorvendo com voracidade o calor doce daquela boca, e sentiu-se embriagado quando ela retribuiu os carinhos, a língua se enroscando ao redor da sua em uma dança provocante que o deixou extasiado. Os braços esguios abraçaram o seu pescoço. Os seios firmes e arredondados pressionavam o peito dele, fazendo sua virilha latejar. Dain deslizou a mão e agarrou aquele *derrière* pequeno e macio.

Minha, pensou ele. Ela era leve e formosa, e suas curvas perfeitas... e ela era dele. Sua esposa, devassando-o com aquela boca inocentemente lasciva, segurando-se nele com uma possessividade inebriante. Como se ela o quisesse, como se ela sentisse o que ele sentia, a mesma necessidade irracional e urgente.

Com a boca ainda presa à dela, ele a tirou de cima do pedestal de pedra e teria rolado com ela no gramado frio e duro... quando um piado rouco o trouxe bruscamente de volta à realidade.

Ele se afastou de Jessica e olhou para cima.

Uma gralha carniceira pousara em uma das pedras menores e exibia um perfil bicudo no qual um olho brilhante parecia encarar Dain com uma diversão aviária zombeteira.

Bicudo, como Ainswood o chamara na noite passada. Um de seus velhos apelidos em Eton, assim como "verme" e "abutre negro", entre outros.

Com o rosto ardendo, desviou os olhos da esposa.

– Vamos embora – ordenou ele, com a voz cortante. – Não podemos passar o dia inteiro vadiando neste lugar.

Jessica ouviu o tom amargurado e percebeu o rubor na

pele morena de Dain. Por alguns momentos ficou tensa com a possibilidade de haver feito algo que o tivesse ofendido ou lhe causado repulsa. Mas, no meio da colina, Dain diminuiu o passo para que ela se aproximasse. E, quando Jessica tomou sua mão – a aleijada – e a apertou, ele olhou para ela e disse:

– Odeio gralhas. Bichos sujos, barulhentos.

Ela imaginava que isso seria o mais próximo de um pedido de desculpas. Voltou a contemplar Stonehenge.

– Talvez porque você seja um puro-sangue facilmente irritável. Para mim, aquela gralha fazia parte da paisagem. Achei tudo muito romântico.

Ele soltou uma risada curta.

– Acho que você quis dizer "gótico".

– Não mesmo – declarou ela. – Lá estava eu, nos braços de um herói sombrio e perigoso, em meio às ruínas, um lugar antigo e cheio de mistérios. Nem Byron conseguiria descrever cena mais romântica. Você deve pensar que não há um único átomo de romantismo no seu corpo – disse ela, olhando-o de soslaio. – Se encontrasse, você o destruiria. Mas não precisa se preocupar. Nem em sonho vou denunciá-lo.

– Não sou romântico – disse ele, aborrecido. – E com certeza não me irrito facilmente. Quanto a ser um puro-sangue, você sabe que metade da minha ascendência é italiana.

– Mas a metade italiana também tem sangue azul – disse ela. – O duque d'Abonville me contou que a linhagem de sua mãe vem de uma nobreza florentina muito antiga. Aparentemente, foi o bastante para que ele apoiasse o nosso casamento.

Dain falou algo que Jessica não conseguiu compreender, mas imaginou que fossem impropérios na língua natal da mãe.

– Ele quer se casar com Genevieve – disse ela, em tom apaziguador. – Por isso apenas teve a intenção de me proteger. Mas há benefícios nessa ligação. Ele também se interessou pelo bem-estar de Bertie, então você não precisa se preocupar em resolver as dificuldades financeiras do meu irmão.

Dain continuou resmungando até que os dois entraram novamente na carruagem. Em seguida, com um suspiro, recostou-se no assento e fechou os olhos.

– Romântico. Irritável. Acha reconfortante eu saber que o *amante* da sua avó quer cuidar daquele cabeça-dura do seu irmão? Estou começando a acreditar, Jess, que você é tão maluca quanto qualquer outro membro, e futuro membro, da sua família.

– Você vai dormir? – perguntou ela.

– Talvez, se você conseguir se calar por três minutos.

– Estou cansada, também – disse ela. – Posso me encostar no seu braço? Não consigo dormir sentada.

– Tire esse chapéu idiota antes.

Ela tirou e apoiou a cabeça naquele braço musculoso. Após um momento, ela ficou de lado e repousou a cabeça no peito de Dain. Assim era mais confortável.

E aquele era todo o conforto de que Jessica precisava. Por enquanto. Mais tarde, ela tentaria descobrir por que ele ficara tão irritado durante o abraço e tão tenso quando ela mencionou a família da mãe. Naquele momento, contentou-se em desfrutar da sensação deliciosa do que parecia ser a afeição do seu marido.

Eles dormiram durante quase todo o trajeto até a divisa de Devon. Apesar de terem saído atrasados da hospedaria, chegaram a Exeter no final da tarde. Atravessaram o rio Teign e rumaram a Bovey Tracey, cruzando o rio Bovey. Após mais alguns quilômetros sinuosos rumo ao oeste,

Jessica conseguiu ver pela primeira vez as estranhas formações rochosas de Dartmoor.

– Os rochedos de Haytor – disse ele, apontando pela janela os imensos afloramentos no alto de uma colina. Ela subiu no colo de Dain para olhar melhor.

Ele riu.

– Não precisa se preocupar em deixá-los passar. Há muitos outros. Centenas, para todo lado que você olhar. Outeiros, marcos, estruturas tumulares e brejos. Você se casou comigo, mas acabou no "rincão mais remoto da civilização". Bem-vinda, Lady Dain, às terras ermas e inóspitas de Dartmoor.

– Achei muito bonito – disse ela, suavemente.

Como você, Jessica quis acrescentar. Sob o brilho alaranjado do sol poente, aquela terra dura e escarpada era sombria e bela de um jeito rude, como Dain.

– Terei que ganhar outra aposta – disse ela em meio ao silêncio mal-humorado. – Para que você me leve até aqueles rochedos.

– Onde você acabará pegando uma pneumonia – avisou ele. – O lugar é frio e úmido e venta muito. Além disso, o tempo oscila entre um outono fresco e um inverno cortante a cada hora.

– Eu nunca fico doente – retrucou ela. – Não sou uma puro-sangue facilmente irritável. Diferentemente de certos indivíduos que conheço.

– É melhor sair do meu colo – disse ele. – Chegaremos a Athcourt em alguns minutos e a criadagem nos receberá em trajes de gala. Do jeito que estou, o espetáculo não será muito galante. Você me deixou todo amarrotado, nem tenho como me arrumar. Você se contorce ainda mais quando está dormindo do que quando está acordada. Mal consegui fechar os olhos durante todo o trajeto.

– Então você devia estar roncando com os olhos abertos – argumentou ela, sentando-se outra vez ao lado dele.

– Eu não estava roncando.

– Estava, sim, em cima da minha cabeça. E bufou várias vezes na minha orelha. – Jessica achava aquele ribombar grave e masculino incrivelmente atraente.

Dain fez uma careta.

Ela tentou ignorá-lo e voltou a observar a paisagem.

– Por que sua casa é chamada de Athcourt? Por causa de alguma grande batalha, como Blenheim?

– Os Ballisters, originalmente, viviam mais ao norte – respondeu ele. – Um deles acabou se enamorando da propriedade de Dartmoor e também da filha e única herdeira sobrevivente de Sir Guy de Ath, um homem poderoso desta região. O sobrenome dele, aliás, originalmente era Death. Foi mudado por razões óbvias; não era de bom-tom ter a palavra "morte" associada a um nome de família. Meu ancestral recebeu a filha e a propriedade sob a condição de que mantivesse o prosaico nome vivo. É por isso que os homens têm "Guy de Ath" logo antes de Ballister.

Jessica lera o nome completo de Dain em inúmeros documentos de casamento.

– Sebastian Leslie Guy de Ath Ballister – declarou ela, sorrindo. – E eu pensei que você tivesse todos esses nomes porque há muito de você neles.

Ela sentiu o corpo dele enrijecer. Ergueu o rosto. O queixo de Dain também estava retesado, e os lábios, apertados.

Jessica se perguntou o que dissera de errado desta vez.

Mas não deu tempo de descobrir, pois Dain agarrou o chapéu dela e o enfiou na cabeça da esposa, virado ao contrário, e ela teve que endireitá-lo e atar as fitas. Depois, tentou tornar apresentável o vestido que usava desde aquela manhã. A carruagem entrava em um portal, e a agitação mal disfarçada de Dain denunciou a trilha que levava à sua casa.

CAPÍTULO 12

Apesar da parada não planejada em Stonehenge, a carruagem de Dain parou diante da porta de Athcourt exatamente às oito da noite, conforme o programado. Às 8h20, ele e a esposa passaram o exército doméstico em revista, todos em trajes cerimoniais, e foram discretamente inspecionados por eles. Com pouquíssimas exceções, nenhum empregado já havia colocado os olhos em seu senhor. Eram treinados e bem remunerados para esconder qualquer emoção, inclusive a curiosidade.

Tudo estava pronto, exatamente como Dain ordenara, e todas as exigências foram atendidas nos mínimos detalhes. Ambos os banhos já tinham sido preparados antes da vistoria. As roupas para o jantar estavam passadas e dispostas de maneira organizada.

O primeiro prato foi servido no instante em que os dois tomaram seus assentos nas extremidades opostas da longa mesa que ocupava o cavernoso salão de jantar. Andrews, o lacaio, postou-se ao lado da cadeira de Sua Senhoria durante toda a refeição e o ajudou com todas as tarefas que requeriam o uso das duas mãos.

Jessica não pareceu se abalar por um salão de jantar do tamanho da Abadia de Westminster, ou pelos dez ou doze lacaios com uniformes elegantes em posição de sentido ao lado do aparador enquanto cada prato era consumido.

Faltando quinze minutos para as onze, ela se levantou

para que Dain pudesse tomar seu vinho do Porto. Tranquilamente, como se fosse a senhora daquela propriedade desde sempre, ela informou ao mordomo, Rodstock, que tomaria seu chá na biblioteca.

A mesa foi retirada antes que ela passasse da porta, e o decantador surgiu diante de Dain quase no mesmo instante. Encheram seu copo com a mesma discrição e os atendentes desapareceram da mesma forma quando ele afirmou estar satisfeito.

Era a primeira vez que Dain tinha algo próximo de privacidade em dois dias e pôde pensar adequadamente no problema de deflorar sua esposa – desde que havia se dado conta de que aquilo seria um problema.

Mas o que de fato ele acabou pensando foi que o dia havia sido muito longo e seu braço paralisado latejava. Além disso, o salão estava quieto demais, ele não gostava da cor das cortinas e a paisagem emoldurada sobre a cornija era pequena demais para aquele cômodo.

Quando faltavam cinco minutos para as onze, ele afastou o cálice de vinho intocado, levantou-se e foi para a biblioteca.

Jessica admirava uma estante de livros, onde a imensa bíblia da família estava aberta numa página que continha os registros de casamentos, nascimentos e falecimentos. Quando lorde Dain entrou, ela o encarou com um olhar de reprovação.

– Hoje é seu aniversário. Por que não me contou?

Ele se aproximou e a expressão pétrea se instalou em seu rosto sarcástico habitual quando ele fitou o lugar para onde ela apontava.

– Que curioso. Meu estimado progenitor não riscou o meu nome. Estou chocado.

– Você nunca viu este livro? – perguntou ela. – Nunca se

interessou pelos seus antepassados, mas sabe tudo sobre Guy de Ath?

– Meu tutor me falou sobre meus ancestrais – disse ele. – O homem tentou animar o ensino de história com passeios regulares pela galeria. "O primeiro conde de Blackmoor", ele anunciava ao parar diante de um retrato de um cavalheiro com longos cachos dourados. "Criado durante o reinado do rei Charles II", ele dizia. Em seguida, explicava os eventos daquele reino e falava sobre como meu nobre ancestral se encaixava na corte e o que fizera para merecer o título de nobreza.

Fora o tutor que tinha lhe contado sobre a história da família, não o pai.

– Eu gostaria de ser tutelada também – disse ela. – Talvez amanhã você possa me levar para dar um passeio pela galeria. Imagino que deva ter uns 10 ou 12 quilômetros de extensão.

– Sessenta metros – disse ele, voltando-se para a página. – Você parece ter uma ideia exagerada do tamanho de Athcourt.

– Vou me acostumar. Consegui não parecer assustada quando fui apresentada à catedral conhecida como Os Aposentos da Marquesa.

Ele ainda olhava fixamente para a página onde seu nascimento fora registrado. Sua expressão não tinha mudado, mas parecia estar agitado internamente. Jessica ficou pensando se era a anotação logo abaixo do nome dele que lhe causava essa dor. Aquilo a entristeceu, e ela sentiu a mesma angústia por ele.

– Perdi meus pais um ano depois que você perdeu sua mãe – contou ela. – Eles morreram num acidente com uma carruagem.

– Febre – disse ele. – Ela morreu por causa de uma febre. Ele anotou esse evento, também. – Dain parecia surpreso.

– Quem anotou a morte do seu pai? – perguntou ela. – Essa não é sua letra.

Dain deu de ombros.

– O secretário, eu creio. Ou o vigário. Ou um funcionário oficioso. – Dain afastou a mão de Jessica e fechou o livro com força. – Se quiser conhecer mais sobre a história da família, temos vários volumes do outro lado desta sala. Tudo foi registrado em detalhes bem tediosos, e devem remontar até o tempo das conquistas romanas.

Ela abriu a bíblia outra vez.

– Você é o chefe da família e deve registrar o meu nome agora – disse ela, gentilmente. – Você tem uma esposa, então registre o fato.

– Sério? Neste exato momento? – Ele ergueu uma sobrancelha. – E se eu decidir não ficar com você? Teria que riscar o seu nome depois.

Jessica se afastou, foi até uma escrivaninha, pegou uma pena e um tinteiro e retornou para onde ele estava.

– Gostaria de vê-lo tentar se livrar de mim.

– Posso requerer uma anulação – disse ele. – Sob a justificativa de que não estava de posse de minhas faculdades mentais quando o matrimônio foi realizado. O casamento de lorde Portsmouth foi anulado sob essa mesma justificativa, há dois dias.

Ainda assim ele pegou a pena e fez a maior cerimônia para registrar a união dos dois em uma caligrafia forte, com alguns floreios para dar ênfase.

– Ah, ficou muito bonito – comentou ela, inclinando-se por cima do braço de Dain para observar o registro. – Obrigada, Dain. Agora farei parte da história dos Ballisters. – Ela sabia que seus seios roçavam o braço dele.

Dain também notou. E se afastou como se fossem carvão em brasa.

– Sim. Você foi imortalizada na bíblia – disse ele. –

Imagino que agora vai exigir seu próprio retrato e eu terei que colocá-lo no lugar de um ancestral famoso para abrir espaço.

Jessica esperara que o banho, o jantar e uma ou duas taças de vinho o acalmariam, mas agora ele estava tão arisco quanto no momento em que entraram pelos portões de Athcourt.

– Athcourt é mal-assombrada? – perguntou ela, caminhando com uma casualidade estratégica até algumas estantes bem altas. – Devo me preparar para ouvir correntes se arrastando ou gemidos horrendos à meia-noite, ou damas e cavalheiros com trajes antigos perambulando pelos corredores?

– Meu Deus, não. Quem colocou essa ideia na sua cabeça?

– Você. – Ela ficou na ponta dos pés para examinar algumas obras poéticas. – Não sei se está apreensivo, prestes a me dizer algo ruim ou esperando que algo pavoroso aconteça. Ou talvez sejam os fantasmas dos Ballisters surgindo por entre os caibros da casa.

– Não tenho nada com que me preocupar. – Ele foi até a lareira. – Não estou *preocupado*. Estou perfeitamente tranquilo. Como deveria estar, em minha própria e maldita casa.

Onde ele aprendera a história da família com um tutor, e não com o pai. Onde sua mãe morrera quando ele tinha 10 anos... uma perda que ainda o magoava profundamente. Onde havia uma bíblia de registros de família, um volume que ele nunca havia examinado.

Jessica queria saber se ele chegara a conhecer os nomes dos meios-irmãos mortos ou se os tinha lido pela primeira vez ali junto com ela.

Ela pegou um belo e ricamente encadernado exemplar de *Don Juan*.

– Aposto que foi você quem comprou este aqui – disse ela. – Os últimos cantos de *Don Juan* foram publicados de maneira muito esparsa, há quatro anos. Não sabia que você apreciava Byron.

Dain andou até perto da lareira.

– Não gosto. Eu o conheci durante uma viagem à Itália. Comprei o livro porque o autor era um depravado, e seu conteúdo, famoso por ser indecente.

– Então você não o leu. – Ela abriu o livro e leu uma estrofe do primeiro canto: – "Casada ela foi, por alguns anos, com um homem / de 50, e tais maridos aos montes há de haver / E, mesmo assim, eu penso, em vez de UM / Melhor seria DOIS de 25 ter."

A boca de Dain se retorceu. Jessica folheou as páginas.

– "Um pouco ela se esforçou, e muito se arrependeu / E, sussurrando 'Nunca vou ceder', cedeu."

Uma risada estrangulada. Mas ela havia atraído sua atenção e sabia disso. Jessica se sentou no sofá e foi até o segundo canto, onde tinha parado de ler na noite anterior.

Don Juan, explicou ela, então com 16 anos, estava sendo mandado embora pelo caso amoroso que tivera com a bela Donna Julia, esposa do cavalheiro de 50 anos.

Em seguida, Jessica começou a ler em voz alta.

Na terceira estrofe, Dain saiu de perto da lareira.

Quando chegou à oitava, ele já estava sentado ao seu lado. Na décima quarta havia se esparramado, com uma almofada sob a cabeça e uma banqueta sob os pés. No processo, a mão esquerda aleijada de alguma forma pousou sobre a coxa direita da esposa. Jessica fingiu não perceber, mas continuou lendo sobre a tristeza que Don Juan sentiu quando o navio partiu da sua terra natal e a decisão de se transformar num homem íntegro, além do amor imortal por Julia, e como ele nunca a esqueceria nem pensaria em mais ninguém.

– "Nenhum remédio pode uma mente adoentada curar / E aqui, quando o navio deu um solavanco, ele sentiu-se enjoar."

Dain soltou uma risada zombeteira.

– "Antes disso, o céu beijará a terra (e aqui sentiu-se enjoar mais) / 'Oh, Julia! O que são outras aflições?' (Pelo amor de Deus, permitam-me beber algo; Pedro, Battista, ajudem-me a descer aos porões.)"

Se estivesse lendo apenas para si, Jessica teria rido, como fez na noite passada. Mas, com Dain ali, ela recitou as declarações apaixonadas de Don Juan com uma angústia melodramática cada vez mais distraída conforme o *mal de mer* do herói suplantava o amor imortal.

Ela fingiu não perceber o corpanzil agitando-se com o riso silencioso, tão próximo dela, ou a gargalhada discreta e quase estrangulada, soprando-lhe uma brisa suave que lhe fazia cócegas no topo da cabeça.

– "'Amada Julia, escute-me aqui a suplicar!' / (e aqui, vomitando, não conseguiu mais falar.)"

Agora sentia cócegas na sua orelha e não precisou erguer os olhos para perceber que seu marido estava mais próximo, olhando a página por cima do ombro dela. Jessica continuou a ler a próxima estrofe, percebendo o hálito morno e as vibrações que aquele riso grave e agitado lhe causava.

– "Sem dúvida, aquilo seria ainda mais patético..."

– "... Mas o mar agia como um forte agente emético" – concluiu ele a estrofe num tom grave. Em seguida, ela se permitiu erguer o rosto, mas Dain desviou o olhar no mesmo instante e sua expressão rudemente atraente ficou inescrutável.

– Não acredito que você comprou o livro e nunca o leu – disse ela. – Você não fazia ideia do que estava perdendo, não é?

– É bem mais divertido ouvir os poemas na voz de uma dama – respondeu ele. – E menos trabalhoso.

– Então vou começar a ler regularmente para você. Ainda vou transformá-lo em um romântico.

Ele se afastou, e a mão inerte caiu no sofá.

– Chama isso de *romântico*? Byron é um cínico.

– No meu dicionário, romance não é um sentimento piegas e pegajoso – disse ela. – É algo picante, temperado com entusiasmo e uma boa dose de cinismo. – Ela estreitou os olhos. – Acho que daqui a algum tempo você se transformará num belo tempero picante, Dain. Com alguns ajustes, claro.

– Ajustes? – repetiu ele, enrijecendo. – Você vai *me* ajustar?

– Com certeza. – Ela acariciou a mão que estava ao seu lado. – O casamento demanda ajustes, de ambos os lados.

– Não este, senhora. Eu paguei, uma quantia absurda, aliás, por obediência cega, e isso é...

– Naturalmente, você é o senhor do próprio lar – disse ela. – Nunca conheci um homem tão competente em administrar tudo e todos. Mas nem mesmo você pode pensar em tudo, ou procurar aquilo que nunca experimentou. Ouso dizer que há muitos benefícios em se ter uma esposa.

– Somente um – retrucou ele, estreitando os olhos. – E posso garantir, minha senhora, que já pensei nisso. Várias vezes. Porque é a única maldita coisa que...

– Eu criei um remédio para a sua indisposição esta manhã – disse ela, sufocando uma onda de irritação... e ansiedade. – Você pensava que não havia cura. Agora acabou de descobrir Byron, graças a mim. E a leitura melhorou o seu humor.

Ele afastou a banqueta com um chute.

– Já entendi. Então é isso que você está fazendo. Atendendo às minhas vontades. Quer me amolecer. Ou, pelo menos, é o que está tentando fazer.

Jessica fechou o livro e deixou-o de lado.

Ela decidira ser paciente, cumprir seus deveres perante o casamento, cuidar dele porque seu marido precisava ser bem cuidado. Agora ela se perguntava por que se dera o trabalho. Depois da noite passada, depois da manhã de hoje, depois de exilá-la na outra ponta daquela enorme mesa de jantar... o cabeça-dura ainda tinha a audácia de reduzir os esforços sobre-humanos de Jessica a tentativas de *manipulação*. Sua paciência se esgotou.

– Tentando... amolecer... você. – Ela cuspiu as palavras, que bateram com força dentro dela, fazendo seu coração disparar com aquela afronta. – Seu *ingrato* presunçoso e estúpido.

– Não sou cego – disse ele. – Sei o que você pretende, e se acha que...

– Se acha que não sou capaz de fazer isso – disse ela, entre os dentes. – Se acha que não sou capaz de fazer você comer na minha mão, recomendo que pense novamente, Belzebu.

Houve um silêncio curto e trovejante.

– Na sua mão – repetiu ele, em voz bem baixa.

Jessica reconheceu aquele tom e o seu significado. Uma parte do seu cérebro gritou *Corra!*, mas o restante da sua mente era uma massa vermelha de fúria. Lentamente, ela colocou a mão esquerda sobre o joelho, com a palma para cima. Com o dedo indicador ela traçou um pequeno círculo no centro.

– Aí está – disse ela, a própria voz tão baixa quanto a dele, sua boca encurvada num sorriso provocador. – Exatamente assim, Dain. Na palma da minha mão. E depois – prosseguiu ela, ainda acariciando o centro da palma – eu farei você rastejar. E *implorar*.

Outro silêncio trovejou pela biblioteca e ela se perguntou como os livros não caíram das estantes.

E foi então que surgiu, suave como o veludo, a resposta que ela não esperava, que, como percebeu no mesmo instante, ela devia ter previsto.

– Gostaria de vê-la tentar – disse ele.

O CÉREBRO DE DAIN tentava lhe dizer algo, mas ele não conseguia ouvir nada além do que retinia em suas orelhas: *rastejar... e implorar*. Sua cabeça foi tomada pelo tom zombeteiro daquela voz suave e pela fúria que retorcia suas entranhas.

E assim ele se trancou em uma raiva gélida, sabendo que ali estaria imune à dor, em segurança. Não tinha rastejado nem implorado quando, aos 8 anos, seu mundo desmoronou, quando a única coisa parecida com o amor fugiu dele e seu pai o mandou embora de casa. O mundo o enfiou em latrinas, provocou-o, zombou dele e o agrediu. O mundo se afastou dele e o fez pagar por toda a mentira mesquinha que se passava por felicidade. O mundo tentou forçá-lo a se submeter, mas ele não cederia, e Dain ditou seus próprios termos.

Assim como Jessica. E ele faria de tudo para ensiná-la a viver assim.

Dain pensou nos enormes rochedos que mostrara a ela durante a viagem, rochedos que tempestades, ventos fortes e o frio não conseguiram desgastar nem destruir. Como eles, lorde Dain se transformara em uma massa de rocha, e, quando sentiu que Jessica havia se aproximado, disse a si mesmo que ela nunca encontraria um ponto de apoio: não poderia escalá-lo, dobrá-lo ou quebrá-lo.

Jessica veio de joelhos, e Dain esperou o longo momento em que ela permaneceu imóvel. Ela hesitara, ele sabia, porque não era cega. Sabia identificar uma rocha quando a via e talvez já tivesse compreendido o seu erro... e logo desistiria daquilo.

Ela ergueu a mão e o tocou no pescoço – mas retraiu-a quase no mesmo instante, como se sentisse o mesmo que ele: o choque crepitante que corria por baixo da pele, gritando pelas terminações nervosas.

Embora mantivesse os olhos fixos à frente, Dain notou de soslaio a reação confusa de Jessica, seu olhar compenetrado enquanto observava a própria mão.

Em seguida, com o coração afundando, ele viu a boca de Jessica se abrir lentamente. Ela se aproximou um pouco mais, o joelho direito deslizando por trás dele, contra sua nádega, enquanto o esquerdo lhe pressionava a coxa. Passou o braço direito ao redor dos ombros de Dain e colocou o esquerdo sobre seu peito, aproximando-se. O busto lindamente arredondado roçou no braço dele enquanto ela encostava os lábios na pele bem sensível do canto do olho.

Dain se manteve rígido, concentrando-se em manter a respiração firme, em não gritar.

Jessica era quente e macia, e o suave aroma de camomila o enredava... como se o corpo esguio e formoso que o envolvia já não fosse uma armadilha perigosa o suficiente. Ela deslizou os lábios entreabertos por sobre a bochecha, depois o queixo retesado, até o canto da boca dele.

Idiota!, ele se repreendeu em silêncio por desafiá-la, quando sabia que Jessica não desistiria de um desafio e ele mesmo nunca conseguira sair ileso.

Havia caído em uma armadilha novamente, pela centésima vez, e esta fora a pior de todas. Não podia ceder à doçura de Jessica, não podia. Ficaria ali, sentado como um grande bloco de granito, enquanto aquele peito macio roçava em seu braço e o hálito quente e a boca macia o provocavam com beijos na pele.

E assim ele permaneceu, enquanto ela suspirava suavemente em seu ouvido, o que eletrizou o sangue de Dain. E continuou resistindo, imóvel por fora e destroçado por dentro, enquanto ela lentamente desatava os nós do lenço que ele tinha ao redor do pescoço.

Dain viu o lenço cair dos dedos dela e tentou se concentrar naquele tecido branco e amarrotado, mas ela começou a beijar sua nuca, deslizando as mãos por dentro da sua camisa. Ele não conseguia focar outra coisa porque ela estava em todo lugar, uma febre que o cercava por fora e latejava por dentro.

– Você é tão suave... – A voz de Jessica soou atrás dele, o hálito morno em sua nuca enquanto ela o acariciava nos ombros. – Suave como o mármore polido, mas muito mais quente.

Dain estava pegando fogo, e o sussurro de Jessica respingava óleo sobre as chamas.

– E forte – prosseguiu ela, enquanto suas mãos continuavam a serpentear, deslizando sobre músculos firmes que se retesavam e tremiam sob seu toque.

Ele era um fraco, um animal grande e estúpido, afundando no pântano da sedução de uma virgem.

– Você pode me erguer com um só braço – continuou o sussurro. – Adoro suas mãos grandes. Quero senti-las por todo o meu corpo, Dain. Por toda parte. – Ela encostou a língua na orelha dele e o fez estremecer com movimentos rápidos. – Na minha pele. Assim.

Sob a elegante camisa de cambraia que ele usava, os dedos de Jessica lhe acariciaram o peito, bem na área do coração, que batia com força. Um dedo lhe roçou o mamilo intumescido, e ele ofegou entre os dentes, chiando.

– Quero que você faça isto comigo – pediu ela.

Ele a desejava. Santa Mãe de Deus, ele a desejava muito. As juntas dos dedos da mão estavam embranquecidas, tamanha a força com a qual ele cerrava o punho. Seu queixo doía de tanto trincar os dentes, e essas sensações lhe faziam cócegas se comparadas ao que latejava violentamente em sua virilha.

– Fazer o quê? – perguntou ele, expulsando as sílabas da língua entorpecida. – Por acaso... eu devia... sentir alguma coisa?

– Seu desgraçado. – Ela tirou a mão do corpo dele, e Dain se sentiu aliviado por um momento. Antes que ele pudesse respirar fundo ela tinha subido em seu colo, erguendo as saias enquanto montava sobre suas coxas. – Você me quer – disse ela. – Eu sinto isso, Dain.

Não seria difícil sentir. Não havia nada entre o homem excitado e a mulher ardente além de uma camada de lã e uma peça de seda. Suas calças. As anáguas dela... coxas macias pressionando as suas. Que Deus tivesse piedade.

Ele sabia o que havia ali, sob as anáguas: alguns centímetros de meias acima do joelho, o laço de uma liga e a pele sedosa. Até mesmo os dedos de sua mão aleijada tremiam.

Como se fosse capaz de ler sua mente, Jessica arrastou aquela mão inútil pela seda amarrotada da saia.

Embaixo, ele queria gritar. A meia, a liga, a pele doce e sedosa. *Por favor*.

Dain apertou os lábios.

Não iria implorar. Não iria rastejar.

Jessica o empurrou contra as almofadas do sofá, e ele se deitou sem reagir. Concentrava toda a sua força na contenção do grito.

Dain viu quando a mão dela se moveu até os cordames que prendiam o corpete.

– O casamento exige ajustes – disse ela. – Se é uma prostituta que você quer, então devo agir como uma.

Ele tentou fechar os olhos, mas não lhe sobraram forças.

Olhava fixamente para os dedos esguios e graciosos dela e seus movimentos endiabrados... as fitas e os ganchos se abrindo, o tecido deslizando pelo seu corpo... a pele alva surgindo por entre as rendas e a seda.

– Eu sei que meus... atributos físicos... não são tão grandes quanto aqueles aos quais você está acostumado – disse ela, empurrando o corpete até a cintura.

Ele viu duas meias-luas, brancas e lisas como o alabastro.

Sua boca estava seca e a cabeça pesada, quase sufocando.

– Mas, se eu me aproximar, talvez você note. – Ela se ergueu e se curvou sobre ele... Chegou bem perto. Perto demais.

– Jess. – A voz dele estava entrecortada e áspera, rouca.

Nada cruzava pela sua mente. Nenhum pensamento. Nenhum orgulho. Ele não passava de um punhado de areia girando ao sabor de um vendaval.

Com um grito estrangulado, Dain a puxou para si e capturou sua boca... um doce oásis... *ah, sim, por favor...* e ela se abriu para aquela súplica desesperada. Dain sorveu a doçura de Jessica com sofreguidão. Ele estava seco, ardente, e ela o acalmava e o inflamava ao mesmo tempo. Ela era a chuva fresca, e também uma taça de conhaque quente.

Ele deslizou as mãos por sobre as costas lisas e macias de Jessica, fazendo-a estremecer e suspirar contra a boca de Dain.

– Eu amo as suas mãos. – A voz denunciava um sussurro acalentador.

– *Sei bella* – respondeu ele asperamente, apertando-a ao redor da cintura. Tão firme e suave, mas, ah, tão pequena sob aquela mão enorme.

Havia muito pouco dela, mas ele queria tudo e a desejava loucamente. Esfregou sua boca faminta sobre o rosto dela, o ombro, o pescoço. Roçou a bochecha contra os seios aveludados e o vale perfumado que havia entre eles. Traçou um caminho sinuoso com a língua até o mamilo rosado que o provocara, capturando-o com a boca. Acariciou-o com os lábios, a língua, e segurou com força o corpo que estremecia enquanto ele o saboreava.

Dain ouviu um gemido suave e assustado. Mas os dedos de Jessica agora corriam pelos cachos dele, movendo-se agitadamente pelo couro cabeludo, e ele sabia que o grito não era de dor, e sim de prazer.

Aquela mulher endemoniada estava gostando.

Em seguida, quente e enlouquecido como estava, Dain percebeu que também podia torturá-la.

Podia fazê-la implorar.

Seu coração galopava em ritmo acelerado e sua mente estava entorpecida e inebriada, mas, de algum modo, conseguiu se controlar. Em vez de se apressar, atacou o outro seio, de forma mais lenta e deliberada...

– Oh. Oh, Dain. Por favor. – Os dedos de Jessica se moviam aos espasmos sobre o pescoço e os ombros dele.

Isso, implore. Ele prendeu o mamilo trêmulo entre os dentes e o puxou com delicadeza.

– Oh, Deus... Por favor... não. Sim. Oh. – Ela se contorcia incontrolavelmente, arqueando o corpo contra ele num instante e afastando-se no seguinte.

Dain deslizou a mão por baixo da saia amarrotada e acariciou-a por sobre as anáguas sedosas. Ela gemeu.

Soltou o seio de Jessica e ela se deitou sobre ele, arrastando os lábios entreabertos sobre os seus até que ele reagiu e a recebeu, deixando que espasmos de prazer agitassem o seu corpo enquanto ela lhe devassava a boca.

E, enquanto bebia daqueles beijos inebriantes, Dain ergueu a seda fina das anáguas que ela usava, acariciando-a sobre as meias e continuando a subir, até chegar ao nó que prendia a liga. Ele rapidamente o desatou e tirou o laço, depois puxou a meia para baixo, esfregando os dedos na coxa dela. Subiu, por baixo das anáguas de seda, e agarrou aquela nádega deliciosamente arredondada.

Jessica se afastou da sua boca com a respiração curta e descompassada.

Ainda a segurando por trás, Dain mudou de posição e moveu-a consigo, de modo que ela ficasse presa entre o sofá e seu corpanzil. Ele a beijou outra vez, profundamente, enquanto levava a mão até as presilhas da anágua e as soltava, despindo-a da peça. Dain sentiu o corpo dela se retesar, mas continuou a beijá-la lenta e carinhosamente, enquanto seus dedos se moviam na perna dela, tocando, acariciando, aproximando-se da sua inocência.

Ela se contorceu, afastando sua boca da dele, mas Dain não a deixaria escapar. Não conseguia se impedir de tocá-la... a pele sedosa e firme entre as pernas... um emaranhado devasso de cachos sedosos... e a doce feminilidade, quente e macia como manteiga... e úmida... a deliciosa evidência do desejo.

Dain a deixara atiçada, excitada. Jessica o queria.

Ele começou a acariciar aquelas dobras femininas, e ela ficou totalmente imóvel.

– Ah. – A voz dela soou bastante suave com a surpresa. – Oh. Isso é... *depravado*. Eu não... – E o restante da frase se perdeu em um grito estrangulado, o calor doce pressionando-se contra o dedo dele. O corpo magro de Jessica se contorcia e se debatia incansavelmente, curvando-se para perto dele e depois se afastando. – Oh, meu Deus. *Por favor*.

Dain mal chegou a ouvir a súplica. Não conseguia. O sangue fervilhava e latejava.

Ele encontrou o botão macio e a fenda estreita logo abaixo, mas ela era muito pequena, muito apertada contra seu dedo grande e invasor.

Dain acariciou aquele ponto sensível e sentiu a reação. Ela segurava seu casaco com força, ao mesmo tempo que emitia sons suaves e resfolegantes, tentando se aninhar em seu corpo firme. Como uma gatinha assustada. Mas ela não estava assustada. Confiava nele. Uma gatinha inocente e frágil.

– Oh, Jess, você é tão pequena – murmurou ele, desesperado.

Dain a acariciou gentilmente por dentro, mas, por mais quente e úmida que ela estivesse, ainda assim era estreita demais, apertada demais para ele.

Seu membro intumescido pelo desejo pressionava-lhe furiosamente as calças, um invasor enorme e monstruoso que a rasgaria e a deixaria em frangalhos. Dain sentia vontade de chorar, gritar.

– Tão apertada – disse ele, com a voz marcada pela tristeza, porque não conseguia parar de tocá-la nem de acariciar o que não podia, o que não se atreveria a tomar.

Jessica não o ouviu. Estava perdida em meio à febre que ele alimentava. Ela o tocava e o beijava.

As mãos tão inquietas, a boca tão inocentemente lasciva. Ela ardia no fogo que ele acendera para conquistá-la, e ele não conseguia parar de alimentar as chamas.

– Oh, não... sim... *por favor*.

Ele a ouviu suspirar profundamente e depois gemer... e o corpo de Jessica estremeceu, as carnes firmes se prenderam nos seus dedos... e relaxaram... e o apertaram outra vez, quando outro clímax abalou seu corpo esguio.

Dain afastou a mão e percebeu que ela tremia. Cada músculo do seu corpo estava retesado pelo esforço, como a força que ele precisava fazer para não rasgá-la. Sua virilha parecia estar em brasa.

Ele resfolegou, com a respiração entrecortada. E resfolegou mais uma vez. E outra, esperando que ela voltasse ao mundo, na esperança de que o membro rijo se acalmasse antes disso. Antes que ele tivesse que agir.

Dain esperou, mas nada aconteceu. Sabia que ela não havia morrido. Podia ouvir, sentir a respiração dela... lenta, firme, tranquila... Tranquila até demais.

Ele a fitou, incrédulo.

– Jess?

Ela murmurou alguma coisa e se aconchegou um pouco mais, apoiando a cabeça na curva do seu ombro.

E ele ficou ali, boquiaberto, observando, por mais um longo minuto, aquele rosto bonito e *adormecido*.

Como um maldito homem, pensou ele, exasperado. Conseguiu o que queria, depois se encolheu e dormiu.

Era isso que deveria ter acontecido com *ele*. E que o diabo levasse aquela maldita desaforada para o inferno. Maldita fosse aquela ingrata egoísta. Agora, ele teria que descobrir como a levaria para a cama sem acordá-la – quando tinha apenas um braço em condições de se mover.

CAPÍTULO 13

Jessica não sabia dizer exatamente quando foi que percebeu que estava sendo carregada pela escada. Tudo parecia ser um sonho ou uma lembrança de quando ela era uma menininha dorminhoca, tão pequena que até mesmo o tio Frederick, o menor de todos, conseguia erguê-la com apenas um braço e levá-la de volta para o quarto. O braço do tio era rígido, é verdade, e o trajeto ocorria aos solavancos, mas ela sabia que estava em segurança, presa ao corpo enorme de um homem, com a cabeça aninhada em um ombro forte.

A névoa do sono começou a esmaecer e, mesmo antes de abrir as pálpebras pesadas, Jessica já tinha consciência de quem a carregava.

Ela também se lembrava do que havia acontecido. Ou da maior parte. Algumas coisas se perderam no redemoinho delirante para o qual Dain a arrastara.

– Estou acordada – disse ela, com a voz pesada pelo sono. Ainda estava exausta e se sentia tão mole quanto um pudim. – Posso terminar o caminho a pé.

– Você vai acabar rolando pela escada – retrucou Dain, sem paciência. – Já estamos quase chegando, de qualquer forma.

Ela notou que estavam quase chegando aos Aposentos da Marquesa. As Grandes Catacumbas, como ela mesma batizara aquele lugar, enquanto Dain a carregava rumo à caverna mal iluminada que era o seu quarto.

Ele a deitou com todo o cuidado na cama.

Então, chamou a criada... e saiu. Sem dizer palavra, e com alguma pressa. Jessica se sentou na cama, olhando o pórtico vazio, e ouviu os passos do marido abafados pelos tapetes conforme ele andava pelo longo corredor. Logo depois, escutou o ruído suave da porta do quarto dele se fechando.

Suspirando, ela se curvou para tirar a meia que ele havia afrouxado e lhe escorregara pela perna até chegar ao tornozelo.

Jessica fez questão de lembrar a si mesma que sabia, a partir do momento em que tinha concordado em se casar com ele, que isso não seria fácil. Ele estava com um humor extremamente ácido naquela noite – o dia inteiro, na verdade. Não podia esperar que ele se comportasse racionalmente... e fizesse amor... ou dormisse com ela.

Bridget apareceu naquele momento e, sem dar a impressão de notar as roupas amarfanhadas ou o estado de espírito perturbado de sua senhora, silenciosamente preparou-a para dormir.

Quando estava deitada, depois que a criada já tinha ido embora, Jessica decidiu que não ficaria remoendo o fato de que Dain não tinha conseguido deflorá-la.

O que ele fizera havia sido muito empolgante e surpreendente, especialmente a última parte, quando ela atravessou um pequeno terremoto. Jessica sabia do que se tratava, pois Genevieve lhe contara a respeito. E, graças à sua avó, ela sabia muito bem que essas sensações extraordinárias nem sempre ocorriam, especialmente no começo do casamento. Nem todos os homens se preocupavam com aquilo.

Ela não podia acreditar que Dain fizera aquilo somente para marcar um ponto, para demonstrar o poder que tinha sobre ela. De acordo com Genevieve, era extremamente doloroso para um homem excitado negar-se o próprio prazer. A menos que Dain se valesse de esoterismo para aliviar sua excitação, algo que Genevieve talvez houvesse esquecido de mencionar, ele certamente passara por um sério desconforto.

Então ele provavelmente tivera um motivo muito forte para agir assim.

Jessica não fazia ideia do que seria. Ele a desejava, sem sombra de dúvida. Tentou resistir, mas não conseguiu – não quando ela exibiu desavergonhadamente os seios e os esfregou bem debaixo daquele nariz florentino arrogante... e não depois que ela ergueu as saias e se sentou sobre o órgão reprodutor de Dain.

Ela enrubesceu com a lembrança, mas aquele calor não vinha do constrangimento. Sentira-se maravilhosamente livre e depravada... e tinha sido muito bem recompensada por sua audácia.

Mesmo agora, sentia como se Dain houvesse lhe dado

um presente. Como se o aniversário fosse dela, não dele. E, após regalar a esposa com um pequeno terremoto e sofrer com um sério desconforto físico, ele ainda se esforçara – com bastante dificuldade, ela teve certeza – para levá-la até o andar de cima sem acordá-la.

Ela se pegou desejando que ele não tivesse feito aquilo. Teria sido bem mais fácil se ele a tivesse acordado de maneira rude, rido e deixado que ela subisse a escada com as próprias pernas, ainda tonta, trôpega... e encantada. Teria sido bem mais fácil se ele a tivesse segurado contra o sofá, invadido seu corpo à força e caído no sono logo em seguida.

Em vez disso, Dain escolhera o caminho mais sofrido. Mostrara-lhe o que era prazer e cuidara dela. Doce e cavalheiresco.

Seu marido estava transformando uma simples atração física em algo muito mais complicado.

E, se ela não tomasse cuidado, poderia cometer o erro fatal de amá-lo.

No meio da tarde do dia seguinte, Lady Dain descobriu que Athcourt realmente tinha seus fantasmas.

Ela se ajoelhou num tapete puído da câmara mais alta da Torre Norte. O cômodo abrigava móveis e enfeites antigos de Athcourt: arcas cheias de roupas de eras passadas, cortinas e lençóis, bugigangas, caixotes com jogos de louças e talheres que não formavam um conjunto e uma quantidade imensa de utensílios para o lar de função duvidosa. Ao seu lado, encontrava-se ajoelhada a Sra. Ingleby, a governanta.

As duas olhavam o retrato de uma jovem de cabelos negros encaracolados, olhos escuros como o carvão e um nariz florentino altivo. Jessica o encontrou em um canto escuro do cômodo, escondido atrás de uma pilha de baús e embrulhado em várias camadas de cortinas de veludo usadas em dosséis.

– Não pode ser outra pessoa senão a mãe do lorde – concluiu Jessica, imaginando por que seu coração saltava do peito como se ela estivesse assustada, e não estava. – O vestido, o penteado... Isso é do fim do século XVIII, sem dúvida.

Não havia necessidade de comentar as semelhanças físicas. A dama ali representada era a versão feminina do marquês atual.

Este também fora o primeiro retrato em que Jessica percebera alguma similaridade em relação a ele.

Depois de um desjejum solitário – Dain já havia comido e desaparecido antes que ela descesse –, a Sra. Ingleby a levou a um tour na imensa residência, que incluía um passeio despreocupado pela Longa Galeria que ficava no segundo andar, do lado oposto aos quartos. Exceto pelo primeiro conde de Blackmoor, cujo olhar de pálpebras pesadas lembrava o de Dain, Jessica não encontrou nenhum outro que fosse similar.

Não avistou, entre aqueles figurões, uma mulher que poderia ter sido a mãe de Dain. A governanta, quando questionada, lhe disse que não havia nenhum retrato dela, pelo menos do qual se lembrasse. Ela estava em Athcourt desde que o marido de Jessica herdara o título de marquês, quando trocou quase todos os criados.

Este retrato, então, ficara escondido desde a época do pai. Por causa da tristeza? Jessica não sabia. Seria doloroso demais para o falecido marquês encarar a imagem da esposa? Ele deveria ter sido um homem muito diferente do que ela vira no retrato: um homem louro de meia-idade, trajado ao estilo quacre, com uma simplicidade sombria. Não havia um amigo gentil por trás daquelas feições severas com seus olhos azuis estreitos e frios.

– Não sei nada a respeito dela, com exceção da data em que se casou e da data em que morreu – disse Jessica. – Não esperava que fosse tão jovem. Imaginei que a segunda esposa fosse uma mulher mais madura. Esta aqui é quase uma garota.

E quem diabos acorrentara essa encantadora criança àquele horrendo e sacrossanto velho bloco de gelo?

Jessica se afastou, assustada pela veemência da sua reação. Rapidamente ela se ergueu.

– Leve o retrato à minha saleta – disse ela à governanta. – Tire um pouco da poeira, mas não o limpe de qualquer outra maneira antes que eu tenha a oportunidade de examiná-lo com mais cuidado.

A Sra. Ingleby havia sido trazida de Derbyshire. Nunca ouvira nada sobre os escândalos da família Ballister antes de chegar, e, como não tolerava fofocas, não sabia de nada desde então. O agente de lorde Dain a havia contratado não somente por causa da reputação impecável como governanta, mas também por seus princípios sólidos: para ela, o cuidado de uma família era uma tarefa sagrada, da qual os encarregados não abusavam espalhando escândalos e boatos pelas costas dos patrões. Só havia duas possibilidades: as condições eram aceitáveis ou não. Se não fossem, uma das partes educadamente pedia dispensa e ia embora.

Seus princípios sólidos, mesmo assim, não impediam que o restante dos criados fofocasse à boca pequena quando ela virava as costas. Consequentemente, a maioria deles já tinha ouvido falar da Lady Dain anterior. Um deles foi um dos lacaios instruídos a levar o retrato até a sala da Lady Dain atual. Ele revelou ao Sr. Rodstock quem era a pessoa retratada na pintura.

O Sr. Rodstock era muito digno para fofocar sobre

aquilo. Ele apenas piscou e ordenou que seus asseclas o avisassem quando Sua Senhoria retornasse.

Lorde Dain passou a maior parte do dia em Chudleigh. Na taberna Star and Garter, ele se encontrou com lorde Sherburne, que estava a caminho de Devonport, mais ao sul, para assistir a uma disputa de luta livre.

Sherburne, casado havia menos de um ano, deixara a jovem esposa em Londres. Seria a última pessoa do mundo que estranharia o fato de largar sua esposa recém-casada para frequentar o bar de uma estalagem a quilômetros de casa. Pelo contrário, convidou Dain para acompanhá-lo até Devonport. Sherburne aguardava outros amigos naquela noite. Sugeriu a Dain que fizesse as malas, buscasse seu lacaio e se juntasse a eles no jantar. Depois, todos poderiam partir assim que o sol raiasse na manhã seguinte.

Dain aceitou o convite sem hesitar, ignorando o grito lancinante da sua consciência. A hesitação era sempre um sinal de fraqueza, e, neste caso, Sherburne poderia pensar que Belzebu precisasse da *permissão* da esposa, ou que não pudesse suportar a ideia de passar alguns dias longe dela.

Lógico que conseguiria, pensou Dain agora, enquanto avançava pela escadaria que levava ao seu quarto. Além disso, ela precisava aprender que não podia manipulá-lo, e essa lição seria bem menos dolorosa para ele do que a que ele lhe ensinara na noite passada. Preferia deixar que gralhas carniceiras se refestelassem com suas partes pudicas a passar por aquela experiência horrenda novamente.

Ele iria para longe, tentaria se acalmar e colocar a questão em perspectiva, e quando voltasse...

Bem, ele não sabia exatamente o que faria, mas isso se devia ao fato de que ele não estava calmo. Quando estivesse, encontraria uma solução. Tinha certeza de que deveria ser algo simples, mas não conseguiria contemplar o problema de maneira fria e objetiva enquanto ela estivesse por perto, incomodando-o.

– Milorde.

Dain parou no alto da escadaria e olhou para baixo. Rodstock vinha correndo em sua direção.

– Milorde – repetiu ele, ofegante. – Uma palavra, por gentileza.

O que o mordomo precisava falar tomaria mais do que uma palavra, mas nem uma além do que era necessário. Lady Dain estava explorando o depósito da Torre Norte. E encontrara um retrato. Da antiga marquesa. Rodstock achava que Sua Senhoria desejaria ser informado.

Rodstock era um criado exemplar, um modelo perfeito de discrição e sensibilidade. Nada em sua voz ou comportamento indicava que tinha consciência da bomba que acabara de jogar aos pés do seu senhor.

E Dain, da mesma forma, também não deixou que ele percebesse a iminência de sua explosão.

– Compreendo – disse ele. – Interessante. Eu nem sabia que tínhamos um retrato desses. Onde ele está?

– Na sala de estar de *milady*, meu senhor.

– Bem, então talvez seja melhor eu ir dar uma olhada. – Dain se virou e andou em direção à Longa Galeria. Seu coração ribombava em descompasso. Não enxergava nada à sua frente, durante a caminhada infindável diante dos retratos da nobre linhagem à qual ele nunca sentiu que pertencia.

Dain caminhou às cegas até o final do corredor, abriu a última porta à esquerda e virou outra vez à esquerda no meio daquela passagem estreita. Prosseguiu, passando por uma porta até chegar à seguinte. Passou por ela e depois avançou pelo segundo corredor até chegar à porta ao fundo, que se encontrava entreaberta.

O retrato que não devia existir estava de frente para a janela que dava para o nascer do sol sobre um cavalete maltratado, provavelmente retirado da sala de estudos.

Dain caminhou até a pintura e fitou-a por bastante tempo, embora lhe doesse demais - mais do que ele imaginava - olhar para aquele rosto belo e cruel. Sua garganta e seus olhos ardiam. Se pudesse, cairia em prantos ali mesmo.

Mas não podia, porque não estava sozinho. Não precisava olhar ao redor para saber que sua esposa estava na sala.

– Não acredito. Outra de suas descobertas – disse ele, estrangulando uma risada curta pela garganta queimada. – E logo na sua primeira caça ao tesouro aqui.

– Por sorte, a Torre Norte é fria e seca – contou ela. Sua voz estava tão fria e seca quanto a torre. – E o quadro estava muito bem embrulhado. Vai precisar de uma limpeza mínima, mas prefiro trocar a moldura. Essa é muito escura e enfeitada. Além disso, acho melhor não colocá-la na galeria, se você não se importar. Este retrato deveria ter um lugar só dele. Sobre a cornija da sala de jantar, eu creio. No lugar daquela paisagem.

Jessica se aproximou e parou alguns passos à sua direita.

– A paisagem precisa de uma sala menor. E, de qualquer jeito, é muito melhor apreciar este quadro.

Ele concordava, embora aquilo o devorasse por dentro.

Dain ficaria contente se tivesse a chance de olhar para a bela e impassível mãe mais uma vez. Não pediria nada... ou talvez muito pouco: um toque macio em seu rosto, apenas por um instante. Um abraço impaciente. Ele teria sido um bom filho. Teria tentado...

Bobagens sentimentais, repreendeu-se Dain com rispidez. Aquele retrato era apenas um maldito pedaço de tecido coberto com tinta. Era o retrato de uma prostituta, como todas as pessoas daquela casa, toda Devon e o mundo todo sabiam. Todos com exceção da esposa, que detinha um talento de virar tudo do avesso.

– Ela era uma vagabunda – disse ele, agressivo. E, de maneira rápida e brutal, para acabar logo com aquilo, Dain prosseguiu: – Ela fugiu com o filho de um mercador de Dartmouth. Viveu com ele durante dois anos e morreu, numa ilha empesteada pela febre nas Índias Ocidentais.

Dain se virou e olhou para o rosto pálido e erguido da esposa. Os olhos dela se arregalaram pelo choque. Em seguida, eles começaram a brilhar... com lágrimas.

– Como se atreve? – disse ela, piscando furiosamente os olhos para afastar as lágrimas. – Como se atreve, entre todos os homens, a chamar sua própria mãe de vagabunda? Você contrata uma amante diferente por noite. Isso lhe custa algumas moedas. De acordo com você, ela teve apenas um amante... e isso lhe custou tudo o que tinha: seus amigos, sua honra. Seu filho.

– Eu devia saber que você transformaria até mesmo essa história em algo romântico – disse ele, com sarcasmo. – Você vai transformar essa vadia de sangue quente em uma espécie de mártir... mártir de quê, Jess? Do *amor*?

Ele deu as costas para o retrato porque os gritos haviam começado a soar dentro dele, e Dain sentiu vontade de berrar *Por quê?*. Mesmo assim, ele já sabia a resposta. Sempre soube. Se sua mãe o tivesse amado – ou pelo menos sentido pena dele –, ela o teria levado consigo. Não o deixaria sozinho no inferno.

– Você não sabe como era a vida dela – argumentou Jessica. – Você era uma criança. Não tinha como saber o que ela sentia. Ela era uma estrangeira, e seu pai tinha idade para ser pai dela.

– Como a Donna Julia de lorde Byron, você quer dizer? – A ironia ácida escorria pela voz dele. – Talvez você tenha razão. Talvez minha mãe pudesse ter tido uma vida melhor com dois maridos de 25.

– Você não sabe como seu pai a tratava – persistiu a esposa, como uma professora lidando com um aluno teimoso. – Você não sabe se ele facilitou ou dificultou a vida dela. Seu pai pode ter transformado a vida dela num inferno, o que é bem provável, se o retrato dele for uma indicação fidedigna do seu caráter.

E o que ela fez comigo?, ele quis gritar. *Você não sabe como era a minha vida, a coisa horrenda que ela deixou para trás, rejeitada, escondida, ridicularizada, abusada. Abandonada... para sofrer... e pagar muito caro pelo que os outros conseguiam sem qualquer esforço: tolerância, aceitação, o carinho de uma mulher.*

Ele estava chocado com toda aquela raiva e a tristeza que sentia, a histeria de uma criança... que morrera 25 anos antes.

Dain se forçou a rir e a encarar o olhar firme e cinzento de Jessica com a máscara zombeteira que lhe servia tão bem.

– Se não gostou do meu pai, mande-o para o exílio na Torre Norte. Pendure o retrato dela no lugar do dele. Ou na capela. Não me importa.

Ele andou em direção à porta.

– Você não precisa me consultar quando quiser redecorar. Sei que nenhuma mulher é capaz de ficar dois dias em uma casa e deixar tudo como estava antes. Vou ficar espantado se ainda souber andar aqui dentro quando voltar.

– Você vai sair? – A voz dela continuou firme. Quando Dain parou e se virou, sob o batente da porta, ela olhava pela janela, com a pele novamente em sua cor normal, e as feições recompostas.

– Vou para Devonport – disse ele, imaginando por que o comportamento de Jessica lhe dava calafrios. – Uma disputa de luta livre. Sherburne e outros amigos. Vou encontrá-los às nove. Preciso fazer as malas.

– Então, devo mudar o jantar – disse ela. – Vou comer no salão matinal. Talvez seja melhor eu tirar uma soneca antes, ou vou acabar caindo em cima do prato. Visitei cerca de um quarto da casa, mas tenho a sensação de que fui a pé de Dover até o fim do mundo.

Dain queria perguntar o que ela tinha achado, do que ela tinha gostado – além do retrato da mãe que lhe dilacerava a alma – e o que ela queria mudar – além da paisagem ofensiva do salão de jantar, da qual ele também não gostava, lembrou-se.

Se não fosse embora, ele poderia descobrir tudo isso durante o jantar, na intimidade confortável do salão matinal.

Intimidades, disse ele a si mesmo, eram a última coisa de que precisava agora. Ele só tinha que fugir para um lugar onde ela não pudesse virá-lo de cabeça para baixo, onde não pudesse virá-lo do avesso com suas "descobertas" acachapantes... ou atormentá-lo com seu perfume, sua pele sedosa, as curvas suaves do seu corpo esbelto.

Ele precisou de todo o seu autocontrole para sair da sala andando, e não correndo.

JESSICA PASSOU DEZ MINUTOS tentando se acalmar. Não funcionou.

Sem querer lidar com Bridget ou qualquer outra pessoa, ela preparou o próprio banho. Athcourt, felizmente, ostentava o raro luxo de ter água corrente quente e fria, mesmo no segundo pavimento.

Nem a solidão nem o banho conseguiram acalmá-la, e tirar uma soneca mostrou-se uma tarefa impossível. Jessica ficou deitada na cama imensa e solitária, rígida como um espeto, olhando para o dossel.

Casara-se havia três dias e o maldito já iria abandoná-la. Para ficar com os amigos. Por causa de uma *disputa de luta livre*.

Ela se levantou, despiu a modesta camisola de algodão e foi, nua, até o quarto de vestir. Encontrou o négligé vermelho e negro de seda e o vestiu. Calçou os tamancos pretos. Cobriu-se com um roupão pesado de seda em tons de negro e dourado, amarrou a fita ao redor da cintura e deixou o decote drapeado frouxamente, de modo que um pedaço do négligé aparecesse por baixo.

Depois de escovar os cabelos, Jessica voltou ao quarto e saiu pela porta que se abria para o que a Sra. Ingleby chamava de Câmara de Refúgio. No momento, o lugar abrigava parte da coleção de curiosidades artísticas de lorde Dain. E também tinha outra porta para os aposentos do senhor marquês.

Ela atravessou a sala imensa, com pouca iluminação, até chegar à porta que levava aos quartos de Dain. E bateu. As vozes abafadas que ouvia enquanto se aproximava cessaram abruptamente. Após um momento, Andrews abriu a porta. Ao observá-la vestida daquele jeito, ele soltou um gemido, que logo se transformou em uma tosse educada e curta.

Ela abriu um sorriso doce e ingênuo.

– Ah, você ainda não foi embora. Que bom. Se o senhor marquês puder dispor de um minuto, preciso pedir algo a ele.

Andrews olhou para a esquerda.

– Meu senhor, a senhora marquesa deseja...

– Não sou surdo – disse Dain, contrariado. – Saia daí e deixe-a entrar.

Andrews recuou e Jessica entrou, olhando casualmente ao redor enquanto entrava, dando a volta pela imensa cama do século XVII para chegar até onde o marido estava. A cama era ainda maior do que a dela, com 3 metros de lado.

Dain, de camisa, calças e meias, estava perto da janela. Olhava intensamente para a mala de viagem. Ela estava aberta sobre uma mesa entalhada que, pelo que Jessica imaginava, fora construída na mesma época em que a cama. Ele não fez menção de olhar para a esposa.

– É... uma questão delicada – disse ela, com a voz hesitante e tímida. Desejou poder enrubescer o rosto de propósito, mas rubores não surgiam tão facilmente. – Se pudermos ter um pouco de... privacidade?

Ele olhou para ela de relance e logo se concentrou na valise. Em seguida, piscou e virou a cabeça na direção dela, rigidamente desta vez. Dain a observou com cuidado, da cabeça aos pés e dos pés à cabeça, detendo-se no decote revelador do roupão que ela usava. Um músculo se moveu com um espasmo em sua bochecha.

Em seguida sua face se retesou, dura como granito.

– Já está pronta para a sua soneca, pelo que estou vendo. – Virou-se para Andrews, que se encontrava além de Jessica, com uma expressão severa. – O que está esperando? Sua Senhoria disse "privacidade". Está surdo?

Andrews saiu e fechou a porta atrás de si.

– Obrigada, Dain – disse ela, sorrindo para ele. Em seguida, aproximou-se lentamente, pegou um punhado de lenços engomados e cuidadosamente dobrados que estavam no interior da valise e os largou no chão.

Dain olhou para ela. E depois para os lenços no chão.

– Jessica, não sei que jogo você está tentando jogar, mas não tem graça – disse ele, em voz baixa.

Ela pegou uma braçada de camisas e as jogou no chão.

– Estamos casados há pouco mais de três dias – disse ela. – Você *não vai* abandonar sua esposa para se juntar aos seus amigos imbecis. Não vai me transformar em alvo de risadas. Se não estiver se sentindo feliz comigo, basta dizer, e vamos discutir o assunto. Ou brigar, se você quiser. Mas você não vai...

– Você não vai me dizer o que devo fazer – disse ele, no mesmo tom. – Você não vai me dizer aonde eu posso ir ou não, nem quando, nem com quem. Eu não vou me explicar e você não vai me questionar. E você *não vem* ao meu quarto para fazer escândalos.

– Sim, eu vou e farei tudo isso – retrucou ela. – Se você sair desta casa, vou atirar no seu cavalo quando você estiver sobre ele.

– Atirar no meu...

– Não vou permitir que você me abandone – disse ela. – Você não vai me tratar como Sherburne trata a esposa e não vai fazer todo mundo rir de mim, ou sentir pena de mim, como fazem com ela. Se não suporta a ideia de perder sua preciosa luta livre, então pode me levar com você para assistir.

– Levá-la? – Ele levantou a voz. – Vou levá-la, sim, senhora. Diretamente para o seu quarto. E trancá-la lá dentro, se não se comportar.

– Gostaria de vê-lo tent...

Dain avançou sobre Jessica, e ela não conseguiu se esquivar a tempo. No instante seguinte, seu corpo estava preso sob um braço musculoso, e ele a carregava como se fosse um trapo.

A porta estava aberta. Por sorte, ela se abria para dentro do quarto, e somente um de seus braços estava preso ao corpo de Dain.

Jessica empurrou a porta para fechá-la.

– Mas que inferno!

Xingar era a única coisa que ele podia fazer a respeito. Tinha somente a mão direita, e ela estava ocupada no momento. Não podia girar a maçaneta da porta sem soltar a esposa.

Ele soltou mais um impropério. Virando-se, marchou até a cama e a jogou ali.

Quando ela caiu sobre o colchão, o roupão que usava se abriu.

O olhar negro e furioso de Dain passou por ela como uma tempestade.

– Vá para o diabo, Jess. Maldita seja. – Sua voz estava estrangulada. – Você não vai... não pode... – Ele se esticou para agarrar a mão dela, mas Jessica recuou.

– Você não vai me tirar daqui – disse ela, recuando para o centro da cama imensa. – Não sou criança e não vou ficar de castigo.

Ele se ajoelhou na beirada do colchão.

– Não pense que, só porque aleijou o meu braço, não posso lhe ensinar uma lição. Não me faça persegui-la. – Ele mergulhou sobre ela, tentando agarrar seu pé. Jessica se esquivou outra vez, e Dain só conseguiu agarrar um dos tamancos pretos. Ele o jogou do outro lado do quarto.

Jessica tirou o outro e o atirou contra ele. Ele se agachou e o calçado bateu na parede.

Com um rosnado baixo, ele se jogou sobre ela. Jessica rolou para o lado oposto da cama e ele perdeu o equilíbrio. Caiu de cara, batendo contra a parte inferior do enorme colchão.

Ela poderia saltar da cama e escapar naquele momento, mas não o fez. Veio preparada para uma batalha campal e lutaria até o fim amargo.

Dain ergueu o corpanzil até ficar de joelhos. A parte da frente da camisa acabou se abrindo, revelando os músculos retesados do pescoço e a teia escura de pelos sedosos e sedutores com a qual os dedos de Jessica haviam brincado na noite passada. Seu peito enorme arfava, subindo e descendo com a respiração ofegante. Ela precisou apenas fitar os olhos dele para entender que a raiva era a menor parte das emoções que o atingiam neste momento.

– Não vou lutar com você – disse ele. – Nem discutir nem brigar. Você irá para o seu quarto. Agora.

Ela perdera a faixa que prendia o roupão, e a parte superior lhe havia escorregado pelo corpo até chegar aos cotovelos. Ela se livrou do roupão e recostou-se nos travesseiros, olhando para o dossel que cobria a cama, com a boca franzida de maneira obstinada.

Dain se aproximou, e o colchão afundou sob o seu peso.

– Jess, estou lhe avisando.

Ela não respondeu, não virou a cabeça. Não precisava. Aquela ameaça não era tão letal nem tão intimidante quanto ele desejava. Jessica não precisou olhar, também, para entender por que ele havia parado.

Jessica sabia que ele não queria olhar para ela, mas não podia evitar. Ele era um homem e tinha que olhar, e o que Dain via não tinha como fazê-lo resistir. Jessica sabia que uma das fitas que erguia o corpete do négligé escorregara por cima do seu ombro. E sabia que o tecido fino da saia estava amarrotado ao redor das pernas.

Jessica ouviu a respiração pesada de Dain.

– Maldita seja, Jess.

A indecisão dominava aquele barítono arrastado. Ela esperou, ainda olhando fixamente para os dragões negros e dourados do dossel, e deixou que Dain travasse a luta internamente.

Por mais de um minuto ele continuou imóvel e em silêncio, com exceção da respiração ofegante e descompassada.

Em seguida, o colchão se mexeu e afundou, e ela sentiu os joelhos de Dain contra o quadril, ouviu o gemido abafado com o qual ele admitia a derrota. Sentiu quando a mão dele pousou em sua coxa e a deslizou, a seda farfalhando sob aquele toque.

Jessica ficou deitada e imóvel enquanto ele lentamente acariciava seu quadril e sua barriga. O calor daquela carícia penetrou em sua pele e a deixou febril.

Ele parou no corpete e deslizou o dedo pelos ilhoses que lhe cobriam os seios. O peito se enrijeceu sob aquele toque, assim como o mamilo, e os contornos marcaram a seda fina... desejando mais, assim como ela.

Dain puxou o tecido frágil e deslizou o polegar pelo pico intumescido e sensível. Em seguida, curvou-se e o tomou na boca, e ela teve que apertar os punhos para não segurá-lo ali e trincar os dentes para não gritar como havia feito na noite anterior. *Sim... por favor... qualquer coisa... não pare.*

Dain a fizera implorar na noite passada, mas não a possuíra. E hoje ele achava que podia simplesmente lhe dar as costas e ir embora, fazer o que quisesse. Achava que poderia abandoná-la, deixá-la infeliz e humilhada, uma noiva, mas não uma esposa.

Ele não queria querê-la, mas a desejava. Queria que implorasse para fazer amor, de modo que Dain pudesse fingir que estava no controle.

Mas não estava. Sua boca estava quente sobre o seio dela, o ombro, o pescoço. Sua mão tremia, e o toque ficava mais intenso, porque Dain também estava tomado pelo desejo febril.

– Oh, Jess. – Sua voz era um sussurro angustiado quando ele afundou ao lado dela. Puxou-a para si e cobriu seu rosto com beijos. – *Bacciami.* Beije-me. *Abbracciami.* Abrace-me. Toque-me. Por favor. Desculpe-me. – A voz urgente, desesperada, enquanto ele lutava com as fitas estreitas do négligé.

Desculpe-me. Seu marido tinha mesmo dito aquilo. Talvez ele não soubesse o que estava dizendo, Jessica fez questão de lembrar. Estava perdido em uma simples fome animal, como ela na noite passada.

Ele não tinha se arrependido, simplesmente encontrava-se desorientado em meio ao desejo masculino primitivo. Sua mão trabalhava freneticamente, puxando o négligé para baixo, deslizando pelas costas, pela cintura da mulher.

Dain agarrou a mão da esposa e a beijou.

– Não fique irritada. Toque-me. – Ele enfiou a mão de Jessica por dentro da sua camisa. – Como você fez ontem à noite.

A pele dele ardia. Quente, lisa e rija... os pelos masculinos cobrindo-a como uma penugem... os músculos trêmulos sob os dedos dela... todo aquele corpo enorme estremecendo sob o mais suave dos toques que ela lhe proporcionava.

Jessica queria resistir, queria continuar irritada, mas o desejava muito mais. Queria tocar e beijar e abraçá-lo desde o dia em que o conhecera. Queria que ele ardesse por ela, assim como sempre quis que ele a fizesse incendiar.

Ele tentava tirar o négligé, passando-o por cima dos quadris.

Ela agarrou as abas da camisa e, com um puxão forte, rasgou-a.

A mão de Dain caiu do quadril de Jessica. Ela rasgou o punho da camisa, e continuou rasgando até a altura do ombro.

– Sei que você gosta de ser despido – disse ela.

– Sim – gemeu ele, movendo-se para lhe dar acesso ao outro braço, o aleijado. Jessica não foi nem um pouco mais gentil com aquela manga e rasgou-a também.

Ele a tomou contra si, pressionando seus seios desnudos contra o tórax poderoso que ela acabara de expor. Seu coração batia junto com o coração dela, no mesmo ritmo frenético. Dain segurou-lhe a parte de trás da cabeça e apertou a boca contra a sua, expulsando a raiva, o orgulho e a razão naquele beijo longo e faminto.

Jessica puxou os restos rasgados da camisa. Dain tirou-lhe o négligé com o mesmo movimento frenético. Suas mãos se entrelaçaram, desabotoando a calça que ele usava. A lã se rasgou e os botões saltaram.

Ele afastou as pernas de Jessica com o joelho. Ela sentiu o membro duro latejando quente contra sua coxa enquanto seu próprio calor pulsava contra a mão invasora de Dain. Ele encontrou o lugar onde a atormentara na noite passada e provocou-a mais uma vez, até que ela gritou e seus olhos derramaram lágrimas femininas do desejo.

Jessica se segurou nele, tremendo, desesperada.

– *Por favor* – implorou ela. – *Por favor*.

E ouviu a voz dele, entrecortada pelo desejo... palavras que não conseguia entender... e, subitamente, uma pontada de dor quando ele a penetrou.

Ela sentiu a mente escurecer. *Por favor, meu Deus, não deixe que eu desmaie,* foi tudo o que conseguiu pensar. Cravou as unhas nas costas dele, segurando-se no corpo de Dain para manter a consciência.

A bochecha úmida de Dain estava pressionada contra o rosto dela, e ele ofegou, a respiração quente na orelha dela.

– Ah, meu Deus, eu não posso... Ah, Jess. – Ele a enlaçou e virou o corpo para o lado, puxando-a consigo. Passou o braço por baixo do joelho de Jessica e ergueu-lhe a perna, colocando-a ao redor da cintura. A pressão dolorida perdeu força e o pânico que ela sentia arrefeceu com o movimento. Ela arqueou o corpo e enterrou o rosto na curva do pescoço de Dain. Segurou-se com força, saboreando o calor umedecido pelo suor, o aroma almiscarado da paixão.

Jessica percebeu que ele estava se movendo novamente, por dentro de si, mas o corpo inexperiente cedia e a dor era uma memória distante. Ele já a satisfizera na noite anterior e ela não esperava mais do que aquilo, mas um prazer maior lhe sobreveio, pulsando pelo corpo com cada estocada lenta e possessiva.

O prazer borbulhou dentro dela, morno e sedutor, e seu corpo se arqueou para recebê-lo, enquanto a felicidade a atravessava como um raio forte.

Não foi a mesma felicidade que sentira antes, mas todos os instintos a reconheciam e pediam mais. Ela mexeu o corpo contra o dele, acompanhando seu ritmo, e sentiu novamente, mais rápido, mais rígido, e ainda mais rápido... uma corrida furiosa até o clímax... uma explosão ofuscante de arrebatamento... e a doce chuva do descarrego.

CAPÍTULO 14

– Maldição dos infernos – resmungou Dain enquanto se afastava dela. – Não vou conseguir chegar a Chudleigh a tempo do jantar agora.

Ele rolou para deitar no colchão e se concentrou nos dragões dourados bordados no dossel para impedir-se de submeter a esposa a um exame físico completo. Felizmente, com o desejo saciado, seu intelecto voltara a funcionar direito. E, assim, foi capaz de organizar os fatos.

Ele não a havia forçado. Jessica o convidara para dentro de si.

Dain tinha se jogado sobre ela como um aríete e sentira dificuldades para manter o autocontrole depois; mesmo assim, ela não gritou nem chorou. Pelo contrário, pareceu entrar rapidamente no espírito da coisa.

Ele olhou para ela. Os cabelos lhe haviam caído sobre os olhos. Virou-se para Jessica e afastou os cachos.

– Pelo que estou vendo, você sobreviveu – resmungou ele.

Ela soltou um som estranho – uma tosse ou um soluço, ele não conseguiu discernir. Em seguida, atirou-se sobre ele.

– Oh, Dain – suspirou ela.

– *Per carita*. – Ele a abraçou e acariciou suas costas. – Pelo amor de Deus, Jess, não... isso é muito... complicado. – E enterrou o rosto nos cabelos dela. – Ah, tudo bem. Pode chorar, se quiser.

Ela não choraria para sempre, ele disse a si mesmo. E, por mais irritante que fosse ouvir aquele choro e sentir as lágrimas escorrerem, Dain sabia que podia ter sido pior. Pelo menos havia se virado de frente para ele, não de costas. Além disso, Jessica tinha todo o direito de chorar, imaginou ele. Dain agira de forma bastante irracional nos últimos dias.

Certo, bem mais do que isso. Ele vinha agindo como um animal.

Aqui estava ela, recém-casada numa casa monstruosa com seu exército de criados, e ele mal chegou a ajudá-la. Não tentou facilitar as coisas... assim como ela dissera que o pai tinha feito com a mãe.

Ele vinha agindo como o seu *pai*. Frio, hostil e rejeitando todos os esforços dela para agradá-lo.

Porque Jessica vinha tentando agradá-lo, certo? Leu Byron, tentou conversar e provavelmente achou que o retrato da sua mãe seria uma linda surpresa. Queria que ele sempre ficasse por perto, quando qualquer outra mulher adoraria se ver livre dele. Ela se oferecera para ele quando qualquer outra mulher desmaiaria para escapar da situação. Jessica havia se entregado por vontade própria, apaixonadamente.

Era ele quem devia estar chorando, e de gratidão.

O choro acabou tão abruptamente quanto começou. Jessica se afastou, esfregou o rosto e sentou-se na cama.

– Diabos, veja quanto uma pessoa é capaz de ficar emotiva – disse ela, trêmula. – Meu nariz está vermelho?

– Sim – respondeu ele, embora houvesse pouca luz e ele mal enxergasse.

– Acho melhor lavar o rosto. – Ela desceu da cama, pegou o roupão e o vestiu.

– Você pode usar o meu quarto de banho. Vou lhe mostrar o caminho. – Dain começou a descer da cama, mas ela o deteve.

– Eu sei onde fica – disse ela. – A Sra. Ingleby explicou a disposição dos cômodos. – Jessica caminhou resoluta pelo quarto, abriu a porta certa e passou rapidamente por ela.

Enquanto isso, Dain examinou os lençóis e limpou-se com um pedaço rasgado da camisa, jogando-o no fogo em seguida.

Fosse qual fosse a causa daquela crise de choro, havia sido uma reação a ferimentos físicos graves, pensou ele, tentando se reconfortar. Encontrou uma mancha de sangue em um dos dragões dourados da colcha e havia também alguns respingos pelo corpo dele, mas aquilo não era nada se comparado à carnificina que imaginara nos últimos três dias.

Não conseguia acreditar que sua mente estivera tão desarranjada. Em primeiro lugar, qualquer retardado saberia que, se o corpo da mulher conseguia se adaptar a parir crianças, certamente seria capaz de se adequar ao instrumento reprodutor – a menos que o homem fosse um elefante, o que não era o caso de Dain. Em segundo lugar, qualquer imbecil deveria lembrar que aquela mulher nunca, desde a ocasião sob a chuva torrencial em Paris, tinha rejeitado seus arroubos. Falara até abertamente – mais de uma vez, sem pestanejar – sobre seus "direitos reprodutivos".

De onde, em nome dos céus, ele tirara a ideia de que ela era frágil ou melindrosa? Esta era a mulher que havia *atirado* nele!

Foi a pressão, decidiu Dain. O trauma de perceber que estava casado, combinado com o louco desejo que sentia pela esposa, foi mais do que sua mente podia aguentar. O retrato da mãe foi a gota d'água. Com isso, seu cérebro apagou.

Quando Jessica voltou, Dain havia arrumado tudo. Andrew tinha retirado os montes de roupas de viagem jogados no chão, guardado a valise e acendido as lâmpadas. Um mensageiro fora mandado a Chudleigh, e o jantar estava sendo preparado.

– Parece que você esteve ocupado – disse ela, olhando ao redor enquanto se juntava a ele. – O quarto está bem-arrumado.

– Você ficou fora por um bom tempo – comentou ele.

– Tomei um banho. Eu estava agitada, como viu. – Ela estudou o nó do roupão que ele usava, com a testa franzida. – Acho que eu estava histérica. Não queria ter chorado, mas não consegui evitar. Foi uma... experiência profundamente emocionante. Imagino que você já esteja acostumado, mas eu não. Fui bastante afetada. Não esperava que... Bem, para ser franca, estava esperando o pior. Quando chegou a hora H, quero dizer. Pelo menos não foi como eu tinha imaginado que seria a primeira vez. E, tendo aliviado a minha ansiedade e todas as sensações extraordinárias... não consegui conter meus sentimentos.

Dain finalmente interpretara os sinais de maneira mais ou menos correta, pela primeira vez. O mundo estava em ordem. Agora ele só precisava tomar cuidado para mantê-lo assim.

– Meus nervos também não estavam muito no lugar nesses últimos tempos – disse ele. – Não estou acostumado a ter uma mulher por perto. É algo que... distrai.

– Eu sei, e levei isso em consideração – disse ela. – Mesmo assim, Dain, você não pode esperar que eu passe por isso outra vez.

Ele olhou por cima da cabeça dela e observou seu mundo recém-construído ruir em meio ao caos outra vez. Em um instante, o coração que ele sentia bater leve no peito se transformou em um caixão de chumbo, encerrando o cadáver de uma frágil esperança pueril. Devia saber que aquele tipo de esperança era inútil. Devia ter percebido que tudo daria errado. Mas ele não entendia agora, não mais do que em qualquer outro momento da vida, como fizera tudo dar tão errado. Não entendia por que Jessica tinha sido colocada na sua vida para lhe dar esperanças e para matá-las no primeiro momento em que ele se atrevesse a acreditar nelas.

Seu rosto voltou a se retesar e seu corpo enrijeceu, mas ele não deu sua risada insensível ou as respostas irônicas para completar essa cena que lhe era tão familiar. Havia sentido o gosto da felicidade nos braços dela – e esperança –, e não podia deixar que aquilo desaparecesse sem saber o motivo.

– Jessica, eu sei que fui um pouco... difícil – disse ele. – Ao mesmo tempo, eu...

– Difícil? – Ela o encarou com os olhos cinzentos arregalados. – Você tem sido impossível. Começo a pensar que você não bate muito bem da cabeça. Eu sabia que você me queria. Foi a única coisa da qual nunca duvidei. Mas levar você para a cama... você, o maior contratante de prostitutas em toda a Cristandade. Valha-me Deus, foi pior do que a vez que eu precisei arrastar Bertie até o tira-dentes. Se você acha que eu vou me sujeitar a fazer isso a vida inteira, é melhor pensar de novo. Da próxima vez, meu senhor, você é quem vai ficar com a parte da sedução, ou não haverá nenhuma. Juro que não haverá.

Ela recuou um passo e cruzou os braços.

– Estou falando sério, Dain. Já estou farta de me jogar nos seus braços. Você gosta de mim. E se a primeira vez que dividimos a cama não provou que podemos nos dar bem, pelo menos, então você é um caso perdido, e eu lavo as minhas mãos. *Não* permitirei que me destrua.

Dain abriu a boca, mas nenhuma palavra saiu. Ele a fechou e foi até a janela. Afundou na poltrona e olhou para fora.

– Pior do que... Bertie... ao tira-dentes. – Ele soltou uma risada trêmula. – O *tira-dentes*. Ah, Jess.

Ouviu os passos dela se aproximando, o ruído abafado pelos chinelos.

– Dain, você está bem?

Ele esfregou a testa.

– Sim. Não. Que idiota. – Ele se virou e encarou o cenho franzido da esposa. – Eu me assusto com qualquer coisa – disse ele. – Esse é o problema, não é?

– Você está cansado – disse ela. – Eu devia ter percebido. Nós dois estamos sofrendo uma pressão muito grande. E é mais difícil para você, tão sensível e emotivo.

Sensível. Emotivo. Ele tinha o couro de um boi – e a mesma inteligência, aparentemente. Mas não a contradisse.

– Uma pressão muito grande, sim – concordou ele.

– Por que não aproveita e toma um banho, também? –

sugeriu ela. Ela afastou os cachos que haviam caído por cima da testa dele. – E, enquanto relaxa com uma longa imersão na banheira, vou pedir o jantar.

– Eu já pedi. Os criados devem estar trazendo. Achei que poderíamos comer aqui. Não precisaríamos nos preocupar em trocar de roupa para descer até o salão.

Jessica estudou o rosto de Dain e sua boca lentamente se abriu em um sorriso.

– Talvez você não seja um caso tão impossível assim. E Sherburne?

– Enviei um mensageiro a Chudleigh – disse ele. – Informei a Sherburne que o verei no evento de luta livre. No sábado.

Ela recuou, o sorriso se desfazendo.

– Compreendo.

– Não, você não compreende. – Ele se ergueu. – Você virá comigo.

Dain observou o gelo derreter enquanto ela absorvia a última sentença e decidia acreditar nele. A boca macia se curvou outra vez e uma névoa prateada rebrilhou em seus olhos.

– Obrigada, Dain. Acho que vou gostar muito. Nunca vi uma disputa de luta livre de verdade antes.

– Ouso dizer que será uma experiência nova para muitas pessoas – disse ele, olhando-a seriamente de cima a baixo. – Mal posso esperar para ver a cara de Sherburne quando eu chegar com a minha dama a reboque.

– Ah, está vendo? – retrucou ela, sem se ofender. – Eu falei que há outros benefícios em se ter uma esposa. Posso ser muito útil quando você quiser deixar seus amigos chocados.

– Sim, é verdade. Mas dei prioridade ao meu próprio conforto – acrescentou ele enquanto se afastava. – Desejo que você atenda aos meus caprichos, me ajude a cuidar dos meus nervos sensíveis e... – ele sorriu – aqueça a minha cama, é claro.

– Que romântico. – Jessica levou a mão ao coração. – Acho que vou desmaiar.

– É melhor não fazer isso. – Dain foi em direção à porta pela qual ela entrara. – Não vou poder esperar para pegá-la nos braços. Minha bexiga está estourando.

Com o mundo em ordem, Dain dedicou um tempo preguiçoso do banho para revisar seu dicionário mental. Removeu sua esposa da categoria geral denominada "Mulheres" e deu a ela uma seção própria. Fez uma anotação onde indicava que ela não o achava repugnante e propôs várias explicações: (a) visão e audição prejudicadas, (b) um pequeno defeito em seu intelecto, que, em todos os outros assuntos, era impecável, (c) uma excentricidade da família Trent ou (d) um ato de Deus. Como o Todo-Poderoso nunca havia lhe concedido a dádiva de um único ato de gentileza em pelo menos 25 anos, Dain pensou que já não era sem tempo, mas agradeceu ao Pai Celestial mesmo assim e prometeu ser um bom marido.

Suas expectativas em relação à promessa eram, como a maioria que tinha, muito baixas. Ele nunca seria um marido ideal. Ou, melhor, não fazia ideia de como ser um marido – além das funções básicas de prover comida na mesa, roupas, abrigo e proteção dos aborrecimentos da vida. E ter filhos.

Assim que a ideia de ter filhos surgiu em sua mente, Dain fechou o dicionário com força. Estava de bom humor. Não queria estragar o momento preocupando-se com aquilo e expondo-se a outro ataque de insanidade. Além disso, havia uma boa possibilidade de os filhos virem a se parecer com ela, não com ele. De qualquer forma, ele não seria capaz de impedir que eles viessem, pois não havia como manter as mãos longe de Jessica.

Dain sabia reconhecer a qualidade de algo que tinha nas mãos. Sabia que rolar na cama com a esposa era a experiência mais próxima de chegar ao paraíso. Era egoísta e depravado demais para abrir mão daquilo. Desde que ela estivesse disposta. Alguma coisa horrível estava fadada a acontecer, cedo ou tarde. Mas era assim que funcionava a vida. Como não podia impedir o desastre, assumiria para si o lema de Horácio: *Carpe diem quam minimum credula postero*. Aproveite o dia, não confie no que virá amanhã.

Assim, com os problemas resolvidos, Dain se juntou à esposa para o jantar. Durante a refeição, ele continuou a revisar o dicionário. À estranha lista de conquistas da esposa, ele já havia acrescentado a compreensão sobre a nobre arte do boxe. Ele descobriu que ela também possuía conhecimentos sobre luta livre, adquiridos em periódicos sobre esportes e conversas com homens. Ela não havia ajudado a criar somente seu irmão, explicou Jessica, mas também dez primos homens – porque ela era a única capaz de "domar aquele bando de selvagens ignorantes". Mesmo assim, nenhum daqueles ingratos a levou para assistir a uma luta profissional.

– Nem mesmo a luta de Polkinhorne contra Carr – disse ela a Dain, indignada.

A famosa luta acontecera em Devonport, havia cerca de dois anos.

– Teve 17 mil espectadores – disse ela. – Pode me explicar como uma mulher seria capaz de atrair a atenção em meio a uma multidão como essa?

– Você atrairia, mesmo se estivesse no meio de 70 mil – disse ele. – É a garota mais bonita que já vi e eu me lembro claramente de lhe dizer isso quando estávamos em Paris.

Ela se recostou na cadeira, suas faces lisas corando.

– Por Deus, Dain. Aquilo foi um elogio inesperado. E não estávamos nem mesmo fazendo amor.

– Eu gosto de chocar as pessoas – disse ele. – Nunca se sabe que coisas espantosas eu vou dizer. Ou quando vou dizê-las. – Ele tomou um gole de vinho. – A questão é que você fatalmente atrairá atenções e olhares. Em circunstâncias normais, um monte de marmanjos bêbados a incomodaria, distraindo o homem que a estivesse acompanhando. Mas, como eu serei o seu acompanhante, não haverá nada disso. Todos os marmanjos, por mais bêbados que estejam, vão manter os olhos nos lutadores e as mãos perto do próprio corpo. – Dain pousou o cálice na mesa e pegou o garfo outra vez.

– É bom que as prostitutas ajam da mesma maneira – disse ela, voltando a se concentrar na comida. – Não sou tão grande e ameaçadora como você, mas tenho meus métodos. Não vou tolerar esse tipo de aborrecimento também.

Dain manteve os olhos fixos no prato e tentou engolir o pedaço de carne com o qual quase se engasgou.

Ela era possessiva... em relação a *ele*.

Aquela criatura linda e louca – ou cega e surda – anunciara isso com a mesma frieza com a qual alguém pedia para passar o saleiro, e sem perceber que o eixo da Terra havia acabado de virar de cabeça para baixo.

– Esses eventos esportivos tendem a atrair meretrizes aos montes – disse ele. – Receio que você ficará com as mãos – a boca de Dain se contorceu rapidamente – bem ocupadas, lutando para afastá-las.

– Suponho que seria demais pedir que você não as incentive – disparou ela em resposta.

– Minha querida, eu nem sonharia com isso. Até mesmo eu sei que não é de bom-tom atrair as atenções de outras mulheres enquanto a minha esposa está por perto. E não preciso nem mencionar que você atiraria em mim. – Ele balançou a cabeça negativamente, entristecido. – Queria apenas que meu autocontrole fosse eficiente. O problema é que elas não precisam de nenhum incentivo. A todo lugar que vou...

– Não me parece que isso seja um problema para você – interrompeu ela, com um olhar recriminador. – Você conhece muito bem o efeito que causa nas mulheres, e tenho certeza de que fica muito feliz em vê-las suspirando e salivando por causa do seu corpo magnífico. Não tenho intenção de estragar seu divertimento, Dain. Mas peço que você considere o meu orgulho e se abstenha de me envergonhar em público.

Mulheres... suspirando e salivando... por causa do seu corpo magnífico.

Talvez a perda da virgindade tivesse destruído uma parte do seu cérebro.

– Não sei no que você está pensando – disse ele. – Não paguei um valor enorme por você? Por que diabos eu deveria desperdiçar dinheiro e energia atraindo outras mulheres quando comprei uma para usar permanentemente?

– Há algumas horas você estava pronto para me abandonar – lembrou ela. – Depois de apenas três dias de matrimônio e antes mesmo que você o consumasse. Você não parecia considerar o dinheiro e a energia da mesma forma que considera o meu orgulho.

– Não estava pensando direito naquele momento – argumentou ele. – Estava à mercê dos meus nervos delicados. Além disso, não estou acostumado a levar os nervos de ninguém em consideração. Mas, agora que minha mente se desanuviou, percebo o que você quer dizer e acho bem sensato. Você é a marquesa de Dain, afinal de contas, e não é adequado que ninguém ria ou sinta pena de você. Comportar-me como um cafajeste é uma coisa, mas a situação muda por completo quando o meu comportamento a afeta. – Dain pousou o garfo e se inclinou na direção dela. – É assim que devo agir, minha senhora e esposa?

A boca macia de Jessica se curvou.

– Perfeitamente – disse ela. – Que mente astuta você tem, Dain, quando ela está desanuviada. Você tocou no ponto crucial da questão.

O sorriso de aprovação o atingiu diretamente no coração e ficou.

– Por Deus, isso me soa como um elogio rasgado. – Ele levou a mão ao coração derretido. – E sobre o meu intelecto, o que é mais espantoso. Meu intelecto primitivo e masculino. Acho que vou desmaiar. – O olhar de Dain se desviou até o decote de Jessica. – Talvez seja melhor eu me deitar. Talvez... – Ele ergueu os olhos até encontrar os dela. – Já terminou, Jess?

Ela soltou um suspiro curto.

– Receio que tudo tenha acabado para mim no dia em que eu o conheci.

Ele se levantou e foi até a cadeira dela.

– Qualquer um poderia lhe dizer isso. Não consigo imaginar o que estava passando pela sua cabeça para me importunar daquele jeito. – Ele deslizou levemente os nós dos dedos pela face sedosa da esposa.

– Eu não estava pensando claramente – disse ela.

Dain tomou a mão dela e a levantou da cadeira.

– Começo a duvidar que você tenha capacidade de pensar em qualquer coisa – disse. Ele também não tinha, no momento. Observava dolorosamente a pele de Jessica, branca e imaculada como porcelana, e a mão pequena e graciosa que tocava a sua.

Também tinha plena consciência do seu corpo enorme e desajeitado, do seu comportamento grosseiro e da sua própria escuridão, tanto interna quanto externa. Ainda tinha dificuldade para acreditar que algumas poucas horas atrás ele a estava penetrando, saciando seu desejo bestial naquele corpo inocente. Mal podia crer que seu desejo estava aceso outra vez, tão feroz e tão cedo. Mas ele era um animal. Jessica só precisava sorrir para ele, e aquela necessidade monstruosa e brutal crescia dentro de Dain, estrangulando o intelecto e demolindo a fachada frágil de homem civilizado.

Ele disse a si mesmo para se acalmar, para conversar, cortejar. Ela queria ser seduzida, e isso era o mínimo que ele podia fazer. Era o que deveria ser capaz de fazer. Tinha que exercer um pouco de controle. Mas o máximo que ele conseguiu fazer foi levá-la para a cama, em vez de simplesmente jogá-la sobre a mesa e atirar-se sobre ela.

Dain puxou os cobertores e a colocou sentada sobre o colchão. Em seguida, observou-a, indefeso, enquanto revirava o pântano inóspito da sua mente em busca das palavras certas.

– Não consegui ficar longe de você – confessou ela, os olhos cinzentos procurando os dele. – Eu sabia que era o que devia fazer, mas não consegui. Achei que você entenderia isso, mas não foi bem o caso. Você também entendeu de maneira errada, não foi? Em que diabos você estava pensando?

Ele havia se perdido durante aquela conversa. Imaginou o que ela teria interpretado em seu semblante.

– O que foi que eu entendi errado? – perguntou ele, ensaiando um sorriso indulgente.

– Tudo, pelo que parece. – Os cílios escuros de Jessica baixaram. – E não é surpresa o fato de eu ter julgado o que ocorreu de maneira errada, também.

– Foi por isso que você não se afastou? Porque errou no seu julgamento?

Jessica balançou a cabeça.

– Não, e também não foi porque tenho um parafuso solto. Não pense que eu sou louca, Dain, porque não sou. Sei que é o que parece, mas há uma explicação bem razoável. O intelecto, como você e todos os homens devem saber, não é páreo para a intensidade do impulso animal. Senti um desejo ensandecido por você desde o primeiro momento em que o vi.

Os joelhos de Dain fraquejaram. Ele se agachou diante dela e segurou a borda do colchão. Limpou a garganta.

– Desejo. – Conseguiu dizer aquela única palavra com a voz baixa e firme. Decidiu não tentar proferir outras palavras.

Ela perscrutava seus olhos outra vez.

– Você não sabia, não é?

A dissimulação era algo totalmente além das habilidades de Dain. Ele negou com um aceno de cabeça.

Jessica ergueu as mãos para tocar o rosto dele.

– Você deve ser cego. E surdo. Ou terrivelmente confuso. Todos em Paris sabiam. Pobre homem... Não quero nem começar a imaginar o que está passando pela sua cabeça.

Ele conseguiu rir.

– Achei que eles soubessem de mim. Que eu estava... obcecado. E eu estava mesmo. E disse isso a você.

– Mas, querido, você fica obcecado por todas as mulheres que vê – disse ela, com paciência. – Por que Paris iria se agitar com isso? Foi por causa do meu comportamento, não entende? Eles viram que *eu* estava obcecada demais para ficar longe de você, como uma dama sensata e de moral sólida deveria ter feito. Foi isso que deixou o assunto mais interessante para eles.

Querido. O quarto girava alegremente ao redor deles.

– Eu quis ser sensata – prosseguiu ela. – Não queria aborrecê-lo. Sabia que isso causaria problemas. Mas não consegui. Você é tão... viril. Tão *homem*. Você é grande e forte e pode me levantar com apenas um braço. Não consigo descrever essa sensação extraordinária.

Viril ele entendia. E ele o era. Também entendia que o gosto pessoal é algo que não se discute. Até ela aparecer em sua vida, Dain sentia atração por mulheres rechonchudas. Bem, que seja. Jessica tinha uma queda por homens grandes e fortes. Ele certamente era isso também.

– Ouvi tudo o que tinha que ouvir a seu respeito – disse ela. – Pensei que estava preparada. Mas ninguém o descreveu da maneira certa. Eu imaginava um gorila. – Ela deslizou a ponta do dedo pelo nariz de Dain. – Você não devia ter o rosto de um príncipe dos Médici. Não devia ter a compleição física de um deus romano. Eu não estava preparada para isso. Não tive como me defender. – Com um suspiro curto, ela colocou as mãos nos ombros dele. – E ainda não tenho. Não consigo resistir a você.

Ele tentou encontrar um lugar em seu dicionário, no verbete "Dain", para príncipes da linhagem dos Médici ou deuses romanos, mas aquelas descrições não se encaixavam em lugar nenhum, e o simples fato de contemplá-las lhe dava vontade de gargalhar. Ou chorar. Não conseguia se decidir. Decidiu que estava ficando histérico. E isso não o surpreendia. Ela tinha o dom de deixá-lo assim.

Dain se levantou.

– Não precisa se preocupar, Jess. O desejo não é um problema. Posso lidar muito bem com desejos como esse, obrigado.

– Eu sei. – Ela o examinou. – Você lida perfeitamente com isso.

– Na verdade, estou preparado para lidar com o desejo neste exato momento. – Ele começou a empilhar os travesseiros na cabeceira da cama.

– É muito... compreensivo da sua parte – disse ela, olhando dos travesseiros para Dain.

Ele deu tapinhas amistosos ali.

– Quero que você se deite aqui.

– Nua?

Ele assentiu.

Sem hesitar, ela se levantou e desfez o nó da faixa que prendia o roupão, abrindo-o. Jessica moveu os ombros preguiçosamente.

Femme fatale, pensou ele, enfeitiçado, enquanto observava a seda negra deslizar pelos ombros delgados, escorrendo pela pele alva e macia e pelas curvas incrivelmente femininas, e cair com um chiado sensual aos pés de Jessica.

Ele observou o movimento gracioso daquele corpo atraente enquanto ela subia na cama e se recostava nos travesseiros, sem qualquer constrangimento, inibição ou medo.

– Eu quase sinto vontade de ficar nua o tempo todo – disse ela, suavemente. – Adoro seu jeito de olhar para mim.

– Refere-se à respiração ofegante e à água na boca? – Ele desatou o cinto do próprio roupão.

– Refiro-me àquele olhar sonolento e amuado que você tem. – Ela pousou a mão sobre a barriga. – Revira todas as minhas entranhas.

Ele arrancou o roupão.

Ela inspirou o ar com força.

Seu membro intumescido se ergueu com um salto, como se ela tivesse ordenado aquilo. Dain olhou para baixo e riu.

– Você queria um homem viril. Aqui está a virilidade.

– E grande e forte. – A voz de Jessica veio aos sussurros. Seus olhos cinzentos e suaves percorreram o corpo de Dain. – E bonito. Como diabos eu podia resistir a você? Como você foi capaz de imaginar que eu poderia?

– Não imaginei que você fosse tão fútil. – Ele subiu na cama e colocou o corpo sobre o dela, envolvendo as pernas de Jessica entre as suas.

– Imagino que seja verdade – disse ela. – Caso contrário... – Ela deslizou a mão pela coxa de Dain, subindo. – Ah, Dain. Se você soubesse o que passou pela minha cabeça quando eu o conheci...

Dain, gentil mas firme, retirou a mão dela do lugar onde estava e a colocou no colchão.

– Em pensamento, eu o despi todo. Não consegui evitar. Foram momentos assustadores. Fiquei aterrorizada, achei que fosse perder a razão e realmente fazer aquilo. Ali mesmo, dentro da loja. Diante de Champtois. Diante de Bertie.

– Você me despiu – repetiu ele. – Em pensamento.

– Sim. Eu rasguei e arranquei suas roupas, na verdade. Assim como fiz agora há pouco.

Dain se curvou sobre ela.

– Quer saber o que passou pela minha cabeça, *cara*?

– Algo igualmente depravado, eu espero. – Ela lhe acariciou o peito. Novamente, ele afastou a mão de Jessica.

– Eu quis... lambê-la – disse ele, lentamente. – Do alto da cabeça... até as pontas dos dedos dos pés.

Ela fechou os olhos.

– Depravado, com toda a certeza.

– Senti vontade de lamber, beijar e tocar você... por inteiro. – Ele a beijou na testa. – Em todos os lugares brancos. Em todos os lugares rosados. Em todos os outros lugares.

Dain passou a língua por uma sobrancelha fina.

– E é isso que vou fazer agora. E você deve ficar deitada aí. E aceitar.

– Sim. – Ela emitiu um som sibilante de aquiescência e um arrepio... de prazer, aparentemente, porque a boca macia e carnuda se curvou em um sorriso.

Lorde Dain deslizou os lábios sobre aquele sorriso pequeno e maroto e não disse mais nada, entregando-se à realização da sua fantasia.

A realidade, percebeu Dain, era mais doce, e o gosto e o aroma dela intoxicavam muito mais do que no sonho.

Ele a beijou no nariz e saboreou o cetim macio da pele dela. Inspirou-a, provou-a e descobriu-a, tudo de uma vez, novamente: o formato oval e perfeito do rosto, o ângulo das maçãs em suas faces, a pele tão delicada e imaculada que quase o fizera chorar quando a vira pela primeira vez.

Perfeição, pensou ele na época. Aquilo quase lhe despedaçou o coração, porque não podia tê-la para si.

Mas ele podia, pelo menos por ora. Podia tocar os lábios... o rosto que arrasava corações... a orelha sedutora e elegante... e as delgadas linhas do pescoço.

Lembrava-se de como ficara nas sombras e da fome que sentira da pele alva sob a luz do poste. Deslizou os lábios entreabertos pelo ombro branco como a neve que ele observara do seu esconderijo, descendo pelo braço direito até as pontas dos dedos e voltando a subir. Percorreu o mesmo caminho possessivo pelo braço esquerdo. A mão de Jessica se fechou e sua respiração sobrevinha em suspiros doces e curtos que murmuravam em suas veias e faziam seu coração vibrar como um violoncelo.

Beijou os seios firmes e redondos, que subiam e desciam com os arquejos. Deslizou a língua sobre os mamilos intumescidos e avermelhados, brevemente saboreando os gemidos curtos, e obrigou-se a prosseguir, porque havia mais e ele não deixaria nada de lado. Provaria tudo, porque o mundo poderia acabar amanhã e, se isso acontecesse, o inferno se abriria para engoli-lo.

Continuou a descer, beijando toda a barriga lisa e as curvas saborosas daqueles quadris... a parte externa da perna esguia e formosa, até o tornozelo elegante e as pontas dos dedos dos pés, como prometeu. Em seguida, voltou a trilhar o caminho que o levava à parte interna daquela coxa acetinada.

Jessica tremia agora, e a virilha de Dain pesava, quente e mais do que pronta.

Mas ainda não havia acabado, e a única coisa em que podia confiar era no presente. Este momento poderia ser o único que ele teria. E, assim, novamente ele beijou e saboreou, percorrendo todo o caminho e voltando outra vez.

Até que ele deslizou a língua sobre a pele aveludada, logo acima do ninho de cachos negros e emaranhados entre as pernas dela.

– Você é linda, Jess – disse ele, com a voz arrastada. – Cada centímetro.

E deslizou os dedos para o interior dos pelos escuros e molhados.

Ela gemeu.

Dain levou a boca até o âmago quente e úmido.

Jessica soltou um gemido baixo e seus dedos se fecharam nos cabelos dele.

O grito feminino de prazer ressoou nas veias dele. O aroma rico e o gosto de mulher inundaram seus sentidos. Jessica era tudo o que ele mais queria no mundo, e agora ela era sua, desejava-o, molhada e quente por sua causa.

Ele a serviu com a boca porque quis. Deu-lhe prazer

apenas pela alegria delirante de poder fazê-lo, até que as mãos de Jessica se fecharam com força e ela gritou o seu nome e seu corpo vibrou com os tremores.

Logo em seguida, finalmente, ele se deixou embainhar na maciez quente e receptiva, unindo-se a ela.

E foi então que o mundo dele estremeceu também, e, se houvesse acabado naquele instante, ele permitiria que fosse levado para o inferno, porque ela se agarrou a ele e o beijou como se não houvesse amanhã, como se nunca mais fosse soltá-lo.

E, quando tudo explodiu e Dain se derramou dentro dela, foi como se sua alma tivesse se derramado também. E ele entregaria sua alma de bom grado se esse fosse o preço a pagar pelo momento de pura felicidade que ela lhe oferecera.

No dia seguinte, Jessica entregou o ícone a ele.

Dain o encontrou na mesa quando chegou para o café da manhã. Jazia entre a sua xícara de café e o prato. Mesmo sob a luz fraca de uma manhã nublada, as pérolas reluziam, os topázios e os rubis brilhavam e os diamantes emitiam faíscas com as cores do arco-íris. Sob a auréola dourada, a madona de olhos cinzentos sorria melancolicamente para o bebê carrancudo que trazia nos braços.

Uma folha de papel estava enfiada sob a base da moldura cravejada. Com o coração disparado, Dain a pegou e a abriu.

"Feliz aniversário", dizia o bilhete. E isso era tudo.

Ele ergueu os olhos do bilhete para a esposa, sentada à sua frente, seus belos cabelos emoldurados pela luz mortiça da janela.

Ela estava passando manteiga em um bolinho, sem perceber, como sempre, a catástrofe que havia acabado de desencadear.

– Jess. – Ele mal conseguiu expulsar aquela única sílaba pelo nó que lhe apertava a garganta.

– Sim? – Ela pousou a faca na mesa e aplicou uma colherada de compota sobre o bolinho.

Dain folheou freneticamente o dicionário mental, buscando as palavras, mas não conseguiu encontrar o que queria porque não sabia o que estava procurando.

– *Jess.*

O bolinho parou a meio caminho da boca dela. Jessica olhou para ele.

O marido apontou para o ícone.

Ela olhou para o artefato.

– Ah. Bem, antes tarde do que nunca, eu pensei. E, sim, eu sei que não é bem um presente, porque na verdade ele pertence a você. Tudo o que é meu... ou quase tudo, tornou-se legalmente seu quando nos casamos. Mas vamos fingir que não, porque não tive tempo de pensar, e menos ainda de procurar, um presente de aniversário adequado. – Ela enfiou o quitute amanteigado e doce na boca... como se tudo houvesse sido exaustivamente explicado e acertado, e nem um único pedaço do céu houvesse despencado.

Pela primeira vez Dain teve uma noção de como devia ser Bertie Trent, que possuía a quantidade necessária de matéria cinzenta para um ser humano, mas não sabia como fazer aquilo funcionar. Talvez, pensou Dain, Trent não tivesse nascido desse jeito. Talvez ele tenha ficado incapacitado após uma vida inteira de explosões.

Talvez a expressão *femme fatale* devesse ser compreendida de maneira mais literal. Talvez ela fosse fatal ao cérebro.

Não ao meu, decidiu Dain. *Ela não vai me transformar num imbecil fútil.*

Ele era capaz de lidar com aquilo. Conseguiria deixar tudo em ordem. Estava simplesmente embasbacado, isso era tudo. O último presente de aniversário que havia recebido fora de sua mãe, quando tinha 8 anos. A prostituta que Wardell e Mallory lhe arranjaram no seu décimo terceiro aniversário não contava, porque o próprio Dain tivera que pagar por ela.

Ele estava surpreso, nada mais. Bastante surpreso, certamente, porque tinha acreditado que Jessica preferiria jogar o ícone em um caldeirão de ácido borbulhante a entregá-lo a Dain. Ele nem havia tocado no assunto durante as negociações do casamento, porque presumira que ela o havia vendido, e recusara-se, mesmo por meio segundo, a imaginar ou nutrir a esperança de que ela ainda o tivesse.

– Esta é... uma surpresa maravilhosa – disse ele, como qualquer adulto educado nas mesmas circunstâncias. – *Grazie*. Obrigado.

Ela sorriu.

– Eu sabia que você entenderia.

– Não consigo entender todas as implicações e o significado simbólico – disse ele, muito, muito calmo. – Mas, de qualquer forma, sou um homem e o meu cérebro é demasiadamente primitivo para cálculos tão complicados. Eu compreendo, entretanto, como fiz assim que toda a sujeira foi removida, que esta é uma bela obra de arte e duvido que vá me cansar de olhar para ela algum dia.

Aquilo foi elegante, pensou ele. Adulto. Inteligente. Razoável. Tinha somente que manter a mão sobre a mesa e ela não tremeria.

– Eu esperava que você sentisse isso – disse ela. – Tinha certeza de que você reconheceria a raridade e a sensibilidade da peça. Ela é mais evocativa do que as obras mais comuns de Stroganov, por mais belas que sejam, não concorda?

– Evocativa. – Ele olhou para as figuras ricamente pintadas. Mesmo agora que o ícone era seu, ele estava inquieto, sem vontade de se perder nele ou de examinar as sensações que o objeto evocava.

Jessica se levantou e andou até onde ele estava, pousando a mão em seu ombro.

– Quando eu o vi pela primeira vez, depois de limpo e restaurado, fiquei bastante tocada – disse ela. – As sensações eram muito estranhas. Aparentemente, quando a arte chega a este nível, eu sinto que há algo além das minhas habilidades. Você é o *connoisseur*. Sou apenas uma colecionadora de quinquilharias, nem sempre sei ao certo por que os meus olhos são atraídos para certos objetos, mesmo quando não tenho dúvidas acerca do seu valor.

Ele ergueu o rosto, aturdido.

– Está me pedindo que explique o que torna este ícone tão extraordinário?

– Além da cor incomum dos olhos dela – disse Jessica. – E do uso generoso do ouro. E da perícia do artista. Nada disso explica por que a imagem causa emoções tão intensas.

– Ela causa emoções intensas porque você é sentimental – disse ele. Relutantemente, voltou a concentrar os olhos no ícone.

Dain limpou a garganta e prosseguiu, com a voz paciente de um tutor:

– As pessoas estão acostumadas aos lábios franzidos clássicos do estilo russo. Mas este é completamente diferente, como você percebeu. O Menino Jesus parece contrariado e emburrado, como se estivesse cansado de posar, ou com fome. Ou como se quisesse atenção. E a mãe não exibe a expressão trágica convencional. Ela está meio séria. Um pouco irritada, talvez, porque o garoto está dando trabalho. Mesmo assim, ela exibe indícios de um sorriso, como se quisesse reconfortá-lo ou perdoá-lo. Porque entende que ele não sabe como agir de outra forma. O inocente menino... ele acha que tem direito a tudo aquilo: os sorrisos e o conforto dos braços da mãe, sua paciência... e o perdão. Ele não sabe o que tem, nem como demonstrar sua gratidão. E assim ele se agita e fecha o rosto... em uma feliz ignorância infantil.

Dain parou, pois a sala parecia ter ficado subitamente quieta demais, e a mulher ao seu lado, imóvel.

– É uma pose totalmente natural e humana – prosseguiu ele, com cuidado para manter a voz leve e neutra. – Esquecemos que este par representa figuras sagradas e, em vez disso, nos concentramos no simples drama humano dentro das convenções artísticas e dos materiais refinados. Se esta madona e a criança fossem apenas sacras, a obra não seria tão rara nem tão interessante.

– Entendo o que você quer dizer – disse a esposa, suavemente. – O artista capturou as personalidades dos seus modelos, o amor da mãe pelo bebê e o clima de um momento entre os dois.

– É isso que faz seus sentimentos despertarem – disse ele. – Até mesmo eu os acho intrigantes e não consigo resistir à ideia de teorizar sobre o que os semblantes deles expressam. Mesmo que já estejam mortos há muito tempo e a verdade não tenha importância. É para isso que serve o talento do artista: fazer a pessoa pensar. É como se ele estivesse pregando uma peça no observador, não é?

Erguendo os olhos do ícone para fitar Jessica, ele forçou um riso, como se aquele retrato dolorosamente belo do amor materno fosse apenas uma charada artística interessante.

Ela apertou o ombro dele.

– Eu sabia que havia mais nesta imagem do que meus

olhos destreinados eram capazes de ver – disse ela, bem gentil. – Você é muito inteligente, Dain. – Então, ela se afastou e retornou ao seu assento.

Não com rapidez suficiente, entretanto. Dain percebeu por um instante, logo antes que ela o disfarçasse. Ele viu, nos olhos dela, o mesmo que ouviu em sua voz um momento antes: tristeza... pena.

E seu coração se retorceu e borbulhou com a fúria consigo mesmo, porque de algum modo havia falado demais, e com Jessica, porque ela percebera muito rápido – mais do que ele – o que Dain dissera. E pior, tinha percebido o que ele sentia.

Ele não era uma criança, lembrou Dain a si mesmo. Não era indefeso. Não importava o que tivesse revelado sem querer à esposa, seu caráter não havia mudado. *Ele* não havia mudado, nem um pouco.

Dain encontrara em Jessica algo de bom, e isso era tudo; tinha a intenção de aproveitar aquilo ao máximo. Permitiria a ela que o fizesse feliz, certamente. Estava disposto a se deixar ser esfolado vivo e jogado em um caldeirão de óleo fervente, entretanto, antes de permitir que sua esposa sentisse *pena* dele.

CAPÍTULO 15

Andrews entrou, seguido pelo segundo lacaio, Joseph. O filé de Sua Senhoria foi colocado diante dele, juntamente com sua cerveja. Andrews cortou a carne enquanto Jessica, que havia expressado a vontade de desempenhar aquela tarefa, ficou sentada inutilmente, fingindo tomar um desjejum que tinha gosto de serragem.

Ela – a especialista em interpretar homens – mal conseguia entender o marido. Mesmo na noite anterior, quando descobrira que ele não era tão vaidoso quanto acreditava e que o amor das mulheres não chegava facilmente até ele, como a própria Jessica supunha, ela não havia conseguido calcular a extensão do problema.

Lembrou a si mesma que muitos homens não eram capazes de se enxergar. Quando Bertie, por exemplo, se via no espelho, pensava que um homem inteligente o fitava. Quando era Dain, de algum modo ignorava sua beleza física. Estranho para um *connoisseur*, mas os homens não costumavam ser criaturas coerentes.

Quanto ao amor das mulheres, a própria Jessica nunca ficara muito empolgada com a ideia de se apaixonar por ele. Era compreensível, então, que outras mulheres – até mesmo as profissionais mais calejadas – pensassem que Dain era mais do que elas podiam aguentar.

Jessica também devia ter percebido, entretanto, que a dificuldade vinha de um ponto mais profundo. Devia ter juntado as pistas: a sensibilidade aguçada, as reservas quanto às mulheres, o nervosismo quando estava na casa da família, a amargura que sentia em relação à mãe, o retrato do pai severo e o comportamento contraditório com a esposa.

Ela sabia – não foi isso que os instintos lhe disseram? – que Dain precisava dela, que precisava de algo que ela tinha para dar.

Algo de que todo ser humano precisava: amor.

Mas ele precisava de muito mais do que a maioria das pessoas, porque, aparentemente, nunca recebera qualquer fragmento de amor desde bebê.

... ele acha que não merece nada daquilo: os sorrisos e o conforto dos braços da mãe, a paciência... e o perdão.

Jessica sabia que devia ter rido, assim como ele o fez, e

mantido uma atmosfera mais leve, não importava o que sentisse. Não devia ter falado sobre mães e filhos que amavam. Se tivesse ficado quieta, Dain não ergueria os olhos daquele jeito, e ela não teria percebido o menininho solitário dentro dele. Não teria sofrido por aquela criança, e ele não veria o sofrimento que ela transmitia nos olhos.

Agora, Dain pensaria que ela sentia pena dele – ou, pior, que ela o manipulara para que se traísse.

Devia estar furioso com ela, bem provavelmente.

Não esteja, rogou ela silenciosamente. *Fique irritado se quiser, mas não me dê as costas. Não se afaste de mim.*

DAIN NÃO FOI embora.

Da mesma forma, se Jessica não estivesse tão acostumada à irracionalidade masculina, o comportamento dele nos dias seguintes teria destruído todas as esperanças que ela havia nutrido de construir algo que se parecesse, mesmo que remotamente, com um casamento de verdade. Teria decidido que ele era a encarnação de Belzebu e que nunca havia sido criança – muito menos uma criança triste e solitária. Teria achado que havia brotado já adulto do crânio do Príncipe das Trevas, assim como Atena surgira da cabeça de Zeus.

Mas Jessica logo compreendeu que era naquilo que Dain queria que ela acreditasse: um homem depravado e sem coração, cujo principal interesse por ela era lascivo, e que a via como um brinquedo divertido e nada mais.

Na sexta-feira ele já a havia devassado na poltrona diante da janela do quarto, em uma alcova próxima à Longa Galeria, sob o piano de cauda na sala de música e contra a porta da sua sala de estar – bem na frente do retrato da mãe, diga-se de passagem. E essas eram as depravações que aconteciam ao longo do dia.

Quando estavam fazendo amor, ele era sempre passional. Fosse lá o que fosse capaz de fingir em seu estado normal, ele não conseguia esconder que a queria – intensamente – ou que deixá-la enlouquecida pelo desejo era um elemento crucial da sua maneira de agir.

No restante do tempo, entretanto, ele era o Dain que todos acreditavam que fosse. Podia ser agradável, até mesmo encantador. Até que, sem qualquer motivo aparente, ele se virava contra ela, destilando o sarcasmo como se fosse ácido, agindo de maneira condescendente, ou desferindo um punhado de palavras cuidadosamente calculadas para que Jessica fosse tomada pela raiva.

A mensagem, em outras palavras, era que Jessica tinha permissão para desejá-lo; mas não devia, entretanto, insultá-lo com qualquer outra emoção mais suave, tal como afeição ou compaixão. Em resumo, não deveria tentar arrancar sua máscara nem – que os céus a protegessem! – tentar se aproximar daquele coração negro e apodrecido.

Isso não era justo, considerando que o animal já havia se entranhado na pele dela e rapidamente se agarrava ao coração de Jessica como um parasita pernicioso. Ele nem mesmo precisava se esforçar. Ela estava se apaixonando por ele – apesar de tudo e contra o próprio bom senso – tão inexoravelmente quanto se rendera ao desejo que sentia por ele.

Mas não significava que ela não sentisse uma vontade louca de agredi-lo. Dain era um gênio na arte de ser irritante. Na sexta-feira, ela debatia mentalmente as vantagens e as desvantagens de lhe meter outra bala e tentou decidir qual era a porção da anatomia de Dain sem a qual ela conseguiria viver tranquilamente.

No sábado ela já havia decidido que o cérebro era provavelmente a parte mais dispensável.

Ele despertou de madrugada e acordou-a para remediar a situação. E o tratamento pediu duas doses. Consequentemente, eles perderam a hora na manhã seguinte.

Por causa do atraso, Dain e Jessica chegaram à luta depois de já ter começado e não conseguiram encontrar um bom lugar no meio da multidão. E tudo era culpa de Jessica: ele não teria ficado excitado, reclamou Dain, se ela não estivesse dormindo com o traseiro na virilha dele.

– Estamos perto demais – reclamava ele agora, o braço protetor ao redor dos ombros dela. – Em mais alguns *rounds* você vai ficar toda respingada de suor. E talvez de sangue, também, se Sawyer não parar de chutar Keast nos joelhos.

Jessica achou inútil lembrá-lo de que tinha sido ele mesmo quem insistira em abrir caminho com os cotovelos para chegar mais perto do ringue.

– Foi assim que Cann ganhou de Polkinhorne – disse ela. – Pensei que chutes eram permitidos nas lutas do lado oeste do país.

– Eu gostaria que alguém nesta multidão acreditasse que água e sabão fossem permitidos – disse ele, olhando ao redor. – Aposto 50 libras que não há um único ser humano num raio de um quilômetro que tenha tomado banho nos últimos doze meses.

Jessica apenas percebeu os odores masculinos habituais de álcool, tabaco e almíscar – e ela precisava se concentrar bastante para isso, pois estava prensada contra a lateral do corpanzil do marido, e seu aroma inconfundível a estava deixando agitada. Ela precisou fazer um esforço considerável para manter o foco na luta, quando o corpo quente dele conjurava lembranças acaloradas de atos ardentes de amor, a altas horas da madrugada. Aquela mão enorme pendia a poucos centímetros do seu seio. Perguntou a si mesma se alguém ali perceberia se ela se movesse para encurtar a distância.

Ela detestou a si mesma por querer encurtá-la.

– Esta luta está uma tristeza – resmungou Dain. – Posso eu mesmo derrubar Sawyer com as duas mãos amarradas e uma perna quebrada. Por Deus, até você poderia, Jess. Não acredito que Sherburne viajou 300 quilômetros para testemunhar este espetáculo abissal quando podia ter ficado confortavelmente em casa bombeando a esposa. Seria até compreensível se a garota fosse feia ou se tivesse marcas de varíola. Mas ela é bem bonita para quem gosta de bonecas de porcelana. E, se ela não faz o estilo dele, por que diabos o idiota a desposou? Não há nenhum herdeiro a caminho nem nada. E provavelmente nunca haverá, já que ele nunca está em casa para cuidar do assunto.

Aquele monólogo era típico de Dain: parecia que o mundo inteiro conspirava para aborrecê-lo. Até mesmo Sherburne, porque não havia... ficado em casa confortavelmente com a esposa.

Confortavelmente? Jessica piscou, aturdida. Cruzes, será que ela fizera algum progresso com o cabeça-dura do marido, afinal de contas?

Reprimindo um sorriso, ela ergueu o rosto para fitar o semblante contrariado dele.

– Meu senhor, parece que não está se divertindo.

– O fedor é intolerável – disse ele, com um olhar duro para algo que estava além dela. – E Ainswood, aquele porco maldito, não para de olhar para você. Juro que o homem está *implorando* que alguém lhe arranque aquela cabeça bêbada de cima dos ombros.

– Ainswood? – Ela esticou o pescoço, mas não conseguiu reconhecer nenhum rosto.

– Não fique curiosa, não precisa olhar para ele – disse Dain. – Esse infeliz é tão imbecil que vai imaginar que você está retribuindo os olhares. Ah, que maravilha. Agora Tolliver está fazendo o mesmo. E Vawtry também.

– Tenho certeza de que é para você que estão olhando – retrucou Jessica em tom apaziguador, enquanto seu ego se elevava. O brutamontes estava com *ciúmes*. – Eles devem ter apostado se você realmente viria, e Ainswood não está me olhando com segundas intenções. Está se gabando porque venceu.

– Então eu queria ter ficado em casa. Na cama. – Dain a olhou com uma expressão séria. – Mas não, a existência da minha esposa perderia o sentido se não pudesse ver uma disputa de luta livre, e assim...

– E assim você sacrificou o seu conforto para me agradar. E depois de todo esse incômodo, parece que esta luta não valeu a pena. Você está chateado porque queria que o programa fosse empolgante para mim e acha que a surpresa deixou a desejar.

O semblante de Dain ficou ainda mais sério.

– Jessica, você está zombando de mim. Não sou criança. Odeio ser feito de palhaço.

– Se não deseja que zombem de você, então pare de implicar com tudo e diga logo qual é o raio do problema. – Ela voltou a concentrar sua atenção nos lutadores. – Não sei ler mentes.

– Implicar? – repetiu ele, afastando sua mão de Jessica. – *Implicar?*

– Como um menininho de 2 anos que não tirou sua soneca da tarde – disse ela.

– Um menininho de *2 anos*?

Ela assentiu, com os olhos ostensivamente fixos na luta e a consciência encantada com o homem injuriado ao seu lado.

Ele respirou fundo e furiosamente, uma, duas, três vezes.

– Vamos embora – disse ele. – De volta para a carruagem. *Agora*.

Dain não conseguiu chegar até a carruagem. Mal conseguira sair do círculo de espectadores, e a carruagem ainda estava a uma boa distância dali, graças ao atraso e ao monte de veículos que havia estacionado antes deles. Carruagens elegantes ao lado de reles carroças de fazendas, e seres emburrados deixados para cuidar dos animais aliviavam suas frustrações berrando uns com os outros.

Com suas próprias frustrações para aliviar e convencido de que explodiria muito antes de encontrar seu veículo, Dain levou a esposa até a primeira área desocupada que encontrou.

Era um cemitério, colocado bem ao lado de uma igreja pequena e caindo aos pedaços na qual Dain duvidava que qualquer missa houvesse sido realizada desde os tempos da Invencível Armada. As lápides, com as inscrições erodidas tempos atrás pelo sal da maresia, estavam viradas para todas as direções, mas permaneciam eretas. Aquelas, é claro, que mantinham qualquer pretensão de continuar em pé. Quase metade delas havia tombado e jaziam estateladas onde haviam caído, com a grama alta a cercá-las.

– É como se este lugar não existisse – disse Jessica, olhando ao redor de si, aparentemente ignorando a mão enorme e irritada que lhe segurava o braço conforme ele avançava pelo terreno. – Como se ninguém percebesse ou se importasse com o que está aqui. Que curioso.

– Você não vai achá-lo tão curioso em alguns momentos – disse ele. – Vai desejar nunca ter existido.

– Para onde estamos indo, Dain? – perguntou ela. – Tenho certeza de que não pegamos um atalho para a carruagem.

– Você terá sorte se não for um atalho para o seu funeral.

– Ah, olhe ali! – gritou ela. – Que rododendros esplêndidos!

Dain não precisou olhar na direção em que o dedo dela apontava. Já tinha visto os arbustos gigantes, com suas massas de flores brancas, rosadas e roxas. E também identificou um pórtico ladeado por pilares no meio da vegetação. Supôs que, antigamente, devia haver um muro ligado ao pórtico, cercando o terreno da igreja ou da propriedade além dela. Pelo que imaginava, o muro ainda poderia estar ali, ou partes dele, ocultas entre a massa de rododendros. A única coisa que importava para ele era a parte "oculta". Os arbustos formavam uma barreira impenetrável aos olhos dos transeuntes.

Ele obrigou a esposa a marchar até o pórtico e a encostou no pilar direito, mais escondido, prensando-a ali.

– Um menininho de 2 anos. É isso que sou, minha senhora? – Ele arrancou a luva direita com os dentes. – Vou lhe mostrar que idade eu tenho. – E tirou a outra luva.

O olhar de Jessica baixou até a mão dele.

Dain rapidamente desabotoou as calças, e a aba se abriu.

Ele a ouviu inspirar.

Seu membro, que crescia rapidamente, pressionava os botões da braguilha francesa. Ele demorou nove segundos para soltar os nove botões. Seu mastro saltou para fora, em riste, latejando.

Jessica recostou-se contra o pilar, com os olhos fechados.

Dain levantou as saias dela.

– Passei o dia inteiro querendo você, maldita – rosnou ele.

Havia esperado demais para se ocupar com os cordões das anáguas ou coisas do tipo. Ele encontrou a fenda nas anáguas e enfiou os seus dedos por ela, enroscando-os nos cachos crespos e sedosos.

Precisou apenas tocá-la – junto com algumas carícias impacientes – para deixá-la preparada, forçando os quadris contra os seus dedos, a respiração curta e acelerada.

Ele a penetrou e uma felicidade abrasadora percorreu o seu corpo com a receptividade úmida e quente que encontrou, com o gemido baixo de prazer que ouviu. Segurou o traseiro dela e a ergueu.

Jessica enlaçou as pernas ao redor da cintura dele, segurando-se firmemente em seus ombros, jogou a cabeça para trás e soltou uma gargalhada.

– Passei o dia inteiro querendo você também, Dain. Achei que ia enlouquecer.

– Tola – disse ele. Louca, por desejar um animal como ele.

– Sou sua tolinha – provocou ela.

– Pare com isso, Jess. – Ela não era a "tolinha" de ninguém, ainda mais dele.

– Amo você.

Aquelas palavras lhe trespassaram o corpo e cercaram o seu coração. Ele não podia permitir que penetrassem.

Ele se retirou quase completamente de dentro dela, apenas para mergulhar outra vez, com mais força.

– Você não pode me impedir – gemeu ela. – Eu amo você.

Novamente, várias e várias vezes, ele a devassou em estocadas duras e ferozes.

Mas não podia impedi-la.

– Amo você – repetiu ela a cada estocada, como se quisesse enfiar as palavras dentro dele da mesma forma que o membro dele se enfiava dentro dela. – Amo você – insistiu, mesmo quando a terra tremeu e os céus se abriram e o prazer o arrebatou, explodindo dentro dela como um relâmpago.

Dain cobriu a boca de Jessica para calar aquelas palavras fatais, mas elas estavam penetrando em seu coração ressecado, até mesmo enquanto a preenchia com sua essência. Não conseguia impedir que seu coração bebesse aquelas palavras, não conseguia impedi-lo de acreditar nelas. Tentara mantê-la a distância, assim como tentara não precisar mais dela. Um esforço inútil.

Ele nunca estivera, e nunca estaria, a salvo de Jessica.

Femme fatale.

Ainda assim, havia maneiras piores de morrer.

E *Carpe diem*, disse ele a si mesmo, quando desmoronou sobre ela.

COMO JÁ DEVERIA ESPERAR, Dain saiu do paraíso e mergulhou diretamente em um pesadelo.

Quando ele e Jessica se afastaram da igreja e começaram a procurar a carruagem, a disputa ridícula havia terminado devido a uma questão técnica. Os espectadores saíam do local em todas as direções: uma parte da multidão se dirigia para a cidade; a outra ia em sentido oposto, rumo à massa de veículos.

Quando já estavam perto da carruagem, Vawtry acenou para eles.

– Vou esperar lá dentro – avisou Jessica, removendo a mão do braço de Dain. – Não tenho condições de entabular uma conversa racional neste momento.

Embora duvidasse que pudesse fazê-lo também, Dain soltou uma risada curta. Aproximou-se de Vawtry.

Então, outros homens se juntaram a eles, inclusive Ainswood. Logo Dain se viu imerso na indignação generalizada acerca dos lutadores e de seu desempenho decepcionante.

Vawtry estava analisando o momento em que um dos lutadores arremessou o outro e o contestaram, quando

Dain percebeu que Ainswood não estava prestando atenção, mas sim olhando além dele.

Com certeza o homem encarava Jessica outra vez, e Dain lançou-lhe um olhar sério de advertência.

Ainswood não percebeu. Virando-se para Dain, com um sorriso zombeteiro, ele disse:

– Parece que o seu lacaio está enfrentando um probleminha.

Dain seguiu o olhar do duque. Jessica estava dentro da carruagem, fora do alcance do olhar malicioso de Sua Graça.

Joseph – que cuidava das necessidades de Lady Dain – se engalfinhava com um moleque sujo e esfarrapado. Um batedor de carteiras, aparentemente. Eventos esportivos os atraíam, assim como prostitutas, aos borbotões.

Joseph conseguiu pegar o mequetrefe pelo colarinho, mas o garoto se contorceu e lhe acertou um pontapé. O criado gritou. O marginal respondeu com uma torrente de obscenidades que deixariam qualquer marinheiro orgulhoso.

Naquele momento a porta da carruagem se abriu, e Jessica começou a sair.

– Joseph! Que diabos há com você?

Embora soubesse que ele seria capaz de lidar com contratempos, Dain também sabia que ele é que devia ser a figura de autoridade... e que seus amigos o observavam.

Ele correu para interceptá-la.

Um grito horrendo ressoou por trás dele.

O berro assustou Joseph, que acabou afrouxando a mão ao redor do colarinho do assaltante. O moleque se desvencilhou e fugiu em disparada.

Mas Dain avançou ao mesmo tempo, e, segurando o ombro do casaco imundo, forçou o garoto a parar de correr.

– Olhe aqui, seu pequeno...

E em seguida sua voz vacilou, porque o moleque olhou para cima e Dain olhou para baixo... Aqueles olhos negros e taciturnos sobre um nariz monstruoso em forma de bico, que adornavam um rosto moreno e carrancudo.

A mão de Dain se afastou com um movimento brusco.

O garoto não se moveu. Arregalou os olhos taciturnos e abriu a boca retorcida com a surpresa.

– Sim, querido. – Veio uma voz estridente de mulher. – Esse é o seu pai, como eu disse. Igual a você. Não é mesmo, meu senhor? Ele não é igualzinho a você?

Hediondamente igual. Como se o espaço entre os dois não fosse preenchido pelo ar, mas por 25 anos. Como se o rosto abaixo do seu fosse o reflexo do demônio.

E a voz que ele ouvira vinha da própria amante de Satanás, Dain sabia, antes mesmo de cruzar com a malevolência que exalava de Charity Graves – exatamente da mesma forma que ele soube que ela fizera isso de propósito, como sempre, inclusive o fato de trazer essa criança monstruosa ao mundo.

Ele abriu a boca para rir, o que devia ter feito, porque era a única coisa a fazer.

Em seguida, lembrou-se de que eles não estavam sozinhos, mas em um local público, apresentando esse espetáculo escandaloso diante de uma plateia.

E um dos espectadores era a sua esposa.

Embora uma vida inteira parecesse ter passado, aquilo tudo aconteceu em apenas um momento, e Dain já se movia instintivamente para impedir que Jessica visse o menino. Mas o moleque também já tinha saído de seu estado de torpor e se enfiara no meio da multidão.

– Dominick! – gritou aquela mãe amaldiçoada. – Volte aqui, meu bem.

O marquês olhou para a esposa, a cerca de vinte passos dali, observando aquela mulher e também Dain. Depois, fixou-se num ponto mais adiante, na multidão na qual o garoto desapareceu. Começou a andar em direção a ela, dando uma rápida olhada para Ainswood.

Mesmo embriagado como de costume, o duque entendeu o recado.

– Meu Deus... É você, Charity, minha flor? – chamou ele.

Charity estava correndo rumo à carruagem – rumo a Jessica –, mas Ainswood também se moveu rapidamente. Ele agarrou a cadela pelo braço e a puxou com firmeza.

– Céus, é você *mesmo* – anunciou ele, em voz alta. – Pensei que você ainda estivesse trancada naquele manicômio.

– Solte-me! – gritou ela. – Preciso dizer algo à marquesa.

Mas Dain já havia chegado junto da esposa naquele momento.

– Entre na carruagem – disse ele a Jessica.

Os olhos dela estavam arregalados e ela tinha uma expressão grave no rosto. Lançou uma olhadela para Charity, carregada para longe por Ainswood, com a ajuda de vários outros camaradas que também haviam compreendido a situação.

– Ela não bate bem da cabeça – disse Dain. – Não é importante. Entre na carruagem, minha querida.

Jessica estava sentada na carruagem, o corpo rígido e as mãos cruzadas e tensas sobre o colo. E assim permaneceu, com os lábios apertados e retesados, enquanto o veículo avançava, e não proferiu uma única sílaba nem mudou a postura.

Depois de vinte minutos com uma estátua de mármore, Dain não aguentou mais.

– Preciso lhe pedir perdão – disse ele, rigidamente. –

Prometi que você não seria constrangida em público, eu sei. Mas não fiz aquilo de propósito. Acho que é óbvio.

– Sei muito bem que você não teria concebido aquela criança de propósito – replicou ela friamente. – Não deve ser a primeira coisa que um homem pensa quando está rolando na cama com alguma vagabunda.

Não havia motivos para esperar que ela não tivesse visto o rosto do garoto.

Ele devia saber. Os olhos argutos de Jessica não deixavam passar nada. Se era capaz de identificar um ícone inestimável sob uma grossa camada de mofo e sujeira, não teria dificuldade nenhuma em identificar um bastardo a vinte passos de distância.

Ela tinha visto tudo, sem dúvida. Jessica não julgaria a questão baseada somente nas palavras de uma meretriz. Se não houvesse visto, teria dado a Dain uma chance de se defender. E ele teria negado a acusação de Charity.

Mas agora não havia como ignorar a pele morena e o nariz monstruoso – visível e identificável a quilômetros de distância. Não havia como negar, quando Jessica observara com a mesma astúcia que a mãe era branca, tinha olhos verdes e cabelos avermelhados.

– E não é de bom-tom tentar fingir que não sabia que o filho era seu – prosseguiu Jessica. – Seu amigo Ainswood sabia e agiu bem rápido para tirar aquela mulher do caminho, como se eu fosse uma imbecil e não pudesse enxergar o que estava bem diante de mim. "Manicômio", não é? Você e aquela corja de amigos é que deviam estar num hospício. Correndo de um lado para outro como galinhas assustadas, deixando o garoto escapar enquanto isso. Você tinha ele nas mãos! – Ela o encarou, e seus olhos luziam com uma reprovação irritada. – Como foi capaz de fazer isso, Dain? Não consegui acreditar no que via. Onde diabos você estava com a cabeça?

Dain a observou em silêncio.

Ela voltou a olhar pela janela.

– Agora nós o perdemos, e só Deus sabe quando ele será encontrado. Eu podia ter gritado. Se não tivesse ido com você até aquela igreja, talvez fosse capaz de pegá-lo. Mas eu mal conseguia andar, menos ainda correr. E não devo contradizê-lo em público, então não pude dizer "Vá atrás dele, seu idiota!" diante dos seus amigos. Mesmo se já não fosse tarde demais, de qualquer maneira. Não me lembro de ter visto um garoto correr tão rápido em minha vida. Em um momento ele estava ali. No seguinte, havia desaparecido.

O coração de Dain tinha se transformado em um punho cerrado, batendo implacavelmente contra as suas costelas.

Encontrá-lo. Pegá-lo.

Ela queria que ele corresse atrás da coisa hedionda que ele havia gerado com aquela vadia vingativa e gananciosa. Queria que ele o olhasse e o tocasse e...

– Não! – A palavra explodiu de dentro dele, um rugido de negação, e a mente de Dain mergulhou na escuridão.

Aquele rosto escuro e pequeno transformara suas entranhas em um poço borbulhante de emoções, e ele precisou de toda a sua força de vontade para reprimi-las. As palavras da esposa fizeram a lava transbordar.

Mas a escuridão havia chegado, como sempre, para preservá-lo, e ele sufocou as emoções, como de costume.

– Não – repetiu ele, mais comedido, com a voz fria e controlada. – Ninguém será encontrado. Ela não devia nem ter parido aquela criança. Charity Graves sabia muito bem como se livrar desse tipo de "inconveniência". E já o fez várias vezes depois, não tenho dúvidas.

Sua esposa o fitava, com o rosto pálido e chocado, a mesma expressão de quando ele lhe falou sobre a mãe.

– Mas aristocratas ricos não cruzam o caminho de

Charity com muita frequência – prosseguiu ele, contando a história com o mesmo tom frio e brutal de quando relatou a da própria mãe. – E, quando ela descobriu que estava prenha, sabia que o moleque seria meu ou de Ainswood. De qualquer maneira, ela achou que tinha um frango gordo nas mãos para depenar. Quando soube que o filho era meu, não desperdiçou um minuto sequer para descobrir o nome do meu advogado. Escreveu imediatamente para ele, propondo uma mesada de 500 libras por ano.

– Quinhentas? – A cor voltou ao rosto de Jessica. – Para uma profissional? E nem mesmo era uma amante, mas uma meretriz qualquer que você dividiu com um amigo? – acrescentou ela, indignada. – E ainda por cima uma que teve o filho de propósito, e não uma garota respeitável e de família...

– *Respeitável?* Você imaginou, mesmo por um instante, Jess, que eu... Meu Deus, o quê? Que seduzi, que *seviciei* uma inocente e a abandonei quando estava grávida?

A voz de Dain começara a se exaltar. Cerrando o punho, ele acrescentou no mesmo tom:

– Você sabe muito bem que eu consegui evitar envolvimentos com mulheres respeitáveis até o dia em que você surgiu na minha vida.

– Nunca pensei que você se incomodaria tanto em seduzir uma inocente – retrucou ela. – Não me ocorreu que uma rameira poderia ter um bebê por pura ganância. Mesmo agora sinto dificuldade em imaginar uma mulher que deixe isso lhe passar pela cabeça. Quinhentas libras. – Jessica balançou a cabeça. – Duvido até mesmo que a realeza sustente suas amantes com tanto luxo. Não me admira que você tenha ficado tão ultrajado. E não é de admirar, também, que haja uma animosidade tão grande entre você e a mãe do garoto. Suspeito que ela tenha se esforçado bastante para constrangê-lo. Ela deve ter ouvido falar, ou então viu que você trouxe a esposa consigo.

– Se ela tentar isso outra vez, vou mandá-la junto com o pequeno marginal ao desterro. Se ela chegar a 30 quilômetros de você, eu...

– Dain, a mãe é um problema – disse ela. – O filho é outro. Ele não pediu para ter aquela mulher como mãe, não mais do que pediu para nascer. Ela agiu de forma asquerosa hoje, usando-o daquele jeito. Nenhuma criança devia ser submetida a esse tipo de cena. Ainda assim, duvido muito que ela considere os sentimentos de qualquer pessoa além dos próprios. Percebi que ela estava vestida com roupas muito melhores do que as do filho, a quem chamou de "meu bem". Sujeira é uma coisa, já que meninos não conseguem ficar limpos durante mais do que três minutos; mas é injustificável que uma criança vista roupas esfarrapadas quando a mãe parece uma burguesa londrina.

Jessica olhou para Dain.

– Quanto você dá a ela, já que tocamos no assunto?

– Cinquenta – disse ele, irritado. – Mais do que o suficiente para alimentá-lo e vesti-lo, deixando que ela gaste consigo mesma tudo o que ganha quando se deita com alguém. Mas ouso até mesmo dizer que os farrapos faziam parte do jogo, para parecer que eu era o vilão. É uma pena que eu já esteja bem acostumado a esse papel. E não me importo nem um pouco com o que os outros idiotas pensem.

– Cinquenta libras por ano é mais do que generoso. Quantos anos ele tem? – quis saber Jessica. – Seis? Sete?

– Oito, mas isso não faz...

– Já tem idade suficiente para se reconhecer, então – disse ela. – Não posso perdoar a mãe do garoto por vesti-lo com tamanho desmazelo. Ela tem dinheiro e devia saber como um garoto dessa idade se sentiria. Mortificado, não duvido, e foi por isso que ele estava irritando Joseph. Mas ela não se importa realmente com a criança, como eu disse, e tudo que você falou só me convence de que ela não é uma boa mãe. Preciso pedir a você, Dain, que afaste os sentimentos que tem por ela e considere o seu filho. Ele é seu por direito. Você pode tirá-lo das mãos dela.

– Não. – Ele havia sufocado os sentimentos, mas sua cabeça começou a doer, e seu braço aleijado latejava. Não era capaz de paralisar e sufocar a dor física. Nem conseguia pensar além dela. Mesmo se pudesse pensar de maneira fria, não havia explicação que pudesse dar para o seu comportamento que viesse a satisfazê-la.

Nem devia ter tentado explicar, disse a si mesmo. Nunca poderia fazê-la entender. Acima de tudo, não queria que ela compreendesse, mais do que ele mesmo queria, o que sentira quando olhou para aquele rosto, para o espelho do diabo.

– Não – repetiu ele. – E pare de me incomodar com isso, Jess. Nada disso teria acontecido se você não houvesse insistido em vir para aquela maldita luta. Por Deus, não consigo mover um dedo quando você está por perto sem que... – Ele fez um gesto de exaustão. – Sem que as coisas explodam na minha cara. Não é de admirar que eu esteja com essa dor de cabeça. Se não é uma coisa, é outra. *Mulheres*. Por toda parte. Esposas e madonas, mães e prostitutas e... vocês são de matar. Todas vocês.

Neste momento, Roland Vawtry já havia livrado Ainswood e os outros da responsabilidade por Charity Graves e a escoltava até a estalagem onde ela disse que estava hospedada.

Ela não devia estar hospedada naquela estalagem em Devonport. Devia estar onde ele a havia deixado dois dias antes, em Ashburton, onde não disse nada sobre Dain ou o filho bastardo de Dain. Lá, tudo o que ela fizera foi entrar no salão da estalagem e acomodar-se numa mesa com um homem que parecia conhecê-la. Passado algum tempo o homem se foi, e depois que os camaradas de Vawtry já haviam partido para cuidar de seus próprios afazeres, ele se viu dividindo a mesa com ela e pagando-lhe uma caneca de cerveja. Em seguida, eles se recolheram por algumas horas agitadas para fazer aquilo que Beaumont afirmou que Vawtry precisava desesperadamente.

Beaumont tinha razão, como parecia refleti-lo em vários outros assuntos.

Mas Beaumont não precisava estar ali para indicar que o que Charity Graves precisava desesperadamente era ser espancada até quase morrer.

A estalagem, felizmente, não era um estabelecimento respeitável, e ninguém emitiu um único murmúrio quando Vawtry subiu a escada até o quarto dela, pisando forte. Assim que fechou a porta ele a agarrou pelos ombros e a balançou com força.

– Sua vadiazinha mentirosa, dissimulada, encrenqueira! – explodiu ele. Em seguida afastou-se, temendo acabar matando aquela mulher, e com a certeza de que não precisava desesperadamente ser enforcado por assassinar uma prostituta.

– Ah, meu Deus – disse ela, rindo. – Receio que você não esteja contente em me ver, Rolly, meu amor.

– Não me chame assim. Não sou seu amor, sua vaca idiota. Vou acabar morrendo por sua causa. Se Dain descobrir que eu estava com você em Ashburton, tenho certeza de que vai pensar que fui eu que a coloquei naquela cena.

Ele se jogou em uma poltrona.

– E depois vai me esquartejar e fazer picadinho de mim. E fazer perguntas. – Ele correu os dedos pelos cabelos. – E não há por que esperar que ele não vá descobrir, porque nada dá certo quando ele está envolvido. Eu juro, isso deve ser uma maldição. Vinte mil libras. Escorreram pelos meus dedos. Eu nem sabia que estavam ali. E agora, *isto*. Porque não sabia que você estava lá. Ou aqui, também. E o garoto. O bastardo dele. Quem imaginava que ele tinha um? Mas agora todos sabem, graças a você. Inclusive *ela*. E se ele não me matar, aquela cachorra vai acabar atirando em mim.

Charity se aproximou.

– Você disse "20 mil", meu bem? – Ela se sentou no colo dele, colocou o braço de Vawtry ao redor da cintura e pressionou a mão dele contra seus seios fartos.

– Deixe-me em paz – resmungou ele. – Não estou com humor para isso.

O humor de Roland Vawtry refletia o desespero sombrio que sentia.

Estava afogado em dívidas, sem qualquer maneira de conseguir sair daquela situação, porque era o dependente da Lady Boa Sorte, e ela era uma senhora caprichosa, como Beaumont lhe avisou. Era o tipo de dama que dava um ícone de valor inestimável a um homem que já tinha mais do que podia gastar em três encarnações. Tirava de um homem que não tinha quase nada e o deixava com menos ainda. Ela não podia nem mesmo lhe dar uma prostituta sem fazer com que aquela mulher se tornasse seu carrasco.

O Sr. Vawtry acreditava estar nos últimos estertores do desespero. O pouco bom senso e a ínfima autoconfiança que ele possuía acabaram sendo implacavelmente vandalizados em uma questão de dias por um homem cujo principal objetivo na vida era deixar as outras pessoas num estado miserável.

Vawtry era incapaz de reconhecer que sua situação não era tão catastrófica quanto parecia, assim como não conseguia reconhecer que Francis Beaumont era o agente insidioso que destruía sua paz de espírito.

Com a mente envenenada, Vawtry acreditava que sua amizade com Dain era a origem dos seus problemas. "Ele deve ter uma longa colher e a usa para jantar com o diabo", citou Beaumont, e Roland Vawtry prontamente percebeu que a sua própria colher era curta demais para jantar com gente do calibre de Dain, e que sua própria situação se igualava à de Bertie Trent. Associar-se com Belzebu servira para arruinar ambos.

Agora Vawtry não estava apenas arruinado, mas – graças a Charity – correndo perigo iminente de uma morte bastante violenta. Precisava pensar – ou, melhor do que isso, correr para salvar a própria vida. Sabia que não podia fazer nenhuma dessas coisas apropriadamente enquanto seu colo estava ocupado por uma meretriz voluptuosa.

Ao mesmo tempo, por mais irritado que estivesse com ela, não sentiu o desejo de empurrá-la para longe de si. O busto sedutor era quente e macio, e ela estava lhe acariciando os cabelos, como se ele não a houvesse quase matado alguns minutos antes. O toque de uma mulher – mesmo que fosse o de uma prostituta atrevida – era algo muito reconfortante.

Com aquele toque, a mente de Vawtry ficou menos agressiva. Afinal de contas, Dain havia causado problemas a Charity também. Pelo menos ela tivera coragem de confrontá-lo.

Além disso, ela era bonita – muito bonita – e uma companhia extremamente agradável na cama. Vawtry apertou os seios dela e a beijou.

– Pronto, agora você percebeu quanto foi malvado – disse ela. – Como se eu não fosse cuidar de você. Menino bobo – disse ela, embaraçando-lhe os cabelos. – Ele não vai pensar em nada do que você disse. Só preciso dizer às pessoas quanto o Sr. Vawtry me pagou... – Ela considerou aquilo. – Ele me pagou 20 libras para sair do caminho e não importunar seu caro amigo, lorde Dain. Vou dizer que você mandou que eu não estragasse a lua de mel dele.

Era muito esperta. Vawtry enfiou a cara entre os seios fartos e bonitos.

– Mas eu vim, de qualquer modo, porque sou uma prostituta má e mentirosa – continuou ela. – E você ficou tão irritado comigo que me deu uma surra. – Ela o beijou no alto da cabeça. – É isso que vou dizer.

– Queria ter 20 libras – balbuciou ele entre os seios de Charity. – Eu as daria a você. Daria mesmo. Ah, Charity, o que devo fazer?

Ela, com o talento inato para a sua profissão, mostrou-lhe o que devia fazer; e ele, que tinha o talento de não perceber o que era óbvio, interpretou o profissionalismo como amor e carinho. Antes que as horas tivessem passado, ele confidenciou todos os seus problemas a ela, e, enquanto Vawtry dormia em seus braços, Charity Graves ficou acordada, planejando como fazer para que todos os seus sonhos se tornassem realidade.

CAPÍTULO 16

Meia hora depois de ter entrado pisando duro em seu quarto e batido a porta, Dain apareceu sob o batente do quarto de vestir de Jessica. Lançou um olhar gélido para Bridget, que tirava os grampos do cabelo de sua esposa.

– Saia – disse ele, em voz baixa.

Bridget fugiu.

Jessica ficou onde estava, sentada diante da penteadeira. Com as costas eretas, ela ergueu as mãos e continuou a tirar os grampos.

– Não vou mais brigar com você por causa disso – afirmou ela. – É perda de tempo. Você se recusa a ouvir qualquer palavra que eu tenha a dizer.

– Não há nada para ouvir – grunhiu ele. – Não é da sua maldita conta.

Foi assim que ele respondera, durante todo o trajeto para casa, aos esforços de Jessica de fazê-lo entender o problema... porque um breve escândalo com uma mulher do passado havia anulado todo o progresso que ela conseguira com ele. Voltaram ao mesmo ponto onde tinham parado quando Jessica atirou nele.

– *Você* é da minha conta – disse ela. – Deixe-me explicar de maneira bem simples. – Ela girou na cadeira e o encarou nos olhos. – Você criou essa situação, Dain. Agora terá que resolvê-la.

Ele piscou, uma vez. E sua boca se curvou naquele sorriso horrendo.

– Você está me dizendo que isso é a minha obrigação. Talvez eu deva lembrá-la, madame, que você... que *ninguém*... me diz o que...

– Aquele garoto está com problemas – comentou ela.

– A mãe vai acabar com ele. Eu já lhe expliquei isso de todas as maneiras que podia, mas você se recusa a escutar. Você se recusa a confiar nos meus instintos, entre todos os outros, quando sabe que eu criei, sozinha, dez meninos. O que inclui ter que lidar com dúzias e dúzias dos amigos bestiais deles também. Se há uma coisa da qual eu entendo, meu senhor, são meninos. Bonzinhos, maldosos, e todas as espécies entre um extremo e outro.

– O que você parece não entender é que eu não sou um menininho para que me mandem cumprir com as minhas malditas obrigações!

Ela estava desperdiçando sua retórica. Voltou a olhar para o espelho e tirou o último dos grampos.

– Estou cansada disso – disse ela. – Estou cansada da sua desconfiança. Estou cansada de ser acusada de manipular e agir de maneira condescendente, e de... incomodá-lo. Estou cansada de tentar lidar com um homem que age de maneira constantemente irracional como se fosse razoável. Estou cansada de ver que todos os meus esforços para me aproximar de você são recebidos com insultos.

Jessica pegou a escova e começou a deslizá-la pelos cabelos com movimentos lentos e firmes.

– Você não aceita nada que eu tenha a lhe oferecer, com exceção de prazeres físicos. Todo o resto são problemas e aborrecimentos. Muito bem, então. Vou parar de aborrecê-lo. Não haverá mais nenhuma tentativa de fazer aquela coisa risível, uma conversa entre adultos.

Ele soltou uma risada breve e amarga.

– Claro que não. Haverá um silêncio gelado em vez de diálogo. Ou um silêncio reprovador. Ou a expressão emburrada. Da mesma forma agradável que você me tratou durante os últimos 15 quilômetros até Athcourt.

– Se fui desagradável, rogo que me perdoe – pediu ela, recomposta. – Não voltarei a me portar assim.

Dain se aproximou da penteadeira e colocou a mão direita sobre ela.

– Olhe para mim – disse ele. – E explique-me o que isso quer dizer.

Ela ergueu o rosto e olhou para o semblante duro de Dain. A emoção fervilhava nas profundezas dos olhos dele e o coração de Jessica doía, mais do que nunca. Ele queria o seu amor. Ela o tinha dado. Ela havia declarado aquilo hoje, sem sombra de dúvida, e ele acreditara nela. Viu isso nos olhos dele, também. Ele deixara o amor entrar e, embora não soubesse ao certo o que fazer com ele – e provavelmente levaria meses para descobrir, talvez anos –, não tentara se esquivar do sentimento.

Até Charity Graves entrar na sua vida novamente.

Jessica não se dedicaria mais para que seus esforços lhe fossem jogados na cara quando alguém ou alguma coisa o irritasse. Ele teria que parar de se preocupar com o presente – e com ela, especialmente – pelas lentes distorcidas do passado. Teria que aprender quem era a sua esposa e lidar com essa mulher, e não com toda a espécie, as mulheres, que ele desprezava tanto. Teria que aprender da maneira mais difícil, porque Jessica tinha um problema mais urgente com o qual gastar sua energia no momento.

Dain era um homem adulto, totalmente capaz de cuidar de si mesmo e talvez pudesse compreender as questões racionalmente... algum dia.

A situação do filho, entretanto, era muito mais perigosa, pois garotinhos sempre estavam à mercê dos outros. Alguém deveria agir em nome do bem-estar de Dominick. E estava claro que esse alguém devia ser Jessica. Como sempre.

– Significa que você venceu – disse ela. – As coisas serão do seu jeito de agora em diante, meu senhor. Você queria obediência cega. E é isso que terá.

Ele a recompensou com outra gargalhada zombeteira.

– Vou acreditar quando enxergar isso – disse ele. E foi embora.

Dain levou uma semana para acreditar, embora visse e ouvisse aquilo todos os dias e todas as noites.

Sua esposa concordava com tudo o que ele dizia, não importava quanto a ideia fosse imbecil. Não discutia por nada, independentemente de quanto ele a incitasse. Agia de maneira amistosa, independentemente de quanto ele fosse desagradável.

Se Dain fosse supersticioso, acreditaria que outra alma feminina havia entrado no belo corpo de Jessica.

Uma semana com essa estranha amistosa que lhe obedecia cegamente fez com que ele começasse a se sentir bastante desconfortável. Depois de duas semanas, ele estava num estado lastimável.

Mesmo assim, não havia nada de que ele pudesse reclamar. Nada, é claro, de que seu orgulho permitiria que ele reclamasse.

Não podia dizer que Jessica o estava perturbando a ponto de quase matá-lo, quando nunca dera qualquer indício de discordância ou desconforto.

Não podia dizer que Jessica estava fria e indiferente na cama, quando ela se comportava com a mesma disposição e o desejo que sempre demonstrou desde o início.

Não podia reclamar que Jessica agia de forma grosseira, quando mesmo uma centena de pessoas que os observasse de fora concordaria unanimemente que o comportamento dela era, no mínimo, angelical.

Somente Dain – e Jessica – sabia que ele estava sendo castigado, e qual era o motivo.

Tudo aquilo se devia à coisa inominável que ele gerara com Charity Graves.

Não importava a Jessica que a coisa fosse tão abjeta por dentro quanto hedionda por fora, que não houvesse nada de bom que pudesse ter herdado do monstro depravado que era o pai e da prostituta perversa que era a mãe. Jessica não se importaria se a coisa tivesse duas cabeças e vermes lhe saindo pelas orelhas – o que, pelo que Dain imaginava, não tornaria a coisa mais horrorosa do que já era. Podia rastejar pelo chão e estar coberto com uma gosma verde e asquerosa, e, para Jessica, não faria a menor diferença: Dain o havia gerado; portanto, era Dain quem devia cuidar dele.

Era dessa mesma maneira que ela considerava o caso do seu irmão. Não importava que Bertie fosse um palerma. Dain havia atraído o coitado para o seu séquito; então era Dain quem devia afastar o tolo do seu meio.

Era dessa mesma maneira que ela via o próprio caso: fora Dain o responsável por arruiná-la; portanto, Dain deveria reparar o estrago.

E, novamente, assim como ocorrera em Paris, Jessica maquinou o castigo com uma precisão diabólica. Desta vez, tudo o que ele insistia em dizer que não queria ela não lhe dava. Não havia aborrecimentos, incômodos ou desobediências. Não havia sentimentalismo, nenhuma demonstração de pena... e nenhuma de amor. Pois nunca mais, depois de martelar aquelas palavras no cérebro e no coração de Dain no cemitério de Devonport, Jessica voltou a lhe dizer "Amo você".

Para sua eterna vergonha, ele tentou fazê-la dizer aquilo novamente. Enquanto faziam amor, Dain tentou tudo o que podia para que as palavras surgissem. Mas, mesmo que fosse carinhoso ou apaixonadamente criativo, mesmo que despejasse lirismo italiano em seus ouvidos, ela não dizia aquilo. Jessica suspirava, gemia, arfava. Gritava o seu nome e o do Todo-Poderoso, e até mesmo, em certas ocasiões, o do Maldito... mas ele nunca mais ouvira aquelas poucas palavras pelas quais seu coração tanto ansiava.

Depois de três semanas, Dain estava desesperado. Poderia se contentar com qualquer coisa que soasse vagamente como afeição: um "cabeça-dura" ou "paspalho"; um vaso caríssimo atirado contra sua cabeça; suas camisas rasgadas e arrebentadas. Uma discussão mais acalorada, por Deus, somente uma.

O problema era que ele não queria se arriscar a passar dos limites com as provocações. Se fosse até as últimas consequências do que realmente era capaz de fazer, talvez conseguisse provocar a discussão que queria; e poderia também acabar afastando-a de si. Para sempre. Não podia correr esse risco.

Da maneira que as coisas estavam acontecendo, Dain sabia que a paciência de Jessica não duraria para sempre. Ser a esposa mais perfeita do mundo para o marido mais impossível de todos era uma tarefa hercúlea. Mesmo ela não conseguiria continuar assim. E, quando a paciência de Jessica se esgotasse, ela iria embora. Para sempre.

Após um mês, o pânico tomou conta de Dain quando ele percebeu os primeiros sinais de esforço nas feições impecáveis, pacientes e amistosas. Com as próprias feições taciturnas recompostas, ele se sentou à mesa do café da manhã numa manhã de domingo em meados de junho, percebendo as linhas finas e retesadas que haviam aparecido na testa de Jessica e nos cantos de seus olhos. A postura dela estava tensa também, tão rígida quanto o sorriso obediente que ela exibia durante as conversas amigáveis sobre nada em particular – e, pior, sobre nada de importante para nenhum dos dois.

Eu a estou perdendo, pensou ele, e sua mão se ergueu por instinto para tocá-la e trazê-la para si. Em vez disso, ele levou a mão até o bule de café. Encheu sua xícara e olhou, impotente, para o líquido escuro: viu o futuro negro ali, porque não iria dar o que ela queria.

Não podia aceitar a monstruosidade que ela chamava de *seu filho*.

Dain sabia que seu comportamento era irracional aos olhos dela. Ele também não conseguia explicá-lo para si próprio, embora estivesse tentando fazer isso durante toda aquela última semana infernal. Mas não vencia a repulsa. Mesmo agora, em pânico e carente, não conseguia vencer a bile que lhe subia com a imagem que lhe surgia na mente: o rosto moreno e carrancudo com aquele nariz hediondo em forma de bico... o corpo pequeno, malformado e bizarro. A única coisa que ele conseguia fazer era continuar sentado em silêncio, fingindo ser um adulto civilizado, enquanto, por dentro, o monstro rugia e se debatia, desejando a destruição.

– É melhor eu me apressar – disse Jessica, levantando-se. – Senão vou chegar tarde à igreja.

Ele se levantou também, como um marido bom e cortês, e acompanhou-a até o andar de baixo, observando enquanto Bridget ajudava a senhora marquesa com o xale e a touca.

Contou a mesma piada que contara em todos os domingos anteriores, sobre Lady Dain se tornar um exemplo para a comunidade e a consideração de lorde Dain em não se aproximar, de modo que o teto da igreja não desabasse sobre as almas fiéis de Athton.

E quando a carruagem da senhora marquesa partiu, ele continuou no mesmo lugar onde ficara nos últimos quatro domingos, no alto da via de acesso, observando-a até que ela desaparecesse completamente.

Mas, neste Sabbath, quando voltou para a casa, Dain não foi ao seu estúdio, como de costume. Desta vez ele entrou na pequena capela de Athcourt e sentou-se no banco duro onde tremeu durante inúmeros domingos da sua infância enquanto tentava desesperadamente manter a cabeça concentrada em assuntos celestiais em vez de na fome que lhe roía o estômago por dentro.

Desta vez ele se sentia tão perdido e indefeso quanto aquele garoto, tentando entender por que o Pai Celestial o criara de maneira errada, por dentro e por fora, imaginando qual era a prece que devia ser rezada, qual penitência devia ser paga para que pudesse se endireitar.

E desta vez o homem adulto perguntou, com o mesmo desespero daquele garotinho décadas antes: *Por que Você não me ajuda?*

ENQUANTO LORDE DAIN lutava contra seus próprios demônios, sua esposa se preparava para comungar da carne e do sangue. E, embora Jessica tivesse fé suficiente na Sagrada Providência, ela preferia buscar ajuda em fontes mais acessíveis. Seu auxiliar foi Phelps, o cocheiro.

Ele era um dos poucos criados que estavam em Athcourt desde a época da marquesa anterior. Naquela época, Phelps não era muito mais do que um reles carregador. O fato de ter sido mantido era prova de que Dain reconhecia seus talentos. E chamá-lo de "Phelps" em vez de "John, o Cocheiro" demonstrava um grande respeito pelo homem, pessoalmente.

E o respeito era recíproco.

Isso não significava que Phelps considerava que o senhor marquês fosse infalível. Significava, pelo que Jessica conseguiu aprender, pouco depois dos contratempos em Devonport, que ele entendia a diferença entre fazer o que seu senhor ordenava e fazer o que era bom para ele.

A aliança entre Jessica e o cocheiro começou no primeiro domingo no qual ela compareceu à igreja em Athton.

Depois de apear da carruagem, Phelps pediu permissão para fazer seu próprio rito de "meditação", como ele mesmo descreveu, no *pub* Whistling Ghost.

– Certamente – respondeu Jessica, com um sorriso pesaroso. – Gostaria apenas de poder ir com você.

– Ah, entendo – disse ele, com o sotaque arrastado típico de Devon. – Aquela pendenga de ontem com aquela mulher maluca vai estar em todas as bocas de Devon agora. Mas a senhora marquesa não se importa com os olhares e as línguas frouxas, não é? Afinal, a senhora atirou nele. – O rosto encarquilhado de Phelps se abriu num sorriso. – Tenho certeza de que a senhora logo vai mostrar aos outros de que é feita.

Alguns dias depois, quando ele a levou à casa do vigário para tomar chá, Phelps deu mais detalhes sobre sua posição ao compartilhar com Jessica o que ouvira no Whistling Ghost sobre Charity Graves e o menino, Dominick, junto com o que ele mesmo sabia sobre o assunto.

Assim, neste quinto domingo, Jessica tinha uma boa ideia do tipo de mulher que Charity Graves era, juntamente com a confirmação de que Dominick precisava ser resgatado.

De acordo com o cocheiro, o garoto havia sido deixado sob os cuidados da velha Annie Geach, uma parteira, enquanto Charity perambulava por Dartmoor como uma cigana. Annie morrera cerca de um mês antes da volta de Dain à Inglaterra. Desde então, Charity passara a rondar a região de Athton. Embora raramente fosse vista no vilarejo, seu filho, largado sozinho, era avistado durante a maior parte do tempo, e frequentemente se metia em confusões.

Havia cerca de um mês e meio, algumas pessoas tentaram colocá-lo na escola. Dominick se recusou a ficar quieto, causando caos e algazarra nas três vezes que frequentou as aulas. Arrumou brigas com as outras crianças e fez brincadeiras de mau gosto com os mestres e os alunos. Não aceitava ordens de se comportar melhor, pois respondia com risos, xingamentos e obscenidades. Não conseguiram também surrá-lo para forçá-lo a obedecer, porque primeiramente era preciso agarrá-lo, e o garoto era ligeiro como o diabo.

Nas últimas semanas o comportamento do garoto havia ficado cada vez mais flagrante e os incidentes mais numerosos. Na segunda-feira, Dominick arrancara as roupas que a Sra. Knapp havia lavado e pendurado para secar, pisoteando-as na lama; na quarta, enfiou um rato morto na cesta que a Srta. Lobb levava ao mercado; na sexta, jogou cocô de cavalo nas portas recém-pintadas do estábulo do Sr. Pomeroy.

Mais recentemente, Dominick havia deixado dois outros garotos com olhos roxos, arrebentado o nariz de um terceiro, urinado nos degraus da panificadora e mostrado o traseiro para a arrumadeira do pároco.

Até o momento os aldeões tinham guardado as reclamações apenas para si. Mesmo se tivessem condições de agarrar Dominick, ninguém sabia o que fazer com o filho endiabrado do lorde da mansarda. Ninguém conseguira reunir coragem para levar a Dain os crimes do seu rebento. Ninguém fora capaz de suplantar os códigos da decência e da delicadeza para reclamar sobre o filho bastardo de Dain para a sua esposa. Além disso, ninguém conseguia encontrar Charity Graves para obrigá-la a fazer alguma coisa com o pequeno encapetado.

Era isso que mais preocupava Jessica. Charity não era vista havia duas semanas, durante as quais as ações de Dominick em busca de atenção – o modo pelo qual ela encarava aquelas atrocidades – haviam ficado cada vez mais desesperadas.

Jessica estava convicta de que ele tentava atrair a atenção do pai. Como Dain era inacessível, a única maneira de conseguir aquilo era jogar o vilarejo no mais completo caos. Também suspeitava de que a mãe o havia instigado ou encorajado aquelas perturbações, de alguma forma. Mesmo assim, o método parecia estupidamente arriscado. Dain cumpriria a ameaça de condenar Charity ao desterro em vez de pagar para que ela ficasse longe, se isso fosse o que ela desejava.

A outra explicação, e ainda mais perturbadora, fazia menos sentido. Charity poderia ter abandonado a criança, e, pelo que as pessoas sabiam, ele estava dormindo em estábulos ou nos brejos, abrigando-se junto aos rochedos. Mesmo assim, Jessica não conseguia acreditar que aquela mulher simplesmente tinha ido embora com as mãos vazias. Talvez não tivesse conseguido agarrar um amante rico, ou então toda a Dartmoor saberia a respeito. A discrição não fazia parte do estilo dela, de acordo com Phelps.

De qualquer maneira, Jessica havia decidido na noite anterior que o garoto não poderia mais sair por aí causando o caos.

A paciência dos habitantes de Athton estava sendo testada até os seus limites. Certo dia, e não demoraria muito até que isso acontecesse, uma multidão de aldeões ultrajados viria bater à porta de Athcourt. Jessica não tinha a intenção de testemunhar um evento como esse, assim como não admitia que uma criança possivelmente abandonada viesse a morrer de fome devido à exposição aos elementos ou se afogasse em algum dos traiçoeiros pântanos de Dartmoor. Não podia esperar mais até que Dain voltasse a enxergar claramente.

Assim, ela desceu para o café da manhã com a mesma expressão tensa e maltratada que tia Claire usava quando sofria um ataque de suas enxaquecas demolidoras. Todos os criados perceberam, e Bridget perguntou duas vezes durante o trajeto até a igreja se a senhora marquesa estava se sentindo doente.

– Uma dor de cabeça, somente – respondeu Jessica. – Tenho certeza de que não vai durar.

Depois de desembarcar, Jessica esperou até que Joseph se encaminhasse, como geralmente fazia, até a panificadora, onde seu irmão mais novo era empregado, e os outros criados estivessem dentro da igreja ou a caminho de suas próprias distrações dominicais. Isso deixava somente uma guardiã indesejada: Bridget.

– Creio que preciso me ausentar da celebração – disse Jessica, esfregando a têmpora direita. – Exercícios sempre ajudam uma dor de cabeça a passar. O que preciso é de uma longa e boa caminhada. Cerca de uma hora deve ser o suficiente.

Bridget era uma criada treinada ao estilo de Londres. Sua ideia sobre o que seria uma longa e boa caminhada estava restrita à distância entre a porta da frente e a carruagem. Não foi difícil calcular que "cerca de uma hora", no ritmo da sua senhora, significava de 5 a 8 *quilômetros*. Assim, quando Phelps se ofereceu "voluntariamente" para acompanhar a senhora no lugar de Bridget, a criada concordou sem emitir nada além de um protesto simbólico, entrando na igreja antes que Phelps mudasse de ideia.

Quando Bridget finalmente estava fora do campo de visão, Jessica olhou para Phelps.

– O que ouviu na noite passada? – perguntou ela.

– Na sexta, à tarde, ele soltou os coelhos de Tom Hamby. Tom o perseguiu até o muro mais ao sul do parque do senhor marquês. Na tarde de ontem, o moleque revirou as caixas de ossos e trapos de Jem Furse, e Jem o perseguiu até quase o mesmo lugar.

O olhar de Phelps apontou para o norte, na direção do parque.

– O garoto foge até onde as pessoas não se atrevem a persegui-lo, ou seja, costuma invadir diretamente a propriedade particular de sua senhoria, o marquês.

Em outras palavras, o garoto estava procurando a proteção do pai, pensou Jessica.

– Há uma pequena casa de verão que não fica muito longe do lugar onde eles o perdem de vista – prosseguiu o cocheiro. – O avô do senhor marquês a construiu para as damas. Imagino que o pequeno mequetrefe possa entrar lá sem dificuldades, se quiser.

– Se a casa de veraneio é o refúgio dele, então é melhor nos apressarmos – disse Jessica. – Fica a 3 quilômetros daqui.

– Fica entre a estrada principal e a estrada particular – disse ele. – Mas eu conheço uma rota mais curta, se a senhora não se importar em escalar alguns rochedos.

Quinze minutos mais tarde, Jessica estava à beira de uma clareira, olhando para a elegante casa de veraneio que o segundo marquês construíra para sua esposa. Era uma estrutura octogonal de pedra, pintada de branco e com um telhado vermelho, alto e cônico, quase tão alto quanto a própria casa. Janelas redondas com batentes elaboradamente entalhados adornavam quatro dos lados do octógono. Os lados que não tinham janelas ostentavam medalhões dos mesmos formato e tamanho, entalhados com o que pareciam ser cavaleiros e damas medievais. As roseiras, plantadas em cantos alternados do octógono, se erguiam pelas paredes e emolduravam graciosamente as janelas e os medalhões. Cercas vivas altas ladeavam o caminho sinuoso de cascalhos que levava até a porta.

Esteticamente falando, aquilo era um amontoado de estilos, mas mesmo assim tinha certos charme e doçura. Jessica percebia a atração que aquele lugar causaria em uma criança.

Ela esperou enquanto Phelps completava um lento circuito ao redor do prédio, espiando cautelosamente pelas janelas. Quando terminou, ele fez um sinal negativo com a cabeça.

Jessica engoliu um palavrão. Seria demais esperar que o garoto estivesse realmente aqui, mesmo que fosse a manhã de domingo e que ele geralmente limitasse suas diabruras no vilarejo às tardes dos dias de semana. Ela estava prestes a deixar seu esconderijo para confabular com Phelps quando ouviu um graveto se partir e o som suave de passos apressados. Ela fez um sinal para que Phelps voltasse para onde estava e ele rapidamente se agachou por trás da cerca viva.

No instante seguinte o garoto entrou na clareira, em disparada. Sem parar uma única vez nem olhar ao redor, ele correu pela trilha até a porta. Pouco antes de conseguir alcançá-la, Phelps saltou de seu esconderijo e o agarrou pela manga da camisa.

O menino desferiu uma cotovelada violenta contra a virilha de Phelps, e o cocheiro, caindo de joelhos, soltou-o com um xingamento estrangulado.

Dominick saiu em disparada pela trilha e correu pela clareira rumo às árvores que ficavam nos fundos da casa de veraneio. Mas Jessica percebera imediatamente para onde ele iria e já corria naquela direção. Ela o perseguiu por uma trilha para cavalos, passando por uma ponte e descendo por um caminho sinuoso que ladeava o riacho.

Se ele não houvesse subido a colina íngreme que levava até a casa de veraneio correndo, ela não teria qualquer esperança de conseguir agarrá-lo agora, mas o garoto estava cansado e corria num ritmo mais parecido com o de um ser humano em vez do passo demoníaco de sempre. Em uma encruzilhada, ele hesitou brevemente – o terreno não lhe era familiar, evidentemente – e nesses poucos segundos Jessica acelerou um pouco mais. Em seguida, ela saltou e se jogou sobre Dominick.

Ele caiu – sobre a grama, felizmente – com Jessica sobre ele. Antes que pudesse pensar em tentar se desvencilhar, ela agarrou seus cabelos e os puxou com força. O menino soltou um grito de frustração.

– Garotas não jogam limpo – arfou ela. – Fique quieto, ou vou deixar você careca.

Ele respondeu com uma torrente resfolegante de obscenidades.

– Já ouvi todas essas palavras antes – disse ela entre arfadas. – E conheço algumas bem piores.

Houve um breve silêncio enquanto ele digeria aquela reação inesperada. Em seguida:

– Saia de cima de mim! – gritou ele. – Saia de cima de mim, sua vaca!

– Esse é o jeito errado de falar – disse ela. – A maneira educada é: "Por favor, saia de cima de mim, minha senhora."

– Foda-se – disse ele.

– Ah, meu Deus – disse ela. – Receio que precisarei adotar medidas drásticas.

Soltando-lhe os cabelos, ela deu um beijo ruidoso e estalado na parte de trás da cabeça de Dominick.

Ele soltou um gemido exasperado.

Jessica deu outro beijo estalado naquela nuca imunda. Ele se retesou. E ela o beijou na bochecha suja.

Ele soltou a respiração e resmungou um monte de obscenidades. Contorceu-se furiosamente para tentar sair de baixo dela. Antes que pudesse se soltar, entretanto, ela o agarrou pelo ombro do casaco esfarrapado e levantou-se rapidamente, erguendo-o junto de si.

A bota rota que ele usava golpeou as canelas dela, mas Jessica se esquivou, ainda segurando firme.

– Fique quieto – disse ela com seu melhor tom de Obediência ou Morte, dando-lhe um safanão para respaldar as palavras. – Tente me chutar outra vez e vou lhe devolver o chute. E não vou errar o alvo. Estou falando sério.

– Vá para o inferno! – gritou ele, fazendo um esforço violento para se soltar, mas Jessica o segurava com bastante firmeza. E devia isso a anos de experiência com crianças indisciplinadas. – Solte-me, sua vaca estúpida! Solte-me! Solte-me! – Ele se contorcia freneticamente. Mas ela conseguiu agarrar um braço raquítico e trouxe-o para perto de si, colocando os braços ao redor dele.

O garoto parou de agitar o corpo, mas não de gritar como um desesperado.

Jessica percebeu que ele estava alarmado, mas não conseguia acreditar que Dominick tinha medo dela.

Os gritos estavam ficando mais desesperados quando a resposta apareceu. Phelps surgiu em uma das curvas da trilha para cavalos com uma mulher a reboque. A criança estrangulou um grito e ficou paralisada.

A mulher era Charity Graves.

Era a mãe do garoto quem o perseguia desta vez, e, diferentemente dos pobres coitados que viviam em Athcourt, tinha uma ideia muito boa do que faria com ele. Para começar, iria bater nele até quase matá-lo, anunciou a mulher.

Ele tinha fugido havia duas semanas e Charity anunciou que estivera procurando por ele por toda parte. Finalmente ela se aventurara em Athton – embora soubesse do risco que corria se chegasse a 15 quilômetros do senhor marquês, disse ela. Tinha conseguido chegar até os arredores do Whistling Ghost quando Tom Hamby e Jem Furse saíram correndo, trazendo uma dúzia de outras pessoas furiosas, e rapidamente a cercaram.

– E eles me passaram um belo sermão – disse Charity, lançando um olhar ameaçador para o filho.

Jessica não mais o segurava pelos colarinhos. Com o surgimento da mãe, o garoto agarrou sua mão. Ele a apertava com força agora. Exceto por isso, ele estava imóvel, o corpo rígido, os olhos escuros fixos na mãe.

– Todo mundo em Dartmoor sabe o que ele andou aprontando – disse Jessica. – Não posso acreditar que você não. Por onde andou? Em Constantinopla?

– Sou uma mulher trabalhadora – disse Charity, erguendo a cabeça. – Não posso ficar cuidando dele o tempo inteiro e não tenho babá. Eu o mandei para a escola, não foi? Mas o diretor não conseguiu fazê-lo se comportar. Então como eu devo agir, pergunto à senhora, quando o garoto foge de mim e eu não sei onde ele está escondido?

Jessica duvidava de que Charity se importava com o lugar onde o garoto estava se escondendo, até ouvir dos aldeões que ele estava no parque de Athcourt. Se o senhor marquês descobrisse que o "mequetrefe" se escondia na casa de veraneio imaculadamente ornamentada da segunda marquesa, alguém pagaria muito caro por isso, e Charity sabia.

Mesmo agora, ela não era tão audaciosa quanto fingia ser. Seus olhos verdes se desviavam de tempos em tempos para vigiar os arredores do jardim, como se esperasse que Dain explodisse por entre as árvores a qualquer momento.

Por mais inquieta que estivesse, ela também não parecia estar com muita pressa para ir embora. Apesar de Jessica não ser capaz de adivinhar o que exatamente se passava pela cabeça daquela mulher, era claro que ela estava medindo a marquesa de Dain e ajustando sua abordagem de acordo. Após perceber que ameaçar Dominick com castigos cruéis não era algo que Jessica aprovava, ela prontamente passou a culpar suas circunstâncias difíceis.

E mesmo enquanto Jessica percebia aquelas circunstâncias, Charity continuava a fazer ajustes.

– Sei o que você está pensando – disse a mulher, suavizando o tom de voz. – Que eu não cuido dele como deveria e que uma criança não foge da mãe a menos que sua vida seja um inferno. Mas não fui eu que fiz isso com ele, e sim aqueles moleques de nariz empinado da escola. Disseram a ele qual era o trabalho da mamãe, como se seus próprios pais e irmãos não viessem bater na minha porta, assim como suas mães e irmãs, para consertar os seus "erros". E aqueles desgraçadinhos que pensam que são joias preciosas disseram que eu não era nada além de uma rameira suja. E o chamaram de nomes feios também. Não foi, meu bem? – disse ela, olhando para Dominick com um olhar de pena. – Não imagina, então, o motivo de ele estar irritado e de ter causado problemas? – prosseguiu ela quando o menino não respondeu. – E eles tiveram exatamente o que mereciam por implicarem com um pobre coitado e lhe causarem pesadelos. Mas agora ele não gosta mais da mamãe e não quer mais ficar com ela. E veja só para onde veio essa criança tola, minha senhora. Será que o pai dele não vai querer a minha cabeça por causa disso? Como se eu tivesse feito isso de propósito! Ele vai mandar me prender e, depois, para uma casa de ofícios. E vai cortar o dinheiro para o sustento do garoto. E o que vai ser de nós, eu lhe pergunto?

Phelps olhava para Charity com um desgosto visível. Ele abriu a boca para dizer algo, mas percebeu o olhar de advertência de Jessica. Acabou fitando o céu.

– Você passou um bom tempo dizendo muitas coisas que eu já sabia – disse Jessica, severa. – O que não disse é o que tinha a ganhar ao vir para Athton, em primeiro lugar, quando sabia dos sentimentos do senhor marquês, ou por que, em segundo, você continuou por perto quando sabia dos problemas de Dominick e a maneira pela qual ele escolheu expressá-los. Deve haver algo que você quer muito para se arriscar dessa maneira.

A expressão assustada de Charity desapareceu instantaneamente. Com o semblante cada vez mais sério, ela observou Jessica da cabeça aos pés, de maneira bem insolente.

– Bem, estou vendo que Dain não se casou com uma cabeça de vento qualquer, não é? – disse Charity com um sorriso. – Talvez eu realmente tivesse planos, minha senhora, e talvez o moleque os tenha estragado. Mas talvez nem tudo esteja perdido e nós possamos consertar, você e eu.

Alguns minutos depois, quando Dominick foi convencido a afrouxar a mão que segurava a de Jessica, o grupo voltava lentamente à estrada principal. Phelps levara o garoto a uma distância discreta à frente das duas mulheres, de modo que elas pudessem negociar em particular.

– Eu também não sou nenhuma cabeça de vento – disse Charity, com um olhar furtivo ao seu redor. – É fácil perceber que você quer aquele diabinho. Mas Dain não, ou já teria vindo e apanhado o moleque a essa altura. E você sabe que não pode simplesmente chegar e roubar o meu menino de mim, pois vou fazer um escândalo. E vou me certificar de que Dain saiba a respeito. E não há ninguém por aqui disposto a esconder Dominick e cuidar dele por você, se é o que está imaginando. Sei disso. Já tentei. Ninguém o quer porque têm medo. Têm medo de Dain e têm medo do garoto, porque ele parece um monstrinho e age como um, também.

– Não sou a única que tem problemas – disse Jessica, friamente. – Quando Dain descobrir que você deixou essa criança correr solta por Athton, você vai *implorar* para que a casa de ofícios seja a sua próxima residência. O que ele tem em mente é uma viagem só de ida para Nova Gales do Sul.

Charity riu.

– Ah, não vou ficar aqui por muito tempo para descobrir o que ele tem em mente. Você devia ouvir o que Tom e Jem disseram agora há pouco, e os outros. Eles não vão esperar que o senhor marquês reaja. Eles querem que eu vá embora e vão me caçar por toda a Dartmoor, com cães inclusive. E se não me perseguirem até eu me afogar em um pântano, vão me amarrar em uma carroça e me açoitar até chegar a Exeter, eles prometeram. Assim, decidi que vou entrar na primeira carruagem para Londres amanhã.

– Uma sábia decisão – disse Jessica, reprimindo um calafrio ao pensar em Dominick vagueando pelos antros de ladrões em Londres. – Como me encontrou, entretanto, talvez tenha imaginado que não precisaria sair de mãos vazias.

– Ora, mas a senhora é muito esperta. – O sorriso que ela abriu para Jessica era bem amistoso. Charity era uma mulher de negócios e se refestelava com o desafio de enfrentar uma cliente difícil. – Como é tão esperta, acho que vai descobrir o que fazer com o meu pequenino se eu entregá-lo sem maiores complicações ou escândalos. Assim como eu descobrirei o que fazer com ele em Londres se você decidir que ele não vale o esforço.

– Não desejo apressá-la, mas tenho que estar de volta à igreja quando a celebração terminar – disse Jessica. –

Talvez você pudesse fazer a gentileza de descrever o meu "esforço" em termos simples como libras, xelins e pence.

– Ah, é muito mais simples do que isso – disse Charity. – Você só precisa me dar a pintura.

CAPÍTULO 17

Às duas horas daquela tarde, Dain estava com sua esposa no alto de uma encosta que dava vista para os pântanos.

Ela pediu que ele a levasse até os rochedos Haytor após o almoço. A palidez dela, juntamente com as linhas de fadiga ao redor de seus olhos e da boca, mostrava que ela não aguentaria a escalada – ou o clima, pois, mesmo no meio de junho, os pântanos podiam ser insuportavelmente frios e úmidos. Ao longo do litoral sul de Devon, flores e árvores subtropicais vicejavam como se estivessem em uma estufa. Dartmoor, por sua vez, era um universo totalmente diferente. O lugar criava seu próprio clima, e o que acontecia naquelas terras altas pouco tinha a ver com as condições em um vale a poucos quilômetros de distância.

Dain guardou aquela preocupação para si, entretanto. Se Jessica quisesse escalar um dos picos da enorme cordilheira que delimitava os pântanos, ela devia ter suas razões. Se esperava poder remediar o estrago que havia entre eles, devia mostrar alguma evidência de que confiava no julgamento da esposa.

Ela dissera que estava cansada da desconfiança dele... entre muitas outras coisas.

E, assim, ele também evitava falar o que pensava, em

vez de dizer que ela ficaria mais aquecida no abrigo do imenso rochedo do que na beira dos penhascos, de frente para os ventos árticos.

O vento brutal ganhou força quando eles alcançaram os enormes afloramentos de granito que coroavam a colina. As nuvens se agitavam em uma massa cinzenta e sinistra, prometendo uma tempestade típica de Dartmoor – enquanto, algumas milhas a oeste, em Athcourt, o sol devia estar brilhando naquele momento.

– Pensei que seria como os pântanos de Yorkshire – disse ela. Seu olhar varreu a paisagem salpicada de rochedos mais abaixo. – Mas parece ser bem diferente. Mais escarpado. Mais... vulcânico.

– Dartmoor é basicamente um amontoado de granito – disse ele. – De acordo com meu antigo tutor, faz parte de uma cordilheira que se estende até as ilhas da Sicília. Uma boa parte do terreno é inóspita ao plantio, como a flora, pelo que fui ensinado, demonstra. Pouca coisa é teimosa o suficiente para crescer aqui além de tojos e ericáceas. Os únicos lugares mais verdejantes – ele apontou para uma mancha mais viva de verde ao longe – estão ali, por exemplo. Parece um oásis em um deserto rochoso, não é? Mas, na melhor das hipóteses, é uma área de brejo. Na pior, é areia movediça. E é uma área pequena. Alguns quilômetros a noroeste fica o brejo de Grimspound, um entre vários que já engoliram ovelhas, vacas e homens por inteiro.

– Diga-me como se sentiria, Dain – disse ela, sem nunca tirar os olhos da paisagem escarpada que se estendia abaixo deles –, se você soubesse que uma criança foi abandonada para perambular por esses pântanos, sem ninguém por perto, por dias, até mesmo semanas.

O rosto moreno e carrancudo de uma criança surgiu na mente de Dain.

Um suor frio cobriu sua pele e ele sentiu um peso enorme dentro de si, como se houvesse acabado de engolir um pedaço de chumbo.

– Por Cristo, Jess.

Ela se virou e olhou para ele. Sob a aba larga da touca que ela usava, os olhos de Jessica estavam tão escuros quanto as nuvens que se aproximavam mais acima.

– Você sabe a qual criança me refiro, não é?

Dain não conseguiu manter o corpo ereto sob o peso que sentia por dentro. Seus braços e pernas tremiam. Forçou-se a se afastar, a ir na direção do rochedo montanhoso. Apoiou a mão fechada contra o granito sólido e apertou a cabeça latejante contra o punho.

Ela se aproximou dele.

– Entendi errado – disse ela. – Pensei que sua hostilidade se devesse à mãe do garoto. Consequentemente, eu tinha certeza de que você entenderia que a criança era mais importante do que um velho antagonismo. Outros homens parecem não ter dificuldade para lidar com suas amantes, e alguns até se vangloriam delas. Achei que você apenas agisse de maneira obstinada. Mas esse, obviamente, não é o caso. Parece que é um problema de proporções cósmicas.

– Sim. – Ele engoliu uma lufada de ar ardente. – Eu sei, mas não consigo raciocinar direito. Meu cérebro... Ele fica estagnado. Paralisado. – Dain forçou uma risada curta. – Ridículo.

– Eu não fazia ideia – disse ela. – Mas pelo menos você está me contando agora. Já é um progresso. Infelizmente isso não vai ajudar muito. Estou em uma espécie de dilema, Dain. Estou preparada para agir, é claro, mas não poderia fazer isso sem informá-lo sobre a situação.

As nuvens cuspiam gotas geladas de chuva, que os ventos fortes lançavam contra o pescoço de Dain. Ele ergueu a cabeça e olhou para ela.

– É melhor voltarmos à carruagem antes que você pegue uma gripe.

– Estou usando roupas quentes – disse ela. – Sei o que devo esperar do tempo.

– Podemos discutir isso em casa – disse ele. – Diante de uma lareira acesa. Quero chegar lá antes que os céus se abram e fiquemos encharcados.

– Não! – explodiu ela, batendo o pé. – Não estamos *discutindo* nada! Eu vou falar e você vai *ouvir*! E não estou nem aí se você contrair uma tuberculose ou uma pneumonia depois. Se aquele garotinho é capaz de suportar os pântanos, sozinho, usando molambos e botas cheias de buracos, sem nada na barriga além do que é capaz de roubar para enchê-la, então você pode muito bem suportar o mesmo!

Novamente o rosto surgiu em sua mente.

A repulsa, ácida e espessa, crescia dentro dele. Dain se forçou a aspirar mais ar em arfadas longas e laboriosas.

Sim, ele podia muito bem suportar aquilo. Pediu a ela algumas semanas antes que parasse de tratá-lo como criança. Queria que ela parasse de se comportar como um autômato subserviente. Seus desejos foram atendidos, e ele sabia agora que poderia e iria suportar qualquer coisa, desde que ela não o abandonasse.

– Estou escutando – disse ele. E encostou-se no rochedo.

Ela o observou com olhos preocupados.

– Não estou tentando torturá-lo, Dain, e se eu tivesse qualquer indício do seu problema, eu tentaria ajudar. Mas isso obviamente vai demandar muito tempo, e não há tempo. No momento, seu filho precisa mais de ajuda do que você.

Ele se obrigou a se concentrar nas palavras e a empurrar a imagem asquerosa para o fundo da sua mente.

– Entendo. Nos pântanos, você disse. Sozinho. Não é certo. De maneira alguma.

– E é por isso que você deve entender que, quando fiquei sabendo disso, tive que agir. Como você deixou bem claro que não queria ouvir nada a respeito dele, fui obrigada a fazer tudo pelas suas costas.

– Eu compreendo. Você não teve escolha.

– E eu não deveria perturbar você agora, se não precisasse fazer algo que você nunca perdoaria.

Ele engoliu a náusea e o orgulho em uma única golfada.

– Jess, a única coisa imperdoável que você pode fazer é me abandonar – disse ele. – *Se mi lasci, mi uccido.* Se me abandonar, eu me matarei.

– Não seja ridículo – disse ela. – Não vou abandoná-lo. Francamente, Dain, não sei de onde você tira essas ideias malucas.

Assim, como se isso explicasse e resolvesse tudo, ela voltou ao assunto principal e contou a Dain o que havia ocorrido naquele dia: como ela perseguira o animalzinho até seu covil – no jardim de Dain, entre todos os lugares possíveis, onde o pequeno demônio havia invadido a casa de veraneio e onde se encontrava havia pelo menos uma semana.

O enjoo de Dain logo arrefeceu, e o peso insuportável com ele, varridos em uma onda acachapante de descrença. A semente demoníaca que ele plantara em Charity Graves aterrorizava o seu próprio vilarejo, esgueirando-se pelo seu próprio jardim – e Dain não ouvira nem mesmo um sussurro a respeito.

Emudecido, ele só conseguiu observar a esposa, boquiaberto, enquanto ela relatava a captura do garoto e o encontro com a mãe do delinquente.

Enquanto isso, o céu ficou sinistramente escuro. Os respingos da chuva ganharam força e se transformaram numa garoa constante. Sob aquelas condições, o conjunto de penas e fitas que adornavam a touca de Jessica ficaram encharcados e penderam sobre a aba. Mas ela não parecia dar importância ao estado da touca, assim como não parecia tomar conhecimento do vento que soprava inclemente, da chuva fina que a fustigava e da massa negra de nuvens que crescia sobre suas cabeças.

Ela havia chegado ao ponto da crise em seu relato e isso era tudo o que a perturbava no momento. Uma ruga apareceu entre suas sobrancelhas graciosamente arqueadas e seu olhar apontou para as mãos que estavam apertadas uma contra a outra.

– Charity quer o ícone em troca do garoto – disse ela. – Caso contrário, se eu tentar tirá-lo dela, ameaçou gritar aos quatro ventos, porque isso traria você para o caso, e ela sabe que você a mandaria para longe, junto com o garoto. Mas isso eu não posso permitir, e eu o trouxe até aqui para lhe contar. Vou encontrar uma forma de mantê-lo longe das suas vistas se você insiste. Entretanto, não vou deixar que ele vá com aquela mãe irresponsável para Londres, onde ele cairá nas mãos de ladrões, pervertidos e assassinos.

– O ícone? – disse ele, mal ouvindo o restante. – Aquela cadela quer o meu Stroganov em troca daquele pequeno e hediondo...

– Dominick não é hediondo – disse Jessica rispidamente. – É verdade, ele se comportou de maneira monstruosa, mas não recebeu disciplina em casa e foi suficientemente provocado. Não fazia a menor ideia de que era um bastardo, assim como não entendia o significado do trabalho da mãe até ir para a escola, onde as crianças do vilarejo lhe informaram a respeito da maneira mais cruel possível. Disseram-lhe o que ele é, e Dominick está assustado, confuso, e sabe que não é como as outras crianças e que ninguém o quer. – Ela parou por um momento. – Exceto por mim. Se eu houvesse fingido que não o queria, a mãe talvez não houvesse exigido tanto. Mas eu não poderia fingir uma coisa dessas e deixar a criança ainda mais infeliz.

– Que os diabos carreguem aquela maldita! – disse ele, afastando-se do rochedo. – Aquela cadela não vai ficar com o meu ícone!

– Então você mesmo terá que tirar a criança dela – disse Jessica. – Não sei onde ela está escondida, mas duvido muito que possa ser encontrada em menos de 24 horas. O que significa que alguém precisa estar no posto de parada de carruagens de Postbridge amanhã de manhã, bem cedo. Se esse alguém não for eu, com o ícone, então terá que ser você.

Ele abriu a boca para um urro de raiva, mas em seguida a fechou e contou até dez.

– Você está propondo – disse ele, sem se alterar – que eu vá até Postbridge ao raiar do dia... e espere que Charity Graves apareça... e lá, diante de uma multidão de catraieiros do brejo, *negocie* com ela?

– Claro que não – respondeu Jessica. – Você não precisa negociar. Ele é seu filho. Pegue-o, e não haverá nada que ela possa fazer a respeito. Não pode alegar que foi enganada, como faria se qualquer outra pessoa além de você tentasse agir desse jeito.

– Tomá-lo para mim... assim, sem mais nem menos? Diante de todos?

Ela o observou por baixo da aba da touca ensopada.

– Não entendo por que isso é tão chocante. Estou sugerindo apenas que você aja de acordo com a sua natureza. Basta invadir o lugar, tomar o controle da situação e mandar Charity às favas. E para o inferno com o que as pessoas pensem.

Dain se agarrava desesperado às rédeas puídas do seu autocontrole.

– Jessica, não sou nenhum idiota – disse ele. – Sei o que você está tentando fazer. Está... me manipulando. A ideia de acabar com a raça de Charity Graves é algo que me atrai muito. E que seria perfeitamente lógico, uma vez que eu não tenho intenção de abrir mão do meu ícone. E não tenho mesmo.

– Sei bem disso – falou ela. – E é por isso que eu não me atreveria a roubá-lo. Não consigo acreditar que aquela mulher tenha chegado a cogitar essa hipótese. Mas ela é completamente amoral, e ouso dizer que a palavra "trair" não significa nada para ela.

– Mesmo assim, você pretende pegar o ícone se eu não fizer o que você pede – disse ele.

– É meu dever. Mas não poderia fazer isso sem contar a você.

Ele ergueu o queixo dela com o nó dos dedos e, inclinando a cabeça, olhou-a com uma expressão dura.

– Nunca lhe ocorreu, Sra. Lógica, que eu não *permitiria* que você o tomasse de mim?

– Ocorreu-me que você poderia *tentar* me impedir – disse ela.

Com um suspiro, ele afastou a mão do queixo de Jessica e olhou para a massa montanhosa de granito.

– E eu teria o mesmo sucesso, creio eu, se tentasse convencer este rochedo a trotar até Dorset.

Dain ouviu um ribombar grave ao longe, como se os céus concordassem que a situação não tinha outra saída.

Sentia-se tão estupefato, furioso e impotente quanto em Paris, quando outra tempestade se aproximava.

Não conseguia nem mesmo pensar na coisa repugnante que concebera com Charity Graves sem se sentir fisicamente enjoado. Como, em nome de Lúcifer, ele olharia, conversaria, tocaria, *traria aquela coisa para perto de si?*

A TEMPESTADE DE HAYTOR os seguiu de volta a Athcourt. Batia no teto, golpeava as janelas e explodia em relâmpagos demoníacos que iluminavam a casa com uma luz branca e ofuscante.

Aqueles que ouviam os gritos de raiva do senhor marquês poderiam acreditar que ele havia encarnado Belzebu, cuja ira enfurecera os próprios elementos.

Por outro lado, pensou Jessica, Dain não sabia muito bem como combater seus problemas emocionais. Conhecia somente três métodos para lidar com os "aborrecimentos": derrubá-los no chão, intimidá-los ou suborná-los. Quando nada disso funcionava, ele ficava perdido. Então teve um ataque de raiva.

Brigava com os criados porque não eram ágeis o suficiente para ajudar a esposa a despir as vestes molhadas e depois porque deixavam as peças pingarem no piso de mármore do vestíbulo – como se roupas encharcadas não devessem pingar ou como se botas enlameadas não devessem deixar pegadas sujas.

Estava irado porque os banhos de ambos não haviam sido preparados e a água não estava quente e pronta no instante em que chegaram aos seus aposentos – como se alguém soubesse o momento preciso em que o lorde e sua esposa retornariam. Gritou porque suas botas estavam *destruídas* – como se ele não tivesse pelo menos uma dúzia de pares delas.

Jessica ouvia a voz enraivecida do marido através das paredes enquanto tomava banho, trocava-se e imaginava se o pobre e abusado Andrews pediria demissão do cargo.

Mas o banho de Dain o acalmou um pouco, pois, quando chegou aos aposentos de Jessica, os rugidos enraivecidos e animalescos haviam se transformado em rosnados, e a expressão trovejante em seu rosto se tornara apenas mau humor.

Ele entrou no quarto com o braço aleijado em uma tipoia.

– Ajustes – disse ele depois que Bridget fugiu sem esperar que ele mandasse. – O casamento exige malditos ajustes. Você queria uma tipoia, Jess, então aqui está ela.

– Ela não estraga o tecido do seu casaco – comentou ela, observando-o com um olhar crítico. – Parece bem elegante, na verdade. – Mas não acrescentou o fato de que parecia que os dois iriam sair, pois Dain estava vestido com trajes de montaria.

– Nada de gracinhas – disse ele. Em seguida, foi até a sala de estar de Jessica, tirou o retrato da mãe do cavalete e o levou consigo. E continuou andando quando saiu do quarto.

Ela o seguiu pelo passadiço, desceu a escada da ala sul e o acompanhou de perto até chegarem ao salão de jantar.

– Você queria a minha mãe no salão de jantar – disse ele. – Minha mãe está no salão de jantar.

Ele apoiou o quadro em uma das cadeiras e puxou a corda da sineta. Um lacaio apareceu imediatamente.

– Diga a Rodstock que eu quero que tire aquela maldita paisagem dali e que este retrato seja colocado em seu lugar – declarou Dain. – E eu quero que isso seja feito *agora*.

O lacaio desapareceu imediatamente.

Dain saiu do salão e atravessou o corredor até chegar ao estúdio.

Jessica apressou-se para segui-lo.

– O retrato vai ficar muito bem na cornija – disse ela. – Encontrei um belo conjunto de cortinas na Torre Norte. Vou mandar limpá-las e pendurá-las no salão de jantar. Vão combinar melhor com o retrato do que as que estão ali.

Ele havia se aproximado da escrivaninha, mas não se sentou. Ficou diante dela, quase de costas para Jessica. O queixo estava retesado e os olhos semicerrados.

– Eu tinha 8 anos – disse ele entre os dentes. – Fiquei sentado ali. – Dain indicou a cadeira à frente da escrivaninha. – Meu pai estava sentado ali – falou, apontando seu lugar habitual. – Ele disse que minha mãe era Jezebel, que os cães a devorariam. Disse que ela estava a caminho do inferno. Foi toda a explicação que ele deu para a partida dela.

Jessica sentiu o sangue fugir do rosto. Ela também teve que se virar de costas enquanto tentava se recompor. Não foi fácil.

Já imaginava que o pai de Dain fosse um homem rígido e implacável. Mas nunca pensou que ele, ou qualquer pai, pudesse ser tão cruel... com um garotinho... aturdido, assustado, sofrendo pela perda da mãe.

– Seu pai devia estar se sentindo furioso e humilhado, sem dúvida – forçou-se a dizer calmamente. – Mas, se ele se importasse mesmo com ela, teria ido buscá-la em vez de destilar o veneno em você.

– Se você fugir de mim – disse Dain, ferozmente –, eu irei caçá-la sem descanso. Vou segui-la até os confins da terra.

Se ela não havia desmaiado pelo choque quando ele revelou que morreria por causa dela, então poderia fazer isso agora, disse Jessica a si mesma.

– Sim, eu sei – respondeu ela. – Mas seu pai era um velho amargo e infeliz que se casou com a mulher errada, você não. Obviamente ela era do tipo que se deixa afetar por qualquer coisa, passando essa característica a você, mas seu pai transformou a vida dela num inferno. Mas eu não me deixo afetar por qualquer coisa e nunca permitiria que você transformasse a minha vida num inferno.

– Assim como não vai permitir que aquela mulher amaldiçoada leve a sua cria demoníaca até a malévola Londres.

Jessica confirmou com um aceno de cabeça.

Ele se apoiou contra a escrivaninha e encarou o tapete com um olhar cruel.

– Acho que talvez não lhe tenha ocorrido que a criança não queira deixar a mãe. Que um evento como esse pode... – Ele deixou a frase morrer no ar, a mão batendo contra a beirada da escrivaninha enquanto procurava as palavras.

Dain não precisou concluir. Jessica sabia que ele estava se referindo ao próprio caso: a fuga da mãe o havia devastado... e ele ainda não conseguira se recuperar.

– Sei que será traumático – disse Jessica. – Pedi à mãe dele que tentasse prepará-lo. Sugeri que ela explicasse que o lugar para onde iria era perigoso demais para um garotinho e que seria melhor deixá-lo onde ele estaria seguro, onde ela poderia ter certeza de que ele teria tudo de que precisa.

Dain olhou na direção dela. Em seguida, voltou a baixar os olhos para o tapete.

– Gostaria que isso fosse verdade – disse Jessica. – Se ela o amasse, nunca o teria submetido a esse tipo de risco. Colocaria o bem-estar do filho em primeiro lugar, como sua própria mãe fez, Dain – ela ousou acrescentar. – *Ela* não arrastou um garotinho para uma perigosa viagem marítima sem garantias de que conseguiria sustentá-lo. Isso, é claro, se ele conseguisse sobreviver à jornada. Mas o caso dela era trágico e digno de pena. Charity Graves, por outro lado... Bem, de certa maneira, ela também é uma criança.

– Minha mãe é uma heroína trágica e Charity Graves é uma criança – duvidou Dain. Ele se afastou da beirada da escrivaninha e deu a volta ao redor do móvel. Não para ir até a cadeira, mas até a janela. Então olhou para fora.

A tempestade estava arrefecendo, Jessica percebeu.

– Charity quer roupas bonitas, badulaques e a atenção de todos os homens que estiverem por perto – disse ela. – Com sua aparência e sua cabeça... e até mesmo seu charme, que sou obrigada a admitir que tem, aquela mulher já poderia ter se transformado em uma famosa cortesã em Londres. Mas ela é indolente demais, uma criatura focada demais no momento.

– Mesmo assim, essa criatura focada demais no momento está querendo colocar as mãos no meu ícone, pelo que você me informou – disse ele. – Uma peça que ela nunca viu. E sobre a qual soube por meio de algum tolo do vilarejo, que, por sua vez, soube por outra pessoa, que soube do ícone por um de nossos criados. Ainda assim, ela está convencida de que a coisa vale 20 mil libras. Cujo valor, de acordo com ela, era a única contraproposta que você poderia fazer. E era melhor fazê-la em libras de ouro, porque não confia em papéis. Eu gostaria de saber quem foi que enfiou esse valor na cabeça dela.

Jessica se aproximou dele na janela.

– Eu também gostaria, mas não temos tempo para descobrir.

Com uma risada curta, ele se virou na direção dela.

– *Nós?* A questão não compete a "nós", como você sabe muito bem. É "Dain", o homem desprezível e oprimido que deve fazer exatamente o que sua mulher manda, se souber o que é bom para ele.

– Se você fosse oprimido, iria me obedecer cegamente – disse ela. – Mas não é o caso. Você procurou uma explicação para a minha motivação, e agora está tentando deduzir a motivação de Charity. Está também se preparando para lidar com o seu filho. Está tentando se colocar no lugar dele, para compreender qualquer reação problemática e responder de maneira inteligente e eficiente.

Ela se aproximou e deslizou os dedos pelo lenço que ele tinha ao redor do pescoço.

– Vá em frente. Diga que eu estou "manipulando" ou "dominando" você.

– Jessica, você é irritante, sabia? – Ele torceu o nariz para ela. – Se eu não fosse tão apaixonado por você, a jogaria pela janela.

Ela colocou os braços ao redor da cintura do marido e encostou a cabeça em seu peito.

– Não somente "apaixonado", mas "imensamente apaixonado". Ah, Dain! Creio que vou desmaiar.

– Não agora – disse ele, mal-humorado. – Não tenho tempo para pegar você. Afaste-se, Jess. Tenho que ir até aquela maldita Postbridge.

Ela recuou abruptamente.

– Agora?

– Claro que sim, agora. – Ele se afastou um pouco. – Aposto quanto você quiser que a cadela já está lá. E quanto mais rápido eu conseguir resolver essa bobagem, melhor. A tempestade está começando a passar, então ainda teremos a luz do dia por algumas horas. E as chances de meu cavalo tropeçar em uma valeta e eu quebrar o pescoço serão menores. – Ele rapidamente contornou a escrivaninha e foi em direção à porta.

– Dain, tente não explodir com eles – pediu Jessica quando ele estava saindo.

Ele parou e olhou para a esposa com uma expressão exasperada.

– Imaginei que eu tinha que acabar com a raça daquela mulher.

– Sim, mas tente não aterrorizar a criança. Se ele fugir,

vai ser muito difícil encontrá-lo. – Ela se aproximou rapidamente. – Talvez eu devesse ir junto.

– Jessica, eu posso cuidar disso – disse Dain. – Não sou um incompetente.

– Mas você não está acostumado a lidar com crianças – disse ela. – O comportamento delas às vezes pode ser enigmático.

– Jessica, eu vou buscar aquela criatura bestial – disse ele, soturno. – Não vou me preocupar com mais nada. Vou buscá-lo e trazê-lo para você, e você pode se divertir com todos os enigmas que quiser quando estiver com ele.

Dain foi até a porta e a abriu com um movimento brusco.

– Para começar, você pode pensar no que vai fazer com ele, porque eu não tenho a menor ideia.

Dain decidiu levar seu cocheiro, mas não a carruagem. Phelps conhecia cada estrada, trilha e rota de boiadas e rebanhos em Dartmoor. Mesmo que a tempestade voltasse a ganhar força e se dirigisse para o oeste com eles, Phelps os levaria rapidamente até Postbridge.

Além disso, se podia ajudar sua senhora a causar problemas ao marido, Phelps podia muito bem ajudar Dain a se livrar deles.

Dain não sabia como Jessica conseguira convencer seu leal cocheiro a trair sua confiança nas últimas semanas, mas percebeu logo que ela não o controlava totalmente. Quando ela correu até os estábulos, tentando pedir pela última vez para acompanhá-los, Phelps negociou um meio-termo.

– Talvez, se a senhora marquesa puder preparar um pacote para o garoto, vá se sentir melhor – sugeriu o cocheiro. – Ela está preocupada, pois ele pode estar com fome, ou talvez com frio, e o senhor estará ocupado demais para cuidar disso. Talvez ela precise encontrar um brinquedo ou algo do tipo para distrair o garoto.

Dain olhou para Jessica.

– Acho que isso pode funcionar – disse ela. – Embora fosse melhor se eu pudesse estar lá.

– Você *não vai estar lá,* então esqueça isso – disse Dain. – Dou-lhe quinze minutos para preparar esse maldito pacote, e nada mais.

Quinze minutos depois, Dain estava sentado sobre o lombo do cavalo, olhando para os portões de Athcourt. Esperou mais cinco minutos e começou a trotar pela longa via de acesso, deixando que Phelps ficasse para trás para cuidar de pacotes e da senhora marquesa.

Phelps o alcançou alguns metros depois dos portões principais.

– Foi o brinquedo que a atrasou – explicou ele conforme cavalgavam. – Foi até a Torre Norte, com certeza, e encontrou um daqueles teatros de recortes de papel. Uma batalha naval, pelo que ela disse.

– Deve ser a batalha entre Nelson e Parker em Copenhague – disse Dain. – Se for um dos meus, quero dizer – acrescentou ele com uma gargalhada. – Acho que foi o único que eu não tive tempo de destruir antes de ser mandado para a escola. Ganhei-o quando fiz 8 anos. Não preciso imaginar como ela o encontrou. Minha dama seria capaz de encontrar a proverbial agulha em um palheiro. É um de seus talentos especiais, Phelps.

– Sim, percebo que as coisas são assim, sabendo que o senhor marquês às vezes perde algumas coisas. – Phelps olhou para o braço esquerdo de Dain, que havia sido libertado da tipoia assim que eles deixaram a casa. – Perdeu a tipoia do braço, não foi, meu senhor?

Dain olhou para o braço.

– Por Deus, perdi, sim. Bem, não temos tempo para procurá-la, não é?

Eles cavalgaram em silêncio por alguns minutos.

– Talvez eu não devesse ter ajudado a senhora a procurar o menino – disse Phelps, finalmente. – Mas estou preocupado desde que ouvi dizer que a velha Annie Geach finalmente bateu as botas.

Phelps explicou que a parteira idosa fora a única mãe que Dominick conhecera.

– Quando Annie morreu, ninguém mais quis cuidar do fedelho – disse Phelps. – Pelo que sei, a mãe fez um escândalo diante da sua esposa, imaginando que o senhor tomaria alguma atitude, que talvez lhe desse algum dinheiro para ir embora ou que sentiria pena do menino. Mas o senhor nunca mandou ninguém atrás dela, mesmo quando o menino estava aprontando no vilarejo.

– Eu não sabia que ele estava aprontando tanto – interrompeu Dain, irritado. – Porque ninguém daquele maldito vilarejo me avisou. Nem mesmo você.

– Não era eu que devia fazer isso – disse Phelps. – Além do mais, como eu poderia saber que o senhor não faria algo de errado? Desterro, disse a senhora marquesa. Era isso que o senhor tinha em mente. Para os dois, mãe e filho. Bem, eu admito que isso não caiu muito bem para mim, meu senhor. Houve uma época em que eu simplesmente não agi, observando o seu pai e o que ele fazia. Eu era jovem quando seu pai o expulsou de casa e tinha medo de perder meu emprego. E eu achava que os nobres sabiam o que estavam fazendo, mais do que um garoto ignorante do vilarejo. Mas já passei da marca de meio século e vejo as coisas de maneira diferente hoje.

– Isso para não dizer que a minha esposa seria capaz de persuadir você a ver duendes nos seus bolsos, se isso conviesse aos planos dela – resmungou Dain. – Eu devia me considerar um homem de sorte por ela não ter convencido você a escondê-la em um dos alforjes da sela.

– Ela tentou – disse Phelps, com um sorriso torto. – Eu disse a ela que seria melhor preparar o lugar para a chegada do garoto. Encontrar aqueles soldadinhos de madeira que o senhor tinha. E escolher uma criada e preparar o quarto da criança.

– Eu disse que iria buscá-lo – informou Dain ao cocheiro. – Não disse que aquele mendigo imundo iria morar na *minha* casa, dormir no *meu* quarto de crianças e... – Ele deixou a frase morrer no ar, sentindo o estômago se revirar.

Phelps não respondeu. O cocheiro revirou os olhos disfarçadamente e manteve o olhar na estrada.

Dain esperou até que suas entranhas se acalmassem. Avançaram por mais um quilômetro antes que os nós que sentia por dentro afrouxassem para um nível mais tolerável.

– Um problema de "proporções cósmicas", ela disse – resmungou Dain. – E mesmo assim sou eu quem precisa resolvê-lo, ao que parece, em algum lugar entre este ponto e Postbridge. Estamos chegando ao rio West Webburn, não é?

– Pouco menos de meio quilômetro adiante, meu senhor.

– E depois do rio, Postbridge fica a... menos de 7 quilômetros?

Phelps assentiu.

– Sete quilômetros – disse Dain. – Sete malditos quilômetros para resolver um problema de proporções cósmicas. Valha-me Deus.

CAPÍTULO 18

Charity Graves era mesmo uma prostituta esperta, pensou Roland Vawtry. E inteligente, também, já que conseguira formular um novo plano no calor do momento, mesmo com os paspalhos do vilarejo cercando-a de um lado e Lady Dain do outro.

Como mãe, entretanto, era inútil.

Vawtry estava na janela do quarto, com vista para o pátio interno, tentando ignorar os sons asquerosos que vinham de trás dele e o cheiro ainda pior.

Logo depois do encontro com Lady Dain, Charity correra para a sua pequena casa em Grimspound, pegara suas coisas e jogara-as em uma charrete alquebrada que comprara havia uma semana, junto com um pônei igualmente alquebrado.

O moleque, entretanto, reclamou de ter que entrar na charrete por causa dos trovões que estouravam ao longe.

Sem querer correr o risco de que ele saísse correndo do veículo e desaparecesse nos pântanos, Charity fingiu simpatizar com as preocupações dele. Prometendo que esperariam até que os trovões parassem, ela lhe serviu um pedaço de pão e uma caneca de cerveja. À cerveja ela acrescentou "uma quantidade ínfima, nem mesmo meia gota, de láudano", alegou ela.

A "meia gota" acalmou Dominick a ponto de deixá-lo inconsciente. Ela o enfiou na charrete e o garoto dormiu por todo o trajeto até Postbridge, e por algum tempo depois também, enquanto Charity explicava a Vawtry a situação que havia destruído seus planos originais e o que ela formulara para substituí-los.

Vawtry confiava nela. Se dizia que Lady Dain queria aquela criança repulsiva, devia ser verdade.

Se Charity dizia que a senhora marquesa não contaria nada a Dain sobre o assunto, isso também devia ser verdade, embora o marquês tivesse um pouco mais de dificuldade para aceitar. Já tinha ido mais de uma vez até a janela para observar o pátio da hospedaria, buscando sinais de Belzebu ou seus capangas.

– O pior que pode acontecer é ele aparecer aqui, em vez dela – disse Charity. – Mas você só precisa ficar de olhos bem abertos. Você não deixaria de notá-lo a um quilômetro de distância, certo? Se isso acontecer, tudo o que teremos que fazer é desaparecer rapidamente. E se conseguirmos fazer o fedelho ficar quieto por mais uma semana, poderemos voltar ao plano original.

O plano original envolvia atos criminosos.

O segundo plano exigia apenas que ele ficasse de olhos bem abertos, e que ouvisse o bom senso. Mesmo que Lady Dain houvesse dado com a língua nos dentes, mesmo que o marquês tivesse decidido sair à caça de Charity, o mau tempo o forçaria a ficar em casa. Dentro de duas horas o sol iria se pôr e ele dificilmente viajaria no escuro, passando por trilhas enlameadas rumo a Postbridge, ainda mais sem ter a certeza de que Charity Graves estaria ali. Isso, qualquer pessoa sabia, seria incômodo demais para ele.

Ao mesmo tempo, Vawtry não conseguia evitar desejar que o bom senso de Charity se estendesse até a arte de cuidar de crianças. Se tivesse dado atenção ao garoto desde o começo, a situação não teria se transformado em uma crise com o populacho de Athton. Se houvesse dado uma surra no moleque, em vez de uma dose de láudano, ele não estaria agora vomitando o jantar que praticamente devorara, junto com o que quer que ele tenha comido no café da manhã também.

Vawtry deu as costas para a janela.

Dominick estava deitado em um catre estreito, segurando a beirada do colchão fino, com a cabeça virada na direção do penico que sua mãe segurava. A crise de vômito havia parado, pelo menos por enquanto, mas seu rosto sujo estava pálido, os lábios azulados e os olhos vermelhos.

O olhar de Charity cruzou com o do amante.

– Não foi o láudano – disse ela. – Foi a carne de carneiro que ele comeu no jantar. Devia estar estragada. Ou o leite. Ele disse que tudo tinha gosto ruim.

– Ele já colocou tudo para fora, mas não parece melhorar – disse Vawtry. – Talvez seja melhor eu ir buscar um médico. Se ele M-O-R-R-E-R – acrescentou ele, esperando que a capacidade de soletrar de Charity fosse melhor do que seu talento para a maternidade –, a senhora marquesa não ficará contente. E alguém que eu conheço vai ficar mais perto da forca do que gostaria.

A simples menção do cadafalso fez as bochechas rosadas de Charity empalidecerem.

– Você sempre vê o pior lado das coisas – disse ela, voltando-se para a criança doente. Mas não fez nenhuma objeção quando Vawtry pegou o chapéu e saiu do quarto. Tinha chegado ao alto da escadaria quando ouviu um ribombar dolorosamente familiar... que podia muito bem ter vindo dos poços mais profundos do inferno, pois era a voz do próprio Belzebu.

Vawtry não precisava do cheiro de enxofre ou de uma baforada de fumaça para saber que, no momento em que tirou os olhos da janela, a estalagem Golden Hart havia se transformado no abismo negro do inferno e que, em mais alguns momentos, ele também seria reduzido a fragmentos insignificantes de cinzas e poeira.

Voltou correndo para o quarto e abriu a porta de supetão.

– Ele está aqui! Está aqui! – gritou. – Está lá embaixo. Aterrorizando o estalajadeiro.

O garoto sentou-se abruptamente na cama, olhando para Vawtry com os olhos arregalados, enquanto o homem corria de um lado para outro no quarto agarrando seus pertences.

Charity se levantou ao lado do garoto.

– Deixe essas coisas para lá – disse ela, calmamente. – Não entre em pânico, Rolly. Use a cabeça.

– Ele estará aqui em um minuto! O que vamos fazer?

– Vamos! Temos que sair bem rápido – disse ela, indo até a janela e dando uma olhada para o pátio. – Pegue Dominick, saia por esta janela, esgueire-se pelo beiral até chegar perto daquela carroça de feno e pule em cima dela.

Vawtry correu até a janela. A carroça parecia a quilômetros de distância do segundo andar da estalagem e não tinha muito feno.

– Não posso. Não com ele.

Mas, enquanto Vawtry avaliava os riscos, ela já havia aberto a porta.

– Não vamos arriscar um encontro esta noite. Mas você deve levar o meu garoto. Não aguento carregá-lo, e ele vale dinheiro, lembre-se. Encontre-me em Moretonhampstead amanhã.

– Charity!

A porta se fechou atrás dela. Vawtry ficou olhando fixamente para a porta, ouvindo, horrorizado e entorpecido, os passos de Charity que corriam rumo à escada dos fundos.

Ele se virou e viu que o garoto também olhava para a porta.

– Mamãe! – choramingou ele. Ele se arrastou para fora da cama, conseguiu dar três passos cambaleantes, mas seus joelhos fraquejaram e ele caiu no chão. Dominick soltou um som gorgolejante que Vawtry já tinha ouvido várias vezes nas últimas horas.

Vawtry hesitou, a meio caminho entre a criança nauseada e a janela. Em seguida, ouviu a voz de Dain no corredor do lado de fora.

O homem correu para a janela, soltou o ferrolho e saiu. Nem mesmo dez segundos depois, enquanto se esgueirava cuidadosamente pelo parapeito, ele ouviu a porta do quarto se abrir com um estrondo. Ouviu os gritos xingando também. Esquecendo qualquer cautela, aproximou-se do ponto que estava acima da carroça de feno e saltou.

Irrompendo no quarto como a besta do apocalipse, querendo acabar com a raça de Charity Graves, lorde Dain quase pisou o filho. Felizmente, a um passo de distância, ele percebeu o obstáculo em seu caminho e deteve-se. Naquele momento, seu olhar varreu o aposento, revirado com várias peças de roupa feminina, os restos de uma refeição em uma travessa, uma garrafa de vinho vazia, um catre virado e alguns objetos impossíveis de serem identificados, que incluía uma pilha nauseabunda de farrapos e sujeira aos seus pés.

Que parecia viva, pois estava se movendo.

Dain rapidamente desviou os olhos e respirou fundo para conter a bile que subia dentro de si. Aquilo foi um erro, porque o ar estava rançoso.

Ele ouviu um choramingar vindo da pilha de sujeira.

E obrigou-se a olhar para baixo.

– Mamãe – arfou a coisa. – Mamãe.

Ave Maria, gratia plena, Dominus tecum, benedicta tu in mulieribus, et benedictus fructus ventris tui, Iesus.

Dain lembrou-se de uma criança perdida, sozinha e desesperada, procurando o conforto da Virgem Maria, quando sua própria mãe havia desaparecido.

Sancta Maria, Mater Dei, ora pro nobis peccatoribus, nunc et in hora mortis nostrae. Amen.

A criança estava rezando, sem saber por quê. Não sabia qual era o pecado, nem o da sua mãe. Mas sabia, mesmo assim, que estava sozinha.

Dain sabia como era sentir-se sozinho, rejeitado, assustado, confuso, como Jessica falara sobre seu filho.

Sabia o que aquela criança horrível sentia. Ele também era horrível e rejeitado.

– A mamãe foi embora – disse ele, entre os dentes. – O papai chegou.

A coisa ergueu a cabeça. Seus olhos negros estavam inchados e vermelhos, e catarro escorria do enorme nariz em forma de bico.

– Que os diabos o levem. Você está imundo – disse Dain. – Quando foi a última vez que tomou banho?

O rosto estreito do pivete se contorceu em uma careta capaz de assustar o próprio Lúcifer.

– Vá se foder – disse ele.

Dain o agarrou pelo colarinho e o ergueu.

– Eu sou seu pai, seu fedelho desgraçado, e quando eu digo que você está sujo e precisa de um banho, você diz "Sim, senhor". Você não manda...

– Vá se foder. – O garoto soltou um som estrangulado, algo entre um soluço e uma risada. – Foda-se. Foda-se, foda-se, foda-se. Foder, foder, foder.

– Não estou achando nada enigmático – disse Dain. – Nem um pouco confuso. Sei exatamente o que devo fazer. Vou mandar que lhe preparem um banho e que um dos rapazes do estábulo o esfregue. E se você engolir um pedaço do sabão no processo, vai até lhe fazer bem.

Ao ouvir aquilo, o moleque soltou uma torrente rouca de palavrões e começou a se contorcer como um peixe recém-pescado.

A mão de Dain continuou firme, mas a camisa puída do garoto não resistiu. O colarinho esgarçado se rasgou e o pequeno conseguiu se livrar – por exatamente dois segundos, antes que Dain o pegasse e o erguesse do chão, prendendo-o sob o seu braço.

Quase no mesmo momento, Dain ouviu um som que lhe causou uma sensação muito ruim.

Então o garoto vomitou... sobre as botas de Sua Senhoria.

Logo depois, o volume agitado debaixo do braço de Dain se transformou num peso morto.

Uma sensação de alarme percorreu seu corpo e se transformou em pânico cego.

Havia matado a criança. Não devia tê-lo apertado com tanta força. Parecia ter quebrado, esmagado alguma coisa... assassinado o próprio filho.

Dain ouviu passos se aproximarem. Seu olhar, tomado pelo pânico, apontou para a porta.

Phelps apareceu.

– Phelps, veja o que eu fiz – disse Dain, desolado.

– Sujou suas botas chiques, pelo que estou vendo – disse Phelps, aproximando-se e olhando para a forma inconsciente que ainda estava enfiada entre o braço e o corpo de Dain. – O que fez, senhor? Espremeu o garoto até ele cuspir o jantar?

– Phelps, acho que o matei. – Dain mal conseguia mover os lábios. Seu corpo inteiro estava paralisado. Não conseguia se forçar a olhar para baixo... para o cadáver.

– Então por que ele está respirando? – Os olhos de Phelps foram do rosto do garoto para o do marquês. – Não está morto. Só doente, pelo visto. Talvez tenha pegado uma friagem durante o mau tempo. Por que não o coloca naquela cama para que possamos dar uma olhada nele?

Idiota, pensou Dain. Jessica o chamaria de idiota. Ou falaria que se assustava com qualquer coisa. Com o rosto ardendo, ele moveu o garoto com cuidado, levou-o até a cama e gentilmente o deitou no colchão.

– Parece estar com febre – disse Phelps.

Dain colocou a mão sobre a testa emplastrada de sujeira do garoto.

– Ele... ele está bem quente, eu acho – disse o senhor marquês.

A atenção de Phelps estava concentrada em outro lugar.

– Talvez o problema seja aquilo ali – disse ele, indo até a pequena lareira. Pegou um frasco sobre a cornija e o trouxe para Dain. – Pelo que me lembro, o láudano também não lhe faz bem, senhor. A babá lhe deu uma dose quando sua mãe fugiu, e o senhor passou mal durante um bom tempo.

Dain, entretanto, não estava quase morrendo de fome na época e não fora arrastado sob uma das piores tempestades de Dartmoor. Estava deitado em segurança na cama, com criados por perto, e a babá lhe dava chá e banhava seu corpo suarento.

... seria melhor deixá-lo onde ele estaria seguro e onde ela poderia ter certeza de que ele teria tudo de que precisa.

Dain não foi amado, mas sua mãe o deixara em uma situação segura. Ele recebia cuidados e tinha o que precisava.

Sua mãe não o levara com ela... onde ele certamente teria morrido com ela, de febre, em uma ilha do outro lado do mundo.

A mãe deste menino o deixara para morrer.

– Desça e diga a eles que precisamos de um bule de chá imediatamente – disse Dain a Phelps. – Mande trazerem bastante açúcar, também. E uma banheira de cobre. E todas as toalhas que conseguirem encontrar.

Phelps foi em direção à porta.

– E o pacote – disse Dain. – Traga o pacote da minha senhora.

Phelps correu para fora.

QUANDO O CHÁ CHEGOU, Dain já tinha despido o filho das roupas ensopadas de suor e o envolvido em um lençol.

Phelps recebeu ordens de acender a lareira e de colocar a banheira perto do fogo. Enquanto trabalhava, seu senhor dava colheradas de um chá bem adoçado ao garoto, meio encostado em seu braço, novamente consciente – graças aos céus –, mas de maneira bem tênue.

Meio bule de chá depois, ele parecia ter ressuscitado. Seu olhar mortiço estava um pouco mais alerta, e sua cabeça já não pendia mais como a de uma boneca de pano. Aquela cabeça, uma maçaroca de cachos negros como os de Dain, estava cheia de piolhos, percebeu o senhor marquês, sem se surpreender tanto.

Mas era preciso cuidar antes do que era mais urgente, disse a si mesmo.

– Sente-se melhor? – perguntou ele a contragosto.

Um olhar negro e atordoado se ergueu para cruzar com o dele. A boca infantil e pegajosa estremeceu.

– Está cansado? – perguntou Dain. – Quer dormir um pouco? Não há pressa, você sabe.

O menino fez que não com a cabeça.

– Certo. Você dormiu bem mais do que queria, eu suponho. Mas vai ficar tudo bem. Sua mãe lhe deu um remédio que não lhe caiu muito bem, só isso. A mesma coisa aconteceu comigo certa vez. Vomitei até as tripas. Depois, em pouco tempo, já estava melhor.

O garoto desviou o olhar e ele se inclinou sobre a lateral da cama. Dain demorou um momento para perceber que o pivete estava tentando olhar suas botas.

– Não precisa olhar – disse ele. – Estão arruinadas. Já é o segundo par em um único dia.

– Você me esmagou – defendeu-se a criança.

– E virei você de cabeça para baixo – concordou Dain. – Isso é o bastante para agitar um estômago enjoado. Mas eu não sabia que você estava doente.

Porque Jessica não estava aqui para me dizer isso, acrescentou Dain silenciosamente.

– Mesmo assim, como você conseguiu falar, talvez possa também ter apetite.

Outro olhar vazio e trêmulo.

– Está com fome? – perguntou Dain pacientemente. – Está sentindo a barriga vazia?

Com aquela pergunta, Dain ganhou um lento aceno de cabeça.

Ele mandou que Phelps descesse, desta vez para buscar pão e uma tigela de caldo de carne. Enquanto o cocheiro estava fora, Dain cuidou de lavar o rosto do filho. Demorou algum tempo; o senhor marquês não sabia ao certo quanta pressão devia aplicar. Mas conseguiu lavar a maior parte da sujeira sem arrancar a pele do garoto junto, e Dominick suportou bravamente o martírio, embora se agitasse como um potro recém-domado.

Em seguida, depois de consumir alguns pedaços de pão tostado e uma vasilha de caldo de carne, e quando já não parecia mais um cadáver recém-exumado, Dain concentrou sua atenção na pequena banheira de cobre perto da lareira.

– A senhora marquesa lhe mandou roupas limpas – disse Dain, indicando uma cadeira sobre a qual Phelps havia empilhado as vestimentas. – Mas você vai ter que tomar banho antes.

O olhar de Dominick foi das roupas para a banheira e de volta para as roupas, rapidamente e várias vezes. Sua expressão ficou angustiada.

– Você tem que tomar banho – disse Dain, firmemente.

O garoto soltou um berro ensurdecedor que seria motivo de orgulho até mesmo para um fantasma irlandês. Esforçou-se para se levantar e fugir. Dain o agarrou e o ergueu no ar, tirando-o da cama e sem se importar com os socos, os pontapés ou os gritos ensurdecedores que o menino lhe desferia.

– Pare com essa algazarra! – ordenou Dain, bravo. – Você quer vomitar de novo? É só um banho. Não vai matá-lo. Eu tomo banho todos os dias e ainda não morri.

– Nããããooo! – Com aquele choro digno de pena, a cabeça infestada de piolhos do seu filho afundou no ombro de Dain. – Não, papai. *Por favor*. Não, papai.

Papai.

Dain sentiu um nó lhe apertar a garganta. Levou a mão enorme até as costas magras do garoto e a acariciou gentilmente.

– Dominick, você está cheio de piolhos. Só há duas maneiras de se livrar deles. Ou você toma um banho naquela bela banheira de cobre...

O rosto do filho se ergueu.

– Ou vai ter que comer uma tigela de nabos.

Dominick se afastou e olhou para o pai, horrorizado.

A birra e os choros terminaram imediatamente.

Qualquer coisa – até mesmo a morte certa – era uma alternativa melhor do que uma tigela de nabos.

Era isso que Dain pensava quando era criança. Se o garoto herdara sua reação ao láudano, também devia ter herdado a aversão a nabo. Mesmo nos dias de hoje ele não gostava tanto assim daquele legume.

– Pode mandar que tragam a água quente agora, Phelps – disse o senhor marquês. – Meu filho quer se lavar.

Dain foi obrigado a dar o primeiro banho com as próprias mãos, enquanto Dominick ficava sentado, o corpo rígido de indignação, os lábios pressionados um contra o outro e uma expressão de martírio no rosto. Ao terminar, entretanto, ele foi recompensado com uma olhada no teatro de recortes e informado de que poderia brincar com ele assim que estivesse limpo.

Dominick decidiu cuidar do segundo banho por conta própria.

Enquanto fazia poças ao redor da banheira sob o olhar atento de Phelps, Dain pediu o jantar.

Quando a refeição chegou, o garoto tinha saído da banheira e Dain já o secara com uma toalha. Meteu-o no macacão infantil antigo que Jessica encontrara e penteou-lhe a cabeleira desalinhada.

Em seguida, o belo teatro de recortes foi colocado nas mãos de Dominick e, enquanto o garoto brincava com ele, Dain sentou-se com o seu cocheiro para comer.

Ele pegou a faca e o garfo e estava prestes a cortar o bife de carneiro quando percebeu que havia pegado a faca *e* o garfo.

Dain olhou por um longo momento o talher que segurava na mão esquerda.

Em seguida, olhou para Phelps, que passava manteiga em um enorme naco de pão.

– Phelps, meu braço está se movendo – disse Dain.

– É verdade – respondeu o cocheiro, sem expressão.

E foi então que Dain se deu conta de que seu braço já devia estar se movendo normalmente havia algum tempo, e ele não tinha percebido. De que outra maneira teria conseguido segurar a cabeça do filho enquanto lhe dava as colheradas de chá? De que outra maneira ele movera o corpo rígido do garoto para um lado e para outro enquanto o banhava e lavava seus cabelos? Como ele conseguira vesti-lo com aquele macacão que não era nada prático, com aquela infinidade de botões?

– Ele parou de se mover sem qualquer razão médica e agora voltou da mesma forma. – Dain olhava para a mão. – Como se nada de errado houvesse acontecido com ele.

– A senhora marquesa disse que não havia nada de errado com ele. Disse, sem ofensa, milorde, que era tudo coisa da sua cabeça.

Os olhos de Dain se estreitaram.

– É isso que você pensa? Que estava tudo na minha cabeça? Que, em outras palavras, eu sou *louco*?

– Eu só repeti o que *ela* disse, senhor. Quanto a mim, acho que havia algum pedaço de metal ou coisa do tipo que o médico não conseguiu tirar. Talvez tenha simplesmente se soltado de onde estava.

Dain voltou a concentrar sua atenção no prato e a cortar a carne.

– Exatamente. Havia uma explicação médica, mas aquele charlatão francês não podia admitir que tinha cometido um erro, e todos os seus colegas concordaram com ele. Havia alguma coisa, e essa coisa saiu de onde estava por si só.

Ele engoliu o primeiro pedaço quando suas atenções pousaram em Dominick, deitado de bruços sobre o carpete, estudando a Batalha de Copenhague.

O problema de proporções cósmicas havia encolhido até o tamanho de um menininho assustado. E, de certo modo, alguma coisa desaparecera sozinha.

Enquanto olhava para o filho, lorde Dain entendeu que "alguma coisa" não se tratava de um fragmento de metal ou osso. Estava de fato na sua cabeça, ou talvez em seu coração. Jessica mirara à esquerda, não tinha sido? Talvez uma parte daquele órgão estivesse imobilizada... pelo medo? Era o que ele pensava.

Se mi lasci mi uccido, dissera ele à esposa.

Sim, aterrorizava-lhe a ideia de que ela pudesse abandoná-lo.

Ele percebia agora que se sentia assim desde o dia em que ela atirara nele. Naquele momento temera ter feito algo imperdoável, ter perdido Jessica para sempre. E não havia deixado de sentir medo. Porque a única mulher que se importara com ele em toda a sua vida o tinha abandonado... porque ele era um monstro, uma criatura impossível de ser amada.

Mas Jessica disse que aquilo não era verdade.

Dain deixou a mesa e foi até a lareira. Dominick ergueu os olhos quando ele se aproximou. No semblante erguido e desconfiado do filho, Dain viu o próprio rosto: os olhos escuros e assombrados... o bico odioso... a boca taciturna. O rosto não era bonito e o corpo era disforme – braços e pernas raquíticos, pés e mãos desproporcionais e ombros largos e ossudos.

Seu humor também não era dos melhores. Aquele vocabulário imundo não ajudava as pessoas a gostarem dele. Não era uma criança bonita e certamente não uma das mais graciosas.

Era exatamente como seu pai.

E, exatamente como seu pai, precisava de alguém – qualquer pessoa – que o aceitasse. Alguém que se importasse com ele e que o tocasse com afeição.

Não era muito a pedir.

– Assim que Phelps e eu terminarmos de jantar, partiremos para Athcourt – disse ele a Dominick. – Acha que consegue aguentar a viagem?

O garoto assentiu lentamente, sem tirar os olhos do pai.

– Ótimo. Vou levar você no meu cavalo e, se prometer tomar cuidado, posso até mesmo deixar que segure as rédeas. Vai tomar cuidado?

Um meneio de cabeça mais rápido desta vez. E, em seguida, respondeu:

– Sim, papai.

Sim, papai.

E no coração negro e duro de lorde Belzebu, como nos pântanos de Dartmoor, a chuva doce caiu e uma semente de amor brotou naquela terra que até pouco tempo era estéril.

QUANDO LORDE DAIN terminou o jantar que estava esquecido, Charity Graves já devia ter alcançado Moretonhampstead. Em vez disso, ela estava em Tavistock, a cerca de 30 quilômetros na direção oposta.

Charity tinha trombado com Phelps na porta dos fundos pela qual planejava escapar. Ele lhe disse que lorde Dain havia chegado à estalagem para buscar o garoto, e se Charity soubesse o que era bom para ela, desapareceria de maneira rápida e discreta. Antes que ela pudesse provocar as lágrimas e os lamentos maternos de tristeza, Phelps já tinha em mãos um pequeno pacote.

O pacote continha 100 libras em moedas de ouro, junto com mais 1.400 libras em notas bancárias e um bilhete escrito por Lady Dain. No bilhete, a senhora marquesa dizia que ter 1.500 libras era melhor do que nada, e era muito mais agradável do que a possibilidade de vir a residir em Nova Gales do Sul. Ela sugeriu que a Srta. Graves comprasse uma passagem até Paris, onde sua profissão era mais bem tolerada e onde sua idade avançada – Charity estava cada vez mais perto dos temerários 30 anos – não seria considerada uma desvantagem muito grande.

Charity decidiu que, afinal de contas, não era uma mãe sofredora. Ficou de boca fechada e desapareceu, exatamente como Phelps havia recomendado.

Quando encontrou sua charrete, Charity já havia feito um cálculo simples. Dividir 20 mil libras com seu amante era bem diferente de dividir 1.500. Tinha afeição por Rolly, mas não *tanta*. E, assim, em vez de rumar a nordeste para Moretonhampstead, pela estrada que a levaria a Londres, Charity foi para o sudoeste. Quando saísse de Tavistock, sua próxima parada seria Plymouth, decidiu ela. Lá ela procuraria um navio para levá-la à França.

Cinco semanas antes, Roland Vawtry havia caído em um buraco sem perceber. Agora, tinha plena consciência de que estava no fundo de um poço muito profundo. O que não percebia era que o fundo do poço era feito de areia movediça.

Em vez disso, o que ele percebeu é que havia traído a confiança de Charity.

Sim, ela fugira para Postbridge, diretamente para a estalagem onde sabia que Vawtry estava hospedado. Sim, ela mandara chamá-lo em vez de alugar seu próprio quarto. E, sim, isso significava que os ocupantes do Golden Hart sabiam que ele e a prostituta estavam conectados. Mesmo assim, como Vawtry tinha usado um nome falso, ainda havia uma chance de Dain não descobrir a verdade.

Essa chance, Vawtry descobriu depois, se desfez quando ele entrou em pânico e abandonou o garoto.

O garoto ouvira a mãe chamá-lo de "Rolly", e pior: seria capaz de descrevê-lo. Dominick tinha olhado para o "amigo" da mãe durante toda a refeição que começara a vomitar minutos depois de terminar de comer.

Charity, tão astuta, já havia percebido o problema. Pedira que Vawtry levasse o garoto consigo porque era a coisa mais inteligente e prudente a fazer.

E ele também "valia dinheiro", dissera ela.

Vawtry considerou tudo isso enquanto se escondia sob

uma pilha úmida de feno, sem saber para onde correr e imaginando se seria possível escapar do pátio da estalagem sem ser percebido quando terminasse de considerar a situação.

Mas o lugar não havia sido tomado por um exército de homens com ordens de caçar Roland Vawtry, ou qualquer outra pessoa. Nenhum outro urro satânico surgiu do quarto recém-abandonado da estalagem.

Após algum tempo, ele reuniu sua coragem e saiu cuidadosamente da carroça.

Ninguém o interpelou. Ele caminhou tão friamente quanto podia até o estábulo e pediu que lhe trouxessem seu cavalo.

Foi ali que ficou sabendo que não ficaria livre do castigo.

O marquês de Dain, como lhe informaram, fizera todos os funcionários da estalagem – e também alguns hóspedes – correrem de um lado para outro, freneticamente, porque seu garoto estava doente.

E foi então que Roland Vawtry percebeu que o Destino tinha lhe dado uma chance de se redimir aos olhos da amada.

Não precisou de muito tempo para calcular como poderia fazer isso.

Afinal de contas, ele não tinha nada a perder agora.

Não tinha apenas uma dívida de 5 mil libras; havia também a possibilidade de ser esquartejado pelas mãos de lorde Belzebu. Dain tinha outras coisas em mente agora, mas isso não duraria para sempre. Logo ele sairia à caça do velho companheiro.

Vawtry tinha somente uma chance, e precisava aproveitá-la.

Ele deveria executar o plano de Charity... e faria isso com as próprias mãos.

CAPÍTULO 19

A Sra. Ingleby tinha dito a Jessica que quando Athcourt foi ampliada e reformada no século XVI, a disposição dos cômodos era similar à de Hardwick Hall em Derbyshire. O térreo abrigava principalmente as áreas de serviços. Os apartamentos da família ocupavam o primeiro andar. O segundo, mais iluminado e arejado, graças ao pé-direito alto e às janelas enormes, abrigava os aposentos de luxo.

Na época do avô de Dain as funções do primeiro e do segundo piso foram invertidas, com exceção da Longa Galeria, que continuava a exibir a coleção de retratos.

O quarto das crianças, a sala de aula e os aposentos das babás e da governanta continuaram onde estavam desde antes do século XVII, no canto nordeste do térreo – o canto mais frio e mais escuro da casa principal.

Isso, disse Jessica à Sra. Ingleby pouco depois que Dain e Phelps partiram, não era aceitável.

– A criança já está perturbada demais por ter sido separada da única família que conhece e trazida para um lugar cavernoso e cheio de estranhos – disse ela. – Não vou exilar o coitado em um canto escuro a dois andares de distância, onde certamente terá pesadelos.

Após uma consulta, as duas mulheres concordaram que a Torre Sul, logo acima dos aposentos de Jessica, seria um lugar mais adequado. Tudo que precisasse ser removido dos aposentos de lá podia ser transportado pelo passadiço do teto até uma das cinco outras torres. Os criados poderiam fazer o mesmo com os objetos trazidos dos outros quartos de depósito. Isso acabaria por deixar bem longas algumas viagens do quarto de crianças atual para o novo, mas não seriam muitas. A maior parte da mobília do quarto havia sido guardada 25 anos antes.

Graças ao enorme exército de criados de Athcourt, o projeto progrediu rapidamente.

Quando o sol se pôs, o novo quarto já estava todo mobiliado: uma cama, um tapete, lençóis limpos e belas cortinas amarelas. As cortinas não estavam tão limpas, mas passaram a ficar aceitáveis após serem batidas sob o ar fresco do crepúsculo. Jessica também encontrou uma cadeira de balanço do tamanho de uma criança, um pouco maltratada, mas não quebrada, um cavalinho de madeira ao qual faltava apenas o rabo, e a maior parte da coleção de soldadinhos de madeira de Dain que Phelps havia mencionado.

Mary Murdock, escolhida para exercer a função de babá, revirava uma arca cheia com as roupas da infância do senhor marquês em busca de uma quantidade de trajes que pudessem aguentar uma criança bastante ativa antes que um enxoval adequado pudesse ser comprado. Bridget estava removendo o babador de renda de um pequeno pijama, porque sua senhora lhe disse que nenhum menino da geração atual consentiria em usar uma peça como aquela.

Eles estavam trabalhando no quarto de despejo da Torre Norte, que havia se transformado no quartel-general daquela campanha, pois fora neste lugar que o marquês anterior encerrara a maior parte dos artefatos do breve reinado da sua segunda esposa. Jessica tinha acabado de encontrar um belo conjunto de livros ilustrados. Ela os empilhava no parapeito da janela quando, pelo canto do olho, percebeu um lampejo de luz em meio à escuridão.

Ela se aproximou do vidro.

– Sra. Ingleby – chamou ela, bruscamente. – Venha até aqui e me diga o que é aquilo.

A governanta atravessou a sala correndo até a janela que dava vista para o oeste. Olhou para fora. Em seguida, levou a mão ao pescoço.

– Que Deus tenha piedade. Parece a guarita do portão, minha senhora. E parece estar... pegando fogo!

O alarme foi dado imediatamente, e a casa esvaziou-se enquanto seus habitantes corriam para a guarita.

A pequena estrutura sextavada guardava um dos portões usados com menos frequência em Athcourt. O guardião daquele portão costumava passar as noites de domingo com um grupo de orações. Se a guarita queimasse até o chão – o que provavelmente aconteceria, pois as chamas teriam que ficar bem altas antes que alguém pudesse vê-las –, a perda não seria uma catástrofe.

Entretanto, o depósito de madeira do senhor marquês não ficava muito longe dali. Se o fogo se alastrasse, os estoques de madeira seriam perdidos, juntamente com os pequenos depósitos com as ferramentas dos serradores. Como o depósito fornecia a madeira utilizada para construir e reparar as casas da maioria dos dependentes da propriedade, o fogo era sempre motivo de preocupação, atraindo todos os habitantes do vilarejo para ajudar a combatê-lo.

Todo o pequeno universo de Athton presenciava o incêndio da guarita. Em meio à balbúrdia, Vawtry não teve dificuldades para entrar na casa de Dain sem ser percebido.

Não foi tão fácil, entretanto, quanto teria sido uma semana antes, conforme o planejado. Um dos contratempos era o fato de que Vawtry não conseguira escolher o melhor momento para agir e tivera que provocar o incêndio logo após uma tempestade. Construída em pedra e madeira, a guarita demorou muito para pegar fogo e ainda mais para que as chamas chegassem à altura necessária para serem vistas a uma boa distância. Graças à umidade, o fogo também levaria um bom tempo para se espalhar, então as chamas poderiam ser controladas bem mais rápido do que Vawtry achava ser confortável.

Além disso, no plano original, ele só precisava provocar o incêndio. Charity ficaria incumbida de entrar em Athcourt e sair com o ícone. Em vez disso, o Sr. Vawtry foi obrigado a desempenhar as duas funções, resultando em uma corrida louca pela propriedade – e rezando durante o trajeto para que a escuridão que o escondia não escondesse também um obstáculo que o faria cair e quebrar o pescoço.

Em terceiro lugar, Charity já havia estado várias vezes na casa e conhecia a disposição dos cômodos. Vawtry só estivera ali uma vez, para o funeral da marquesa anterior, e a noite que tinha passado na casa não fora suficiente para conhecer a infinidade de escadas e passagens de uma das maiores mansões da Inglaterra.

A boa notícia era que, conforme Charity previra, ninguém havia se preocupado em trancar a casa na tentativa heroica de apagar o incêndio, e o Sr. Vawtry conseguiu entrar sem problemas.

A má notícia foi que ele teve que perambular de sala em sala antes de descobrir a rota pela escada dos fundos, no lado norte da casa, que Charity disse que ficava atrás de uma porta disfarçada como parte de uma parede com painéis bem preservados da era Tudor.

Foi somente depois de encontrá-la que Vawtry se lembrou do comentário jocoso de Charity, dizendo que todas as saídas para os criados "fingiam ser outras coisas, como se não houvesse nenhum criado e a casa fosse capaz de funcionar por si mesma".

Ainda assim, ele conseguiu encontrá-la e depois disso não teve problemas para chegar ao segundo pavimento.

A porta dos aposentos de Dain era a primeira à esquerda. Como Charity lhe havia garantido, era necessário somente um momento para entrar e outro para atravessar a ampla câmara e recolher o ícone. E, o mais importante, o ícone estava exatamente onde ela disse que estaria.

Lorde Dain deixava a pintura dantesca sobre o criado-mudo, dissera Joseph, o lacaio, ao irmão mais novo... que havia contado à noiva dele... que contou ao irmão dela... que, por sorte, era um dos clientes habituais de Charity.

Mas as coisas nunca mais seriam assim, jurou Vawtry para si mesmo quando saiu do aposento. Depois desta noite, Charity compartilharia sua cama e suas incríveis habilidades somente com um único homem: o audaz e heroico Sr. Roland Vawtry, que a levaria para fora do país, para longe de Dartmoor e de sua rusticidade suja. Mostraria a ela o mundo sofisticado da cidade parisiense. A capital francesa lhe pareceria um conto de fadas, pensou Vawtry enquanto descia a escada rapidamente, e ele seria o seu cavaleiro de armadura reluzente.

Perdido em suas fantasias, ele abriu uma porta, desceu rapidamente por outro lance de escada... e viu-se em um corredor do qual não se lembrava. Andou até o final dele e percebeu que estava na sala de estudos.

Depois de passar por mais meia dúzia de portas, Vawtry se viu no salão de baile, e, da entrada, avistou a imensa escadaria principal. Começou a andar naquela direção, mas deteve-se, sem saber se devia tentar encontrar a escada dos fundos outra vez.

Mas levaria horas para isso, disse ele a si mesmo. Dirigiu-se para a escadaria, começou a descer os degraus, seguindo a curvatura... e parou repentinamente.

Havia uma mulher na escada, olhando para ele... e em seguida Lady Dain desviou o olhar para o ícone que ele segurava contra o peito.

No instante em que isso aconteceu, Vawtry recuperou a capacidade de raciocinar – e o uso dos braços e das pernas.

Vawtry acelerou o passo, mas Jessica se jogou contra ele e o homem demorou demais para se esquivar. Ela agarrou a manga do casaco dele, fazendo-o tropeçar. O ícone saiu voando de suas mãos. Vawtry recuperou o equilíbrio no instante seguinte e empurrou-a com brutalidade para tirá-la do caminho.

Ele então ouviu o barulho de algo se quebrando, mas não prestou atenção. Com os olhos na pintura que jazia nos últimos degraus da escada acarpetada, Vawtry correu e a tomou nas mãos.

JESSICA HAVIA BATIDO a cabeça contra a parede e, agitando os braços às cegas para se equilibrar, derrubara um vaso chinês do pedestal. A peça bateu no corrimão e se estraçalhou.

Embora o mundo estivesse mergulhando na escuridão, ela conseguiu se levantar. Agarrou firmemente o corrimão e desceu a escada, ignorando as luzes coloridas que via à sua frente.

Chegando ao salão nobre, ela ouviu uma porta bater, juntamente com uma voz masculina que disparava impropérios, seguidas pelo rápido bater de botas sobre pedra. Com a mente recuperando a lucidez, ela percebeu que sua presa devia estar tentando fugir pela saída dos fundos, mas acabara se perdendo na despensa.

Jessica disparou pelo corredor rumo ao passadiço e chegou à porta quando ele estava escapando.

Desta vez ele conseguiu se esquivar dela. Mas, mesmo enquanto disparava rumo ao vestíbulo, ela agarrou o objeto mais próximo da mão – um cachorro chinês de porcelana – e arremessou-o quase no mesmo instante contra ele.

A estatueta o atingiu na lateral da cabeça e ele cambaleou, caindo em seguida de joelhos, ainda segurando firmemente o ícone. Enquanto corria na direção dele, Jessica viu que o sangue lhe escorria pelo rosto. Mesmo assim, o desgraçado não desistia. Rastejava rumo à porta e tentava alcançar a maçaneta. Quando ela o agarrou pela gola, Vawtry se contorceu e agitou o braço, afastando-a tão violentamente que ela perdeu o equilíbrio e tombou sobre os azulejos.

Jessica viu os dedos dele se fecharem ao redor da maçaneta, viu quando o mecanismo se moveu... e atirou-se sobre ele. Agarrou um punhado dos cabelos de Vawtry e bateu-lhe a cabeça violentamente contra a porta.

Ele a empurrava, gritava-lhe insultos enquanto tentava se desvencilhar, mas ela estava furiosa demais para se importar. O porco tentava roubar a preciosa madona do seu marido, mas *não conseguiria* levá-la dali.

– Você não vai roubá-la! – arfou ela, socando a cabeça de Vawtry contra a porta outra vez. – Nunca! – E bateu-a outra vez. – Nunca! – Mais uma vez.

Vawtry soltou-se da porta e largou o ícone, rolando de lado para conseguir se afastar.

Jessica se recusava a soltá-lo. Cravou as unhas no couro cabeludo de Vawtry, no rosto, no pescoço. Ele tentou ficar por cima dela. Jessica desferiu-lhe uma joelhada na virilha. O homem caiu para o lado e encolheu-se em posição fetal, com as mãos na virilha.

Ela agarrara os cabelos de Vawtry outra vez para terminar de arrebentar o crânio dele contra o piso de mármore quando sentiu um par de mãos fortes envolvê-la pela cintura e erguê-la, tirando-a de perto do ladrão e suspendendo seu corpo do chão.

– Já chega, Jess. – A voz firme do marido penetrou a fúria ensandecida da esposa e ela parou de se debater para observar o mundo à sua volta.

A enorme porta estava entreaberta e um grupo de criados se encontrava paralisado diante dela. Na frente da multidão de estátuas estavam Phelps... e Dominick, que segurava a mão do cocheiro e olhava boquiaberto para Jessica.

Isso foi tudo que ela viu, pois Dain a jogou rapidamente por cima do ombro e marchou pelo passadiço, entrando no salão nobre.

– Rodstock – disse ele, sem parar ou olhar para trás. – O vestíbulo está uma desgraça. Mande alguém cuidar dessa bagunça. *Agora*.

Quando sua esposa estava em segurança na banheira, com Bridget ao seu lado para lhe prestar cuidados e dois lacaios corpulentos montando guarda na entrada dos aposentos, Dain voltou ao térreo.

Vawtry, ou o que restava dele, estava deitado em uma mesa de madeira na velha sala de aulas, com Phelps montando guarda. O nariz estava quebrado, ele havia perdido um dente e estirado um dos pulsos. Seu rosto estava emplastrado com sangue seco e um dos olhos tão inchado que não conseguia mais abri-lo.

– Bem, até que o estrago não foi tão grande – disse Dain, após verificar os ferimentos. – Teve sorte por ela não estar armada com uma pistola.

Quando levou Jessica até seus aposentos, Dain compreendeu o que havia acontecido. Viu o ícone largado no chão do vestíbulo. Foi informado do incêndio enquanto ia até a entrada da casa. Bastou somar dois e dois.

Ele não precisou interrogar seu filho para entender que Vawtry e Charity Graves eram cúmplices.

Dain também não se incomodou em interrogar Vawtry naquele momento, mas contou-lhe o que havia acontecido.

– Você deixou que uma prostituta gananciosa com tetas grandes o transformasse em um completo idiota – resumiu Dain, deixando seu desprezo aparente. – Isso já era bem óbvio. O que eu quero saber é de onde você tirou a ideia de que o ícone valia 20 mil libras. Que diabos, Vawtry, você não percebeu, apenas olhando para a peça, que ela vale no máximo 5 mil? E nenhuma casa de penhores pagaria metade desse valor.

– Não tive tempo... para saber. – Vawtry tinha dificuldade para formar palavras com as gengivas inchadas e os lábios machucados. Expressava-se com bastante dificuldade e trocava as letras, mas, com a ajuda de Phelps, Dain conseguiu interpretá-lo.

– Ou seja, você nunca tinha visto a peça antes – disse Dain. – O que significa que alguém contou a você. Bertie, provavelmente. E você *acreditou* nele. O que já é uma imbecilidade sem tamanho, pois ninguém que tenha a cabeça no lugar dá ouvidos a Bertie Trent, mas você acabou contando para a amante do próprio Satanás. E ela, como você descobriu, estava disposta a vender o próprio filho por 20 mil libras.

– Foi muito tolo, sem dúvida – acrescentou Phelps, pesaroso, como o coro em uma tragédia grega. – Ela vendeu o garoto por apenas 1.500 libras. Não se sente agora um paspalhão, senhor? Olhe, não tenho intenção de ofender, mas...

– Phelps. – Dain olhou para o cocheiro com uma expressão ácida.

– Sim, senhor. – Phelps o observou com os olhos arregalados, e Dain não acreditou naquilo nem por um minuto.

– *Eu* não dei 1.500 libras a Charity Graves – disse o senhor marquês, em voz baixa. – Pelo que me lembro, você sugeriu com bastante sensatez que iria até os fundos da estalagem para impedir que ela escapasse, caso conseguisse se esquivar de mim. Imaginei que você tinha chegado tarde demais e que ela conseguira fugir. Você não me informou nada diferente disso.

– A senhora marquesa estava preocupada, pois a mãe poderia fazer um escândalo diante do moleque – disse

Phelps. – A senhora não queria que ele ficasse mais abalado do que já estava, já que o senhor tomaria as rédeas. Por isso, pediu que eu desse algum dinheiro para que a garota ficasse de bico fechado, para gastar como quisesse. Assim, ela silenciou a mãe e lhe escreveu um bilhete, dizendo à garota que fosse a Paris para se divertir.

– Paris? – Vawtry levantou o corpo abruptamente.

– Disse que os homens de lá a tratariam melhor e com mais gentileza do que os daqui. E acho que ela gostou da ideia, porque abriu um sorriso e confessou que Lady Dain não era má pessoa. E que eu devia dizer a *milady* que ela faria o que a senhora mandou e deixaria o garoto para trás como a senhora marquesa pedira.

... seria melhor deixá-lo onde ele estaria seguro e onde ela poderia ter certeza de que ele teria tudo que precisa. Jessica havia contado à prostituta o que ela devia dizer, e a prostituta disse.

E foi então que Dain percebeu quanto sua esposa confiava nele. Se não confiasse, teria viajado junto com ele, independentemente do que Dain dissesse ou fizesse. Mas ela acreditou... que ele daria segurança ao garoto e faria Dominick acreditar que as coisas que lhe contaram eram verdadeiras.

Talvez, pensou Dain, sua esposa o conhecesse bem melhor do que ele mesmo se conhecia. Ela via qualidades que ele nunca conseguira discernir quando se olhava no espelho.

Se esse fosse o caso, ele devia acreditar que ela percebera qualidades em Charity que o próprio Dain nunca suspeitou. Charity parecia ter algo remotamente parecido com um coração, já que se dera o trabalho de preparar Dominick para sua deserção.

Jessica também dissera que Charity, por sua vez, também era uma criança.

Isso parecia ser verdadeiro. Bastava plantar uma ideia em sua cabeça e ela cuidaria de executá-la.

Ele se apanhou sorrindo para Vawtry.

– Você devia ter encontrado outra bugiganga com a qual pudesse distraí-la – disse Dain. – Alguma coisa que fosse mais segura para embasar planos e sonhos. Ela é uma criança, você sabe. Amoral e sem princípios. No momento, ela tem 1.500 libras nas mãos e já se esqueceu completamente do ícone. E de você também. Ela nunca vai saber, ou não vai dar importância se alguém lhe contar, que você arriscou sua vida e sua honra por... – Dain soltou uma risada curta. – Por quê, Vawtry? Por amor?

Por baixo dos hematomas, dos edemas e do sangue ressecado, o semblante de Vawtry ficou vermelho como um tomate.

– Ela não faria isso. Não poderia.

– Aposto 50 libras que, neste exato momento, ela já está a caminho do litoral.

– Vou matá-la – resmungou Vawtry. – Ela não pode me abandonar assim. *Não pode*.

– Porque você irá caçá-la incansavelmente – zombou Dain. – Vai segui-la até os confins da terra. Isto se não o enforcarem antes.

A cor que havia no rosto surrado de Vawtry subitamente desapareceu, deixando uma superfície cheia de manchas sobre um fundo cinzento e doentio.

Dain estudou seu ex-amigo por um longo momento.

– O problema é que eu não consigo pensar em um purgatório mais infernal do que aquele no qual você entrou por si mesmo. Não consigo imaginar nenhum tormento mais infernal do que estar totalmente apaixonado por Charity Graves. – Ele fez uma pausa. – Exceto por um. – A boca de Dain se retorceu em um sorriso escarnecedor. – Casar-se com ela.

Era a solução mais eficiente, decidiu Dain. Com certeza seria bem menos incômodo do que processar aquele idiota apaixonado.

Vawtry provocara um incêndio criminoso. E tinha tentado roubá-lo.

Ainda assim, ele ateara fogo à estrutura menos valiosa de toda a propriedade, e, graças à umidade e à ação rápida das pessoas que moravam nas terras de Dain, os danos foram mínimos.

Em relação ao roubo, Jessica havia punido o inepto criminoso de maneira mais brutal do que Dain faria. O fato de que o castigo havia sido administrado por uma mulher acrescentava um belo toque de humilhação às outras preocupações de Vawtry.

Qualquer cavalheiro com o mínimo de orgulho masculino preferia ter os genitais arrancados com pinças em brasa a permitir que o mundo soubesse que havia sido surrado por uma mulher menor do que ele.

Assim, com a sabedoria de Salomão – e lembranças vívidas do método de chantagem que Jessica havia usado em Paris –, o senhor marquês proferiu a sentença.

– Você irá encontrar Charity Graves, onde quer que ela esteja – disse Dain ao seu prisioneiro. – E irá se casar com ela. Isso vai torná-lo legalmente responsável por aquela mulher. E eu vou responsabilizá-lo pessoalmente se ela se atrever a estar em um raio de 15 quilômetros da minha esposa, do meu filho ou de qualquer outra pessoa que viva ou trabalhe nas dependências da propriedade. Se ela voltar a nos incomodar, qualquer um de nós, vou oferecer um enorme jantar, Vawtry.

Vawtry piscou.

– Um jantar?

– Para esse jantar, vou convidar todos os nossos bons companheiros – disse-lhe Dain. – E quando o vinho for servido, vou me levantar e regalar as pessoas com as suas fascinantes aventuras. E farei um relato deliciosamente minucioso, em particular, do que observei esta noite, direto da porta de entrada da minha casa.

Depois de um momento para compreender a situação, Vawtry desmoronou.

– Encontrá-la? – gritou ele, olhando ao redor. – Casar-me com ela? Como? Diabos, não consegue ver? Eu não teria me envolvido nisso se não estivesse tão próximo dos cobradores. Não tenho *nada*, Dain. Na verdade, menos do que nada. – Ele gemeu. – Cinco mil libras a menos do que nada, para ser mais exato. Estou *arruinado*. Não percebe? Eu não viria a Devon se Beaumont não tivesse me dito que eu poderia ganhar uma fortuna naquela disputa de luta livre.

– Beaumont? – repetiu Dain.

Vawtry não o ouviu.

– Uma fortuna, com certeza. Com aqueles dois amadores, aqueles cabeças-duras. Consegue acreditar? – Vawtry passou os dedos pelo cabelo. – Ele me enganou o tempo todo, aquele porco. "A maior luta desde Carr e Polkinhorne", disse ele.

– Beaumont – disse Dain outra vez.

– Vinte mil. Esse foi o valor que ele disse que a coisa valia – prosseguiu Vawtry miseravelmente. – Mas ele me enganou em relação a isso também, não é? Disse que conhecia um russo que venderia o próprio filho se aquilo não fosse verdade. E eu *acreditei* nele.

– Então não foi Bertie Trent que colocou a ideia na sua cabeça, e sim Beaumont – comentou Dain. – Eu devia saber. Ele ainda sente rancor por mim – explicou ele ao apalermado Vawtry.

– Rancor? Mas por que ele mentiu para mim?

– Para fazer você se ressentir de mim, esperando criar

um mal-estar entre nós, eu suponho. O fato de poder deixar você em uma situação ainda mais miserável simplesmente deixou a coisa mais interessante para ele – disse Dain, franzindo a testa. – Ele não é nada além de um encrenqueiro metido a espertalhão. Não tem coragem de se vingar como um homem. O que deixa tudo isso mais irritante é o fato de que ele conseguiu ter um sucesso muito maior do que o que seus sonhos mais loucos imaginavam. – O semblante de Dain ficou ainda mais sombrio. – Eu podia levá-lo à forca, Vawtry. E ele morreria de rir.

Enquanto o outro tentava digerir tudo, Dain caminhou lentamente pelo sótão, refletindo.

– Vou pagar suas dívidas, Vawtry – disse ele, finalmente.

– Você vai... o quê?

– E também vou lhe conceder uma pensão anual modesta – prosseguiu Dain. – À guisa de serviços prestados. – Ele fez uma pausa e cruzou as mãos às costas. – Sabe, meu caro e muito, muito leal amigo, eu não fazia a menor ideia de quanto o meu ícone era valioso... até você me contar. Havia até mesmo planejado dá-lo de presente à Sra. Beaumont em troca de um retrato da minha esposa. Jessica contou que ela tinha adorado o ícone. Achei que seria uma recompensa mais agradável à artista do que meras moedas. – Dain abriu um leve sorriso. – Mas nenhum retrato, mesmo que tenha sido pintado pela brilhante Leila Beaumont, vale 20 mil libras, não é?

Vawtry então compreendeu. Seu rosto surrado abriu-se em um sorriso.

– Naturalmente, você escreverá uma carta a Beaumont, agradecendo-lhe por compartilhar a informação – disse Dain. – Seria uma questão de cortesia. E, como seu caríssimo amigo, ele ficaria bem feliz ao saber que você conseguiu lucrar com o conhecimento dele.

– Ele vai arrancar os cabelos quando ler a carta – disse Vawtry. Em seguida, enrubesceu. – Meu Deus, Dain, eu mal sei o que dizer ou pensar. Tudo deu muito errado, mas mesmo assim você encontrou uma maneira de acertar as coisas, apesar de tudo o que eu fiz. Se você me jogasse no pântano mais próximo, não haveria uma única alma em toda a Inglaterra que o culparia por isso.

– Se você não mantiver aquela mulher infernal longe de mim, vou jogar vocês dois em um pântano – prometeu Dain. E foi até a porta. – Phelps vai encontrar alguém para cuidar de você. Vou mandar um dos criados trazer seu dinheiro para a viagem. E, quando o sol nascer, espero que você já tenha ido embora, Vawtry.

– Sim, sim, é claro. Obrig...

A porta bateu por trás de Dain.

CAPÍTULO 20

Às duas horas da manhã lorde Dain saiu do banho. Em seguida, foi obrigado a vestir roupão e chinelos e sair à procura da esposa, porque, como já devia esperar, ela não se encontrava na cama, como deveria.

Dain foi à Torre Sul primeiro, mas ela não se encontrava lá. Mary tinha adormecido em uma cadeira ao lado da cama de Dominick. O garoto dormia profundamente, deitado de bruços, com as cobertas amontoadas ao pé da cama.

Resmungando, Dain recolheu os lençóis e cobriu o filho. Em seguida, acariciou a cabeça dele e saiu.

Quinze minutos depois ele encontrou Jessica no salão de jantar.

Envolta em seu roupão negro e dourado de seda, com os cabelos descuidadamente presos em um coque no alto da cabeça, ela estava diante da lareira. Seus dedos seguravam uma taça de conhaque, e ela admirava o retrato da mãe de Dain.

– Podia ter me convidado para beber com você – disse ele, à entrada do salão.

– Queria que isso ficasse entre mim e Lucia – respondeu ela, ainda fitando o retrato. – Vim fazer um brinde a ela.

Ela ergueu a taça.

– A você, minha querida Lucia, por trazer o meu endiabrado marido ao mundo... e por dar a ele tanto do que havia de melhor em você... e por abrir mão dele, para que ele pudesse viver e se transformar em um homem... e para que eu pudesse encontrá-lo.

Ela agitou o líquido cor de âmbar na taça e inalou o aroma respeitosamente. Em seguida, com um pequeno suspiro de prazer, levou-o aos lábios.

Dain entrou na sala e fechou a porta atrás de si.

– Você não sabe a sorte que teve por me encontrar – disse ele. – Sou um dos poucos homens na Europa Ocidental que tem condições de sustentar você. Esse, sem dúvida, é o meu melhor conhaque.

– Não pensei na sua adega quando ponderei seu patrimônio e suas responsabilidades – rebateu Jessica. – Com certeza isso teria lhe dado mais pontos.

Ela indicou a pintura com um gesto.

– Ela não lhe parece esplêndida ali?

Dain foi até a cabeceira da mesa, sentou-se em sua cadeira e estudou o retrato. Em seguida, levantou-se e foi até o aparador, considerando-o a partir daquele ângulo. Examinou-o da porta que levava à Galeria dos Músicos, das janelas e da extremidade oposta da longa mesa de jantar. Finalmente ele se juntou à esposa ao lado da lareira, cruzou os braços diante do peito e examinou a mãe daquele ponto, com uma expressão séria no rosto.

Mesmo assim, independentemente do ângulo pelo qual ele a visse ou por quanto tempo a observasse, não sentia mais nenhuma dor ou mágoa. Tudo o que via era uma bela mulher que o havia amado à sua própria maneira temperamental. Embora nunca viesse a saber a verdade completa sobre o que acontecera 25 anos antes, ele sabia o bastante e acreditava o suficiente para poder perdoá-la.

– Ela era uma beleza, não? – disse ele.

– Era linda.

– Duvido que alguém possa culpar o maldito de Dartmouth por ter fugido com ela, eu acho – disse ele. – Pelo menos aquele homem ficou com ela até o fim. Os dois morreram juntos. Isso deve ter enfurecido o meu pai. – Ele riu. – Mas não duvido que o filho de "Jezebel" o enfurecia ainda mais. Ele não podia me deserdar porque era um esnobe e não seria capaz de deixar sua preciosa herança nas mãos vulgares de um de seus bastardos. O grande hipócrita não conseguiu nem mesmo destruir o retrato, porque ela era parte da história dos Ballisters, e ele, como seus nobres antepassados, deve preservar tudo para os seus descendentes, goste ou não.

– Ele nem jogou fora os brinquedos.

– Mas ele me jogou fora, ainda assim – disse Dain. – A poeira da fuga da minha mãe mal havia assentado quando ele me mandou para Eton. Por Deus, que velho mais imbecil e obstinado. Podia ter me aceitado, podia ter conquistado o respeito e a admiração do filho com o mínimo de esforço. Eu tinha 8 anos! Estava completamente à mercê dele. Como argila em suas mãos. Podia ter me modelado para ser o que ele quisesse. Se queria se vingar dela, seria a maneira perfeita, e teria o filho que desejava ao mesmo tempo.

– Fico contente por ele não ter moldado você – comentou Jessica. – Você não seria tão interessante.

Ele olhou para o semblante sorridente de Jessica.

– Interessante, certamente. O flagelo e a perdição dos Ballisters, o Príncipe dos Canalhas em pessoa. O maior cortejador de prostitutas de toda a Cristandade. Um ingrato arrogante e imbecil.

– O homem mais depravado que já viveu.

– Um enorme paspalho. Um brutamontes arrogante, egoísta e odioso.

Ela assentiu.

– Não se esqueça de "idiota pretensioso".

– Não importa o que você pense – disse ele pomposamente. – Meu filho acredita que eu sou uma mistura do rei Arthur com todos os cavaleiros da Távola Redonda em uma só pessoa.

– Você é humilde demais, meu querido – comentou ela. – Na verdade, Dominick está convencido de que você é uma mistura de Júpiter e todos os outros deuses do panteão romano em uma só pessoa. É algo totalmente nauseante.

– Você não sabe o que é nauseante, Jess – contou ele, rindo. – Queria apenas que você tivesse visto a pilha de sujeira que encontrei na estalagem Golden Hart. Se aquela coisa não houvesse falado, eu poderia tê-lo confundido com uma pilha de lixo e jogado o coitado no fogo.

– Phelps me contou – falou ela. – Eu desci enquanto você estava se banhando e o encostei na parede antes que ele fosse embora. Ele descreveu o estado em que Dominick se encontrava e como você enfrentou a situação e cuidou de tudo... com as próprias *duas* mãos.

Ela enlaçou o braço dele, aquele que os próprios medos e a carência de Dain haviam paralisado, aquele que os medos e a carência ainda maiores de um garotinho haviam curado.

– Eu não sabia se devia rir ou chorar – confessou ela. – Assim, fiz as duas coisas. – Uma névoa prateada brilhava nos olhos dela. – Estou muito orgulhosa de você, Dain. E orgulhosa de mim mesma – acrescentou ela, desviando os olhos e piscando forçosamente. – Por ter tido o bom senso de me casar com você.

– Não seja ridícula – disse ele. – O bom senso não teve nada a ver com isso. Mas vou lhe dar o crédito por conseguir extrair o melhor de uma situação que faria qualquer mulher normal saltar, aos gritos, do alto da torre mais próxima.

– Isso seria imperdoavelmente *gauche* – disse ela.

– Significaria admitir a derrota, você quer dizer – disse ele. – E isso é algo que você não é capaz de fazer. Não é da sua natureza. Como Vawtry aprendeu, para sua eterna vergonha.

Ela franziu a testa.

– Eu sei que me aproveitei dele. Apesar de tudo, ele foi bem cavalheiresco para revidar como devia. Tudo o que ele tentou fazer foi se desvencilhar e me jogar para longe. Mas eu não teria me aproveitado da situação se o desgraçado tivesse soltado o ícone. Quando ele o soltou, eu já estava ensandecida demais para parar de agredi-lo. Se você não tivesse chegado naquele momento, acho que eu o teria matado.

– Creio que sim. Bem, brutamontes arrogantes até que servem para alguma coisa – disse ele. Dain a tomou nos braços e a levou até a mesa de jantar. – Por sorte, meus dois braços já estavam funcionando naquele momento. Caso contrário, duvido que conseguiria arrancá-la de cima dele. – Dain colocou-a sobre o tampo de madeira. – O que eu gostaria de saber, no entanto, é por que a minha esposa equilibrada e sensata não teve o bom senso de manter alguns criados por perto, independentemente de haver um incêndio na propriedade.

– Eu mantive – disse ela. – Mas Joseph e Mary estavam na Torre Sul, longe demais para ouvir o que quer que fosse. Eu não perceberia que Vawtry estava aqui se ele não houvesse descido pela escadaria principal. Mas desci até o térreo para procurar por você. Alguém tinha que estar lá quando você chegasse para fazer Dominick se sentir bem-vindo aqui. Eu queria ser essa pessoa. Queria provar que estava ansiosa pela chegada dele. – A voz de Jessica vacilou. – Queria reconfortá-lo e... queria lhe d-dar um abraço.

Ele ergueu o queixo de Jessica e fitou seus olhos úmidos.

– Eu o abracei, *cara* – disse ele, com a voz suave. – Eu o trouxe comigo, segurando-o à minha frente, sobre o meu cavalo, e o abracei com força, porque ele é uma criança e precisa ser reconfortado. Eu disse que cuidaria dele... porque é o meu filho. E disse que você o queria, também. Contei-lhe tudo a seu respeito. Disse que você podia ser gentil e incrivelmente compreensiva, mas que não iria tolerar nenhuma gracinha. – Ele sorriu. – E, quando chegamos, a primeira coisa que Dominick viu foi uma prova sólida e indisputável do que eu lhe disse. Você provou que o papai estava dizendo a verdade e que o papai sabe de tudo sobre todos.

– Então vou abraçar o papai. – Ela colocou os braços ao redor da cintura de Dain e encostou a cabeça em seu peito. – Amo você, Sebastian Leslie Guy de Ath Ballister. Amo você, lorde Dain e Belzebu, lorde Blackmoor, lorde Launcells, lorde Ballister...

– São muitos nomes – disse ele. – Estamos casados há mais de um mês. Como parece que você tem a intenção de continuar por aqui, posso até mesmo lhe dar licença para usar o meu nome de batismo. De qualquer maneira, é melhor do que "cabeça-dura".

– Amo você, Sebastian – disse ela.

– Até que sou meio afeiçoado a você, também – disse ele.

– Imensamente afeiçoado – corrigiu ela.

O roupão que ela usava deslizou pelos ombros. Ele rapidamente a cobriu outra vez.

– "Imenso" talvez seja a palavra adequada. – Ele olhou para baixo, onde seu membro começava a ganhar vida contra o tecido do próprio roupão. – É melhor subirmos e irmos dormir. Antes que o meu sentimento de afeição cresça até um nível despropositado.

– Ir ao quarto apenas para dormir seria um disparate – falou Jessica. Ela deslizou as mãos pela abertura do roupão dele e acariciou-lhe o peito. Os músculos de Dain se retesaram e pulsaram, e as pulsações começaram a percorrer-lhe o corpo, descendo cada vez mais.

– Você está exausta após aquela briga – disse ele, sufocando um gemido. – Além disso, tenho certeza de que está com vários hematomas. Não vai querer o corpo de um brutamontes de 100 quilos pesando sobre o seu.

Jessica deslizou o polegar sobre o mamilo de Dain.

Ele inspirou o ar com força.

– Você pode deixar seu corpo *por baixo* – disse ela, suavemente.

Dain ordenou a si mesmo que ignorasse o que ela havia acabado de dizer, mas a imagem se ergueu em sua mente, assim como seu falo, ansioso.

Já fazia um mês desde que ela tinha dito que o amava. Fazia um mês desde que ela o convidara verdadeiramente para dentro de si em vez de cooperar. Por mais agradável que fosse aquela cooperação, ele sentia falta dos arroubos audaciosos de Jessica quase tanto quanto daquelas duas palavras preciosas.

Além de tudo, ele era um animal.

E já estava tão excitado quanto um elefante no cio.

Ele a tirou de cima da mesa. Sentiu vontade de jogá-la no chão, pois levá-la nos braços seria algo perigosamente íntimo. Mas ela não aceitaria ser jogada no chão. Prendeu-se aos braços dele e enlaçou-lhe a cintura com as pernas.

Ele tentou não olhar para baixo, mas não conseguiu evitar.

Viu coxas brancas e macias circundando-o e percebeu um vislumbre dos pelos crespos e negros logo abaixo da fita que não prendia mais o roupão.

Jessica ajeitou o corpo e o robe deslizou pelos ombros novamente. Ela tirou o primeiro braço da manga folgada e depois o outro. O roupão elegante se transformou em um retalho inútil de seda que lhe pendia da cintura.

Sorrindo, ela ergueu os braços e colocou-os ao redor do pescoço de Dain. Esfregou seus seios firmes e brancos contra a abertura do roupão dele, e a peça cedeu. Os montes mornos e femininos pressionaram sua pele.

Ele deu meia-volta, voltou para perto da mesa e escorou-se sobre ela.

– Jess, como diabos vou conseguir subir a escada nessas condições? – perguntou ele com a voz rouca. – Como um homem pode enxergar quando você faz esse tipo de coisa?

Ela lambeu a reentrância do pescoço de Dain.

– Eu adoro o seu gosto – murmurou ela. Entreabriu os lábios e deslizou-os sobre a clavícula dele. – E o toque da sua pele na minha boca. E o seu cheiro... sabonete, colônia e *homem*. Eu adoro suas mãos grandes e quentes... e seu corpo grande e quente... e seu imenso e latejante...

Dain puxou a cabeça de Jessica para cima e pressionou a boca contra a dela. Ela se abriu instantaneamente, convidando-o a entrar.

Ela era uma devassa, uma *femme fatale*, mas seu sabor era fresco e limpo. Tinha o gosto da chuva, e ele a sorveu. Inalou o aroma de camomila misturado à fragrância que era unicamente sua. Seguiu com o dedo os contornos aprazíveis daquele corpo, com suas mãos grandes e morenas... a coluna graciosa do pescoço, a inclinação suave dos ombros, a curva sedosa dos seios com os mamilos intumescidos e escuros.

Ele se deitou sobre a mesa e a trouxe por cima de si, deslizando aqueles contornos femininos novamente com a língua e a boca.

Acariciou aquelas costas lisas e macias, encaixando as mãos na curva sinuosa da cintura esguia e na protuberância formosa dos quadris.

– Sou como argila em suas mãos – sussurrou ela em seu ouvido. – Amo você loucamente. E o quero muito.

A voz suave, rouca pelo desejo, enchia a cabeça de Dain e pulsava em suas veias, fazendo aquela música louca ecoar em seu coração.

– *Sono tutto tuo, tesoro mio* – respondeu ele. – Sou todo seu, meu tesouro.

Daí agarrou-a pelos quadris apetitosos e trouxe-a até a sua masculinidade... e gemeu enquanto ela o guiou para dentro de si.

– Oh, *Jess*.

– Todo meu. – Ela baixou lentamente o corpo, envolvendo-lhe o membro.

– Oh, Deus. – O prazer se espalhou por ele, duro e quente como ferro em brasa. – *Oh, Dio*. Vou morrer.

– *Todo meu* – disse ela.

– Sim. Mate-me, Jess. Faça isso de novo.

Ela ergueu e baixou os quadris outra vez, com a mesma lentidão torturante. Outro relâmpago. Abrasador. Arrebatador.

Dain implorou por mais. Ela lhe deu mais, cavalgando--o, controlando-o. Era assim que ele queria, porque era o amor que o dominava, a felicidade que o aprisionava. Ela, a dona do seu corpo, a amável dona do seu coração.

Quando a tempestade finalmente explodiu, trêmula após o ato, Jessica se deixou cair nos braços dele. Dain segurou-a com força contra o coração acelerado do qual ela era dona... onde o segredo que ele escondera por tanto tempo batia dentro do peito.

Mas não queria mais segredos como aquele. Podia dizer aquelas palavras agora. Era muito fácil, quando tudo que havia sido congelado e enterrado dentro dele acabou descongelando e borbulhando, vívido e fresco como os riachos de Dartmoor na primavera.

Com um riso vacilante, ele ergueu a cabeça de Jessica e a beijou de leve.

– *Ti amo* – disse ele. E foi tão ridiculamente simples que ele disse aquilo outra vez, em inglês. – Amo você, Jess.

Se o amor não tivesse aparecido em sua vida, informou seu marido pouco tempo depois, ele poderia ter cometido um erro do qual nunca se perdoaria.

O sol nascia no horizonte quando os dois voltaram ao quarto de Dain, mas ele ainda não estava pronto para dormir até que os eventos da noite estivessem esclarecidos, explicados e resolvidos.

Ele estava deitado de costas, olhando para os dragões dourados do dossel da cama.

– Como eu mesmo estou apaixonado – dizia ele –, fui obrigado a notar a facilidade com que qualquer homem, especialmente alguém com a inteligência limitada de Vawtry, pode tropeçar e cair de cabeça num poço de areia movediça.

Em algumas poucas sentenças carregadas de desprezo, ele relatou suas suspeitas sobre a participação de Beaumont no escândalo de Paris e como as armações continuaram. Jessica não ficou muito surpresa. Sempre considerou Beaumont um ser humano desagradável e perguntava a si mesma por que a esposa dele ainda não o havia abandonado.

Ela ficou, entretanto, surpresa e contente com a maneira que seu marido encontrou de lidar com o problema. Quando Dain terminou de descrever seus métodos intrigantes para lidar com Vawtry e com o repelente Beaumont, Jessica ria incontrolavelmente.

– Ah, Sebastian – arfou ela. – Você é muito malvado. Eu daria qualquer coisa para ver a expressão no rosto de Beaumont quando ele ler a c-carta de agradecimento de V-Vawtry.

– Só você seria capaz de apreciar o humor da situação – disse ele quando finalmente pararam de rir.

– E a elegância de tudo isso – complementou ela. – Vawtry, Charity e até mesmo aquele maldito canalha do Beaumont, tudo resolvido em questão de minutos. E sem que você precisasse levantar um único dedo.

– Exceto para contar as notas bancárias – disse ele. – Isso está me custando, lembra?

– Vawtry lhe será grato pelo resto da vida – disse ela. – Ele vai correr até os confins da terra para atender seus pedidos. E Charity ficará contente porque se acomodará com um homem que a adora. Isso é tudo o que ela deseja, você sabe. Uma vida de luxo e indolência. Foi por isso que ela teve Dominick.

– Eu sei. Ela achou que eu lhe pagaria 500 libras por ano.

– Perguntei a ela como havia chegado a essa conclusão esdrúxula – disse Jessica. – Ela disse que foi quando todos aqueles figurões vieram para o enterro do seu pai. Alguns cavalheiros trouxeram suas próprias aves do paraíso e as deixaram em hospedarias nas proximidades. Junto com outras fofocas que vieram de Londres, Charity ouviu histórias, exageradas, sem dúvida, de pensões e anuidades pagas para filhos ilegítimos de certos nobres. Esse, ela me disse, foi o motivo pelo qual ela não usou as precauções habituais com você e Ainswood, e também, quando percebeu que estava *enceinte*, não tomou nenhuma providência para corrigir a situação.

– Em outras palavras, foi outra prostituta sem nada na cabeça que lhe deu essa ideia.

– Charity achou que só precisava ter um filho e nunca mais precisaria trabalhar outra vez. Quinhentas libras era uma fortuna impensável para ela.

– O que explica por que ela aceitou as suas 1.500 libras tão rapidamente. – Dain ainda estava com os olhos fixos nos dragões. – Você sabia disso e ainda assim ameaçou dar o meu ícone a ela.

– Se eu tivesse que lidar com ela usando meus próprios meios, eu não poderia correr o risco de que ela fizesse um escândalo diante de Dominick – explicou Jessica. – Assim como você, ele é muito sensível e emotivo. O estrago que ela poderia causar com algumas palavras em poucos minutos poderia levar anos para ser consertado. Mas, com você ali, esse risco caiu consideravelmente. Ainda assim, preferi que ela fosse embora de forma discreta. Foi por isso que armei Phelps com dinheiro para um suborno.

Dain se virou de lado e puxou-a para seus braços.

– Você fez a coisa certa, Jess – disse ele. – Duvido que eu teria sido capaz de lidar ao mesmo tempo com uma criança doente e uma mãe histérica. Eu estava com as mãos cheias. As duas. E minha mente estava ocupada por ele também.

– Você estava lá quando ele mais precisou – disse ela, acariciando-lhe o peito duro e quente. – Seu papai forte e grande estava ao seu lado, e isso é o que importa agora. Ele está em casa. Está em segurança. Vamos cuidar dele.

– Em casa. – Ele baixou os olhos, fitando-a. – É permanente, então.

– Lady Granville criou os dois bastardos do marido, concebidos pela tia, ainda por cima, junto com os próprios filhos legítimos. Os bastardos do duque de Devonshire também cresceram na casa da família.

– E a marquesa de Dain pode fazer o diabo, e para o inferno com o que as outras pessoas pensam – disse seu marido.

– Não me importo em começar minha família com um garoto de 8 anos – disse ela. – É possível conversar com uma criança dessa idade. Eles já são quase humanos.

Naquele momento, como se percebesse a deixa, um grito animalesco rasgou o silêncio da manhã.

Dain afastou-se de Jessica e levantou o corpo com um movimento rápido.

– Ele está tendo um pesadelo, apenas isso – disse Jessica, tentando puxar o marido de volta para si. – Mary está com ele.

– Esse berreiro está vindo da galeria. – Dain se levantou da cama.

Enquanto vestia o roupão, Jessica ouviu outro grito ensurdecedor... grito que vinha da galeria, como Dain disse. Depois, ela ouviu outros sons também. Outras vozes. E barulhos de pancadas. E o som suave de passos apressados.

Dain já avançava descalço pelo corredor enquanto Jessica ainda tentava se desvencilhar dos lençóis. Ela vestiu o roupão, calçou os tamancos e correu atrás dele.

Jessica o encontrou em pé logo ao lado a porta, com os

braços cruzados diante do peito, a expressão inescrutável enquanto observava um garoto de 8 anos nu correndo em direção à escada da ala sul, com três criados em perseguição desabalada.

Dominick estava a alguns poucos passos da entrada quando Joseph surgiu abruptamente sob o vão. O garoto instantaneamente deu meia-volta e retornou por onde veio, desviando-se dos adultos que tentavam agarrá-lo e gritando quando não conseguiam.

– Parece que meu filho é do tipo que acorda cedo – disse Dain, sem se alterar. – O que Mary lhe deu para comer no café da manhã? Pólvora?

– Eu lhe disse que ele era ligeiro como o diabo – disse Jessica.

– Ele passou correndo por mim há um momento – disse ele. – E me viu. Olhou nos meus olhos e riu. Esses berros são risadas, como você vai perceber, e ele continuou em alta velocidade. Foi diretamente na direção da porta, parou um instante antes de arrebentar a cabeça contra ela, virou-se e correu para o outro lado. Imagino que ele queira a minha atenção.

Ela assentiu.

Dain entrou na galeria.

– Dominick – disse ele, sem elevar a voz.

O filho disparou para o interior de uma alcova. Dain o seguiu, tirou-o das cortinas que ele estava tentando escalar e colocou a criança sobre o ombro.

Dain o levou até o quarto do casal, e de lá para o quarto de vestir.

Jessica o seguiu somente até o interior do quarto. Podia ouvir a voz grave e forte do marido e os sons mais agudos do garoto, mas não conseguiu identificar as palavras.

Quando os dois saíram do vestíbulo alguns minutos depois, Dominick vestia uma das camisas do pai. A frente pregueada se estendia até abaixo da cintura do garoto, enquanto as duas mangas e a barra se arrastavam sobre o tapete.

– Ele tomou o café da manhã e se lavou, mas recusa-se a usar o macacão porque aquela roupa o sufoca, pelo que me disse – explicou Dain enquanto Jessica quase morreu sufocada ao tentar manter a expressão serena.

– Essa é a camisa do papai – disse Dominick a ela, orgulhoso. – É grande demais. Mas não posso ficar de bunda de fora...

– *Nu* – corrigiu Dain. – Não se deve falar do seu traseiro quando houver senhoras por perto. Da mesma forma que você não deve andar por aí com o seu piu-piu balançando ao sabor do vento... por mais que seja uma delícia ouvir as mulheres chocadas gritando. Além disso, você não deve fazer um escarcéu tão grande ao raiar do dia quando minha senhora e eu estamos tentando dormir.

A atenção de Dominick se voltou para a cama imensa. Seus olhos negros se arregalaram.

– Essa é a maior cama do mundo, papai?

Ele arregaçou as mangas, segurando dois punhados amarrotados do tecido que balançava ao redor das pernas esquálidas, e foi trotando até ela, observando-a com admiração.

– É a maior da casa – disse Dain. – O rei Charles II dormiu nessa cama uma vez. Quando o rei visita, é preciso ceder-lhe a maior cama.

– Você colocou um bebê dentro dela nessa cama? – perguntou Dominick, apontando os olhos para a barriga de Jessica. – Minha mãe disse que você me colocou na barriga dela na maior cama do mundo. Tem um bebê ali agora? – perguntou ele, apontando.

– Sim – disse o senhor marquês. Dando as costas para a esposa assustada, ele se aproximou da cama e pegou o filho nos braços. – Mas isso é segredo. Você não pode contar a ninguém. Promete?

Dominick fez que sim com a cabeça.

– Prometo.

– Sei que vai ser difícil guardar um segredo tão interessante – disse Dain. – Mas farei valer a pena. Em troca desse favor especial, vou deixar que você surpreenda todos com a notícia. É um bom acordo, não é?

Depois de ponderar a questão por alguns momentos, Dominick assentiu mais uma vez com a cabeça.

Ficou claro agora que os dois rapazes não tinham problemas para se comunicar. Ficou claro também que Dominick, para todos os fins e propósitos, era como argila nas enormes mãos do seu pai. E o pai sabia disso.

Dain abriu um sorriso matreiro de superioridade para a esposa estupefata e levou o filho para fora do quarto.

Ele retornou alguns momentos depois, ainda sorrindo.

– Você está muito seguro de si – comentou ela quando Dain se aproximou.

– Sou capaz de calcular – disse ele. – Estamos casados há cinco semanas e você ainda não alegou indisposição uma única vez.

– Ainda é cedo para dizer.

– Não, não é. – Ele tomou Jessica nos braços com a mesma facilidade com a qual erguera o filho e carregou-a para a cama. – É fácil de calcular. Uma marquesa fértil e um marquês viril resultam em uma criança chorona, em algum momento entre fevereiro e março.

Ele não a colocou no chão; sentou-se na beirada do colchão, aninhando-a em seus braços musculosos.

– E eu achei que conseguiria surpreendê-lo.

Ele riu.

– Você me surpreende desde o dia em que eu a conheci, Jess. Toda vez que eu me viro, alguma coisa explode no meu rosto. Se não for um relógio obsceno ou um ícone raro, é uma arma. Ou a minha mãe tragicamente incompreendida. Ou o meu filho endiabrado. Há momentos em que eu me convenço de que não me casei com uma mulher, e sim com um artefato incendiário. Isso, pelo menos, faz algum sentido. – Ele colocou uma mecha rebelde dos cabelos de Jessica atrás da orelha. – Não há nada de surpreendente no fato de duas pessoas com apetites carnais insaciáveis terem feito um bebê. É perfeitamente natural e razoável. Não ofende nem um pouco a minha sensibilidade delicada.

– Isso é o que você diz agora. – Ela olhou em seus olhos e sorriu. – Mas, quando eu começar a engordar, quando meu humor começar a ficar instável e irritadiço, seus nervos vão sair do controle. E quando o parto começar, quando você me ouvir gritar, xingar e mandá-lo para o inferno...

– Eu vou rir – disse ele. – Como o bruto sem consciência que sou.

Ela ergueu a mão para acariciar aquele queixo arrogante.

– Ah, bem, pelo menos você é um bruto bonito. E rico. E forte. E viril.

– Já era hora de você perceber a sorte que tem. Você se casou com o homem mais viril do mundo. – Dain abriu um sorriso malandro, e em seus olhos negros como o pecado ela viu o diabo que havia dentro do marido rindo. Mas aquele diabo pertencia a ela, e ela o amava loucamente.

– O mais presunçoso, você quer dizer – rebateu ela.

Ele baixou a cabeça até que o seu imenso nariz Usignuolo estivesse a poucos centímetros do dela.

– O mais viril – repetiu ele, firmemente. – Você é mesmo uma cabecinha de vento. Para a sua sorte, eu sou o mais paciente dos tutores. E vou mostrar a você.

– Sua paciência? – perguntou ela.

– E minha virilidade. Ambas. Repetidamente. – Os olhos negros brilharam. – Vou lhe ensinar uma lição que você nunca mais vai esquecer.

Ela enfiou os dedos nos cabelos dele e trouxe aquela boca ao encontro da sua.

– Meu devasso querido – sussurrou ela. – Gostaria de vê-lo tentar.

CONHEÇA OUTROS TÍTULOS DA COLEÇÃO POP CHIC

Segredos de uma noite de verão
Lisa Kleypas

Como qualquer moça de sua idade, Annabelle Peyton nutre a esperança de encontrar um grande amor, mas, sem um dote para oferecer, não pode se dar a esse luxo.

Certa noite, em um dos bailes da temporada, ela conhece três outras jovens que também sonham se casar. Juntas, as quatro dão início a um plano: usar todo o seu charme e sua astúcia para encontrar um marido para cada uma, começando por Annabelle.

No entanto, o admirador mais intrigante dela, o rico Simon Hunt, só parece interessado em levá-la a prazeres irresistíveis em seu quarto – e não ao altar. Annabelle está decidida a recusar esse arranjo, só que, depois de se entregar aos beijos do rapaz, fica cada vez mais difícil resistir à sedução.

No primeiro livro da série As Quatro Estações do Amor, Annabelle sai em busca de um marido, encontra amizades verdadeiras e desejos intensos e – o mais importante – aprende que o amor pode ser um jogo muito perigoso.

O melhor de mim
Nicholas Sparks

Na primavera de 1984, os estudantes Amanda Collier e Dawson Cole se apaixonaram perdidamente.

Criado em um ambiente violento e desestruturado, o solitário Dawson acreditava que seu sentimento por Amanda lhe daria a força necessária para fugir do destino sombrio que parecia traçado para ele.

De família tradicional, Amanda via no namorado um porto seguro para toda a sua paixão e seu espírito livre.

Infelizmente, quando o verão do último ano de escola chegou ao fim, a realidade os separou de maneira cruel e implacável.

Vinte e cinco anos depois, eles estão de volta à sua cidade natal para o velório de Tuck Hostetler, o homem que acobertou o namoro e se tornou o melhor amigo dos dois.

Seguindo as instruções de cartas deixadas por Tuck, Amanda e Dawson redescobrirão sentimentos sufocados há décadas. Eles vão perceber que não tiveram a vida que esperavam e que nunca conseguiram esquecer o primeiro amor. Um único fim de semana juntos e talvez seus destinos mudem para sempre.

Origem

Dan Brown

NÃO IMPORTA QUEM VOCÊ SEJA NEM NO QUE ACREDITE.

TUDO ESTÁ PRESTES A MUDAR.

Robert Langdon, o famoso professor de Simbologia de Harvard, chega ao Museu Guggenheim de Bilbao para assistir a uma apresentação do futurólogo e bilionário Edmond Kirsch.

O brilhante ex-aluno de Langdon está prestes a revelar um segredo que promete abalar os alicerces das religiões e mudar a face da ciência ao responder a duas perguntas fundamentais da existência humana:

DE ONDE VIEMOS? PARA ONDE VAMOS?

De repente, a apresentação se transforma em um caos, e a preciosa descoberta de Kirsch pode ser perdida para sempre.

Diante de uma ameaça iminente, Langdon tenta uma fuga desesperada de Bilbao ao lado de Ambra Vidal, a diretora do museu. Juntos, eles seguem para Barcelona à procura de uma senha que ajudará a desvendar o segredo de Kirsch.

Em meio a fatos históricos ocultos e extremismo religioso, Robert e Ambra precisam escapar de um inimigo onisciente cujo poder parece emanar do Palácio Real da Espanha. Numa jornada marcada por obras de arte moderna e símbolos enigmáticos, eles encontram pistas que vão deixá-los cara a cara com a chocante revelação de Kirsch e com a verdade espantosa que ignoramos por tanto tempo.

O dossiê pelicano
John Grisham

Numa mesma noite, dois juízes da Suprema Corte americana são assassinados, em cidades e circunstâncias diferentes. Apesar de o país inteiro exigir respostas, não há nenhuma pista em relação à motivação para os crimes.

Intrigada com o mistério, Darby Shaw, uma brilhante estudante de Direito em Nova Orleans, decide buscar evidências por conta própria. Ela descobre uma possível conexão entre as vítimas, que aponta para um nome inesperado – algo tão improvável que ela mesma duvida do dossiê que produziu.

Quando pessoas muito próximas a Darby começam a morrer, fica claro que ela chegou perto demais da verdade e que agora sua própria vida está em perigo.

Em fuga e sem saber com quem pode contar, Darby não tem escolha a não ser confiar no ambicioso repórter Gray Grantham. Ele só está interessado em encontrar seu próximo grande furo, mas é o único que acredita em Darby e que pode ajudá-la a revelar a conspiração por trás dos assassinatos.